出版人　王卫平

电视剧《守卫者·浮出水面》原著小说

现代都市谍战剧

浮出水面

陈忠贵 陈梦 著

中国广播影视出版社

图书在版编目（CIP）数据

浮出水面 / 陈忠贵, 陈梦著. —— 北京：中国广播影视出版社, 2017.8

ISBN 978-7-5043-7877-4

Ⅰ.①谈… Ⅱ.①陈… ②陈… Ⅲ.①长篇小说—中国—当代 Ⅳ.① I247.5

中国版本图书馆 CIP 数据核字 (2017) 第 043773 号

浮出水面

陈忠贵　陈梦　著

责任编辑	陈宪芝
装帧设计	北京华太文极广告策划有限公司
责任校对	谭　霞

出版发行	中国广播影视出版社
电　话	010-86093580　010-86093583
社　址	北京市西城区真武庙二条9号
邮　编	100045
网　址	www.crtp.com.cn
微　博	http://weibo.com/crtp
电子邮箱	crtp8@sina.com

经　销	全国各地新华书店
印　刷	河北鑫兆源印刷有限公司

开　本	710毫米×1000毫米 1/16
字　数	226（千）字
印　张	15
版　次	2017年8月第1版　2017年8月第1次印刷

书　号	ISBN 978-7-5043-7877-4
定　价	39.80元

（版权所有　翻印必究·印装有误　负责调换）

韩雨芹 饰 叶晗
省国安厅侦查处处长
301专案组组长

李依伊 饰 **张妍**

301 研究所海隆号项目工程师之一
洪少秋妹妹

王梓权 饰 高一天

间谍组织头目

樊昱君 饰 黄薇薇
间谍组织"联络人"

焦体怡 饰 张西洋
301研究所海隆号项目总工程师
洪少秋养父

齐奎 饰 钱守成

间谍组织成员

目录

第一章 1

我军新型潜艇试验数据神秘被窃。高层震惊,下令成立军地联合专案组火速侦破。对手开枪杀人、切断线索。D国K集团内线03冒死提供情报,窃密嫌疑人竟然指向潜艇研究基地总工程师张西洋!

第二章 10

埋在K集团的内线被发现,D国间谍头子布雷尔疯狂地组织了大追捕。张西洋的女儿张妍在布雷尔的行动中进退两难。军地联合专案组渴望找到新的线索,但总是难以深入下去。案情神秘莫测,显得越来越扑朔迷离。

第三章 19

03九死一生回到国内,提供的情况令人震惊!我新型潜艇总工程师张西洋的女儿张妍涉嫌加入D国间谍组织。张西洋的出国资格被取消。K集团总裁布雷尔布置对我出国交流人员展开策反。专案组依然没有找到新的突破口,案件侦破难以打开僵局。

第四章 28

洪少秋、张西洋担心的问题发生了,张妍竟然策反巩怀远!刘进在布雷尔向他出示儿子刘子岸签收间谍经费的票据时,一下惊呆了。专案组终于追查到窃取潜艇数据的隐藏间谍蒋文锁,但他却玩弄花招摧毁了电脑里与上线"珊瑚花"联系的所有信息,案子再一次走进死胡同。

第五章 37

　　布雷尔实施"暗度陈仓"计划。钱守成看到网上高价收买我新型潜艇资料的信息后蠢蠢欲动，专案组及时打掉了他的侥幸心理。灵人两次暗杀03，都被03化险为夷。专案组一再遇到难题，几次找03帮忙。03不但说得在理，而且做得也很到位。

第六章 46

　　布雷尔借刀杀人，想把张西洋置于死地。洪少秋、叶焓暗中施计，秘密保护张西洋。军代表石刚提供重要线索，田云疑点增大。为找到向敌人提供情报的真凶，我方通过03再次动用张妍。张妍反馈的情况表明，"比目鱼"不是蒋文锁，而是另有其人。敌人启动了新攻势，企图利用安装在刘进鞋子里的窃听器窃取秘密。

第七章 55

　　敌人为窃密不惜启动"后门"，专案组追踪到间谍藏匿在刘进车上的转发器。刘子岸为报仇雪恨战死，父亲感慨他对得起五星红旗。布雷尔下令策反钱守成，钱守成动用K集团提供的先进窃密工具，我军潜艇机密面临着更大的威胁！

第八章 64

　　专案组对03产生怀疑，03却向张西洋提供了一份西方先进的潜艇研究资料。叶焓进入03公司抵近侦查，被敌人注射致幻剂后扔进大海。总部和专案组制定A计划引蛇出洞，好不容易发现的神秘女人又被灵人抢先一步击毙。洪少秋为追查幕后真凶，与03展开博弈，但每一个回合都没有找到对方的任何破绽。

第九章..73

布雷尔密令把刘进拉下水。专案组找到了艾尼莎、金枪鱼的藏身之处,但艾尼莎、金枪鱼在逃离前设置了炸弹,差点把专案组人员炸翻在别墅门口。洪少秋安排刘进想法打入敌人内部,没想到来与刘进接头的人竟然是叶焓!

第十章..82

03向叶焓透露,他肩负着协助侦查"鲨鱼一号"秘密任务!洪少秋令米小冉、肖卫华触动黄薇薇,黄薇薇沉不住气动用秘密联络通道。03要黄薇薇利用色情拿下石刚,石刚面对黄薇薇的进攻,始终保持着清醒头脑。03为了保存自己,安排艾尼莎等人袭击自己的公司,与到该公司检测设备的洪少秋等人发生了激烈的枪战。

第十一章..91

洪少秋敲打03,想打乱他的阵脚,没想到却遭到了安然部长对他的严肃批评。敌人通过钱守成搞到洪蓉的指纹,进入0号保密室窃取机密,林影、洪少秋、叶焓紧密配合抓到灵人。布雷尔把世界上最精密的仪器投放到窃取中国潜艇机密上,没想到拿到的又是一堆拼凑的废弃资料。

第十二章..100

专案组检验机要员洪蓉的眼镜,没有发现任何隐藏的窃密仪器。钱守成本已甩掉肖卫华、米小冉的跟踪,但艾尼莎又拿枪逼着他返回家中窃密。布雷尔为尽快搞到中国新型潜艇的机密,下令绑架洪蓉。

第十三章 109

洪蓉命悬一线！洪少秋开辟第二侦查渠道，智斗钱守成，追踪到艾尼莎、黄薇薇的藏身之处。洪蓉获救，但她在药物之下，却证明自己就是间谍"珊瑚花"！叶焓为寻找解药，先后找到灵人、03，但都未能如愿。

第十四章 118

03为保住"鲨鱼二号"，命令艾尼莎抛出钱守成。洪少秋通过钱守成，追踪到艾尼莎、黄薇薇新的藏身地。肖卫华为了保护米小冉英勇牺牲。专案组又一次给敌人布下口袋，艾尼莎等人中计，钱守成被包围后自杀。布雷尔派出布加达、张妍进入三岛。洪少秋、叶焓与潜藏的敌人展开了新一轮的搏杀。

第十五章 127

张妍、巩怀远见面，两人话不投机。艾尼莎、黄薇薇从另一个方向发起进攻，利用美色俘虏了电子厂家的工程师曲广文。张妍突然打电话约洪少秋跟她外出，她的意图何在？商菲菲的衣服纽扣里竟然发现微型摄像发射器！专案组层层追踪，终于查到了间谍布加达的踪迹。

第十六章 136

张妍再次邀洪少秋外出，并在机场突然要洪少秋跟她改变去向。布加达、艾尼莎在窃密中被叶焓定位追踪，为了逃出鹭岛，确定绑架洪少秋。张妍接到神秘指令，冒险向洪少秋报警！洪少秋要叶焓通过他的追踪器找到敌人，狡猾的对手将洪少秋的追踪器、手机扔到行进的煤车上，并要张妍去枪毙洪少秋！

第十七章 145

张妍被迫向洪少秋开枪！03 赶来"营救"张妍、洪少秋。艾尼莎、布加达、黄薇薇一伙逃出专案组的包围圈，专案组对 03、张妍的身份看法不一。洪少秋、叶焓依计敲打 03，03 假借张妍逃脱监控。敌人的黑手伸进造船厂，潜艇机密面临着新的危险！

第十八章 154

米小冉截获 K 集团的神秘指令！03 假冒张妍，摆脱了跟踪人员对他的监控。张妍对 03 的话将信将疑，变着法地想搞清母亲究竟是不是"鲨鱼一号"。洪少秋、叶焓将计就计抓获黄薇薇。"鲨鱼一号"却向布雷尔报告，他利用艾尼莎、黄薇薇的行动为掩护，竟然搞到了我新型潜艇的电子系统情报！

第十九章 163

03 去向不明。"鲨鱼一号"为向布雷尔报告"鲨鱼二号"被发现，设置了一个谜障。洪少秋终于揭开 03 隐藏"鲨鱼二号"的谜底。03 为了摧毁"鲨鱼二号"启动引爆装置，洪少秋、米小冉在排爆中面临着随时被炸身亡的危险！

第二十章 172

洪少秋、米小冉在千钧一发之际，排除了深潜器的爆炸装置。布雷尔密令 03，要他到"鲨鱼一号"指定的位置取情报。洪少秋向安然报告，协调海军航空兵空中拦截 03。03 在叶焓审讯中一再狡猾抵赖。张妍暗中协助米小冉恢复了 03 删除的内容，里面的情报令洪少秋大吃一惊！

第二十一章 181

　　03在受审中企图蒙混过关。张妍暗中帮助米小冉恢复了03粉碎的数据，洪少秋、叶焓运用证据拿下03。巩怀远想跟张妍进一步发展感情，张妍却提出要到巩怀远的宿舍去看看。围绕谁是在九号点放U盘的人、谁是"鲨鱼一号"？专案组紧锣密鼓地展开调查，但嫌疑人反而越来越模糊了。

第二十二章 190

　　谁是"鲨鱼一号"？专案组展开重点摸查，但依然没有找到对手的踪迹。03在证据面前，终于承认自己是"比目鱼"，但对"鲨鱼一号"是谁，他说不仅自己，包括K集团派到三岛的其他人，也无人知道。洪少秋要叶焓去找周大路帮助专案组"捅"一下"鲨鱼一号"的屁股，周大路要叶焓告诉洪少秋跟好张妍，一定能够查出情况！

第二十三章 199

　　专案组追踪到布雷尔秘密指令的接收人，把张妍带回审查。张妍暗中向洪少秋报告，要他带上叶焓化装成恋人秘密跟踪她，结果被敌人牵着鼻子空跑了一圈。张妍通过母亲想搞清巩怀远是不是"鲨鱼一号"，结果在巩怀远的电脑里什么也没发现。

第二十四章 208

　　潜艇导弹试验成功，基地安排专家到南云岛上疗养。布雷尔下令企图绑架张西洋，逼他说出我新型潜艇的全部秘密。洪少秋、叶焓在海军的配合下，粉碎了敌人的图谋，抓获了艾尼莎。布雷尔、"鲨鱼一号"自以高明，没想到却落入了我方为他们布下的天罗地网。我新型潜艇加入航母编队，进入战斗值班，成为维护国家领海安全的深海利剑！

第一章

　　一台电脑,一个键盘,一只鼠标,沟通了世界!从远古走来的间谍战,在进化了几千年后,一下进入了"网对网、键对键"的高科技时代。隐蔽战线的斗争变得异常尖锐、激烈、复杂。

　　在我海军的一艘驱逐舰上,远洋舰队保卫处长洪少秋,紧盯着屏幕上的D国间谍侦察船。他三十六七岁,双目炯炯有神,佩戴大校军衔,表情冷峻威严。舷窗外的海面上,我海军驱逐舰、巡洋舰、护卫舰、导弹快艇威武浩荡,劈波斩浪。低空,有多架反潜直升机在搜寻敌方目标;高空,我新型战机编队掠过;水下,新型潜艇神秘地遨游。洪少秋上舰后,舰队政委才告诉他,这次任务的重点不在海面,而在水下!因为这次演习,实际上是一次掩护我战略性新型潜艇的分系统试验。保卫干事江源从电脑前抬起头向洪少秋报告,敌间谍船又向我方靠近了三十米。洪少秋要江源通过电脑沟通与情报部门的联系,看对手是否窃取、发送了我方机密?江源询问后回答,没有发现。洪少秋下达命令,请示舰队首长,迎着对方的间谍船顶上去,严防我军核心机密被敌人窃取。

　　在D国间谍船上,以K集团总裁为掩护的间谍头子布雷尔看了艾尼莎一会儿,方问对方:"这么大一个厅,就我俩,你不感到奇怪吗?"艾尼莎:"怪啊,怎么不怪?这个地方,从来没有这么安静过!""因为这是一次绝密行动,我不能让更多的人知道。""谢谢总裁信任!"艾尼莎坐下拉过键盘,"行动代号?"布雷尔:"瞒天过海!"艾尼莎往电脑输入文字:"行动目的?""启动绝密系统,布置展开行动。"艾尼莎一脸不解:"行动不是早已展开了吗?""我说的是,瞒天过海!"布雷尔对部下不满。

　　公海上,我两艘驱逐舰劈波斩浪,驶向D国间谍船。洪少秋面前的屏幕上是对手的间谍船。我驱逐舰逼近对方间谍船。江源的脸上渗出汗珠,又一次请示洪少秋还往不往上靠?洪少秋说:"我就不信,他能扛得住我们的冲击!"

　　布雷尔在间谍船上目视中国海军舰艇,拿起麦克下令施放微型侦察潜艇。灵人要布雷尔把密码发给他。布雷尔示意艾尼莎把启动程序传过去。艾尼莎走到控制台,在触摸屏上输入信息,最后点击了一个图框。密码从大屏上悄然而去。

　　我军驱逐舰上,机要员走向洪少秋,递上一份密码电报:"总部急电。"洪少秋接过电报看了下:"什么?!"惊得一下站起来,"新型潜艇三个试验数据被K集团窃取!""这怎么可能?"江源着急地追问,"那怎么办?"洪少秋:"总部命令我，立即赶往三岛，与国家安全部门组成联合专案组，立即展开侦查。"

艾尼莎从屏幕上获取了一条信息："总裁，黑皮鱼发来信息。""什么信息？"布雷尔追问。"中国新型潜艇的静音技术可抵近到距我方舰艇1200米！""1200米！"布雷尔弹跳起来，"这个数字太可怕了！""真不敢想象，中国潜艇的静音技术竟然这样好！"布雷尔走动着："1200米！这意味着我们已经处于被动挨打的地位了！只要他们发射导弹，我们的舰队就完了……""总裁，没那么可怕！现在，无论是天空、海面，还是海下，都还是我们的天下。""艾尼莎，千万不要太乐观了！我们是搞潜艇情报的。潜艇是大洋底下流动的国土！谁掌握了尖端的潜艇技术，谁就拥有了最广阔的海洋领土！我现在无论是白天，还是晚上做梦，都怕失去我们的海下霸主地位呀！"

我直升机停在驱逐舰甲板上，洪少秋登上飞机。直升机腾空而起，飞向三岛。

三岛市国家安全局会议室，周大路局长、侦查处长叶焓、侦查员肖卫华在等待洪少秋。洪少秋在大楼门口跳下越野车，在米小冉的引导下扑进大门，冲上楼梯。米小冉在后面气喘吁吁地要洪少秋等一等她。周大路见洪少秋险些要瘫倒地扑在门上进来，急忙起身迎接："洪处，你来得真快呀！"洪少秋："火烧眉毛的事，不快不行啊！"坐下。肖卫华给洪少秋倒了一杯水。洪少秋接过："周局，叶处……"看了下叶焓。叶焓不施粉黛，眉宇间透露出干练、洒脱，甚至还有一丝霸气，她礼貌性地朝洪少秋点了下头。米小冉对她的顶头上司冷落洪少秋不满，但又不好发作，只是皱着眉头用目光质问叶焓？洪少秋开门见山："总部要我赶来，主要是和你们一起组成军地联合专案组，尽快搞清敌人窃取我潜艇机密的渠道。"叶焓："时间不等人！我想知道，失窃的三个数据，都是什么人才能接触到？"洪少秋愣了下："现在你问我，我也说不清。眼下我们的任务是，马上把专案组成立起来，火速展开行动。""好。"周大路当机立断，"我们的人已经抽调好了。按照隐蔽斗争属地管辖的原则，组长由洪处长担任，副组长由叶焓担任。专案代号1307，现在你们就到九号指挥中心去吧。""九号指挥中心？"叶焓惊叹，"周局，那可是你的宝贝啊！""我看了，这一次，要没点现代化，还真不好把我们的对手拿下来。"洪少秋激动地说："周局，太谢谢你了！""谢什么？一家人。潜艇是军队、国家的战略性武器！保护它，就是保护国家的核心利益！别说是一个指挥中心，就是把我的人力、财力全都搭上，我也在所不惜。"

九号指挥中心，大屏幕上滚动着各种相关信息。洪少秋、叶焓进入指挥位置。米小冉、肖卫华操作电脑。叶焓问洪少秋从哪里切入？洪少秋认为，在涉及国家最高利益的问题上，要叶焓采取新的办案方式，并且问道："以前掌握的'鲨鱼一号'、'比目鱼'、'珊瑚花'冒头了吗？"叶焓说对这几名D国的潜伏间谍，一直在追查，但至今仍然不知道他们是谁。"叶处，我不信，你就一点深层次的情报都没有？"洪少秋质疑。"实话告诉你，我们还在等情报。"叶焓答。"我就说嘛，只要叶处出山，就没有搞不定的事情。"洪少秋兴奋起来。

间谍船上。艾尼莎："总裁，你的这次行动，不能再跟中国海军僵持下去了！"布雷尔拉下脸来："什么我的行动？我敲打过你多少回了！这不是我的行动，是国家的行动！""是。总裁，是国家的行动！""为了国家的安全战略，我们一定要搞到中国新型潜艇的情报！"布雷尔又一次发誓。艾尼莎说，我们不是已经拿到有关的数据了吗？布雷尔说区区几个数据，算什么情报？拿出一张光碟递给艾尼莎，要她激活潜伏在三岛的"鲨鱼一号"，令他全力配合这次行动。

远洋舰队保卫处干事江源、潜艇研究基地保卫处长林影赶到九号指挥中心，成为1307联合专案组成员。林影提供，最近潜艇研究基地召开过一次绝密会议，对新型潜艇出海试验进行了论证。但会场的保密程序非常严格，就连他都不能进入会场。与会人员出会议室的时候，必须把档案材料交给保密员。洪少秋问到屏蔽措施。林影说，现在的各种窃听设备，都无法穿透严密的防护网络。这么严密的会场，潜伏的敌人是怎么搞到数据的？专案组人员百思不得其解。这时总部安部长来电话，通报因为出现失泄密事件，新型潜艇的试验停止了！最高层批示要求，必须在六十天之内破案！洪少秋认为，危急时刻，必须拿出最快捷、最有效的办法！叶焓想了想，走出指挥大厅给周大路打电话。周大路同意采取一次非常行动。叶焓回到指挥大厅，对洪少秋说，她考虑再三，决定从自己观察了一年多的一个嫌疑窝点下手。这个嫌疑窝点在一个制高点上，表面看是经营花圃，实际上养花人的住所能够观察到我军舰艇进出港口的具体情况。外线报告，养花人已经回到家里。叶焓、洪少秋率专案组人员扑到花圃。养花人发现别墅被包围，立即跑上房顶平台发动高档摩托。叶焓、洪少秋等人冲进客厅，扑向楼顶。养花人加油冲向对面的另一栋别墅。在别墅外埋伏的行动队员迅速出击，向养花人所在的别墅冲去。养花人又利用摩托飞向其他别墅。叶焓命令米小冉马上追踪养花人的信号。米小冉操作电脑，电脑上一个红点在移动。养花人骑着摩托不断加速，终于逃到海边，顺势一脚把摩托车踢进海里，然后自己也跳了下去。米小冉电脑上的红点消失。叶焓、洪少秋搜查养花人别墅，发现了他伪造的十一个身份证，还有提取间谍经费的银行卡。江源提议通过银行卡追踪养花人。洪少秋责怪江源多嘴，说这些身份证、银行卡，全部都是烟幕弹。叶焓认为洪少秋的判断太武断了。洪少秋则摆了三条理由，把叶焓噎得不轻。米小冉又一次发现叶焓跟洪少秋好像不对付。养花人爬上一艘渔船，从暗舱里掏出一台电脑，向布雷尔报告了窝点被端的情况。布雷尔要艾尼莎给"鲨鱼一号"下令，让他尽快想办法把养花人处理掉，严防国安顺藤摸瓜破坏他们在三岛的间谍网。养花人与D国K集团联系的信号被肖卫华、米小冉追踪到。叶焓精心布置，洪少秋又提议设想了多种可能性的处置方法，最后确定分三层布下了天罗地网。养花人警惕地走进一个咖啡厅，他是来与"鲨鱼一号"接头的。洪少秋在隐蔽处跟叶焓商量，要求马上抓捕养花人，但叶焓不同意，她认为还有更大的鱼在后头。养花人又一次转身朝门口望去。江源、米小冉、肖卫华都认为叶焓是正确的。可洪少秋坚持认为，再犹豫下去，很可能会失去战机。叶焓对洪少秋说，在社会上抓人，抓的是地方的人，请洪少秋尊重她的意见。洪少秋只得叹了口气！这时，养花人接到一个电话，他听了听起身。突然一声枪响，养花人一头栽了下去。洪少秋准确判断弹道，喝令江源跟随自己向枪手的藏身之处发起冲击。叶焓要米小冉、肖卫华留下处理现场，也飞身追随洪少秋而去。居民楼里，洪少秋要强行闯进住户的房间，被叶焓以不能私闯民宅等理由阻止。"现在是抓杀手，不是私闯民宅！"洪少秋追问，"耽误了战机，这个责任谁负？"叶焓质问洪少秋，你就肯定杀手在里面吗？"肯定！你不出手，我出！"当场要江源填表，并一头撞开了民宅的门。房间里并没杀手，只有一位老太太。洪少秋无地自容。叶焓要江源拿过表格让老太太签字，并温柔地询问老人是不是听到了枪声？老人说，枪声是从隔壁的阳台上打出去的。洪少秋从老太太家翻过阳台，看到了阳台上的弹壳，但屋里已经人去楼空，继续追踪下去，大家都希望在地下车库的监控器里发现线索，但是屏幕上显示的是一片雪花。不用说，杀手的这一切，都是有备而来。

"鲨鱼一号"向布雷尔密报，D国间谍船被发现，养花人被发现，都是因为K集团内部隐藏着一个中国的内线，代号"密使"。布雷尔决定追查"密使"。艾尼莎问怎么查？布雷尔要艾尼莎通知03、张妍、金枪鱼赶到控制中心参加测试。

由于追捕失误，安然部长从北京赶到三岛，和周大路一起参加专案组会议，决定改由叶焓担任组长，洪少秋担任副组长。洪少秋主动检讨，认为自己太毛躁了！叶焓主动承担责任，说之所以出现失误，完全是因为自己对对手估计不足。米小冉在洪少秋、叶焓相互承担责任中，似乎又看到了他们之间惟妙惟肖的关系。

布雷尔为查出内鬼"密使"，逐一审视03、张妍、金枪鱼后，对艾尼莎说："把集团刚刚拿到的情报投到大屏上。"艾尼莎击打键盘。大屏幕上显示截获的相关资料。03、张妍都不动声色地望着大屏幕。布雷尔："中国最近召开了'0839'秘密会议，确定进一步提升正在研发的新型潜艇的抗干扰技术。"许多人不明情况。布雷尔审视会场："张妍，你说说，我为什么要公布这个情报？""总裁，你在这么大的范围公布这个情报，有点违反常理！"张妍对布雷尔的做法不解。"哦！是吗？我看你好像有点沉不住气了！"03举手站起："我冒昧地问一句，这个情报是谁提供的？"布雷尔诡秘地一笑："对不起！这是你不该知道的秘密。"

03从楼里出来追上张妍："张妍，你觉得总裁的举动意外吗？""考验我呢？"张妍继续向前走去。"那能呀？""他故意泄密，肯定是一个圈套！""我需要你的配合。"03近乎是在恳求。张妍犹豫了一下："这个时候，你最好别出这个头。""张妍，我就是豁出命来，也必须把国内潜艇数据被窃的情报发送回去！"

叶焓对洪少秋说，看他还有什么高招，让他尽快拿出来。洪少秋坚持认为，最好的办法还是快！原来的失误，不是因为快而造成的，而是因为慢才错失了宝贵的时机。叶焓不同意洪少秋的看法，她认为之所以失误，是还没有完全把敌人的进攻手段摸清楚。洪少秋要叶焓去找周大路，想法动用一下在K集团的内线。叶焓否定他们局里在K集团有内线。洪少秋责怪叶焓藏有私心。

  03再次找到张妍，要她配合自己行动。张妍是03的学生，她在D国船舶大学毕业后，由03引荐进入K集团担任研究员。开始，她认为K集团就是一家顶级的潜艇研究机构，但后来发现，他们真正的行当是从事潜艇情报搜集工作。为了避免不必要的麻烦，张妍多次找03要求离开K集团，但03对她说了许多留在K集团的好处，最重要的一条，就是她能够为她的父亲搜集到代表全球最新科技水平的潜艇情报。这一次，因为张妍还是不想配合自己的行动，他甚至跟张妍拍了桌子。张妍无奈，只得答应她只管开车，其他的事情跟她没有关系。03气愤地责怪张妍，要她掂量掂量，自己到底还是不是一个中国人？在D国的街道上，张妍驾驶车辆。03在车上打开笔记本电脑，输入文字："0839"数据被对手窃取！后面的车上，金枪鱼驾车，艾尼莎注视着眼前的屏幕，不时调整着接收装置。布雷尔在办公室踱步。艾尼莎、金枪鱼使用磁卡证件进门。布雷尔追问："内鬼露头了？"艾尼莎把笔记本电脑放在布雷尔面前："对，03就是内鬼！"布雷尔兴奋地夸奖道："干得漂亮！""总裁，什么时候抓捕03？""我还想再利用他一下！"艾尼莎、金枪鱼相互看了眼，猜不透主子的葫芦里卖的什么药。

  九号指挥中心，专案组的案情分析会还在继续。叶焓坚持排查所有接触过'0839'会议文件的人员，看机密是何时、何地、何处、从何人手上通过何种渠道泄露出去的。洪少秋问基地保卫处长林影，参加会议的一共多少人？林影回答："39人，其中军方11人，地方28人。"洪少秋："保障人员呢？"林影："保卫人员8人，两人一组，各把一道大门；招待所领导2人，分别是所长、副所长，还有服务员2人，一个叫罗静，一个叫肖妮。我保证，这些人都没有接触过文件。"

  "罗静、肖妮进去倒水的时候,总可以看到文件和听到发言吧？"叶焓问。"会场完全封闭！里面摆的是矿泉水，始终就没让她们进去。"米小冉举手："我问一句，大厅里能听到会场传出来的声音吗？""听不到。"林影回答。"会场内外发现有窃听的痕迹吗？"林影："会前进行过检测，会中全程实施了干扰。"江源："我建议，对会场内外进行复查。"米小冉："时过境迁，晚了！"

  D国K集团办公大楼。03走进布雷尔的办公室。布雷尔盯着03问道："知道我为什么单独召见你吗？"03摇了摇头，坐下。布雷尔："你心虚了吧？""你还在考验我？""完全没这个意思。我找你来，是要你帮我核实一个情报。""总裁，要是涉及中国方面的，你最好找其他人，万一泄露出去了，我担当不起。""那就绕个弯子吧！你觉得张妍怎么样？"03琢磨了下："还算可靠吧？""当然可靠！中国'0839'会议的数据，就是她父亲向我们透露的！""不会吧？"03惊讶！

但很快又恢复了平静,"她父亲可是中国最新一代潜艇的总工程师,他要是向我们提供情报,恐怕不会就只这么几个数据吧?"布雷尔:"请你注意,我用的词是透露。""透露?""这一次,他给我们吹了吹风,还愁他以后不给我们下雨吗?"03琢磨布雷尔话里的意思?

D国K集团所在地的一个咖啡厅。03约张妍见面,问她跟父亲的联系方式。张妍想了下回答:"有时打电话,有时上网。""国内'0839'会议的数据,是你从你父亲手上得到的吧?"张妍的内心很复杂:"谁说的?""你策反过你父亲吗?""他要是知道我涉足这一行,肯定会大发雷霆!我哪敢这么快就上手啊?""这件事,真的跟你没关系?"张妍摇了摇头。03本能地向四下看了看,掏出电脑,发出情报。艾尼莎在咖啡馆外的车上截获情报。金枪鱼不放心:"真的截获了?"艾尼莎:"就03那两下,镇得住你,还能压得过我吗?""我觉得,总裁这样放任03,后面一定有诈!""总裁说了,这不是放任,是在利用……""利用?像他这种利用法,也太没边儿了吧?"金枪鱼疑惑不解。

深夜了,三岛市国家安全局局长办公室还亮着灯。周大路放下手中的情报,起身思考问题。叶焓敲门进屋:"周局,你打电话要我赶来,有急事吗?""你们找到突破口了吗?"周大路显得很着急。"还没有。""我这里有份情报。"周大路拿起桌上的文件递给叶焓。叶焓接过文件看了会儿:"窃密者层次这么高,不太可能吧?""我能告诉你的是,这是一份可信程度很高的情报!"

D国的咖啡厅。张妍问03是不是又发出了一份情报?"为了国家潜艇机密的安全,我必须冒这个险!"张妍强调:"你的情报未必准确!""准确不准确,需要家里人去判断。我的责任,就是把能够获取的信息提供回去。"

九号指挥中心。叶焓匆匆进门,招呼洪少秋、林影到她的办公室。洪少秋看向叶焓:"有重要线索了?""刚才周局通报了一个重要情况!说据内线密报,向K集团提供'0839'会议数据的人是张西洋!"林影:"不可能!"洪少秋质问林影:"你凭什么一口否定?""凭什么?凭我的直觉!"洪少秋:"直觉往往是靠不住的!""难道……难道你也怀疑张总?"林影质问洪少秋。洪少秋:"我不想怀疑!但搞案子是要靠证据说话的。现在证据指向他……"林影打断洪少秋:"洪处,我提醒你,不要中了敌人的圈套!""都冷静下来!"叶焓强调:"认定也好,否定也罢,都讲讲自己的理由。"洪少秋:"张总的女儿张妍在D国留学时学的是潜艇专业,进入K集团后,敌人很有可能利用张妍从她父亲嘴里套取情报,万一张总不慎重,一时说漏了嘴……""你终于把藏在心底的话说出来了!难道,这就是你怀疑你养父的理由?"林影气愤地把头转向一边。叶焓迟疑了一下,追问洪少秋:"洪处,张西洋是你的养父?""是,我和妹妹,都是他们养大的。"林影:"洪少秋,别人我不敢打包票,但对张西洋,我敢!""在隐蔽斗争中,很多事是难以预料的!"洪少秋强调隐蔽斗争的复杂性。"不可能!张西洋的保密意识强着呢。"林影也毫不示弱。叶焓:"好了,都别争了,我算听明白了！洪处的分析来源于事实，而且有情报做支撑；林处的分析呢，也不仅仅是直觉，而是凭着多年在保卫处长的位置上积累的经验，凭着对张西洋总工程师的了解。"林影："叶处这么说嘛，我还能够接受。""叶处，在案情分析上，我不希望你和稀泥！希望你拿出自己的主见。"叶焓："我的意见就是，明天正面接触张西洋。""短兵相接，不好出手，我们一起研究个方案吧。"洪少秋说出了自己的想法。

　　九号指挥中心专案组会议室。张西洋坐下。林影给他放了杯水。张西洋望了眼洪少秋、叶焓，主动调和气氛："天不怕，地不怕，就怕保卫处找我来谈话！"叶焓说明意图："张总，我们今天找你来，是想了解一个情况。"张西洋："我知道，少秋坐在这里，肯定是保密方面出问题了！真是怕什么来什么呀！"洪少秋："张总，据我们了解，你在参加'0839'会议的过程中，曾经多次离开会场？""别说你们有疑问，就是我也感到很奇怪！那天，我的肚子很不争气，先后四次从会场出来上厕所。"林影："对啊。张总可是我们的国宝啊，他每次上厕所，我都怕他摔着，一直把他扶到门口才敢撒手。"洪少秋："张总……"张西洋不满："你叫我张总，有点生分吧？"洪少秋改换语气："张叔，开会的头天晚上和当天早上，你吃的是哪儿的饭，喝的是谁给的水？""饭是老伴做的，水也是在家里喝的。"洪少秋："你从会场出来四趟，文件都放哪儿了？""前三趟都没带出来，最后一趟怕一旦散会了文件没人管，就带出来了……""给过谁？"洪少秋的眼睛里充满问号。"给招待所的蒋所长了。林影，你当时不也在门厅吗？""是，给他了！当时我还看了表，你上厕所一共蹲了9分钟。"林影答。叶焓问林影："林处，在这9分钟里，蒋所长打开过文件吗？""我在的时候，他没有打开，但我到值班室接电话的时候，就不好说了……这，这一查还真查出问题来了！"洪少秋："当时在大厅的还有谁？"林影："招待所的女服务员罗静、肖妮。"洪少秋："林处，带上江源、米小冉，马上去找罗静、肖妮。"林影犹豫："我带他们去，你就不怕我给你藏点掖点什么吗？"洪少秋："我们相信你。"投去信任的目光。"快去吧。"叶焓催促林影。

　　在潜艇研究基地招待所会议室门厅，罗静向林影、江源、米小冉介绍："那天吧，张总走到这里，把文件袋递给了蒋所长。""蒋所长接过文件袋以后，离开过大厅吗？"江源询问。罗静、肖妮先后摇头。米小冉追问："他打开过文件袋吗？"罗静还是摇头。江源问肖妮："你呢，看到蒋所长打开过文件袋吗？"肖妮想了下："我在的时候没有，我去上厕所的时候就不知道了。""你什么时候去上的厕所？"米小冉的目光很锐利。肖妮磕巴起来："就……就是林处长接电话回来不一会儿吧。"

　　D国K集团大楼楼梯上。03迎上走下来的张妍，对她说："有一个事，我想来想去，还是要告诉你。""总裁截获你的情报了吧？"张妍停顿了一会儿，见对方没有回答，又问，"要我给你当证人？"03摇了摇头："是我把那个内幕情报核实清楚了！""什么内幕情报？""就是那个向集团提供'0839'会议数据的人。""看你神神秘秘的样子，莫非那个人跟我有关系？""没想到，他竟然是你父亲！""你……"张妍发现03表情变化，很快压住内心的波澜。"这好啊！""就这，还好？""是好啊！这下，我们父女俩都是K集团的人了，到时候，就是我爸知道了我的真实身份，他也不会再责怪我了！""幼稚！"03愤愤不平。

九号指挥中心大厅。林影、江源、米小冉进屋。洪少秋起身："快，说说你们调查的情况。"林影坐下，看了眼洪少秋，主动检讨："我没想到，文件还真在蒋文锁的手里待过几分钟！教训啊！""江源，米小冉。"洪少秋急于想知道情况，"抓紧讲情况！"江源望向林影："我想问林处一个问题。"大家对江源的直率感到吃惊。"林处，你在张西洋第四次上厕所时，到会议门厅旁边的值班室去接过一个电话，请问，这个电话是谁打给你的？"林影："田姨啊！"江源："田姨是谁？""张总的夫人。""她为什么在这时打电话找你？""她问张西洋跑没跑肚？还说要给他送药来。"洪少秋："她来了吗？"林影："没有。"洪少秋："她为什么突然想起要问张西洋拉没拉肚子？""她说自己跑肚了，担心丈夫也闹肚子。""即使这样，她也可以把电话打给别人，为什么要打给你？"洪少秋不依不饶。林影反问："张总参加那么绝密的会议，他能把手机带进去吗？""打电话的事，也许是一个巧合。"叶熔提出自己的判断。米小冉："不是巧合！张西洋闹肚子，他老伴打电话来问他闹没闹肚子，而且还把电话打给了林处，这时候张西洋的文件又恰好落在蒋文锁的手里，这是一个精心设计的连环套！"江源建议，尽快对张西洋、田云分头展开查证。洪少秋看向叶熔。叶熔认为，不管是哪一种情况，焦点都在蒋文锁身上。洪少秋拍板："事不宜迟，今晚就对蒋文锁采取行动。"

张西洋家里。田云追问丈夫为什么老是阴着脸？张西洋："你说那天我这肚子闹的。不光拉个没完，而且还闹出泄密的事来了！"田云着急起来："泄密？唉，你把秘密泄露给谁了？快说呀！"张西洋："更糟糕的是，那天你还给林影打了一个电话。你要知道，他可是保卫处长呀！""我打电话给他怎么了？关心你还不对吗！"田云辩解。"唉，你给我说说，那天我为什么会拉那么多次肚子？"田云："我也拉了呀！"张西洋："这后面一定有问题！""一起过了这么多年，你还怀疑我？"田云委屈得想哭。"我就吃过你做的饭，喝过你倒的水！为什么闹肚子？"

专案组的侦察车停靠在潜艇研究基地招待所外。洪少秋在车上通过麦克询问："林影，目标离开没有？"林影的声音传来："已经离开。"叶熔下令："行动。"洪少秋带江源、肖卫华飞身下车。叶熔注视着屏幕。洪少秋、江源、肖卫华进入蒋文锁住所，起获笔记本电脑、相机、U盘，逐一解码进行检查。侦察车上，叶熔通过麦克问洪少秋："02，有情况吗？"洪少秋回答："还没有。"林影在屏幕上报告："01，目标突然离开会场，正向住所方向走去。"叶熔："你设法跟他说上几句话。"林影："是。"叶熔通知洪少秋："02，马上撤出。"

九号指挥中心。洪少秋走到坐在电脑前的江源旁边："忙了一夜，从蒋文锁的电子数据里发现痕迹了吗？"江源摇了摇头。洪少秋："一时找不到痕迹，这很正常。大伙看看，下一步棋，该往哪儿走？""我认为，还是要相信情报，把主攻方向放在张西洋夫妇身上。"江源提出自己的想法。洪少秋："这个建议直逼要害，我赞同。""我也同意。"叶熔表态。江源得意地看了米小冉一眼。米小冉故意挑衅江源："得意什么？只要让我跟张西洋、田云单挑，我保证三小时内查清他们的问题！"林影的火气终于爆发出来："我提醒各位，专案是为科研服务的！"众人沉默。洪少秋打破沉闷："我要强调的是，专案首先是为保密服务的。保不住新型潜艇的核心机密，再尖端的武器，也是一堆废铁！敌人想知道它在哪里，就能知道它在哪里；敌人想什么时候摧毁它，就能什么时候把它化为灰烬！像这样的潜艇，我们要它还有什么用？"米小冉："洪处，我听出你的意思来了！江源，肖卫华，我们准备器材，现在就去找张西洋。""米小冉，洪处还没表态呢，你就发号施令了？"叶熔阻止米小冉："坐下！"林影紧盯洪少秋，极不希望他做出对张西洋不利的决定。洪少秋望了望林影："我退一步！叶处，麻烦你回局里请示周局，还辛苦一下内线，再把情报做得详细一点。"叶熔："先迂回一下也好。"

D国K集团03住所。03听到笔记本电脑传来提示声，输入密码，屏幕上出现文字：请进一步查清对手获取"0839"会议数据的途径！03清除文字，输入内容："明白！"点击发出。

第二章

张西洋在家里走动着、思考着。田云从书房拿着一个U盘出来，追问丈夫："还心神不宁呢？""涉及文件失控的事，你让我怎么安宁得下来？""只要咱心里没鬼，你怕什么呀？""这里面的利害关系，难道你还不清楚？""你说，少秋他们什么时候会来找我了解情况？""其他的都好说，就我闹肚子这事，看你怎么跟他们说清楚！""说得清就说，说不清拉倒。""你说拉倒就拉倒了？"张西洋的心里乱极了。"不这样，还能咋的，他们还能把你吃了？"张西洋发现妻子手上的U盘："咦，手上拿什么呢？""黄薇薇的照片。""什么时候了，你还有心思搞这套？"张西洋压抑着火气。"黄薇薇把照片送来了，我总不能就这样给人家退回去吧？先给石刚传过去，等他回了话再说。"田云走进书房，打开电脑。

夜深了，D国K集团的大楼里仍然很不平静。布雷尔拿起电话，令张妍到他的办公室一趟。张妍放下电话思考了一会儿，拉开门向布雷尔的办公室走去，抑制不住的足音在楼道里回荡。03迎面走来，从张妍身边擦过时，目不斜视地说了句："当心！"张妍听到03的足音远去，紧张的气氛从她的目光里透射出来。

九号指挥中心。洪少秋看了下表，要叶焓再给周大路打电话，问问内线的情报过来了没有？叶焓掏出手机，起身出屋。

D国K集团大楼。张妍使用磁卡打开布雷尔办公室的门，走到他的对面，猜不透对方的心思。布雷尔终于推开文件："我找你来，是要核实03的两个情况！第一，他是否在你的车上往中国发送过情报？""03坐过我的车，但往中国发没发送情报，我不知道。"布雷尔站起来："第二，03多次做我的工作，死活把你推荐到我们集团来，是不是想把你设为中国的坐探？"张妍："他只跟我说过，要我想法从父亲的嘴里套取情报，没说过要我当中国的坐探。"布雷尔走动着："我严肃地告诉你，集团已经两次截获03发往中国的情报！这说明什么？说明他是中国安插在我们当中的内线！""既然这样，总裁应该马上下令抓捕他。"布雷尔迟疑了一下，但很快恢复笑容："我找你核实情况，就是要完善抓捕他的证据。"突然，灯光熄灭。布雷尔，"有情况！快，跟我上监控室。"张妍从兜里掏出应急手电，给布雷尔照着路。03隐蔽在暗处，一直目送着布雷尔、张妍离去，才悄然接近、进入布雷尔的办公室，快速掏出电子解码器，罩在保险柜的密码键盘上。解码器数据快速闪烁，03焦急地等待。K集团监控室的自动门通过布雷尔的眼纹打开，室内各系统依次启动，设备上的灯光闪烁。布雷尔坐下："张妍，你是第一个知道，我还有这么一套秘密系统的人！""总裁，你要我到这里来，不会仅仅是要向我展示这套系统吧？""当然不是。以后，这套系统就由你负责了。"张妍颇感意外："由我负责？莫非，你要把我拴在这套系统上？""不愿意吗？"布雷尔反问。"总裁，我还要做我父亲的策反工作呢？""这套系统可以连接到世界上的任何一个网点，自然也包括你父亲的电脑！"张妍十分吃惊："我父亲的电脑？""你没有必要这么紧张。我指的是你父亲家里的电脑。""总裁，你要是突破了我父亲设计室的屏障，就省得我再去做他的工作了。""凭着我们的技术，这一天很快就会到来了！"张妍言不由衷地说："那太好了……"突然发现屏幕异常，"总裁，有情况！"布雷尔望了下屏幕："这不是03吗！他进我的办公室干什么？"03的举动显示在屏幕上。布雷尔办公室的解码器归零。03拉开保险柜，从里面取出文件，迅速查到"0839"会议情报底稿，掏出微型相机拍照，而后放回文件，锁上和清除保险柜痕迹，警惕地退到室外。监控室里，布雷尔盯着屏幕："张妍，按下警铃，集合应急分队，我要抓他一个人赃俱获！""总裁，按钮在哪里？"张妍故意拖延时间。布雷尔："那，橙色的！"张妍按下橙色按钮。"K集团"大楼各层警铃骤响。警卫从多个方向出动。03闪入电梯，电梯下行。警卫兵分多路，一路乘电梯上行，一路封锁楼梯，更多的人对楼层展开搜索。大楼内，几乎到处都是警惕的眼睛、伸出的枪口和跑动的身影。布雷尔在监视器前指挥："目标进入9号电梯，迅速封锁一层电梯出口和大门口。"张妍暗中着急，但又生怕被布雷尔看出脸上的破绽。布雷尔紧盯张妍的眼睛："这场电影，是不是很有看头啊？""还行吧，就是画面太多了，眼前有点晕。"03在二楼闪出电梯，跃上窗户，跳至门楼顶上，飞身而下。封锁大门的警卫有人发现03，手一挥，喊了声："在那儿！"现场指挥员："追！"03跳上自己早已备好的车。布雷尔在监控器上看到03的车急速离去，命令："直升机起飞，配合地面，追击03！"

市郊公路上，03急于甩掉尾巴，一再加速。后面追踪的多台车辆逐步接近03的车。03从车内的广角屏幕上监控到后面追上来的车辆，触摸紫色图框，汽车尾部释放出烟雾。第一辆追击车辆在烟雾中紧急刹车，后一辆猛烈撞击上来，两车内的警卫跳下车来，有人给后方追击车辆发出警示，更多的人向前方03的车辆开枪。03的汽车轮胎被击穿，偏了一下，又很快自动冲上气。后三辆追击车辆按警卫手势躲过被撞车辆，很快咬住了03。03把手伸向屏幕上的黄色图框，汽车尾部撒下一片三角钉。最前面的追击车辆轮胎被扎，翻车、起火、爆炸。后两辆车紧急刹车。03把相机连接到车上的触摸电脑上，将情报发送出去。

三岛市国家安全局机要室内，周大路、叶焓在焦急地等待。机要员接收到03发来的信息。周大路接过情报看了看，递给叶焓："03的货终于到了，你马上赶回专案组。"叶焓接过03情报："是，周局。"

九号指挥中心。03的情报照片投射在大屏上。叶焓介绍："03的情报表明，'K

集团'拿到的只是'0839'会议的三个数据。"米小冉:"这种情报,闭着眼睛也能蒙出来,意思不大。"林影开始放松:"这下好了,张西洋的嫌疑可以排除了!"肖卫华:"林处,你下这个结论,还为时太早了吧。"米小冉:"肖卫华,这次,我跟你的看法不一样,我投林处的赞成票,应该大胆地排除张西洋。"叶焓盯了米小冉一会儿:"以后,不要乱表态。""叶处,你别拿话压我,在专案分析会上,我看重的不是权力,而是正确的判断。"米小冉又顶了叶焓一次。叶焓:"这还用你给我上课?""叶处,就我这性格,你过去是了解的呀!这次怎么啦?"叶焓:"过去是我们自己研究案子,现在是和部队的同志一起配合!""这有什么区别吗?"米小冉依然不服气。叶焓:"自己好好悟悟!"

　　D国的一个加油站,03加过油后,发动车驶上盘山公路。空中的直升机飞抵03车辆上空:"你已经被包围了,停下车辆,放下武器,出来投降……"在"K集团"的监控室里,布雷尔注视着现场传来的画面,对张妍感叹:"03还真是老特工,这长时间,直升机才锁定他!"张妍淡淡一笑:"我不这么看!""哦,你怎么看?"布雷尔想从张妍的眼睛里看出异样。"我要是他,趁着天黑,早就弃车逃了,还等到现在让人锁定?"布雷尔埋怨张妍:"你呀,还是太嫩了!我的追兵一直在后面,他就是弃了车,又能逃多远?我告诉你,直到现在,他渴望的还是:汽车假如能飞起来,那该有多好啊!"张妍看了眼大屏幕上直升机传过来的追击画面:"这下,他是真的逃不了了!""是啊!03,你没本事,就休怪我不客气了!"布雷尔向机组下令,"直升机组,向03发射火箭瓦斯!逼他出来缴械投降。"张妍掩饰着自己的紧张,给布雷尔倒了一杯水放下:"总裁,润润嗓子吧。"布雷尔拿起水喝了一口,问张妍:"你紧张吗?""有点。"张妍按住胸脯。"怕不怕03被打死?""对一个内鬼来说,死得这么惨烈,也算他没有白活一场。"D国盘山公路上方,直升机向下俯冲,瞄准03车辆发射火箭弹。03驾驶车辆,躲闪炸点,终于进入隧道。直升机驾驶员猛见山峰横在眼前,紧急拉高,才没有撞在山上。03驾车行驶在隧道里,前方露出隧道出口。K集团监控室的电脑前面,布雷尔注视屏幕,发现03的车辆穿过隧道开出来,当即下令:"直升机组,向车辆发射挂钉,吊起03车辆,让他享受一次空中飞车的味道!"

　　专案组指挥中心,大家的目光集中在大屏幕上。洪少秋用红色激光笔点击屏幕:"请大家注意,我们要内线提供的是国内泄密嫌疑人的情况,可他为什么却发来这么几个我们已经掌握的数据?"叶焓转着手里的铅笔凝神思考?米小冉:"洪处,难道你怀疑内线有问题?""我不敢说他有问题,但起码有一条,感觉他的情报不对。"叶焓起身走向室外。洪少秋看了看叶焓的背影,也起身跟了出去。

　　D国公路上,03驾车高速行驶。直升机对准03车辆,发射器上的挂钩清晰可见。03抬头看了下,驾车躲开直升机。直升机再次对准目标。03跳车,车辆冲下山崖,在翻滚中爆炸。直升机紧急爬高。03钻入丛林,快速离开现场。

　　专案组指挥中心外的天台上。洪少秋走到叶焓身边:"我刚才的分析,不是要冒犯你,更不是怀疑周局使用的人。""搞案子,找到疑点,本身就是进步。现在的问题是,怎么才能找到新的突破口?""你看,能不能通过最近几天的异常汇款,找到新的线索?"叶焓对洪少秋的想法表示赞赏。

K集团监控室里。布雷尔盯着张妍:"怎么,还没从刚才紧张的气氛中解脱出来?""感谢总裁,让我看了一场真实的电影!""你再把03摔下山崖的镜头回放一下。"张妍操作电脑,大屏幕上出现03车辆摔下山崖爆炸的场面。布雷尔冷笑着问张妍:"我想,你不会像他这样去死吧?""对不起,总裁。"张妍说,"我还真没有考虑过这个问题。""作为K集团的员工,第一件事就是要考虑到死!要想到自己一旦暴露的时候,怎么去死……"布雷尔的目光很严厉!"我还年轻,不想就这样死了。""你既然这样惜命,那就永远不要背叛集团,也永远不要被我们的对手抓住。"张妍有目的地岔开话:"总裁,03死没死,还两说吧?"布雷尔感到惊讶:"是吗?那赶快通知搜捕部队,对03坠崖现场进行全方位搜索。"

江源、米小冉从邮局出来。米小冉:"真没想到,问题竟然出在洪处长的妹夫身上!"洪少秋在指挥中心听完江源的汇报感到十分震惊,真不敢相信他的妹夫竟然在五天之内收到过D国的五笔汇款,总数高达60多万人民币!忍不住追问:"你们核准了吗,收款人会不会同名?"米小冉:"洪处,你妹妹叫洪蓉,你妹夫叫钱守成,住在潜艇研究基地家属院11楼1单元302室,这没错吧?""没错!走,正面接触钱守成!"洪少秋起身要走。叶焓:"洪处,按照规定,你应当回避吧?""好吧,有了结果,在第一时间告诉我。"洪少秋思绪难平。

D国盘山公路悬崖下。追捕人员向布雷尔报告:"总裁,我们已经搜索完毕,没有发现03的尸体。"布雷尔在办公室下令:"搜,再给我搜,活要见人,死要见尸。"追捕人员:"天太黑了。""天再黑,也要搜!"布雷尔气愤地拍了下桌子。

三岛市国家安全局预审室。钱守成坐在被审席上。叶焓询问:"姓名?"钱守成没好气地说:"洪少秋。看什么看?叫洪少秋来见我!"叶焓:"按照法律规定,洪少秋已经回避了。"钱守成抗争:"他凭什么回避?你们凭什么抓我?我出卖国家机密了?我告诉你们,你们代表的是国家强制部门,抓人是要有证据的!"

K集团情报中心大厅。大厅里坐满了参加会议的人员。布雷尔走到指挥席坐下:"大家没想到吧?我也没想到,03竟然在我们的眼皮底下消失了!一会儿,你们和自己的手下都给我撒出去,全面查找03的下落,绝对不能让他逃回中国去!"

叶焓在审问钱守成的过程中,走到他的面前:"我们换一下位置!"钱守成犯晕,本能地站起来,一时不知所措。叶焓指了指主审席:"坐上面去!"钱守成坐进主审席,浑身不自在。叶焓坐进被审席,对钱守成说:"开始吧。""开始什么?""审我!""什么?我审你!"钱守成蒙了,一时不知叶焓跟他玩的哪一出?

洪少秋走到妹妹家的门口按下门铃。洪蓉在屋里听见铃声，以为丈夫回来了，小跑过去打开门："守……"见是洪少秋，失声，"哥！"洪少秋："瞧你，抹什么泪呀？"洪蓉擦去泪，给哥哥倒水："哥，钱守成不出事，你还不会来看我？"洪少秋直来直去："告诉我，这些日子，钱守成都干什么了？"洪蓉拉下脸来："哥，刚见面，就审上我了？""不是审，是为了把事情搞清楚。""他转业回来，军转办给他安排了个工作，但他嫌挣得少，辞了。""这么说，他做上买卖了？""是，开了个电子商务公司。""电子商务公司，现在热门得很，那一定挣到大钱了？""挣什么大钱呀！就他那网上商店的东西，网民虽然看得见，但摸不着，你说，谁敢轻易给他打钱呀？""他的电脑在哪儿，带我去看看。""这、这才是你来找我的真正目的吧？"洪少秋见妹妹没挪窝，火了："还坐着干什么？起来，带我去！"洪蓉的目光被哥哥的怒火压了回去，只好带着洪少秋进入书房。

三岛市国家安全局预审室。钱守成拍着脑袋："哎呀！原来你们是为了那几笔D国汇来的破钱，早说呀，吓得我冒了好几身冷汗！"江源："你不死拧，不是早就说完了吗？"钱守成狡辩："我心里没鬼，当然要拧了。"叶焓："还拧！快说，那几笔钱是怎么回事？"钱守成陈述："我姐吧，她三年前出国了，在外面挣了点钱，想在家乡投资买个房子，但D国那边吧，对汇出来的款卡得很死，一次不允许超过两万美金，我姐没法，就大钱变小钱，一次接着一次的给我汇啦……你们不信？今天、明天、后天的下午，还有三笔钱要进来。"叶焓起身走向主审席："肖卫华，米小冉，马上去核实他说的情况。"钱守成坐回被审席，一副哭腔："哎哟，你还要我在这里待多久呀！就这么个破事，你们还有完没完啊？""核实清楚你说的情况，只要属实，马上放你回去。"叶焓给了钱守成一颗定心丸。

K集团所在城市，03走进电话亭，急拨电话："张妍。"张妍把车停到一旁接电话："听到你的消息，我的心总算是放下来了！"03的声音传来："你别激动！我需要你的帮助。""你选个地方，我们见个面。"张妍听完对方说的地址后关掉电话。游泳馆内，03、张妍从泳池上岸，披上浴巾，坐进躺椅里。张妍对03说："你胆子也太大了！竟敢在总裁眼皮底下跟我见面？"03轻松地调侃道："放心吧，布雷尔是个近视眼，我离他越近，他就越是发现不了我！""说吧，要我怎么帮你？""搞一台笔记本电脑。"03说得很直接、很简练。"这个事呀！我一会给你钱，自己买去。""我到市场去，你说安全吗？"张妍犹豫了一会儿："那好吧，我给你准备。""最好，你把集团的密钥系统给我装上。""这我可不敢……""装上以后，我跟你联系起来方便！"张妍："我不想冒这个险，真的！你要是非同我联系不可，那就进我宿舍的私人网络吧。""都什么时候了，你还不信任我？！"03对张妍不满。"我不是不信任你，是没有窃取集团机密的胆量。""是不是布雷尔警告你了？""他让我看了追捕你的全过程。""害怕了？""你说呢？""我没想到你会这样！"03对张妍很失望。张妍看了下左右："抓紧说吧，我在哪里把电脑交给你？""等我电话。"03起身离去。

专案组指挥中心。叶焓走到洪少秋身旁，坐下："洪处，在钱守成的事上，本想打个短平快，没想到却走了弯路。""以钱找人，思路没错。"米小冉："叶处，我们把钱守成排了好啊！要不，洪处哪还能坐在这领导我们破案呀？"洪少秋："排除钱守成这一步走得值！不但查清了钱守成没有问题，而且还了解到K集团至今没有往三岛市汇过款，说明关键性情报还没有泄露出去！"叶焓："时间很紧！我们一定要抢在敌人的前面。"洪少秋转向林影："林处，你介绍一下新型潜艇研究的知密情况。"林影击打面前的键盘，把图像发送到大屏幕上："在我们基地，能够全面掌握新型潜艇设计的只有三个人。"拿起红色激光笔点示图片，"他们分别是，总工程师张西洋，副总工程师刘进，海军派驻的军代表石刚。其他9个设计部门的领导，都只掌握本部门的有关情况。具体到设计人员，每个人则只知道自己负责设计的相关数据。"叶焓："电子数据和图纸存放在哪里？"林影投送信息到大屏幕上："这是基地9个部门的保密室，每个部门的资料，都存放在各自的保密室里，每次使用和交回，都要经过主任、副主任和保密员同时签字。""总数据和总图纸呢？"叶焓继续追问。"这是基地0号保密室，就存放在里面。"洪少秋想了下问："都有谁能够进入0号保密室？"林影："张西洋，刘进，石刚三人中，必须有两人同时到场，才可以进去。如果是他们中的一人想进去，必须由两个保密员同时在场。"洪少秋："把两位保密员的资料投到屏幕上。"林影："这个叫洪蓉，这个叫李沿，都很可靠。"洪少秋："石刚的表现怎么样？"林影："军代表，还能有问题吗？好着呢！"

钱守成回到家，直奔书房。洪蓉摆上最后一道菜，招呼丈夫吃饭。钱守成从书房出来："我的电脑，被你哥动了吧？""你犯这么大的事，就算我不让他动，行吗？""谁犯事了？我这不是好好的吗！他们以为自己是部队保卫干部，是国家安全部门的便衣，就能随便欺负我？我钱守成好歹也在部队上摔打过十来年，防间反特的防线，在脑子里还是有的！""好了，我相信你，因为你从来就没有向我打听过我潜艇设计上的事。""这种事，我还能不懂？在部队学过，不该问的秘密不问，不该说的秘密不说……"钱守成自吹自擂。"你少自我表扬了，坐下，吃饭。"钱守成坐下："有酒没有？倒一点去，我想压压惊！"洪蓉给丈夫和自己倒上酒，端起杯："来，碰一下，我也压压惊！这个心呀，怎么到现在还翻腾着呢？你这次没犯事，以后不会犯事吧？""瞧你，什么心态？我就是想犯事，你不给我提供秘密，我也犯不成呀！是不是？"钱守成反问妻子。

夜深了，专案组还在挑灯夜战。洪少秋："叶处，我看你几次欲言又止，一定是有什么想法吧？"叶焓："我想让林处把田云的情况介绍一下。""田云的情况！这？"林影转向洪少秋，"洪处，我们的时间很紧，该忙的忙，不该忙的别瞎忙，越忙越乱，越乱越耽误时间！"洪少秋："林处，我们不能陷入主观的误区！""我陷入误区？你别忘了，田云可是一把屎一把尿把你从小拉扯大的！""我们现在是在分析案子，不是在谈论亲情。""该查的，我们不是都查过了吗？"洪少秋："她在张西洋开会期间也闹肚子的事，会有疑点吧？有疑点就查！"林影气呼呼地说："查什么？"洪少秋："刚才叶处说了，把田云的情况说一下。""你吼什么？她的基本情况，我电脑里就有。"林影敲击键盘，把田云的照片和相关资料传输到大屏上，"田云，53岁，当过兵，上过战场，张西洋总工程师的爱人。"看了洪少秋一眼，意味深长地说，"还有很重要的一点，她是洪少秋处长的养母！"

在D国K集团情报中心。布雷尔目视大屏幕逐一询问："艾尼莎，发现03没有？"艾尼莎的图像出现在屏幕上，在追捕现场回答："还没有。"布雷尔："金枪鱼，你去的方向有情况吗？"金枪鱼的图像弹出，他在行进的车上回答："还没有。"布雷尔："张妍，你那一块呢？"张妍驾车在野外搜索："还在继续搜索。"

布雷尔："你的图像怎么没过来？"张妍在车里答道："是不是控制软件出问题了？"布雷尔改换频道："艾尼莎，张妍方向异常，你们马上赶过去！"

在专案组，洪少秋问林影："田云出过国吗？"林影："跟张总一起，先后到过E国、D国、R国、W国。"叶焓："我听说，她最近正在给军代表石刚介绍对象。""她给石刚介绍对象？这不是瞎操心吗？"林影不知道该怎么埋怨田云。

D国海边沙滩。张妍把车停在沙滩上，下车向海边走去，暗中不时向四周观察。艾尼莎的车开至附近停下，她和另两个特工坐在车上等待着03的出现。金枪鱼的车从另一个方向开来，停在张妍观察不到的地方，悄悄监视着张妍的动向。

专案组的会议还在进行。叶焓问洪少秋："田云要给石刚介绍的对象，你知道是谁吗？"洪少秋问道："很特别吗？"叶焓："年轻、漂亮，是'海洋情人俱乐部'的总经理。"江源："这么漂亮的女人，又是冲着军代表来的，不管出于什么动机，都应该把她的底子搞清楚。"米小冉："我也这么漂亮，你为什么不来查我呀？""你如果现在正在接近石刚，我照样查你！"江源目光直逼对方。"呦，叶处，你也这么漂亮，今后要是去找石刚了解情况，一定要保持足够的距离，当心背后出现一双神秘的眼睛。"米小冉笑看叶焓。洪少秋："米小冉，我听出来了，你反对去查那个漂亮女人？"米小冉："当然了，搞案子，最忌讳的就是以貌取人！一个人再漂亮，她未必就是间谍；反过来，一个丑八怪，他没准还就是个特务！""小冉，我赞成你的观点。"洪少秋表明了自己的态度。"那你说，下一步，我们该从哪里下手？"叶焓看向洪少秋。"我的想法，还是从田云身上入手。""洪处，你怎么老把祸水往张总家引啊？"林影质问洪少秋！"林处，你别把私情和工作搅在一起！我这样做，不仅是办案的需要，而且是为了对他们负责，是为了对国家的军事安全利益负责！"叶焓："洪处，你是张西洋、田云养大的，调查田云，你还去吗？""叶处，你的意思我明白，无非是要我主动回避。""我的意思是，你如果不方便的话，就由我带米小冉去吧。""小冉，叶处点你的将了，你就跟她辛苦一趟吧。"米小冉："叶处、洪处，谢谢你们都对我这样信任。"

D国海边，张妍坐在沙滩椅上，看了看表，内心独白："见面的时间就要过了，接头的人怎么还不来？"布加达走到张妍旁边坐下，说出第一句接头暗语："青山横北郭。"张妍喝了口饮料："白水绕东城。"布加达："浮云游子意。"张妍："落日故人情。"布加达："挥手自兹去。"张妍："萧萧斑马鸣。""中间为何跳过两句？"布加达问。"因为两侧有人监控！"张妍看了下左右。布加达："开头的青山代表03。"张妍："落句的马鸣就是回应。"布加达："东西放在哪里？"张妍："唐人大厦9313保险箱。"布加达起身，从穿着泳装的人流中离去。

叶焓、米小冉走进潜艇研究基地医院院长办公室。田云向门外看了一眼："洪少秋呢，他咋没来？"叶焓避开田云的问话："田院长，我们这次来，是要向你了解一个情况。""怎么，还怀疑我们老张？"叶焓："我们不是为这件事来的。""那、那你们就是怀疑我了？我那天也拉肚子了。不管怎么说，我们老张闹肚子，不是我给他下的药！这个你们不用查，再查也是这个结果。"米小冉："田院长，你是不是太紧张了一点？""我紧张？笑话！告诉你们，我的心跳很正常！"叶焓："田院长，你接着说。""我知道，你们肯定会来找我。""我想知道，你心里为什么发虚？"米小冉的目光咄咄逼人。"唉！还不是怕老张闹肚子的事说不清！你们说，那天的菜，那天的水，到底是哪一个出问题了呢？"

D国唐人大厦。布加达从9313保险箱内取出笔记本电脑。艾尼莎暗中观察着布加达的一举一动，秘密请示布雷尔："总裁，布加达从保险箱里取出一部笔记本电脑，要不要动手？"布雷尔在办公室里握着电话交代："记住，在布加达把电脑移交给03的过程中，你们一定要保护好他的安全。""总裁，03拿到电脑后，我们怎么办？"艾尼莎请示。"这还用问吗？我们这几天都在做什么，你应该很清楚！"布雷尔想了会儿又问："张妍呢？"艾尼莎："她应该一直在金枪鱼的视线之内。"布雷尔："只要她在你们的视线之内，我就放心了！"

叶焓还在继续询问田云："田院长，张总和你闹肚子的事先放放，我想问你点私事。""私事呀！"田云松了口气。叶焓问田云："你认识石刚吧？""认识，怎么会不认识？他是我们基地的军代表。""我听说，你正在给他介绍对象？"田云肯定地说："是啊，有这事。""是石刚托你的，还是女方求你的？""他们谁都没有找过我。是我一见到石刚，心里就不好受！你说，那么好一个人，怎么到了这个岁数，还找不到一个女人？所以啊，只要一有机会，就想帮他尽快划拉一个对象。""你一见石刚，心里就不好受？"叶焓提出自己的疑问。"是啊！你们还不知道吧，石刚原来在核潜艇上当副艇长，谈了三个对象，女方都怕影响下一代，吹了。你说这些姑娘，也不知道她们是怎么想的？石刚开的那艘潜艇，就是我们老张设计的，所以，他一调到我们这里当军代表，我就跟我们老张表了个态，一定要帮石刚找一个三岛市最漂亮的姑娘！"米小冉跟叶焓对视了一眼。

D国某城市郊区牧马场。03化装成牧马人，骑在一匹高头大马上，等待着布加达的到来。布加达的车从远处驶来。03赶着马群迎了上去。布加达停下车，拿起笔记本电脑走向03。艾尼莎、金枪鱼等多辆车从公路两头包抄上来。03发现包抄他的车辆，夺过布加达的电脑，扬鞭策马朝山上奔去。艾尼莎、金枪鱼驾车朝山上追击，并频频向03开枪。03不断回身还击。艾尼莎、金枪鱼等人的车冲上陡坡，在深渊前紧急刹住。03消失在密林里。布加达走向艾尼莎、金枪鱼，对他们说："我爸说了，你们要是抓不到03，就带我回去见他吧。"

叶熔迂回追问田云："田院长，你知道石刚肩负的使命吗？""这还用问吗？他和我们老张一样，掌握着新型潜艇的总体方案，而且潜艇的很多先进指数，都是他按照部队的实战要求提出来的。"叶熔："那你给他介绍对象，总得把对方的政治条件放在第一位吧？而不应该只是想，要把三岛最漂亮的姑娘介绍给他。"田云："你们以为我真的那么糊涂呀？黄薇薇的政治条件好着呢！要是不好，我会把她介绍给石刚？想都别想！"

D国"K集团"总裁办公室。布雷尔表扬张妍："张妍，你主动把03要你提供电脑的情况报告给我，这很好！说明你对K集团是忠诚的！关于那个我给你的东西，你装进提供给03的电脑里去了吗？""装了。""那么，你想不想知道03现在的位置？"张妍似乎恍然大悟："原来，你要我给他装的是一个追踪器？"布雷尔："我看他下一步，还能往哪里跑？"

米小冉走进专案组指挥中心，看到林影注视自己的眼睛，多少有些不太自然。"米小冉，这次去查田云，还没瞄准就搂火，打偏了吧？"林影的话很不好听。米小冉坐下："林处，你就别提了，这一枪还真没打准！"肖卫华："小冉，别泄气！浮在水面的不一定是大鱼，这是很正常的。"米小冉："谁泄气了？你钻进我脑子里瞅瞅，这会儿，我已经转悠出一个新点子来了。"向四处瞅了下，"唉，洪处呢？我还真想让他再给我投一张赞成票呢！"肖卫华："洪处接了个电话，没说什么，就急急忙忙走了。"似乎也发现了什么，"唉，叶处呢，她怎么也没和你一起回来呀？""她呀……"米小冉卖了个关子，"也是接了个电话，就神神秘秘地走了。"肖卫华："这两位处领导呐，准是又被内线的情报勾去了。"江源插话："米小冉，趁领导还没回来，说说调查田云的情况呗。""我已经说了，这一枪没打准，你还关心什么？""我关心田云给石刚介绍的那个女人！""那个女人呀？名字叫黄薇薇，她父亲是三岛警备区副司令，母亲是市艺术团总监，根红苗正，没有问题。""是她主动接近石刚，还是……"米小冉打断江源的话："是田云一厢情愿，到处给人家保媒拉纤。""是吗？听你这么一说，我就更想去会会那个黄薇薇了！""当心，美色是魔鬼！""唉，我说，米小冉，下午你还说美女不一定是间谍呢，怎么现在又倒过来了？""我下午说的是美女，现在说的是美色，别看就一字之差，可这两者具有本质的区别！"肖卫华："就一个字的事，你俩较什么劲呀？"江源："较劲好啊！这样，才能顶出更多的火花来，你说是吧小冉？"米小冉："当然！你要喜欢较劲，那我就奉陪了！"

第三章

K集团总裁布雷尔在住所训斥儿子布加达真是废物一个！质问他在给03电脑时，离他那么近，怎么就没有一枪撂了他？布加达没有搭理父亲。布雷尔转而又点着艾尼莎、金枪鱼："还有你们，开着悍马，就愣没追上四个蹄子的牲口！"艾尼莎争辩："总裁，在丘陵地带，喘气的野马比喝油的悍马要好使得多。"布雷尔强压怒气："布加达，你再把电脑给03前，检查过里面的内容吗？""查过了，没什么秘密。""你备份电脑里的信息了吗？""备份了。"布雷尔："送到解密中心去，要他们连夜跑跑，看里面有没有藏着秘密。""是！"布加达转身向门口走去。布雷尔："等一下！我要你放进电脑里的东西，你放进去了吗？""你就放心吧，不但放进去了，而且隐藏得非常好！"在D国林中湖畔别墅里，03仔细检查张妍通过布加达给他的电脑，发现暗藏在键盘下的追踪器，小心翼翼地取出来，放在桌面上，然后卸下电脑里的电池，背上出屋，跨上马奔进森林。

周大路在办公室跟洪少秋、叶焓说着03在D国遇到的险情。机要员敲门后进来，递给周大路一张照片。周大路接过照片看了眼，递给洪少秋："这就是03。"

洪少秋看过照片转给叶焓："周局，你把这么机密的东西拿给我们看，一定是有关于03的任务吧？""是啊，03命悬一线，要求我们派人接应。""到哪儿？"洪少秋问。"泰国。""那你的意思，是不是想把叶处调回来？""不！这个事，我跟安部长沟通过了，由你带人去办。"洪少秋："明白，我保证完成好任务！"

D国"K集团"情报中心。布雷尔走到大屏下，注视上面的红点，对跟随其后的艾尼莎、张妍等说："03停顿在这个点上，已经很长时间了。"张妍："总裁，这正是抓捕他的好时候！"布雷尔："艾尼莎，金枪鱼，你们到楼顶，马上乘直升机飞过去。""是。"艾尼莎和金枪鱼一起出门。

林影刚到家，就接到了潜艇研究基地保障中心副主任巩怀远的电话，说是要向他反映一个重要情况！林影与巩怀远约定在办公室见面。巩怀远看到林影打开电脑准备记录，又犹豫起来……"巩主任，痛快点！我时间很紧。"林影催促对方。"关于这个问题吧，我想向专案组的领导反映。""我也是专案组的副组长。"巩怀远强调："我是想，向国安来的人反映。"林影听后很不满意："怎么，不信任我？""不是……"巩怀远，"是因为这个情况太重要了！""那好，我替你转达。但你给我记住一条,跟案子无关的家丑,千万别随便抖搂!"林影嘱咐。

"我知道。"

直升机降落在D国林中湖畔别墅的草坪上。艾尼莎、金枪鱼跳出直升机舱门,握着枪冲进别墅,只发现了03放在桌上的追踪器。金枪鱼向布雷尔报告03已经不知去向!布雷尔下令要他们马上赶往机场拦截。

叶焓在林影的引导下和巩怀远见面。巩怀远与叶焓握手:"听说专案组来,我们很高兴!这样,基地的保密就有了保障了。"叶焓客气地说:"谢谢大家对我们的信任。"巩怀远在林影出去后才说:"我想反映的这个情况,可能你们已经掌握了。""说说看吧。"叶焓打开本子。"这个事吧,我说还是不说,在脑子里斗争了好几天,最终还是下了决心,必须来给你们汇报,不然就太对不起国家对我的培养了!""巩主任,我喜欢直来直去。""我要说的,是我们张总有个女儿叫张妍……"林影突然推开门进来:"唉,我说,巩主任,你是不是吃错药了,怎么也往张总身上扯呀?""林处长。"巩怀远站起身来,"我原来是不打算说的!这不,基地的出国考察团很快就要动身了,要是再不说,万一张总出去后,下水了,叛国了,国家的损失那可就无法挽回了呀!""你觉得张总是那样的人吗?"林影质问。"张总不是,可他的女儿,那就难说了!"叶焓咬住关键:"巩主任,你就说说张西洋女儿的疑点吧。"巩怀远坐下:"张西洋的女儿叫张妍,她小我四岁,晚我三年到D国船舶大学留学。由于我们都是中国人,在学校很快就认识了。后来,我们还相恋了。她研究生快毕业的时候,我动员她回国,她说还要读博士。博士毕业了,总该回来了吧?但很遗憾,她说要拿到D国的绿卡。为了拿绿卡,她进了'K集团'!你们可能还不知道,'K集团'挂的是羊头,卖的是狗肉啊!""你怎么知道'K集团'挂的是羊头,卖的是狗肉?"林影追问。"这些年,我们基地没少和'K集团'交流,不管是我们出去,还是他们进来,领导每次都是嘱咐了又嘱咐,一定要注意保密,一定要严防泄密!泄密、保密背后的意思是什么?这不明摆着吗!张妍进了'K集团',那还有好?"叶焓问:"我想知道,你现在还和张妍保持着恋爱关系吗?""唉,我对她一直忘不掉,可是她,怕是早就把我从脑子里抹掉了!"巩怀远的脸上既有无奈,也有遗憾。

布雷尔在自己的住所里,通过电脑查看从机场传来的图像。布加达走到父亲身旁:"我认为,他一定是化名出去了!"布雷尔:"马上启动03电脑里的第二个秘密追踪系统。""是。"布加达掏出一个U盘插到另外一台主机上,屏幕上显示出03乘坐飞机的飞行轨迹。"查,他正在飞向哪里?"布雷尔又一次下令。布加达操作电脑,报出去向:"泰国。""把灵人给我要出来。"布加达操作电脑,灵人的图像渐显出来。布雷尔:"灵人,03正在飞往泰国,你立即追踪过去,组织泰国站的人,务必把03解决在泰国!""明白。"灵人在屏幕上回答。布加达:"老爸,你这样做,既逼出03,又考验张妍,真是一箭双雕啊!""喏,我不是一箭双雕，我是在给国家的安全大厦夯实根基！"布加达没听明白，满脸疑惑地望着父亲？布雷尔："有些秘密，别说是你，就是中国方面，做梦也想不到！"

泰国曼谷的天好高好蓝。洪少秋、米小冉随着人流走进一个大象表演场，两人分头扫视，几乎同时看到03，于是双双走到对方的两侧坐下。03望了望左右，说出接头暗号："云下风摆竹叶。"洪少秋："大象正走猫步。"03："竹节向往天空。"洪少秋："起飞就回祖国。""同志！"03握紧洪少秋的手。"03！"洪少秋也很激动。灵人手握相机挤过来，把镜头对准03。米小冉发现异常，喊了一声："当心！"洪少秋把03扑倒在地。灵人的相机手枪射出子弹。观众听到枪声，四处奔散。灵人又向03瞄准。洪少秋飞起一脚，踢飞了灵人的相机手枪。隐藏在观众中的几名D国特工掏出枪，从多方向朝洪少秋、03、米小冉扑来。洪少秋、03、米小冉同对手展开生死搏斗，枪声、打斗声此起彼伏，惊险场面一个接着一个。中国大使馆的两辆车急速开来。洪少秋、03、米小冉利用大象群，在大使馆人员的接应下，很快进入车内。灵人带人冲上来拦车。洪少秋对司机说："加速，冲过去！"汽车对准灵人等人猛冲上去。灵人慌忙躲闪，望着远去的车尾大喊："把车开过来，给我追！"

专案组指挥中心。叶焓要大家围绕巩怀远反映的情况发表意见。江源："张妍不惜断绝恋人关系，出国逾期不归，进入K集团工作，值得打个问号？""张妍进入K集团工作，是K集团把她策反过去的，还是她自己通过其他渠道进去的，搞清楚这一点，对怎么看待她很重要。"肖卫华话不多，但总是讲在点上。叶焓转问林影："林处，你认识张妍吧？""你们说，我能不认识她吗？"林影摇了摇头，"要是洪少秋在这儿，他恐怕不会赞同你们的分析！"叶焓对林影："你的潜台词，我听出来了，洪处和张妍曾经相爱过？""我想说的是，他们是在一道门里长大的。"叶焓："林处，干脆一点，详细说说。"林影想了下："说就说……"大家的思绪跟随林影的讲述返回到三十多年前我军第一代核潜艇的试验舱内。洪少秋的父亲洪宝根下令："核反应堆点火！"张西洋和洪少秋的母亲严娃屏住呼吸注视着仪表，红色仪表灯突然报警。严娃："不好！反应堆舱室辐射超标！"张西洋："洪工，我马上去处理！"洪宝根抓起密封装备，招呼洪少秋的母亲："严娃，快，跟我走！"严娃和洪宝根穿上密封装备，通过三道舱室到达反应堆，经过仔细检查，终于找到并开始排除故障。洪宝根："好了，故障排除！"林影追忆着讲述："就这样，故障是排除了！但洪少秋的父母受到辐射住进了医院，尽管组织上想尽一切办法救治他们，但最终还是牺牲了！"众人热泪盈眶。

洪少秋在泰国飞往三岛的飞机上，见03总是抱着笔记本电脑，对他说："路途还远着呢，把它放进行李箱去吧。""不用了！"03把电脑抱得更紧了。"这多累呀！我替你抱一会儿吧？"米小冉伸手向03要电脑。"还是我自己抱吧。"洪少秋："里面有什么呀，这么重要？"03深情地说："这个电脑，是张妍交给我的！"洪少秋的眼睛亮了一下："张妍交给你的？""是啊！我想，里面应该有她给她父亲搜集的情报。"03观察洪少秋的反应。米小冉追问03："张妍是谁呀？"03："你不知道？"米小冉摇摇头。"你呀，要想知道她的身份，问洪处长就行了。""问我？"洪少秋引而不发。03："是啊。据我所知，张妍对你的感情可深了！她在同我的交谈中，多次提到过你。这次见面，你果然英俊、潇洒、干练。"

专案组指挥中心的案情分析现场。江源擦去眼角的泪水："洪处父母牺牲的时候，洪处几岁？"林影："洪少秋7岁，他妹妹3岁，张妍也3岁。洪处父母住进医院后，张西洋、田云就把他们兄妹接到家里，一直供他们吃、供他们住，供他们上小学、中学、大学……"江源："我要是遇上这样的养育之恩，就直接叫张西洋爸，叫田云妈！""不是洪处和他妹妹不愿叫，是张总、田院长不让叫！"林影解释，"他们说，洪少秋兄妹的父亲永远是洪宝根，他们的母亲永远是严娃！"叶熘问林影："林处，你告诉我们这些，是不是想说明一个问题，洪处和张妍的关系，就像亲兄妹一样？"林影反问："你们知道了这些，还会对张总、张妍持怀疑态度吗？"江源把目光投到叶熘身上："叶处，对巩怀远反映的情况，我们还查吗？""眼下，摆在我们面前的是要考虑张西洋出不出国的问题。"叶熘看向林影："林处，这样吧，你先向基地党委赵书记汇报一下，把他的意见带过来，我们再研究下一步。"

布雷尔考验张妍的又一个行动展开了。在D国情报中心监控室，张妍凝视着大屏幕上的一个红点。布雷尔敲打张妍："看到没有？03乘坐的飞机，已经在三岛降落了。这一下,你该放心了吧？"张妍暗吃一惊："总裁,03在三岛降落，跟我有关系吗？""到了现在，你还要跟我揣着明白装糊涂吗？""总裁，我脑子笨，你想说什么，请直接告诉我。""你托03捎给你父亲的情报，很快就要到他的手上了，是不是心里很高兴啊？""总裁，我什么时候通过03给我父亲捎带情报了？""布加达拷贝了你给03电脑里的内容，里面有什么，还要我告诉你吗？""总裁，那不是情报，是我从美国、英国、日本公开发行的一些刊物上摘抄下来的资料。""既然只是一般资料，为什么还要设置密码？""怕03看了，节外生枝。""03看了，就会节外生枝吗？""现在，不是已经节外生枝了吗？""这个节外生枝，不是因为03看了你的内容，而是我要布加达用高速计算机跑出来的！""总裁，你既然怀疑我，那就下令摧毁那台电脑吧！""你在电脑里置入了6107炸弹？""电脑里有四个元件的外层，是用6107炸弹原料做成的！""你为什么要这样做？"布雷尔死死地盯着张妍。张妍沉着应对："危急时刻，炸掉电脑。"布雷尔直逼要害："你是想炸死03吧？""如果有必要，我也会这样做！""好！我现在命令你，启动远程遥控程序，炸死03。"张妍有些不相信自己的耳朵，但还是坐下来输入程序："总裁，在我按下最后一个键之前，你还有什么话要说？""你是不是不想让03死？""只要你想让他死,我马上执行！"

手放到键上。布雷尔："有一句话，在引爆前，我想让03知道！"

三岛机场。洪少秋、03、米小冉走出候机大楼，坐上国安局接应的车辆。03腿上的笔记本电脑突然传出报警声，他急忙打开查看，屏幕上传来布雷尔要张妍发送的信息，03念出声音："我一会儿就会让你知道，一个变节者会是什么下场！"坐在一旁的洪少秋急忙夺过电脑，飞速卸下电池，屏幕上读秒的闪烁依然存在，而且数字越来越小……车内的气氛紧张到了极点！洪少秋呼叫司机："师傅，开窗！快，把电脑扔出去！"03抱紧电脑："不行，里面有西方最先进的潜艇资料，一定要保住它！""保什么？快！"洪少秋一把抢过电脑扔出窗外。电脑在落地的瞬间爆炸。"洪处，真悬哪！"米小冉禁不住按住了胸脯。03动情地对洪少秋说："洪处长，谢谢你！要不是你反应快，我们现在就已经说不上话了。"接着感叹，"唉，在祖国的大地上，见到亲人，喘口气都是轻松的，感觉真好啊！"

D国"K集团"监控室。屏幕上的红点爆炸。张妍向布雷尔报告："总裁，炸弹爆炸，信号消失。""信号是消失了，但03死没死，还要继续追查！你只要一有他的信息，马上向我报告。"布雷尔诡异地看向张妍。"是！我一会儿就向三岛方面核实。"张妍显得有些胆怯。

三岛市国家安全局海滨安全屋内。周大路同03握手："欢迎你回来。"03坐下："唉！在魔窟里的日子我受够了！要不是为了完成任务，我是无论如何也坚持不到今天的。"洪少秋看似很随意地问道："03是三岛人吧？""是啊！我不仅是三岛人，而且还是周局长一手发展的线人！要不，我哪会这样豁出命来保护国家的潜艇机密呀？不过，有些事我想做好，但最终还是没有实现自己的意图。比如刚才，我就没能保住拿命换回来的潜艇技术！"周大路追问出什么事了？米小冉汇报："那台装有潜艇资料的笔记本电脑爆炸了！"周大路："太遗憾了！""是，非常遗憾。"洪少秋随和。周大路："03，你既然回来了，总得发挥好自己的特长吧？""周局，我有几斤几两，自己最清楚了，哪有什么特长呀？"周大路思考了下："你掌握了不少K集团的内幕，这可是难得的财富呀！要不，你先到专案组，跟洪处他们一起上案子吧？""哎呦，我的大局长，你想吓死我呀！专案组什么地方，我能去吗？我在外围搭把手就行了。洪处他们想要什么情况，核实什么线索，我配合就是了。""潜艇研究呢，有没有兴趣跟张西洋见见面？"周大路又一次试探03，"把你掌握的西方先进技术贡献出来？""跟张西洋见面？"03摇了摇头："我想都不敢想！"周大路："那你肚子里的东西，总不能就这么浪费了吧？""我可以写成书面材料，由你们转交给张西洋，他要是看着行，就采用，不行，也就算了。"03说得很实在。"那你找个什么落脚点，想好了吗？"周大路关切地问。"开个公司，挣点小钱，娶个媳妇，平平安安地度过余生好了。"米小冉感叹："03，想不到你在魔窟里滚打了这么多年，脑子里还是红的！面对两个好位置，一点都不动心，太让我感动了！""我呀，也想到好位子，可心里明白，不能奢求过多。"周大路、洪少秋、米小冉与03握手告别。03送走周大路、洪少秋、米小冉后，迅速回到屋里打开电脑，输入文字：张妍，你真混蛋！

张妍在D国住所电脑前往屏幕上输入文字：03，你的命真够大的！03的头像出现在屏幕上："说，你为什么要在电脑里给我安装追踪器？"张妍与03对话："你想，我就是有那胆子，但有那个设备吗？"屏幕上的03："那是谁做的？"张妍："你信赖的人，布加达。"屏幕上03："电脑里的6107炸弹，也是他置入的？"张妍："是我按照总裁的指令，专门给你装进去的。"03坐在电脑前质问张妍："你为什么要这样做？"张妍的头像出现在屏幕上："总裁不是已经让我告诉你了吗？这就是一个变节者的下场！"03声音不高，但很有分量："我没有变节！我只是恢复了我的本来面目。"张妍听完03的话，琢磨了下问道："你真的是中国的内线？"03的头像出现在屏幕上："请你转告布雷尔，他下令起爆的那个笔记本电脑没有炸死我，我现在已经住进三岛国安局给我安排的房间里了。"张妍："你这是在向总裁挑战！"03："这仅仅是一个开始！更好的戏还在后头。"

洪少秋走进专案组指挥中心，向叶焓询问："叶处，这几天，有什么新情况？"叶焓起身："查了几个线索，但都是空忙，还没有实质性的进展。""田云给石刚介绍的那个对象查了吗？""查了，叫黄薇薇，但她从来就没有想过要向石刚抛绣球！"洪少秋又问："我听林影说，在张西洋出国的问题上，你们的意见不一致？"江源："是，不一致，所以，叶处要林处先去征求基地党委赵书记的意见。"林影进屋走向自己的座位："我已经去过了。"叶焓："他什么意见？"林影："赵书记说，张西洋是国家级的专家，是潜艇设计的权威，在他出国的问题上，一定要慎重！出不出，由专案组确定。""就这？两不得罪，专案组怎么定？"米小冉两手一摊。"其实，赵书记说得已经很明白了。"林影坐下。叶焓转向洪少秋："洪处，你的意见？""既然不好定，那就先去找一个人吧。""谁？"叶焓问。"03！"洪少秋答。米小冉："对，听听他的意见！"叶焓批评："米小冉，又乱放炮？"

三岛市的一座阳光花园别墅里。03给洪少秋、叶焓倒茶："洪处，没想到这么快又见面了！"洪少秋对03说："有件事，我们想掏个底。"03答应得很痛快，说只要是自己知道的，责无旁贷。洪少秋问："你在飞机上对我说过，那个爆炸的电脑是张妍给你的？""你们要是不信的话，可以问张妍。""这么说，按下远程起爆按钮的也是张妍？""昨天夜里，我已经通过网上核实了，就是她。"叶焓："你昨天刚回来，就上网了？""本来累了，不想上，但面对一个想要炸死我的人，当然也包括想炸死洪处、小冉的人，我不能不查！否则，我哪能睡得着啊？"洪少秋问03："张妍是你推荐进入'K集团'的吧？""对于你来说，这应该不是秘密。""对于我来说？"洪少秋又一次给对方打问号。"是啊！张妍多次对我说，你是她埋在心底的恋人！"03给洪少秋倒茶。"那我就直接问了，张妍下没下水？"03的话模棱两可："不好说。"洪少秋："说说过程，这总可以吧？""开始，我并不认识张妍。三年前的一天，布雷尔把我找去，将张妍的照片放在我面前，说这是中国潜艇设计基地总工程师的女儿，要我想法把她拉下水。你们知道，由于我的身份特殊，就算接受了这个任务，也不会真的把她拉下水，但在这次我回国的过程中，有的事却让我不得不对她多打几个问号？"叶焓追问："什么问号？""第一个问号，我要她协助我发出'0839'会议数据被窃的情报，她明确表示反对；第二个问号，我要她给我提供一个笔记本电脑，在里面秘密装上给她父亲带回来的尖端技术资料，她虽然这样做了，但在键盘下给我安装了追踪器；第三个问号，令我更没有想到的是，她用间谍机关的'6107'秘密原料做成电脑元件，不但差点炸死了我和洪处长、米小冉，而且还炸毁了电脑里面的秘密资料。你们说，她为什么要这样做？"

专案组指挥中心。林影把相关照片投到屏幕上，逐一介绍："这次基地的出国人员，由总工程师张西洋带队，成员有保障中心副主任巩怀远、电子反潜侦察设计室主任于昭阳、最新一代远程导弹设计室主任商菲菲，目的地是D国，接待他们的是'K集团'。这是'K集团'的总裁布雷尔……"江源打断："张西洋带队去K集团？太危险了吧！""K集团掌握着西方最先进的潜艇技术，我们基地同他们的交流已经进行过三次了。"林影继续介绍。叶焓："根据03提供的情报，我认为由张西洋带队出去不合适！""叶处，我重申，张西洋政治上是绝对可靠的！"林影急了："前两次由他带队出去，也没有发生什么问题。这次已经敲定的事情，就不要再临时更改了！"洪少秋："不是非要更改，而是情况发生了变化！"米小冉犹豫了一会儿，还是说出了自己的意见："我觉得，张总出去不合适！抛开他女儿有事没事不说，就是敌人策反他、绑架他，也会影响到我军新型潜艇的试验。"洪少秋问肖卫华："肖卫华，你的意见？""我认为，应该安排张总出去！哪怕是敌人在他的身上动手脚，我们也能够获取更多的线索。"肖卫华的想法总是跟别人不一样。洪少秋："叶处，林影，马上去找赵书记，向他汇报专案组的意见，最后请基地党委研究决定。"林影问洪少秋："你的意见呢？"洪少秋："我的意见，叶处会代为转达的。"林影几乎落下泪来："你们想过没有，这样做，会给张总带来什么样的政治影响？！"洪少秋："要是张总出了问题，影响会更大！"

张西洋坐在办公室里，拿起电话又放下，放下再拿起，终于给林影拨出电话："林影，我听说，洪少秋建议取消我的出国交流资格？"林影在基地的办公室接电话："张总，不是少秋的建议，是专案组的意见。"张西洋火气很大："专案组？专案组还不是听他洪少秋的吗？他怎么说，你们还不就得怎么转！"林影握着电话解释："张总，当时专案组争论得挺激烈的！最后还是认为，放你出去危险，不放你出去保险！"张西洋握着电话的手有些发抖："什么？放我出去危险，不放我出去保险！你们这是信任我，还是不信任我！你马上告诉洪少秋，要他给我跑步到海边去！""张总，海边大了，具体是哪儿啊？""还有哪里？告诉他，马上到给他父亲、母亲撒骨灰的海边去！"张西洋气愤地砸下电话。

大海边，张西洋望着远处奔来的浪花，脑海里浮现出三十多年前的一幕：年幼的洪少秋、洪蓉分别捧着父母的遗像，警卫战士抱着洪宝根、严娃的骨灰盒，张西洋、田云等跟在后面，登上海军快艇。洪少秋、洪蓉痛哭着，把父母的骨灰和花瓣撒进大海里。张西洋面对大海："洪宝根，严娃，你们放心地走吧！孩子就交给我和田云了，有我们一口水喝，就有他们一口饭吃……"张西洋从回忆中醒来，面对大海呼喊："洪宝根，严娃，少秋为什么要这样对待我呀？！"洪少秋走到张西洋身后："张叔！我父母的灵魂一定在大海里，你喊吧，他们会听到的！"张西洋："我相信，他们是会听到的，但你没有听到！""我已经听到了。"洪少秋的眼眶里有泪水。"你听到什么了？你听到一个老工程师对祖国的热爱了吗？！""我听到了！""既然听到了，你为什么还要阻挠我出国？""我们这样做，是为了更好地保护你！""保护我？""对，因为你是国宝！""笑话！就你这样对我，还说我是国宝呢？你知不知道，你们把我从出国的名单上拿下来，意味着什么？意味着我有重大嫌疑！上面的领导怎么看我？身边的同事怎么看我？你还让我怎么去主持潜艇试验工作？""张总，提一个问题！是您的面子重要，还是国家的军事安全重要？""都重要！因为我的面子，直接关系到潜艇试验的快慢。""张叔，我不得不违反一次保密规定，善意地提醒你一句，敌人在几年前，就已经瞄上你了！""什么！敌人瞄上我了？你指的是张妍……"张西洋观察洪少秋的眼色，"难道、难道她真的下水了吗？"洪少秋坦诚："现在，我无法告诉你。"

在潜艇研究基地办公大楼里，林影走进副总刘进的办公室，把一本护照放到刘进的面前。刘进感到很意外："出国护照！你为什么给我办这个？"林影："赵书记要我通知你，拿上护照后，到他的办公室去。"刘进："这次出国，原定张总带队出去，怎么突然换成我了？""这说明，组织上很信任你。"刘进犹豫了会儿："可是，林处长，不是我不想去，是我母亲还躺在医院里呢。""刘总，你就克服一下吧！"林影见刘进仍在犹豫，说："这样吧，我去看看她老人家，她住在哪个医院？"刘进："这种事，哪好麻烦你呢？还是等我见过赵书记，自己过去吧。"

三岛市医院病房。刘母坐在病床上，赶绣一面小国旗。刘进推门进屋，看到床头柜上摆放着的鲜花："妈，谁来了？""你们林处长。""他还真够麻利的，说来就来了。""他跟我说，你就要出国了。""他跟你说这干吗呀？""他要我提醒你，这次出国，一定要提防敌人的圈套！""敌人的圈套？"刘进加重语气。刘母："是啊！他说得我这心里呀突突的。这不，他一走，我就拿出钱来，要护士帮我买来红布和丝线，给你绣了这面小国旗！"刘进接过母亲手上的小国旗，感叹："妈，你真有心啊！"刘母："不是我有心，是你们林处长有心！记住了，不管什么时候，都要把国家装在心里！"刘进激动地答应："妈，我记住了！"

三岛市海滩上的淘汰渔船边。洪少秋走向田云。田云迎上洪少秋："少秋，我找了你三次，你到现在才来见我，到底是为什么呀？""说……说实话，我不敢来见你！"洪少秋低着头。"老话说，可怜天下父母心！这些年，我和张总把你拉扯大，你的心就是块铁，也该融化了吧？""田姨，这么多年，你和张总就像我的亲生父母一样！这些天，查的是跟你们有关的问题，但拷问的是我的灵魂！"田云的眼泪涌了出来："洪儿，你要相信我们！""我现在做的，就是想还原真相。""难道，我们就真的没有共同语言了吗？""有啊。我们现在的共同语言就是，相信组织，配合组织，查清问题。"

布雷尔给布加达、张妍、金枪鱼交代任务，问道："任务都明确了吧？"布加达、张妍、金枪鱼回答明确了。艾尼莎："总裁，你还没给我安排任务呢。"布雷尔："你的任务是，负责策反刘进。"艾尼莎："方法？"布雷尔："自己想！"

D国大洋宾馆六楼刘进的房间里，巩怀远等人相继落座。商菲菲包着湿发匆匆进来，追问刘进为什么还没让她洗好头就要开会？刘进严肃地要商菲菲坐下，掏出母亲给他绣的小国旗展开，问大伙："这是什么？"巩怀远："国旗！"刘进："这是我母亲亲手绣的，她要我不管什么时候，都要把祖国放在心里！"巩怀远："刘总，这面国旗不仅是绣给你的，也是绣给我们的。"于昭阳："你就放心吧！""你们的电脑里，没带涉密的东西吧？"刘进还是不放心。商菲菲："出国前，统一更换了新电脑，哪儿来的秘密。"刘进："大家的电脑里虽然没有秘密，但我们的大脑里有秘密！这大脑里的秘密，只要一张嘴，就会被敌人套出去。大家说话办事，千万小心，别跑了风、露了气。"商菲菲："唉，刘总，我们是来进行技术交流的啊，你什么都不让大家说，对方也不会向我们透露什么吧？""我不管你们怎么跟对方交谈，只强调一条，涉及新型潜艇的内容，一个字也不许透露！这是铁的纪律，谁胆敢冒犯，我就拿谁试问！"刘进的决心不容置疑。

布雷尔带着众多手下走进来，把手伸向刘进："刘总，你这是干什么嘛，刚来就念紧箍咒？你完全没这个必要嘛！我们的技术比你们的先进多了。你呀，不挖我的技术，我就给你烧高香了！"张妍同商菲菲握手："我爸怎么没来？"商菲菲："你爸，临时接到总部通知……"发现巩怀远给她递过来的眼神，忙把要说的话咽了回去。布雷尔："各位，下楼参加宴会吧。"商菲菲走在布雷尔身旁："布总，这次的酒，咱还拼不拼？""拼呀！你说，招呼多少？""你我，各一瓶。""喏，你还是少喝点吧，免得晕乎了，迷迷糊糊地向我们泄露军事秘密。""你是怕我把你喝倒了吧？"布雷尔："也有这个担心吧！"众人大笑。

第四章

专案组。叶熔向米小冉布置任务,要她通过卫星定位系统,把K集团大洋宾馆拉到屏幕上。K集团大洋宾馆由远而近,定格在大屏上。洪少秋对大家说:"现在,基地出国人员就住在这个宾馆里,策反与反策反的斗争进入白热化状态!我们一定要注意掌握往来信息,只要发现可疑线索,必须立即报告。""是!"江源、米小冉、肖卫华回答。

D国大洋宾馆。张妍走到巩怀远房间外敲门。巩怀远披着浴衣打开门,没想到张妍会来看他!匆忙在浴衣上擦手。张妍进屋坐下:"巩主任,还缺点什么,需要我帮忙吗?""吃的、用的、穿的,都不缺了,就缺……"巩怀远含情脉脉地望着张妍。"缺什么?"张妍问。"缺感情!""这些年,你还是一个人?""当然,因为我的心里只有你呀!""只有我?那好啊……但有一条,要想赢得我的心,就得听我的!""你说吧,要我听你什么?""还能有什么?你这么聪明,不用想,也应该明白了吧!""我知道,你要的是新一代潜艇的情报?这可不行!别说是感情了,就是你把命交给你,也不能换。"布雷尔在情报中心的电脑前,监视着张妍与巩怀远的谈话。屏幕上是张妍、巩怀远的图像,他们的话被听得一清二楚。巩怀远在房间对张妍说:"我没想到,你会这么堕落!"张妍顿时火了:"我要是不堕落,还会主动跑来跟你恢复恋爱关系吗?我的付出,是要有回报的!你连这个都不懂,还想要我这个人,不觉得很可笑吗?""张妍,你还知道国旗是什么样子吗?""这谁不知道?五星红旗。""问题是,现在这面国旗还在你的心中飘扬吗?"张妍反问:"你说呢?"巩怀远:"我希望,你不要忘了自己是个中国人!"

专案组大屏幕上的数据、图像快速变化着。江源盯着电脑的眼睛亮了一下,紧接着迅速点击几个触摸图框,屏幕上出现了一个信息,他兴奋得喊了声:"小冉,快看!"米小冉扭头看向江源的屏幕,激动地站起来:"洪处、叶处,有情况!"洪少秋:"内容?"江源抬起头:"03的照片,还有两句诗!"洪少秋:"投到大屏上。"03的照片和诗被传送在大屏上。叶熔念诗:"缓步从直道,未行先起尘。"洪少秋:"这是李白《嘲鲁儒》中的两句诗。"叶熔追问:"邮件是从哪儿发出的?"江源:"K集团!"洪少秋:"收件人是谁?"江源:"张西洋!"洪少秋站起来:"张西洋?"林影:"这是敌人的又一个阴谋!目的,还是想陷害张总,还是想扰乱我们的侦查视线!"米小冉:"林处,我不这么看!K集团把03的照片和这两句诗配在一起,又是发给张西洋的,里面一定有不可告人的秘密。"洪少秋:"叶处,我们走。"叶焓起身:"去找03?"洪少秋:"不,找张西洋。"

在巩怀远的房间,他向张妍下了逐客令!张妍对巩怀远很失望,说她通过对他的考验,发现巩怀远并不真正爱她。巩怀远说,在爱国和爱张妍之间,他只能选择爱国。张妍动情地喊了声:"怀远!"起身向他走去。巩怀远急忙伸手阻拦:"站住,千万别想用美色来打动我……我、我巩怀远不吃这一套!"

在张西洋家,洪少秋、叶焓跟随张西洋进了书房。张西洋打开电脑,调出03的照片和诗,问洪少秋:"你们指的是这个吧?"洪少秋:"在K集团,都有谁知道你的这个邮箱?"张西洋:"只有张妍。"叶焓:"张总,你表面清醒,实际糊涂!在K集团,只要是你女儿知道的事,还有什么秘密可保吗?""我相信张妍。"洪少秋:"张总……"张西洋生气地打断洪少秋:"洪少秋!听你喊我张总,我耳朵根就发抖!这才几天呀,你难道就不知道我是谁了?""张总,我想说的是,可不可以借你的电脑用用?"张西洋:"说白了,你还是怀疑我?"洪少秋:"我只是想搞清照片和诗的含义。""没什么含义,这只是我和女儿的约定!""原来,照片和诗是张妍发给你的?""不是她,还有谁?""张叔……"张西洋又一次打断洪少秋:"请你别叫我张叔!从现在起,我没你这个养子,你也没有我这个张叔!"叶焓有意缓和气氛:"张总,你女儿不会平白无故地给你发来这么一张照片吧?"张西洋:"我说了,这是我和女儿之间的约定,跟案子呀、投敌啊什么的,根本就没有关系!"叶焓:"既然这样,你还有必要瞒着我们吗?""那我是不是也没必要把什么都告诉你们吧?"洪少秋:"张总,我分析一下照片和诗,对了你默认,错了你摇头。"张西洋:"我没工夫陪你耽误时间!直接跟你们说了吧。"指着电脑上03的照片:"这个人我不认识。"叶焓:"从两句诗上,我们看出来了。"张西洋:"这两句诗,前一句说的是这个人就要回国了,第二句暗含的是,我女儿让他给我捎回来一点东西。"洪少秋问张西洋:"你收到东西了吗?""暂时没有。""这个人约见你了吗?""也没有。"

03临时住所外的海滩上。洪少秋、03、叶焓一起散步。叶焓:"03,张西洋对我们说,按照计划,你应该去见他?"03停住步,不解地望着叶焓:"我跟张西洋不认识,从来没有定过什么计划。"叶焓拿出打印的03照片和诗:"这是张西洋提供给我们的,他希望我们帮个忙,想法找到你。""哦,原来是这个计划呀!我本来早该去见张西洋了,但洪处亲眼看到了,他女儿给我的笔记本电脑爆炸了,里面的资料没了,我哪还有脸去见他呀?"洪少秋:"看你说的,我觉得吧,就算笔记本电脑爆炸了,把你脑子里的东西跟他说说,也够他参考一阵子的了。""我可没那么神!就脑子里的玩意,没准张总压根就看不上。"

D国海滨,在蓝色的海面上,帆船、冲浪板、摩托艇星星点点,五颜六色。K集团的陪同人员与基地交流团成员一起,身着泳装,欢呼着扑进大海。艾尼莎驾驶游艇追上刘进:"刘总,加油!"刘进拼命向前划水,突然往下一沉。

艾尼莎跳入海中，从水下把刘进托出海面。刘进喷出一口水，爬上游艇，把艾尼莎拉上来："不好意思，刚才腿抽筋了。""我救了你一命，你总该报答我点什么吧？"艾尼莎向刘进抛送媚眼，展示自己的天使面孔、魔鬼身材。刘进的眼睛落在艾尼莎裸露的乳沟上。艾尼莎色迷迷地挑衅："刘总，你看我这样，就没点想法？"刘进的脑中浮现出母亲送给他小国旗的场景，终于控制住冲动："想法是有，就是没有这个色胆！"艾尼莎遗憾地摊开手："哎呦，我好晕哟！"刘进嘲弄："你是不是洋荤吃多了，想拿我开心呀？""刘总呢，你误会了！我没其他意图，就是想和你娱乐一下。"扑向刘进。刘进慌忙推起艾尼莎的肩："艾尼莎，在中国，男女在一起，是不能乱、是不能乱来的！"艾尼莎更加放肆了："我们只播种友情，不播种爱情。""爱情……爱情只能在一条船上游玩，但不能在一条船上胡来。"刘进躲闪着艾尼莎压下来的胸脯。"俗气！"艾尼莎伸起脖子向海面张望。布加达的船靠上来，他站起身按下了相机快门。刘进奋力推开艾尼莎，一下坐起来，气愤地："你们？"艾尼莎："刘总，后悔了吧？刚才，你真该占我一点便宜，这样，才对得起他相机里的照片呐！"刘进气愤地骂道："无耻！"

时间转眼到了晚上。布雷尔等人进入大洋宾馆刘进的房间。布加达把一台笔记本电脑摆在刘进面前。艾尼莎使用遥控器开机。刘进被艾尼莎压在游艇上的照片出现在屏幕上。布雷尔威胁："刘总，这张照片，你是希望我们把它传给你单位的领导呢，还是你儿子？"刘进："随便！无所谓。"布雷尔："无所谓？话是好说呀，但最后的下场很难堪啊！你的前程、你的名誉就全在这张照片上了！""这张照片，恰恰说明我没问题！你看，我是被艾尼莎压在下面的吧？你再看我的表情，我是在拼命抵抗艾尼莎的吧？"布雷尔："艾尼莎，再给他换一张照片。"刘进看到儿子刘子岸的照片出现在屏幕上，吃了一惊："你们想干什么？"布雷尔得意地来回走动："你儿子刘子岸，是不是在三岛市开了一家'速网'公司？""我儿子开公司、做生意，跟你们有什么关系？"刘进冷静下来。"关系太大了！"艾尼莎，"最近，你儿子以'速网'公司的名义，替你们基地代理了一批顶级计算机！据你儿子说，你们的目的就是要运用这批计算机，进一步提高远程导弹射击的精度。"刘进警觉起来："有这事吗？我怎么不知道？"布雷尔示意艾尼莎："把刘子岸接收情报经费的单子让他看看！"艾尼莎操作电脑："一共三笔，总数三百六十万！""这、这是你们伪造的！""伪造与否，你可以回去问你的儿子。"门外，巩怀远敲门。艾尼莎急忙撤收电脑，布加达走过去打开门。巩怀远进来，发现刘进脸色异常："刘总，你这是怎么了？"刘进装出笑脸："没什么！"布雷尔对巩怀远说："真的没什么，我们只是谈了点生意上的事情。"巩怀远、刘进的心都被布雷尔的话敲打了一下，两人在对视的一刹那，脸色都显得相当严肃。

三岛的夜里，刮起了大风。张西洋匆匆跑进办公楼，走到林影的办公室门口，一下打开他的门。林影吃了一惊，匆忙起身："张总，有事吗？"张西洋把03的照片放在林影面前："你实话告诉我，知道他的身份吗？"林影拿起照片，留了个心眼："张总，你这是从哪儿下载的？""我下载什么？这是张妍要我去见的一个人！""张妍要你去见他？""可不。"张西洋指着照片上的诗，"这还有两句诗吗？这是张妍要我同他联系的暗号！""暗号？"林影吓了一跳，"张总，你……""你别误会！我和张妍这样做，只是要防着K集团，并不是在搞特务活动！""张总，像接头暗号、特务活动什么的话，你都跟谁说了？"张西洋告诉林影，要不是想查清对方的背景，他什么也不会说。林影犹豫了好一会儿，才神秘地说了句："你放心吧！"张西洋释然："他只要没问题，张妍也肯定不会有问题！"林影："绕来绕去，你是在摸张妍的底呀？"

晚霞还没落幕，三岛市"海洋情人俱乐部"的霓虹灯就亮了起来。03走进大门，选了个位子坐下。黄薇薇轻盈地飘到03面前，笑眯眯地调侃道："板寸平头，宽边墨镜，不是大王，就是小王！""我既不是大王，也不是小王，就是一个吃客。"03摘下墨镜。黄薇薇惊讶："高一天，真的是你吗？"坐下又问，"我不是做梦吧？"03笑眯眯地赞叹："这里够红火的，看起来，你经营得不错嘛！"黄薇薇："六年前，你不辞而别，猫哪儿去了？""给你挣钱去了！""现在，怎么突然又冒出来了，暗地里一定有故事吧？""暗地里？还故事……你把我当成什么了？""见到你，还真有点透不过气来！"黄薇薇深吸了一口气。"我说，你有必要这么紧张吗？"黄薇薇："不是紧张，是意外！怎么，还是一个人？""一路走来，碰到过许多美女，但挑来挑去，还就你黄薇薇的样儿占着上风，在我心里一直抹不去！你呢？""上班看的是客人的眼，晚上想的是你的脸！直到现在，在我的卧室里，还没有其他男人的味道。""我这次回来，是想开个公司。""为什么要跟我说这个？""请你给我推荐几个人。"黄薇薇："看我，一激动，差点忘了，想喝什么？""你有什么？""一对好情侣！怎么样？"03："光听这名字，心里就舒服！"黄薇薇招呼附近的女服务员："小刘，一对好情侣，送这儿来。"

潜艇研究基地军代表石刚身穿一身白色的海军服，走到医院院长办公室的门口，习惯性地整理了一下服装，方才进去。田云抬起头问："石代表，哪儿不舒服？"石刚拉了下椅子坐下："田院长，我不是来看病的。"田云琢磨了下："哦！是不是黄薇薇的事？"石刚："让您费心了。""这么长时间了，你没回话，我还以为你没看上呢。""哪能啊，那么漂亮的姑娘，谁见了会不动心呢？"田云："那、那我尽快把话传过去，看看黄薇薇什么意思？"石刚："那就太麻烦您了，我真不知道该怎么感谢您！"

洪少秋、叶焓抱着电脑，走到张西洋家门口敲门。田云打开门，见是洪少秋，没好气地离开。叶焓朝书房喊："张总，我们把电脑给你送回来了。"田云在一旁阴阳怪气地问："从里面抓出特务来了吗？"叶焓对田云："田院长，不管怎么说，按照保密规定，张总是不该把电脑连接到互联网上的。"田云眼睛一翻：

"叶处长，你不要忘了，这可是我们家里的电脑，不是办公室的！"叶焓抱着电脑走进书房。洪少秋跟进给电脑连线，对坐在椅子上的张西洋说："张总，敌人已经掌握了这台电脑的 IP 地址，随时都会向您发起进攻的！""洪少秋，你给我说清楚，谁是敌人？张妍是你的敌人，还是我的敌人？"张西洋从抽屉里拿出 03 的打印照片，"啪"地拍在桌上，"这是你们的同志吧？张妍能够把资料交给他带回来，说明什么？说明张妍起码不会是我们的敌人！"洪少秋拿起 03 的照片："他的身份，你是怎么知道的？""我要想摸清他的底细，太容易了！"洪少秋："你同他见过面了？"张西洋："还没有，但是快了！"洪少秋："是不是张妍告诉你的？"田云站在门口："电脑都被你们拿走了，张妍还怎么同家里联系？"洪少秋："只要手机通着，就照样可以联系。"张西洋："我从来不在手机上谈这方面的事。"

　　在案情分析会上，叶焓提议解除对张西洋的调查。江源、米小冉、肖卫华相继表态同意。林影要洪少秋就坡下驴。洪少秋则指出："认定一个事，否定一个事，都要从实际出发。截至目前，发生在张西洋夫妇身上一共三件事。第一件，'0839'会议数据失控，还没有搞清。第二件，张西洋电脑里的可疑邮件，真的就这么简单吗？未必！第三，田云给石刚介绍对象，黄薇薇至今按兵不动，里面有没有隐藏着什么秘密？"林影气呼呼地站起来："洪处，你不要一意孤行！我现在就给你摆摆事实。第一，张西洋的文件是交到蒋文锁的手上 9 分钟，但并没有失控，这已经被证实了！第二……"洪少秋："林处，打住！就说这个第一。江源，你把 03 从 K 集团拍照回来的'0839'会议数据整理稿投放到大屏上。"江源把整理稿投放到大屏幕上。洪少秋接着发言："大家好好看看，这个东西出去了，总是事实吧？它是从什么渠道出去的，谁搞清楚了？林处，在没有把这只黑手抓出来之前，你敢放过这个疑点吗？"林影看了下表："洪处，你就死磕吧！这案子推理来推理去，总在这里兜圈子，有意思吗？你的脑子，要灵活一点！""就是！"米小冉说，"洪处，对没抓头的事，痛快一点，唰啦一下，尽快翻篇，要不，太耽误事了！你不是一直强调要抢时间、抢速度吗？"洪少秋："我也想快，可事实一再证明，已经快不了啦！"林影看了下表："洪处，出国交流团的航班就要到了，我上机场接人去了。"没等洪少秋允许，已经起身离去。

　　刘进率队从三岛机场出来，依次上了中巴车。林影问坐到他旁边的刘进："刘总，这次还顺利吧？"巩怀远在后座上对林影说："林处长，你就放心吧，大家都经受住了考验，不会给你这个保卫处长找麻烦的！"林影："好啊，这我就踏实了。"巩怀远："林处长，你虽然踏实了，但我还是不踏实！我一会儿就把电脑给你送到办公室去，你最好请安全局的专家给看看。"林影："刘总，巩主任提醒得对！你们一会都把电脑送我办公室去，千万别把敌人装在里面的间谍木马、窃听器、发射器什么的带进科研大楼去。"商菲菲不以为然："林处长，有必要这样吗？""商主任，还是慎重一点好。"刘进："林处长，涉及张总的事搞清楚了吗?""有的事清楚了,有的事还不太清楚。"林影回答。"这么说,你们还在审查张总?""审查?没有啊!只是有一些问题,有时候需要找他核实一下。""核实什么?这不就是审查吗?"刘进气愤地指责林影,"你们今天干扰他,明天影响他,他还怎么领导我们把试验进度赶上去啊?一到基地,你马上带我去找洪少秋!"

专案组指挥中心,03的拍照稿定格在大屏幕上。洪少秋:"常言道,百密必有一疏!难道在这份情报里,就真的没有一点可以利用的痕迹吗?""成在细节,败也在细节!"叶焓提出,"洪处,我们是不是分析一下,看看稿子里有没有张西洋的习惯性语言?"洪少秋:"没有,但口语化的特征十分明显。"叶焓:"有田云经常挂在嘴边的话吗?"洪少秋盯着屏幕琢磨了下,摇了摇头。叶焓:"那就快刀斩乱麻,抛开张西洋、田云,重新打开一条思路。"洪少秋:"我坚持认为,出路还在稿子上!"米小冉:"万一,这个稿子是K集团给我们做的套呢?"肖卫华:"仔细琢磨一下,我也觉得,这个稿子不像是按照文件摘录下来的,因为通篇下来,好像使用文件格式的语言很少!""肖卫华的这个点打得好!"洪少秋的眼睛一亮,"我同意他的判断。这个稿子,应该是听完录音以后整理出来的!叶处,我们到现场去。"米小冉:"洪处,招待所的音响设备已经翻腾过好几次了,肯定没什么问题。"洪少秋:"前几次没发现问题,不等于这次也发现不了问题。"

基地招待所会场。罗静用钥匙打开门:"这就是音响控制室。"洪少秋问:"有录音设备吗?""有,都在这。"罗静指了指设备。洪少秋问罗静:"上次开'0839'会议的时候,你在什么位置儿?""关于这个问题,你已经问过我好多次了,怎么还问呀?"叶焓:"按照《国家安全法》的规定,你有义务配合调查。""行,我配合调查。"罗静的态度好了许多。叶焓:"当时,你在什么位置?""下面,大厅里。"罗静回答。洪少秋:"那这里的扩音设备由谁负责?"罗静:"北京来的,说是两个保密员。"洪少秋:"她们录音了吗?"罗静:"不知道。"

刘进急匆匆地走向基地招待所会议室。张西洋追上拦住刘进:"你想干什么?"刘进:"张总,你别拦我,我今天就是要去给洪少秋拍拍桌子,问问他凭什么这样对待你!他忘了他是吃谁的饭长大的了!"张西洋:"刘总,少秋这样做,也是为了对潜艇的安危负责!""负什么责?你自己有没有问题,心里还不清楚吗?""只要有利于把隐藏的敌人挖出来,我个人受点委屈,没什么大不了的,真的,我不在乎。""张总,看你?就算你不在乎,我还在乎呢!洪少秋怀疑谁都行,就是不能怀疑你!""刘总,你别生这么大的气!到一边去,我问你点事。"张西洋把刘进拉到一旁。刘进气呼呼地说:"你就护着洪少秋吧!"张西洋关切地询问:"在K集团,你见到张妍了吧?""见到了。""她没让你给我带点什么?""没有啊。""你、你感觉她还好吗?""她吧,身体还不错,精神状态也行,就是……"张西洋着急起来:"就是什么?"刘进吞吞吐吐:"这……

我……这个，你还是去问巩怀远吧？"张西洋："你少给我推来推去的！说，马上说！""她、她策反巩怀远了！当然，这不一定说明她就有问题，她也许真的是想和巩怀远恢复恋爱关系。"张西洋压抑着内心的痛苦："你别说了！"

洪少秋在基地招待所音响室里追问罗静："你再想想，会前会后，都有谁来过这里？"罗静："谁来过呢？肖妮……"摇了摇头，"蒋所长？对，他来过，开会前来了一次，说是检查，散会后又来过一次，说是还要检查！不对呀？都散会了，他还检查什么呀？"洪少秋对叶焓、肖卫华说："快，立即控制蒋文锁！"

三岛市亚龙湾，蒋文锁跳上快艇，慌忙向公海逃窜。洪少秋在指挥中心盯着大屏幕逐个下达命令："米小冉，搜索蒋文锁第一个手机号码的位置。"米小冉操作电脑："报告，没有信号。"洪少秋："锁定他的第二个手机号码。"米小冉再次操作电脑："还是没有信号！"洪少秋："把基地大门口的录像切过来，看蒋文锁的车是什么时候出去的。林影，你盯好了，看哪辆车是蒋文锁的。"江源操作电脑。林影注视着大屏幕："停，就这辆！"叶焓看了下屏幕："肖卫华，马上同公安交管支队联系，请他们追踪这辆车的去向。"肖卫华："明白。"快速操作电脑。大屏幕上的红线走向海湾。洪少秋："不好，蒋文锁向公海逃窜！江源，马上给海军第九基地作战部门打电话，请他们派出快艇，支援追击蒋文锁。""是！"江源拨通电话，"第九基地……"洪少秋对其他人说："出发！"

公海上，蒋文锁驾驶快艇，紧张地一再向后张望。海军快艇冲击起高高的浪花。洪少秋在雷达屏幕发现蒋文锁乘坐的快艇，指给叶焓："目标就在前面！"蒋文锁加速前进。海军快艇逐渐逼近。洪少秋喊话："蒋文锁，你已经被包围了，马上停船，缴械投降！"蒋文锁掏出枪向洪少秋等追捕人员射击。洪少秋躲过子弹，叮嘱大家："今天无论出现多大伤亡，都要留下蒋文锁的活口，必须从他嘴里把需要的东西掏出来！""听洪处的！"叶焓命令，"利用艇上的各种障碍物，诱导蒋文锁把子弹打光。"肖卫华探出头，蒋文锁向他开枪。米小冉跃进，蒋文锁向她开枪。叶焓、洪少秋轮流向蒋文锁的两侧开枪，促使他频频还击。蒋文锁的子弹打光，他扔掉枪，企图从海军快艇的空隙里冲出去。洪少秋、叶焓攀上海军快艇护栏，飞身跃到蒋文锁的快艇上。蒋文锁跳海潜入水中。洪少秋、米小冉紧跟着跃入海面。叶焓、肖卫华在艇上观察着水面情况。蒋文锁将自动延长呼吸器咬进嘴里，潜入深水。洪少秋、米小冉在海面四下搜索。叶焓在艇上发现远处移动的呼吸器探头："洪处，在你左前方，大约十五米！""明白。"洪少秋展开双臂，快速游向目标。米小冉紧跟洪少秋快速扑了过去。洪少秋发现露出海面的探头，抓住拔了起来。蒋文锁跟着呼吸器露出水面。米小冉、洪少秋将蒋文锁擒获。

返航的快艇上。肖卫华、米小冉夹着蒋文锁。洪少秋、叶焓坐在蒋文锁对面突击审讯。蒋文锁死不开口。洪少秋把呼吸器放在蒋文锁面前，注视着他目光的变化。叶焓："说说上面的外国文字吧。"蒋文锁："不认识。"叶焓突然提高声音"哪儿来的？""洋货市场买的。"审讯又一次处于僵持状态。洪少秋拿起蒋文锁的枪："这支枪……你总不会也说是从洋货市场买来的吧？"蒋文锁抬头看了看即将落山的太阳。洪少秋紧盯着蒋文锁摸出手机，调出林影的图像按了下："林处，蒋文锁放的东西，你们找到了吧？"林影在潜艇研究基地食堂大厅接电话："他真的放东西了？"洪少秋在快艇上给蒋文锁演了会戏，扣上手机，问蒋文锁："怎么，还不肯说？我提醒你一句，是定时的！"蒋文锁："我承认，是定时的，但你们就是再快，也找不到了！"肖卫华将枪顶在蒋文锁的头上："说，炸弹放在哪儿了？"蒋文锁："一会儿响了，你们就知道了。"洪少秋心中倒海翻江，但面部十分冷静："蒋文锁，你这样做，跟一个职业间谍的范儿差得太远了！"蒋文锁："少拿话刺激我！我这样做，就是按照组织的指示办的！"洪少秋："我们知道，你的组织是K集团？"蒋文锁："你不要故作镇静，其实，你们现在心里最怕的就是那一声爆炸！"米小冉把枪也顶在蒋文锁的头上，拧了一下："要想头上没眼，就马上把放置炸弹的地点供出来！"

江源、林影在潜艇研究基地食堂的天花板上找到并开始排除炸弹，他们额头上的汗珠不住滴落下来。天花板下，就餐人员陆续进入大厅。

快艇上的对峙还在继续。叶焓："蒋文锁，我们已经从K集团知道，'0839'会议的数据，是你从网上发给他们的。"洪少秋："你只给他们提供一些皮毛，是为了等一个好价钱吧？"蒋文锁的眼睛直了。

潜艇基地食堂天花板上，江源用磁铁吸住炸弹定时秒针。林影："江源，你还真有一手？"江源："这是我在参加隐蔽斗争培训班的时候，洪处教给我的。"林影："就他，还懂这？"江源："他要不懂，今天这炸弹可就悬了！"林影："小心！"江源呵护着手里的炸弹："林处，你快给洪处打个电话吧，他一定等着急了！"

快艇上，洪少秋放下手机："蒋文锁，你刚才听到了吧，你等待的那一声爆炸没有发生！怎么，还想继续顽抗下去吗？"蒋文锁的防线开始崩溃："我说。"洪少秋："你的行动，受谁指挥？""珊瑚花"。"珊瑚花是谁？""我没见过！"洪少秋："'珊瑚花'的指令，是通过什么渠道发给你的？"蒋文锁："在'天人网吧'的99号机上，有一个隐蔽的图标……"夜深人静，洪少秋、叶焓、江源走进"天人网吧"。江源坐到99号机前。洪少秋指挥："输入蒋文锁提供的密码。"江源输入11位英、数、汉混合密码。硬盘里的逻辑炸弹瞬时启动，主机里冒出一股青烟，屏幕上一片雪花。江源："糟糕！硬盘里的信息被摧毁了。"叶焓："密码是假的？"洪少秋："我们上当了！"叶焓："这个蒋文锁？返回去，继续审！"

刘进打开门回到家里，见儿子还没有回来，显得手足无措。刘子岸终于打开门进屋。刘进扑上去一把抓住儿子："子岸，你为什么要接受K集团的情报经费？""老爸，你什么意思？我什么时候接受过K集团的情报经费？""你还想抵赖？布雷尔都已经把你签字的单据给我看了！""爸，我跟他们做的是正当生意。他们付给我的钱，都是我应该得到的合理报酬。我给他们签的那些单据，没有一个是拿你的秘密换来的！""你是没拿我的秘密换钱，但你拿潜艇研究基地的秘密换钱了！布雷尔亲口告诉我，你出卖了帮基地代理的那批计算机的用途！""爸，我什么时候出卖你们的秘密了？你又上他们的当了！""儿子，你真的没有出卖国家的秘密？""我对天发誓！"刘进："没有就好！儿子，你知不知道，我这些天是怎么过来的？"刘子岸的面部表情很复杂。

  国安局预审室里。江源、米小冉走到蒋文锁对面坐下。洪少秋、叶焓在隔壁观察室的电脑屏幕上关注着审讯情况。江源对蒋文锁说："蒋文锁，我就要上99号机了，现在再向你核实一次密码。"蒋文锁得意地一笑："你不用核实了，我知道，你们肯定弄砸了！"江源："你利用了我们？""不是我利用你们，是你们的指法不对。""我的指法不对？"蒋文锁："输完前三个英文，你要停三秒；输完中间五个数字，你要停两秒；输完最后三个汉字，你不要敲回车键，那是个数据起爆键……"江源肺都要气炸了："你、你为什么要给我们玩这一手？"蒋文锁强词夺理："我当时吧，心慌得不行，忘了告诉你们了。"

  林影把巩怀远的笔记本电脑放在他的办公桌上。"林处，检查完了？""完了，没问题。""林处，真是的，给我打个电话，我过去取就行了。""你们都是忙人，我给你们跑跑腿，应该的。"转身就要出门。巩怀远想了下，起身招呼："唉，林处……"林影转过身："有事吗？""有个事，我在心里斗争好几天了，不知道该不该讲？""你想讲就讲，不想讲就继续斗争。""我们这次出去，有两件事……唉！再不向你报告，我已经睡不着觉了！""说吧，看我能不能帮你拿掉心里的石头。""第一件事，张妍想策反我。"林影暗暗吃惊："张妍想策反你？"想了下，"第二件呢？""有一天晚上，我到刘总的房间去，见K集团的老总带着他的几个手下也在，当时刘总的脸色很不正常，我就问他怎么了？K集团的老总说他们正在做一笔生意！""做一笔生意！一笔什么样的生意？"林影追问。"至于什么生意，那我就不知道了。""你告诉我这些，目的是？"林影等待着对方的回答。"我的意思是，你们应该对这次出国的人员进行政治审查，包括我。发现不纯洁的，要抓紧采取防范措施。这样，才能保住国家核心机密的安全！""你的建议很好！我马上向赵书记汇报。"林影匆匆出门。

第五章

　　D国K集团办公大楼。艾尼莎抱着文件向布雷尔报告："总裁，'鲨鱼一号'密报，蒋文锁已经栽了！"布雷尔琢磨了下："通知'鲨鱼一号'，启动'暗度陈仓'计划！""就这一句话，他明白得了吗？"布雷尔拉开抽屉拿出一张光盘："把里面的歌曲发送给他。""是！"艾尼莎接过光盘。布雷尔一脸肃然，敲打艾尼莎："我提醒你，在K集团，就我、布加达和你知道这次行动的秘密，泄露出去，当心我要你的命！""请总裁放心，我一定严守秘密。"艾尼莎打了个立正。

　　洪蓉在客厅里握着手机对洪少秋说："行，哥，我知道了。"放下手机，走进书房，看了下丈夫，"守成，还在网上转悠呢？""要不转悠，吃啥？"钱守成抬了下头。"哥来电话了，要我们明天和他一起去看张叔、田姨。""要去你去，我没时间，还要在网上招揽生意呢！""你呀，真不开窍！以为对着屏幕，敲几个字，给网民吹个牛，天就转了，钱就来了？做梦吧你！"钱守成眼睛突然直了："哎呦，老婆，你骂的还真是时候！这不，连国际订单都来了！""国际订单？"洪蓉纳闷地走向电脑。钱守成的脸吓得扭曲起来："这、这什么呀！唉，我的妈呀！这样的生意，我能做吗？"洪蓉凑上身去，要看屏幕上的订单。"我给你念。国际一号订单，高价购买中国最新一代潜艇的技术资料，一字一千美元！"钱守成惊叹，"呀，这么高的稿酬，也太吓人了！""你还看干什么？快关了！"洪蓉要去按键。钱守成急忙拦阻："关、关什么！你关了，我到哪儿找他们去？""你是要钱，还是要命？""没有钱，活着又有多大意思？""你不管是吧？我这就打电话告诉我哥，看他怎么收拾你！""得得得，你关还不行吗？我可不想成为嫌疑犯！""你不但要关了，还要用美国的清除软件，把这个信息彻底给我擦写干净！""行，保证，一定，你去忙吧，我马上就擦。""那我加班去了。""去吧，你放心，我一定擦干净！"钱守成起身把洪蓉送到门外。

　　深夜，专案组人员依然在紧张忙碌。江源起身报告："洪处、叶处，网上有人收购新型潜艇资料！""收购人网址、位置、身份？"洪少秋追问。"还不清楚。"江源回答。"反查过去。""是。"此时，03给洪少秋打来电话，说张西洋约见他，他不知道能不能、该不该见？洪少秋放下手机跟叶焓商量后，给03去电话，同意他和张西洋见面，时间、地点，由他自己定。03在电话里要求洪少秋派人参加他和张西洋的见面，否则怕说不清。洪少秋琢磨了下，说自己没时间。03要洪少秋安排米小冉参加他和张西洋的会面。叶焓同意米小冉去参加

03与张西洋的会面。江源查到高价收购潜艇资料订单的地址,竟然是K集团!"他们到底想干什么?"洪少秋起身琢磨。叶焓问江源:"有人回复他们的订单了吗?""没有。"江源回答。洪少秋:"有人下载吗?"江源操作电脑:"有!""谁?"洪少秋看向江源的屏幕。江源:"我马上查。"林影推开门招呼洪少秋。洪少秋走到门外。洪蓉着急地迎上:"哥,守成接到一个神秘订单!""你别急,我们马上派人去查。"洪少秋安慰妹妹。

　　钱守成见妻子带着叶焓进门,气愤地责怪妻子:"洪蓉,你也太扯了吧?就这点破事,还值当跟他们告密!"洪蓉气呼呼地推开挡着门的钱守成。叶焓进入书房,从钱守成的电脑里搜索出他下载的订单后问道:"钱守成,你下载这个干什么?""没什么,就是觉得好玩不是,一个字一千美元,你们说有这样的美事吗?""这是美事吗?"肖卫华说,"我看,你是想留着出卖情报吧!""我有情报吗?"钱守成质问肖卫华。叶焓对钱守成说:"你现在也许没有,但你下载了这个,就会削尖脑袋去搞情报!"钱守成又把气撒在妻子身上:"洪蓉啊洪蓉,你让我说你什么好呢!你不把自己的老公搭进去,是不是没完呀!""你要这样发展下去,用不着我送,自己就进去了!""我就是进去了,也得拉你给我垫背!"叶焓:"钱守成,我正式通知你,鉴于你有窃取国家军事机密的倾向,你的IP地址已经进入我们的视线,只要发现你同敌人有勾连的迹象,我们就会……后面的话说出来不好听,你自己悟!"钱守成一脸哭相:"叶处,你又教育了我一次。你就放心吧,我不想再跟你们打交道了。"

　　在"海洋情人俱乐部",黄薇薇送走最后一拨客人,开车回到家里,打开电脑,收听歌曲《深海圆舞曲》,并不时在电脑旁的纸上记下几个字,最后形成的内容是:协助"比目鱼",完成"暗度陈仓"计划,"鲨鱼一号"!

　　海边观景亭里。张西洋、田云迎上03、米小冉。远处,大浪奔来。田云看了眼米小冉:"姑娘,你坐在这里,我们有些话不好说呀。""是我要她来的。"03解释。张西洋对03说:"我们选这个地方,是想跟你掏掏心窝子。"米小冉起身:"那我到下面转转。"03阻拦米小冉:"你要是走了,这次见面怕就说不清了!"田云:"没那么可怕吧?"03:"还是别留下后遗症的好。"米小冉坐下:"一方想撵我走,一方想要我留下,你们说我该怎么办吧?""你还是留下的好。"03转向张西洋、田云:"张总、田院长,我知道你们找我,无非就一个事,问问张妍的情况。"张西洋:"不愧是从K集团出来的,已经知道我们的心思了。""张妍嘛,是K集团总裁布雷尔盯上的目标!"03的话很神秘。张西洋:"布雷尔为什么要盯上她?"03:"我想,主要还是因为你吧!""因为我!他们莫非想通过张妍搞我的情报?""张总啊,不管有没有这事,你还是当心一点的好!"张西洋质问03:"你要我当心张妍?"03:"在K集团,只有张妍才能近距离地接近你。"田云:"这么说,张妍和你不是一路人?"03:"开始是,现在嘛,还真不好说!"

　　D国的夜晚来临了。布雷尔把张妍找到他的住所,说是要问她一件事。张妍有些紧张："总裁，这次中国交流团来，我没有做通巩怀远的工作。""我要问的不是这件事，是想问问你，有对象了吗？""对象？"张妍面带羞涩，"我做的每一件事，都在你的眼皮底下，有没有，你应该知道。""你认为，布加达怎么样？""这……我、我从来没有考虑过这个问题。"布雷尔："灵人怎么样？""他这个人，不太适合我吧？""03呢？""他呀？年纪大了点！再说，他还背叛了你……"布雷尔："你真的对03没感情？""一点都没有。"张妍肯定地回答。"那你通知灵人，要他飞往中国，协助'珊瑚花'，干掉03！"张妍本能地问："'珊瑚花'？""第一次听到这个代号吧？等以后我派你回中国的时候，也给你取一个能够迷倒对手的代号。"布雷尔狡黠地一笑。

巩怀远在办公楼外拦住林影，把他拉到一旁，说还想打搅他一下。林影反问："还是想说回国政审的事吧？""这事，真的还得抓紧一些！你没看到，这几天刘总的眼神老是不对头？""没有啊，我看挺好的。""好啥？那是在公开场合装出来的！回到家，肯定不是这样。""你小子心术不正,想当总工了？别忘了，你现在才是部门的副主任，离副总的位置还远着呢！""林处，你把我看成什么人了？我向你反映情况，是真心实意地对潜艇机密负责！刘进的事，我可是跟你说第二次了，你要是还不警觉的话，我就找赵书记去了。"林影："要查，我就连你一起查！"巩怀远："好啊！到时候，你审查出我的先进事迹，多给赵书记美言几句。""我就知道，你心里有个小九九！"林影笑着走了。

"海洋情人俱乐部"的生意十分火爆。灵人进屋后，选了个位置坐下。黄薇薇靠在柜台上暗中观察了一会儿，走到灵人面前说道："头发向右飞，独自守空杯，一看就是从天上过来的？""不对，我是坐船过来的。""先生到这，是要酒水，还是要点歌？""我要点舞。""舞伴是谁？""珊瑚花！"黄薇薇警觉地坐下，凑上去小声问："任务是什么？"灵人："协助我，暗杀03。""03是谁？"灵人一字一顿："高一天！"黄薇薇吃惊："高一天？""对。""为什么要杀他？""因为他是组织的败类！""什么！他也是组织的人？""大概有几年了吧。""什么时候动手？""就这几天。"黄薇薇："你是'比目鱼'……"见灵人没有反应，"要不，就是'鲨鱼一号'？"灵人："我希望你懂点规矩！"

洪少秋跟叶焓商量，想和张妍通一次话。叶焓明白洪少秋的意图，要米小冉通过网络沟通与张妍的联系。米小冉触摸了一下电脑屏幕："洪处，通了。""张妍，我是洪少秋。"张妍的声音传来，显得有些激动："少秋！真的是你吗？"洪少秋坐在电脑前："你心里还有家吗？"张妍在K集团宿舍里对着电脑麦克："家，一直都在我的心里。"洪少秋是声音格外亲切："那就回来看看吧！""等我有空了，一定回去。"洪少秋继续说："爸爸、妈妈盼着你回来，我和洪蓉盼着你回来！"张妍："我知道，不过，我现在很忙，等有了时间，肯定是会回去的！"

K集团总裁办公室，布雷尔秘密监听张妍与洪少秋的通话。

专案组指挥中心，洪少秋关掉麦克，问大家："张妍的意思，你们听出来了吧？"米小冉："她呀，还真够顽固的！"叶烩："张妍也许有她的难处。""是啊！我听出来了。"洪少秋说："她在同我通话的时候，有人监控，身不由己。"

大屏幕上突然跳出一幅艾尼莎在游艇上压着刘进的照片。米小冉以为是江源按错了键："江源，怎么搞的？都蹦出这玩意儿来了，还不快关！"林影的眼睛被照片吸引过去："别，先别关！大家看，被压在下面的人，怎么这么眼熟啊？"江源："是基地的刘总！""这么严重的事，他在政审当中怎么没说呀！"肖卫华："找他谈谈，也许会有意想不到的收获。"洪少秋："林处，不管这张照片是谁发来的，总是一个线索，你去找他吧。"

刘进在林影的办公室拿出母亲送给他的小国旗："林处长，照片的事就是这样。我顶住了敌人的色情进攻，支撑我信念的就是这面小国旗。"林影："我听说，你在K集团，还同布雷尔做了一笔生意？""是巩怀远告诉你的吧？""怎么，还真有这事？""你别急嘛！那不是我同他们做生意，是他们怀疑基地通过我儿子代理进口的那批计算机……""你、你是不是把底兜给他们了？""你说，我会这么做吗？""真的没有？"林影追问。"绝对没有！我可以用党性保证。"

林影回到专案组，汇报了接触刘进的情况。洪少秋、叶烩商量，通过03，搞清刘进在D国的真实表现情况。03在叶烩、米小冉走后，立即跟张妍联系，要她协助了解艾尼莎跟刘进在D国来往的情况。

张妍约艾尼莎到海滩见面，两人仰躺在沙滩上。艾尼莎故意引而不发。张妍迂回切入话题："艾尼莎，你干这一行以来，凭着你的姿色，还没有你打不倒的对手吧？""嘿，不是吹，百分之九十九都被我撂倒了！但有一个人，我还真没打败他。""你说的，是巩怀远吧？""嗜，巩怀远是你策反的对象，打没打败他，只有你知道。"艾尼莎阴笑。张妍："你真够坏的！"艾尼莎："我告诉你吧，那个刘进，可比巩怀远硬多了！""是吗？""下海吧？我还没有尽兴呢。"扑进大海。

03约见洪少秋、叶烩，说："张妍套出了艾尼莎的真心话，证实刘进经受住了美人关的考验。"洪少秋提出疑问："这个情报可靠吗？""我认为，不会有问题。"03肯定地说。洪少秋转换话题："想不到，张妍还真听你的？"03："不是听我的，是听你的！"洪少秋："就她，还听我的？过去她一直不听，现在更不可能了。""有啥不可能的？事实就是，她听了。"03见洪少秋不解，又进一步解释，"当我跟她提出了解刘进和艾尼莎的来往情况时，她一口就回绝了。后来我对她说，这是你洪少秋要的情况，她才帮了这个忙。你看，她是多么的在乎你呀？""原来是这样。"洪少秋起身，"明天，我和叶处请你吃饭。"03跟着站起来："明天不行，明天你俩得给我一个面子。"叶烩："是公司要开张了吧？"03："你猜得真准！欢迎前来捧场。"叶烩："这是好事，我们一定到场。"

黄薇薇进入三岛市天涯宾馆1618房间，对灵人说："03的公司明天开张。"灵人："这是一个机会！""我就不去了吧？"黄薇薇解释道，"不是害怕危险，是不好面对03。""这么风光的事,你不到场,03死后,公安会怀疑到你的!""我要去了,公安也不会饶过我的!""放心吧,我来下手。"

03、黄薇薇把一块"未来网络发展有限公司"的牌子挂在大门口。乐队奏乐,鞭炮齐鸣。前来恭贺的宾客涌进门里。03、黄薇薇站在门口迎接宾客。洪少秋、叶焓走到门口。叶焓主动向黄薇薇伸出手:"你好!"黄薇薇愣了一会儿,也伸出手:"谢谢你的光临。"03向洪少秋、叶焓介绍:"二位,这是我女朋友,还拿得出手吧?"洪少秋:"你艳福不浅!"03笑笑:"洪处、叶处,请吧,我带你们看看我的现代化设备。"洪少秋、叶焓跟随03,听他详细介绍各种网络设施。黄薇薇跟在一旁,不时对客人投过来的目光报以一笑。灵人混入会场,偷偷将一粒药放进03的水杯里,悄然退去。03带着洪少秋、叶焓走进会议室:"洪处、叶处,刚才请你们看了设备,现在我还想请你们帮着挑几个人。"坐进主考位置。洪少秋、叶焓、黄薇薇分别在03的两侧坐下。03端起被灵人放入毒药的杯子喝了一口水。黄薇薇的眼里滑过一丝紧张。第一位女孩上场:"我叫罗静,原来在潜艇研究基地招待所工作……"03打断:"等等,你刚才说,曾经在哪儿工作?"罗静:"潜艇研究基地……"03:"对不起,你被淘汰了!""为什么呀?"罗静一脸茫然。"因为你曾经在潜艇研究基地工作过,我不想沾这个包!"03端起杯子又喝了一口水,放下,"下一位。"黄薇薇偷偷瞅了03一下。第二位女孩进场:"我叫郭嘉,北京大学计算机系毕业,在中关村实习过一年……"03感觉肚子不舒服,咬了下牙,碰了下洪少秋说:"我去方便一下。"黄薇薇起身搀扶03。03要黄薇薇陪好洪少秋、叶焓,独自走进卫生间,掏出一粒药吞下,坚持着返回座位。叶焓问03:"你没事吧?""没事,但这杯水好像有事。"叶焓看了下水:"你要不介意的话,我可以帮你拿去化验。""好!"03疼得咧了下嘴。叶焓拿起03的杯子跟洪少秋耳语了一句后离去。03问洪少秋:"洪处,面前这位姑娘怎么样?"洪少秋:"条件不错。"03对郭嘉:"那就录取你了。"按了下肚子,"下一个。"

叶焓拿着检验报告走到对洪少秋身边:"洪处,03杯里的水含有剧毒元素!""什么元素?""成分很复杂,到底都包含什么元素,目前还在分析。"量有多大?""足够毒死一头牛!""这么大呀?商量一下,看怎么才能查出下毒的人。"

在D国K集团总裁办公室,张妍向布雷尔报告:"总裁,灵人报告,他暗杀03的行动没有成功。"布雷尔:"我们的这次行动,考虑得非常周密,应该不会失败的!03能逃过这一劫,是你预先给他报的信吧?""总裁,我的一举一动都在你的监控之中,你发现我向他报信了吗?"张妍反问布雷尔。"没有报信就好。"布雷尔不露声色地说,"你告诉灵人,要他再次寻找机会。""是。"

专案组指挥中心。洪少秋放下手机:"林影说,明天,基地进口的计算机配件就要到了,在设备进入科研大楼之前,赵书记要求我们对配件进行检测。"

叶焓："我马上向周局报告，通知有关部门准备人员、器材。"打开手机拨出电话。

高精密计算机配件检测现场。检测人员使用仪器对配件进行安全检测。张西洋、洪少秋、叶焓、林影等在一张张检验报告单上签字。检测人员向叶焓报告："叶处，经过检测，没有发现窃听、发射装置。""这样，我们就放心了！"张西洋对刘进说，"刘总，立即把配件分发到各个设计室，连夜组装完毕，争取明天投入使用。"刘进心里敲着小鼓，但又不好直说："张总，你是不是再考虑考虑，我的意见是，最好先在科研大楼外面进行组装，然后再对整机进行一次检测，等确定真的没问题了，再放进去。"张西洋："少秋，你的意见呢？"洪少秋："刘总考虑得很周到，我同意他的意见。""你们这样做，是会影响试验进度的！"张西洋的脸拉了下来。"张总，对这么一批高尖端的配件，K集团一点手脚都不做，你觉得正常吗？"洪少秋说出心里的疑虑。叶焓也认为很不正常，要洪少秋跟她一起去找03听听他的想法。03听洪少秋、叶焓说明来意后，谈了自己的意见："我的想法是，先不要使用。""为什么呀？"叶焓希望03给一个理由，回去好说服张西洋。03："理由很简单，当心里面有'暗鬼'！"洪少秋反问："'暗鬼'？"

"是啊！所以我建议你们，在把K集团的'暗鬼'查出来之前，千万不要启用这批设备！"洪少秋问03："你在K集团工作过，他们一般会把'暗鬼'隐藏在什么部件里？""在多数情况下，都是在主板上做手脚。你们回去，就查主板，'暗鬼'一定在里面。"洪少秋、叶焓回到潜艇研究基地，马上组织江源、米小冉、肖卫华等人，对主板进行复查。江源终于发现在一块主板上，多了一个元件！米小冉也报告，在主板上发现一个更换过的元件！叶焓感叹："这次，03真是帮了我们的大忙了！""叶处，我想……"洪少秋故意拖了个尾巴。叶焓："明天就把这批计算机组装起来，开始向外发送欺骗信息，从中发现对手的接收位置，最后锁定目标，一举破获全案？""英雄所见略同。"洪少秋得意地一笑。

艾尼莎在车上向布雷尔报告："总裁，'鲨鱼一号'密报，我们隐藏在高精密计算机主板上的发射器被中国国安发现！"布雷尔："这么隐蔽的东西，竟然他们还发现得了！这说明了什么？""说明03又一次出卖了我们。""再这样下去，我们就输不起了！艾尼莎，你准备一下，明天带金枪鱼飞往中国，任务是协助'鲨鱼一号'，干扰、破坏中国新型潜艇试验，通过面上的行动，掩护绝密行动。""总裁，莫非，这就是你的'暗度陈仓'计划？""是什么计划，你自己琢磨吧。"

三岛机场。刘子岸接过从候机楼出来的艾尼莎、金枪鱼的行李箱，放进汽车的后备厢里。艾尼莎坐上车后说："子岸，这次我们来，有的是时间，你一定要带着我们在三岛好好兜兜风。"刘子岸发动车："说吧，是想住到海滨，还是住进城里？"艾尼莎："就住你公司吧。""安全吗？你们认为。"金枪鱼拍了下刘子岸的肩："哥们，有什么不安全的？我们是合作伙伴嘛！这个理由，就是国安来了，也是说得过去的，你怕什么？""我怕艾尼莎的这张脸，太容易被人记住了！""你公司是做国际贸易的,去我这么个外国人,再正常不过了。""既然你们不怕死,那我就拉你们去吧。"

专案组指挥中心,搜索信号在大屏幕上不停地旋转。江源:"洪处,又一天过去了,还是没有发现敌情。""问题出在哪儿？"江源:"很可能出在知情人身上！"洪少秋:"你有什么想法？""把米小冉他们撤回来。""麻痹知情人,让对手动起来？"江源:"对。"洪少秋拿起手机:"我跟叶处商量后再定。"拨出电话。

刘子岸把艾尼莎、金枪鱼领进公司的会客室,给二人倒水。艾尼莎从箱包里拿出一包钱,放在茶几上推到刘子岸面前:"一共30万。""这么多呀？"刘子岸慌里慌张地把钱放在茶几底下,"你们是不知道啊！公司里人多嘴杂,我还是把你们安排到一个安全的地方去吧？"艾尼莎:"就这里了。吃过饭后,带我们去见你父亲。""见我父亲？"刘子岸吓得语无伦次,"他……有点古怪,轻易不见人,特别是外国人！""你呀,孤陋寡闻了不是？我跟你父亲,走得比你还近呢。"艾尼莎色迷迷地笑了起来。"这怎么可能呢？"刘子岸猜出了艾尼莎的意思。

夜幕降临,03在"海洋情人俱乐部"门口停下车,走了进去。黄薇薇正在舞池里陪他人跳舞,看到03进来,眼睛里滑过惊慌,仓促丢下舞伴,走向03:"你……肚子还疼吗？""你的顺口溜呢？卡在嗓子里了！"黄薇薇立刻换了张笑脸:"那呀！我没想到你会来。""可以请你跳个舞吗？""可以啊,踢踏、探戈还是拉丁？"03示意乐队:"奏《珊瑚花》！"黄薇薇听到03说出的歌名,眉毛跳动了一下。03搂住黄薇薇:"三步,起！""三步,多没意思呀？""你以为真是跳舞？我是要说话。"03带着黄薇薇旋进舞池,"明天,有时间吗？"黄薇薇疑惑地注视着03。"一起到海上玩玩！""海上！安全吗？""怎么,怕死了？""听你的,安排吧。"

刘子岸战战兢兢地和艾尼莎、金枪鱼走到自家门口。艾尼莎示意刘子岸掏出钥匙打开门。刘进正在书房电脑前埋头打字,突然感觉背后有人过来,急忙扭头看,见是艾尼莎、金枪鱼,惊得一时不知如何是好:"艾、艾尼莎,你……""刘总,脸抖什么呀？"艾尼莎笑眯眯地说,"是不是游艇上的那一幕,又浮现在眼前了？你放心,这次我来,你要是够朋友,我还会给你机会的！"刘进训斥儿子:"刘子岸,你怎么这么糊涂？""爸,不是我糊涂,是他们逼的……"刘进站起来:"把他们给我轰出去！""爸,来不及了！""怎么来不及了,怎么就来不及了？""来不及就是来不及了。"刘进:"你是不是收他们的赃钱了？我、我怎么养了你这么一个败家子啊！""爸,你只要活泛一点,艾尼莎说了,你要钱她给你钱,你要色她给你色……"刘进:"我要你的脸皮！但你已经给我丢光了！"拨开艾尼莎、金枪鱼,试图冲出去。艾尼莎、金枪鱼借势架住刘进。金枪鱼:"刘总,是不是想去给警方打电话？告诉你,只要你敢给警方透露一个字,你儿子的小命就上天了！"刘子岸"扑通"一声跪下："爸！"刘进吼叫："你们杀了我吧！"金枪鱼掏出枪顶住刘进："你连命都舍得出来，还舍不得脑子里那一点点的资料吗？"刘进："我就是死，你们也休想从我的嘴里把秘密掏出去！"艾尼莎："既然这样，我们不着急，就让刘总再想想吧。"

　　03、黄薇薇身着潜水衣，驾驶游艇出海。黄薇薇神情有些不太自然："今天，风有点大，我们还是回去吧？""哪有风啊？天气挺好的！""水、水太深了！""我记得，你上中学的时候，好像是潜泳冠军吧？"黄薇薇："我有一种预感……我害怕……鲨鱼！""怕什么？如果有鲨鱼敢来撕巴你，我救你。"03拍了拍胸脯。黄薇薇见已经看不见任何海岸线了，内心越来越紧张："你、你还要往哪儿去？""不想走了？那好，听你的，灭火。"03关掉快艇。灵人在远处的游艇上给狙击步枪装上消音器。03背上氧气瓶，准备跳入海中。灵人的瞄准镜罩住03，他扣动扳机，子弹呼啸而出。03掉入海中。灵人驾驶游艇飞速离去。黄薇薇趴在艇舷上，面对海面大声呼叫："高一天，高一天！"03露出水面："微微，我在这呢，下面的能见度太高了，你快下来吧！"黄薇薇心情复杂，跳入水中。03击起水花，拍打到黄薇薇的脸上。黄薇薇猛烈还击，笑声在海面上回荡。

　　布雷尔在住所见儿子进来，问道："有情况吗？""'鲨鱼二号'的第一批信息传过来了！"布加达递上文件。布雷尔翻看文件，兴奋地起身："好消息，这是一个好消息！"布加达："这说明，'瞒天过海'、'暗度陈仓'计划都成功了。"布雷尔想了会："明天，启动第三个计划！""什么计划？"布加达问。"策反刘进！""行动代号？""借刀杀人！""行动方式？""通过网络，加密给张西洋下达提供新型潜艇设计方案的命令。""老爸，你这个信息，实际是发给中国安全部门的吧？""聪明！记住，必须让中国的国安捕捉到这个信息，这次行动才有意义！"布雷尔阴险地一笑。

　　江源在网络上发现，K集团给张西洋发了一个邮件。洪少秋要求江源立即打印出来。江源无法打开内容。米小冉着急地说："密码，还是密码！"叶焓思考："这会是一封什么样的邮件？""也许，是张妍发给她父亲的！"林影总是往好的方面去想。洪少秋："江源，米小冉，你俩辛苦一趟。""去找03？"米小冉猜测。洪少秋："你算是吃透我和叶处的思路了！快去吧。""洪处，很长一段时间，你总是围绕03在转，是不是……"江源故意没有说透。米小冉拉了江源一把："明白还问？走吧！"

　　03操作江源、米小冉带去的笔记本电脑，但不管怎么努力，都无法打开对方设置的密码，只好对江源、米小冉摊开手："我没招了，我建议你们，另请高明吧。"江源认为，目前在三岛市，只有03，才是数一数二的高人了。03见江源、米小冉执意不走，问道："你们想过没有，打开这个密码，很可能还会伤到张总。""会不会伤到张总，只有看了里面的内容才知道。"03想了会说：

"你们真想打开这个密码,只有去找张妍了。"米小冉对03说:"就算是找张妍,也还得请你帮忙!"03:"既然你俩把我逼到这个份上,那我就试试看吧。"

D国K集团的健身房里,张妍从跑步机上下来,问正在擦汗的布加达:"我查了一下,你往我父亲的电脑里发了一个邮件。"布加达:"没错。一首爱情诗!""我父亲都一把年纪了,你给他发什么爱情诗?""这首爱情诗,不是一般的诗!你父亲看了以后,他会明白的!""你是不是暗示他,有人正在向我求爱?""你看,我多少还有点智慧吧?""但他解不开你设的密码?""密码很简单!""再简单的东西,有时候也会难倒一个高智商的人。""密码是,'张西洋+田云=发现秘密'。"张妍追问:"发现什么秘密?""到时候,你就知道了。"布加达笑着擦汗。

专案组指挥中心一片忙碌。江源从电脑前抬起头:"洪处,03把密码传过来了,是张西洋+田云=发现秘密。"叶焓:"密码告诉我们,这是敌人的又一个阴谋!"米小冉:"洪处,我马上通知张总,要他切断网线。""恰恰相反!"洪少秋说,"请大家研究,怎样利用好敌人给我们送来的这个机会。"

洪少秋、叶焓等进入张西洋家。张西洋输入密码,电脑里弹出的是新型潜艇设计的信息。叶焓、洪少秋还未看清信息的内容,文字已经从屏幕上消失了!

专案组的大屏上,显现的是江源截获的信息:《我军新型潜艇设计大事记》。张西洋感到十分震惊。叶焓问道:"张总,这个大事记,是你记的吗?""我手上是有一个大事记,但一直存放在我办公室的电脑里。""内容跟这个一致吗?"张西洋看了会儿:"有的差不多。"洪少秋:"林处,你陪张总回基地吧,把刘总叫进来。"张西洋极不情愿地起身,和林影一起走向门外。刘进在楼道里焦急地等待,看到张西洋出来,压抑不住内心的紧张:"张总,专案组都了解些什么呀?"林影:"你进去就知道了。"刘进怀着忐忑不安的心情走进室内,看到屏幕上的大事记,倒抽了一口凉气。叶焓追问:"都属实吗?""多数内容,张总和我一起碰过,有的好像还是上级的指示!"洪少秋:"这些内容,还有谁知道?""石刚,对,就石刚了,其他人员,很难掌握这么齐全的情况。"刘进意识到问题很严重,"这、这个大事记怎么了,是不是跑到敌人的手里去了?"洪少秋:"刘总,你可以走了。"刘进起身,犹豫了一下,又快步出门。洪少秋对叶焓:"叶处,事不宜迟,我们马上去找田云。"

第六章

　　田云在办公室里正忙着,洪少秋、叶焓走了进去。田云没好气地说:"洪少秋,叶处长,你们是来看病的,还是来问事的?看病坐下,问事就走。"叶焓客气地说:"田院长,我们就问一件事,近几天,你家里的电脑被人动过吗?""除了你们,没人动过!"田云气呼呼地一下站起来。洪少秋:"田姨,你应该明白我们的意思!""对了,还有张总和我,也用过几次。怎么,自己家里的电脑,男女主人用一下,也要向你们汇报吗?"叶焓:"田院长,这件事关系重大!请你配合调查。""关系重大,配合调查,你的用词够吓人的!难道我们家的电脑还闹妖了不成?""不仅闹妖了,而且闹得很大!"洪少秋声音不大,但很有分量:"是吗?"田云软了下来,"那我想想……"

　　林影在办公室找巩怀远了解情况。巩怀远说:"林处,刘总下没下水,我真的不好说!"洪少秋推开林影的门进屋,对林影说:"我想借你的电话用一下。"林影招呼巩怀远跟他一起出屋。洪少秋拿起桌上有线电话拨号:"安部长,我向你汇报一个想法。"安然在北京的办公室里握着电话:"少秋,你的分析是正确的!我支持你的想法,就按你的意思,尽快诱敌深入。涉及基地的人事问题,我一会儿就去找有关部门协调。"

　　刘进走进潜艇研究基地的会议室,望了望已经落座的各位设计人员,坐下主持会议:"同志们,我代表部里宣布,对张西洋同志进行停职审查,由我牵头负责潜艇试验工作,巩怀远升任动力设计室主任。""刘总,我对上级有意见。"商菲菲站起来,"凭什么停张总的职,凭什么审查他?"于昭阳替张西洋打抱不平:"是!张总是被敌人陷害的,难道洪少秋看不出来,是不是他脑子进水了?"刘进为了压住阵脚,点了巩怀远的名,要他说两句。巩怀远:"商主任,于主任,听到张总停职,刘总代职,我却升职,而且调到重要部门,心里真不是个滋味。从本意上说,我也想为张总喊一声冤!可没用。啥才有用?就是我们一定要吸取张总的教训,千万不要上了敌人的当,千万不能在保密上再出问题了!"

　　田云气呼呼地捶打林影的门。林影打开门,把田云拉进屋。田云指着林影:"你给我说,张西洋会窃密吗?""这……"林影不知道该说什么。田云:"这什么?第一,张西洋不缺钱,没有泄密的思想基础!第二,张西洋脑子里的机密多得是,就是要窃密,也不会就扔出去这么一个大事记!第三,张西洋是懂网络技术的人,他明明知道有人在网上给他下套,难道还会笨蛋到当着你们的面,从网上给敌人发送秘密吗？""田姨，你别着急，我一会儿就去找洪处长。"

海水随着潮涌不停地冲上海滩。洪少秋、03坐在搁浅的木船上。03对洪少秋说："从你的眼睛里，我看出来了，你还是为张妍的事来的。""我想知道她的真实身份？""她曾经和我是搭档。""现在，她为什么还在给你提供情报？""说白了，我现在的位置，就是一个中转站。张妍把情报传给我，目的很明显，就是希望我把情报转交给你。""你等于告诉我，张妍是我们的人？""她是不是我们的人，我也很想知道。""不可能吧。难道你对她……心里也没底？""这个底我说了不算，可能只有她自己才知道。"

林影在专案组指挥中心外，一直等到洪少秋回来："洪处，田云在我的办公室，等了你六个小时！""她说什么了？"洪少秋关切地问。"还能说什么？一直数落你的不是！""你没做做她的工作？""我还要你给我做做工作呢！""有什么问题，说吧。"林影："我问你，张西洋会不会泄密？"洪少秋："我和叶焓亲眼所见，大事记就是在他敲下键盘后，突然传出去的。""敌人是在借刀杀人！""你指的刀是什么刀？""当然是大事记啦。""我问你，大事记是从哪儿来的？""我想，应该是敌人预先埋在张总的电脑里的！"洪少秋："凡事都要考虑源头！就算是敌人事先把大事记埋进了张西洋的电脑，那他们的原始资料是从哪儿来的？这个向敌人提供情报的人是谁？""你想查源头是对的，但不能连累张总啊！""我现在不从张西洋身上去找突破口，难道从田云身上去找？问题是，她不可能掌握那么多的情况。"林影想了会儿："还有一个人，我建议查一查。""你说的，是石刚吧？""对，他有记大事记的习惯！"洪少秋告诉林影："叶处已经去了。"

叶焓找到军代表石刚。石刚向叶焓提供了一个重要情况，说田云在他发烧的时候，专门到他的宿舍巡诊，似乎在无意间翻看过他枕头边的大事记。叶焓向石刚追要大事记。石刚走过去掀开枕头，紧张地问："唉，我的大事记呢？！"叶焓："你再找找！"石刚拍了下脑袋："想起来了！放我办公室的保险柜里去了。""真放进去了？""放进去了！要不信，你跟我过去看看。张总那事出了以后吧，我就把所有涉密的东西都放到办公室的保险柜去了！我的保密意识还行吧？""行不行，看了你的办公室再说。"石刚："还真要去检查呀？"叶焓："当然！"

专案组大屏幕上是石刚的"大事记"。叶焓："这就是石刚的大事记，封面和里面的页码上，除了石刚的指纹，还有田云的指纹。""田云的指纹，一共出现在几个页码上？"洪少秋追问细节。"七个。"叶焓答。"这七个页码的内容和敌人窃走的内容比较，有没有雷同？""大约有三分之一的基本相同。"洪少秋的目光扫向众人："大家怎么看？"林影："我认为，田云不是窃密者！"洪少秋："现在下结论，还为时太早了。"米小冉："我认为，怀疑田云是有根据的。第一，她接触过石刚的大事记，并且敌人窃走的秘密里，有三分之一的内容与她看到的内容基本相同;第二,她是张西洋总工程师的夫人,常年和张西洋生活在一起,对张西洋每天参加什么活动、办了什么事,大体上是了解的,可以秘密地整理出大事记;第三,她有机会接触张西洋的电脑,可以提前把发给K集团的内容和机关设置好……""我反对你的推断!"林影冲米小冉喊了起来,"田云再怎么着,也不会陷害自己的丈夫吧?"洪少秋:"林处,你总该让别人说话吧?""洪处,我觉得,你现在需要考虑的,是自己的侦查方向!"林影敲了敲桌子。"林处,从这次窃密反窃密的较量看,我们内部肯定还有问题!我希望你们保卫处,进一步加强对10个保密室的警卫工作,严防敌人再次得手,你马上回去布置一下。""你撵我走?"林影的眼泪险些涌了出来。洪少秋:"不是我撵你走,是对敌斗争的需要!我们再不严防死守,恐怕还会出问题。"林影极不情愿地走出专案组指挥中心。洪少秋对在场的人员说:"田云的事先放一放。根据上级指示,今晚必须把张总秘密转移到一个清静的地方去,至于转移到哪里,只限于我们几个人知道。"

张西洋在海军基地招待所的套间内伏案工作。洪少秋、叶焓在保密员的带领下走到张西洋身边。叶焓问道:"张总,在这里工作,条件还好吧?"张西洋指了下保密员:"她,还有基地的女战士,对我可关心了。"叶焓:"没影响到你的试验论证吧?"张西洋:"不但没有,我还攻克了一个难关呢!你们来找我,有事吧?"洪少秋:"我们想通过你,秘密同张妍取得联系。"张西洋的脸当即拉了下来:"我和张妍之间,没有秘密通道!"洪少秋:"这是澄清田院长嫌疑的一个机会。"张西洋关切地问:"她还好吧?"洪少秋:"目前有几个证据指向她,对她很不利。"张西洋:"你们想要张妍做什么?""这次敌人手上的'大事记',是从谁的手上捅出去的?""这对张妍来说,怕是太难了,她哪能掌握这么深的秘密?"洪少秋:"她毕竟在K集团工作,动动脑子,也许会有办法。""那好吧,为了国家安全,豁出来了,走,上网吧!""张叔,我就知道,你肯定还有同张妍联系的第二条渠道。"张西洋:"不到万不得已,我是不会这样做的!"

张妍走到D国K集团数据库门口,使用磁卡打开门,走到机要员狄诺面前。狄诺:"张妍,又给我送资料来了?"张妍:"我想请你吃饭。""一般来说,只要想贿赂我,就没安好心。"狄诺笑了下。"其实,也没多大事,就是向你打听一个人。"张妍装出一副若无其事的样子。"事再小,这里也不是打听人的地方,请出去吧。""就一分钟,行吗?"张妍哀求。"保密的事免谈!如果是非保密的事,那请你快说。""布加达这个人怎么样?"狄诺没想到张妍会问这个问题:"布加达!他怎么样,不该你问我吧?"张妍嫣然一笑:"他、他向我求爱了!"狄诺:"什么?那、那你答应他了?""我想听完你对他的评价再作决定。"狄诺琢磨了会:"好吧,你找个中国餐厅,我们坐坐。"

D国唐人餐厅。张妍给狄诺倒上酒:"狄诺,我知道,你正在追求布加达。"

狄诺的胸脯起伏着："我只想知道，布加达为什么会向我求爱？""是啊，关于这个问题，我也感到很纳闷。"张妍一脸的无奈。"既然纳闷，你是怎么知道他向我求爱的？""他选择了一个古怪的做法，说要给我父亲发一首爱情诗，表达他非常爱我的心情。""他发的什么诗？""我爸爸告诉我，他发的根本就不是诗，而是一个可怕的秘密！""可怕的秘密？"狄诺琢磨了一会儿，"你父亲收到的是什么秘密？"张妍神秘地："那个什么，中国潜艇设计大事记！""还真有这份情报！"狄诺似乎在无意泄露。"不可能！我一直负责中国方面来的信息，从来就没见过这么个东西。"张妍似乎恍然大悟，"哦，我明白了，你这样做，无非是要我痛痛快快地离开布加达？""这份情报真的有，是'比目鱼'搜集的，你应该知道他吧？""'比目鱼'？"张妍吃惊不小。狄诺愕然："这么说，你不认识'比目鱼'？"

洪少秋与叶焓走在路灯下。叶焓："从张妍提供的情况看，可以肯定一点，蒋文锁不是'比目鱼'。""他要不是，那谁才是'比目鱼'呢？"洪少秋思考。

刘进这些天一直提心吊胆的，终于忍不住跑到儿子的公司去问："子岸，那两个K集团的鬼走了没有？"刘子岸："还没有！""你快想办法，打发他们滚蛋！""他们说了，拿不到你手上的东西，是绝对不会离开三岛的。"刘进掏出母亲送给他的小国旗："儿子，你好好看看这是什么？这是你奶奶送给我的！在我们的心里，什么时候都要有国家啊！""爸，你说得太晚了！""儿子，这些天，我的心像鞭子抽着、锯子拉着，太难受了！""爸，我这心里也不好受！""子岸，听爸爸的，去自首，协助安全部门抓住艾尼莎、金枪鱼，争取好的出路。""爸，我要这样做，K集团会派人杀了你的！""你少拿我说事。走吧，爸爸现在就陪你去！""爸，你给我点时间，让我再好好想想，行吗？我求你了！"

专案组的电子表已经指向凌晨三点，但案情分析会还在进行。洪少秋："谁是'比目鱼'，刚才分析的几个人，似乎都不太像！我心里有个影子，想说出来请大家给他画画像。""是03吧？"叶焓看向洪少秋。洪少秋："不谋而合！"林影："六年前，03一直在三岛，我父亲被害后，他突然失踪了，是有疑点。"叶焓："据我了解，他不是主动失踪，而是执行秘密任务去了。""他这次回来，也有一些不大对劲的地方！特别是在敌人动用天上的、地下的、海里的力量追捕他的过程中，他竟然一次次成功地逃脱了？"江源的怀疑独辟蹊径。米小冉："这说明他的基础素质好。再说了，还有我们的帮助呢！""他的有些做法，好像是在刻意迎合我们。"肖卫华质问，"这些反常举动，说明了什么，隐藏着什么？"米小冉："他有意回避一些敏感问题，完全可以理解！无非就是想表明，他是一个完全可以值得我们信任的人！"江源："你认为，他不是'比目鱼'？"米小冉："你走走心03要是'比目鱼'，总是要窃密的吧？那他为什么还会放着专案组不来，放着潜艇研究基地不进，放着张西洋、田云单独不见！一个间谍，他离开了这么好的条件，还到哪里去搞情报？再说了，大事记里的那些事，他03也掌握不了啊！"叶熔肯定："分析得很有道理。"米小冉情不自禁地欢呼："耶！"

钱守成背着一个肩包走进"海洋情人俱乐部"，选了个吧台坐下。黄薇薇的顺口溜跟到钱守成面前："头发短，腰板直，一看你就当过兵！""嘿别说，你还真有点眼力。"钱守成称道。黄薇薇在钱守成对面坐下，卖弄自己城府很深："但你仕途不顺！"钱守成暗惊："你再次打中了十环！我想知道，你是怎么看出来的？""你要是发展顺当，就不会这么年轻就转到地方了。""还真是！我当时吧，本想着上面的一个位置是我的，但愣没到手，一气之下就想啊，爬不上将军的台阶，就回家弄个财神爷当当得了！""结果财神爷也没当上，还弄丢了饭碗？"钱守成："哇塞，我发现，你会相命！"黄薇薇："我请你喝酒。""头次见面，你就这样！啥意思？莫非，想打我的主意？""我是怕你没钱。""我没钱？笑话！"钱守成拍了拍包，"我好歹也是一个电子商务公司的老总。""我不管你什么总不总，有钱吗？掏出来！我敢说，你这包里，装的纸肯定比钱要多！"钱守成底气不足："隔着一层皮，你都能看透，真是神了！"

洪蓉打开门进家，见丈夫不在，着急地搓着手朝楼下看去。钱守成摇摇晃晃地回来了，醉醺醺地对洪蓉说："这酒啊，真不是个东西，辣在嘴里，烧在心里，晕乎在脑子里，真够难受的！""又跑哪儿喝去了？"洪蓉生气地一把推开丈夫。"还能跑哪儿，跑去跟钱喝去了！""你少给我烧钱，我就谢天谢地喽！"钱守成神秘地透露："有人说了，要给我介绍一个外国公司的大老板，她说那个大老板哪，可比我这个空头老板强多了！""什么大老板？你当心上了国际骗子的当！"

专案组指挥中心，操作人员正在紧张工作。叶熔对大家说："现在，公安、通信、银行的电子数据都已经整合过来了，只要一有情况，我们马上就能在第一时间知道。""太好了！"洪少秋对叶熔说："给周局打个电话，替我谢谢他。"

三岛外海，"海洋情人俱乐部"的一艘豪华游船在缓慢地游弋。艾尼莎、金枪鱼、刘子岸坐在游船上，望向远方的海面。黄薇薇绘声绘色地讲解："女士们、先生们，俗话说，星期六，好运来！今天，我陪大家出航。请各位向海面看，碧波万顷奔来，流动的都是好景色……"刘子岸给金枪鱼照相。艾尼莎打开笔记本电脑，输入文字：总裁，我们已掌控目标，请示下一步行动。点击发出。

叶熔目不转睛地盯着电脑屏幕，突然她的眉毛一挑："有情况！""什么情况？"洪少秋把头扭过去。叶熔："在'海洋情人俱乐部'方向，有人同D国K集团联系。""遗憾的是，我们还是不知道内容！"洪少秋把目光从叶熔的电脑上收回来。叶熔命令米小冉："尽快破译。""是。"米小冉回答。洪少秋对叶熔："叶处，敌情再次发生变化，又到了该出动高科技设备的时候了！"叶熔："肖卫华，立即出动电子侦察车，加强对该方向可疑信号的监控，准备接收K集团发回的指令，争取一次定位成功！""是！"肖卫华起身迅速出门。

D国K集团总裁办公室。布加达向布雷尔报告："总裁，艾尼莎来电，说他们已经掌控目标，请示下一步的行动。"布雷尔："实施第四计，'釜底抽薪'，尽快把刘进搞下来，我要让他们的潜艇试验最少推迟半年！""是直接给艾尼莎发送指令，还是……"布加达等待指示。布雷尔："老规矩，给'鲨鱼一号'播放歌曲，通过他把指令转达给艾尼莎、金枪鱼、珊瑚花。记住，歌曲要三天以后再向外播送……""三天以后才播送，那不就耽误事了吗？""笨蛋！现在，我敢肯定，中国的国安人员正在等待着我们的这个信号！我不能因为这个小小的疏忽，就把自己的手下轻易葬送在他们的手上吧？"

电子侦察车上，叶焓、洪少秋见"海洋情人俱乐部"的大门关上了。"不对呀，怎么会没回声呢？"肖卫华质疑。"难道是我们的判断错了？"洪少秋望向叶焓。叶焓回应洪少秋："有可能。""再坚持一会儿。"洪少秋看向"海洋情人俱乐部"。

海湾的一栋别墅里，黄薇薇裹着浴巾从浴室里出来，打开电脑，拿起笔，开始播放歌曲，不时往纸上记一下，最后拿起来，边读边走向卫生间："配合艾尼莎、金枪鱼，完成'釜底抽薪'计划，鲨鱼一号！"拿起打火机点燃纸，扔进抽水马桶，放水冲走，不解地磨叨起来，"艾尼莎、金枪鱼是谁，'釜底抽薪'计划又是什么计划，竟然还要我配合他们，连他们在哪里我都不知道，怎么配合？"

米小冉的眼睛红肿起来，但神秘信息的密码还是没有破解出来。"三天了，敌人只有出去的信号，没有回来的信息，不符合常理啊。"叶焓意识到再这样等待下去不是办法。江源认为，敌人的指令，一定是通过什么秘密渠道下达了。洪少秋琢磨了会儿，说："敌人发出去的信号，出现在'海洋情人俱乐部'附近。可不可以这样认为，敌人跟'海洋情人俱乐部'，多多少少是不是有一些联系？"叶焓："这个俱乐部，因为距离潜艇研究基地比较近，早就引起我们的注意了。"洪少秋："能不能给大家说说情况？"叶焓点击键盘，用激光笔点示大屏幕："'海洋情人俱乐部'，是由日本的一个投资商投资的，据我们掌握，这个投资商跟K集团没有关系。"林影："它每年的赢利是多少？"叶焓："一千五百万左右，这些钱大部分花在购买游船上了，只有少部分资金流入日本。"洪少秋："老板是谁？"叶焓："黄薇薇。"洪少秋："黄薇薇是谁聘任的？"叶焓："据了解，是那个日本的投资商。抗战时期，这个日本投资商的父亲曾经被黄薇薇的父亲俘虏过，当时黄薇薇的父亲对他很关照，他为了感恩，特意投了这个俱乐部，而且聘请黄薇薇出任总经理。"林影："表面看，没什么问题。"洪少秋："有没有那个日本投资商的照片？"叶焓："我们找了好几年，但一直没找到。"洪少秋："正常的话，应该有！没有，说明他的背景有问题！叶处，林处，我的意见是，由米小冉、肖卫华化装成一对恋人，前往'海洋情人俱乐部'进行秘密侦查。""我同意。"叶焓表态。

肖卫华、米小冉走进"海洋情人俱乐部"。米小冉想挽住肖卫华的胳膊，肖卫华显得很不自然。米小冉低声："搂住我的腰！"肖卫华低声："这、这不合适吧？"米小冉："你没见，这儿的情侣不是手挽着手，就是肩靠着肩，你我这样，不像恋人，像一对侦察兵。"肖卫华："那、那我拉着你的手行吗？"米小冉："行！"主动拉上肖卫华的手。黄薇薇过来："小两口，手拉手，不花钱，也开心……"米小冉白了黄薇薇一眼："不花钱，我们到这里来干什么？"黄薇薇："你花大钱，我更开心！坐这儿，喜欢热的还是冰的、甜的还是咸的？"米小冉："问他。"肖卫华其实也不知道该吃什么，只好一阵乱点："她来热的，我来冰的，她来甜的，我来咸的。"黄薇薇："热冷齐全，相亲相爱；甜咸都有，富贵一生！二位，稍等。"米小冉望着黄薇薇的背影："她的嘴，比我溜。"肖卫华："我的心有点慌。"米小冉："怕她？"肖卫华："怕点得不合你的口味。"米小冉："行，挺好的！不过说好了，钱得你花。"肖卫华："没问题，我很乐意为你买单。"

　　三岛市海鸥宾馆。刘子岸把一双皮鞋放在艾尼莎、金枪鱼面前："这是我父亲的皮鞋，他明天早上还要穿！"金枪鱼拿上皮鞋，对刘子岸说："放心吧，不会影响你父亲明天早上为我们执行任务。"然后离开。刘子岸问艾尼莎："你们是不是要往鞋里装窃听器？""你不用担心，这个窃听器，是最新产品，中国的安检器材是根本查不出来的。"艾尼莎拍了拍刘子岸的肩膀。

　　米小冉、肖卫华回到专案组指挥中心。洪少秋没等他们喘息就催促道："说说情况吧。"林影："你总得让他们喝口水吧？"叶焓给肖卫华、米小冉分别递了一瓶矿泉水。米小冉："我们侦查到的情况是，外国人去的不少，里面可能就有我们的目标；黄薇薇一直在接待客人，没发现她同谁接头；有11人带着电脑进去，其中9人上过网，2人没打开电脑包；还有就是楼顶观景台的情况了。"想了会儿，"在上面，可以看到潜艇研究基地院内的情况！""我补充一点。"肖卫华看了下米小冉后说，"黄薇薇好像已经注意到我们了，她一共往我们的桌上看了7次。"叶焓："你们的心很细，但看到的情况都是表面的！"米小冉："叶处，我们已经尽心了。""知道你们尽心了！明天接着还去，这次的任务，重点是发现有没有潜艇研究基地的人到里面去消费。"洪少秋给米小冉、肖卫华提出新的要求。肖卫华为难："洪处，我就不去了吧？"洪少秋："你不去谁去？""江源呗。"叶焓："一对恋人，今天你去，明天他去，这不等于告诉间谍，小心一点，我已经来秘密侦查你们了？"江源："卫华，叶处给你一个谈恋爱的机会，你还不抓住喽，是不是傻呀？真是的！"朝米小冉做了个鬼脸，"人家看不上我，要是看上我……"转对肖卫华，"还轮得到你？"米小冉推了江源一把："去你的吧！"

　　刘进脚上的皮鞋格外醒目，他穿着这双鞋走向基地科研大楼。巩怀远迎面过来，同刘进打招呼："刘总，早！"刘进对巩怀远说："总部要你们改进的那个部位，你们还得抓紧时间，争取三天完成。""刘总，总部还真是有高人哪，怎么一下就发现我们这个短板了呢！这个问题，竟然跟张总原先提出来的一样。

唉，是不是上面把他秘密保护起来了，实际上他还在暗中把握着大局呢？""要真像你说的，那就太好了！""好什么呀，要是张总回来，你这个'代'字就去不掉了。""说实话，我真不愿意顶张总的缺！我现在是，头上有压力，心上有压力，脚底板下也有压力，活得不轻松，过得不自在！真想脑子里什么秘密也没有，找个钓鱼竿到小河边养老去算了。"刘进说得很真诚。"刘总，我很想替你减轻点压力，但组织上没把这么重的担子交给我，也替你分担不了……""怀远，你进步已经不慢了，两年上了两个台阶，这是多快的速度啊！要当心，枪打出头鸟！""刘总，谢谢你的提醒！只有你，才会对我这么推心置腹。"刘进："去忙吧。"望着巩怀远离去，进入大楼设计室，在门口的鞋帽间换下皮鞋，走进里屋的设计人员当中。

艾尼莎、金枪鱼携带笔记本电脑，坐在"海洋情人俱乐部"观光台的太阳伞下，不时向潜艇研究基地的科研大楼望去。黄薇薇托着饮料盘上来，分别放在艾尼莎、金枪鱼面前："二位，请慢用。"离开后，在暗中观察、琢磨他们。金枪鱼打开电脑，问艾尼莎："搜索吧？"艾尼莎注视黄薇薇的背影："她好像一直在注意我们？"

黄薇薇试图进一步观察艾尼莎、金枪鱼，突然感到手机震动，掏出接听："哦，钱总呀，你说什么，想跟我见一下？今天恐怕不行！我正忙着呢。"钱守成在家里的书房里握着手机："那你什么时候有时间啊？""你等我电话。"黄薇薇关上手机，又悄悄往观光台上看了下，才故意大声招呼着伙计走下楼梯。艾尼莎见黄薇薇确实已经离开，低声下令："启动！"金枪鱼戴上耳机，输入启动密码，摇头晃脑，假装在听音乐。刘进在科研大楼衣帽间换上皮鞋，脚步声在走廊里回荡。金枪鱼在耳机里听到刘进的脚步声，震得他的耳朵有些受不了。艾尼莎："你怎么了？""刘进的脚步声，也太大了！"笔记本电脑突然报警。艾尼莎看了眼："信号被人咬定！马上关机，撤。"

专案组指挥中心。江源报告："发现情况！"洪少秋追问："信号源在哪里？"江源："我马上发到大屏。"叶焓看了下显示："海洋情人俱乐部！"洪少秋："继续锁定！""信号消失！"江源想继续追踪，但怎么也找不到目标。林影："洪处，是不是应该马上赶过去？""来不及了。"洪少秋也很着急，"江源，敌人接收的，是K集团发回的指令吗？""时间太短，很难判断。"江源回答。洪少秋："林处，你马上回去，对基地科研大楼全面进行安检，特别是要注意排查有没有发射器！""是，我马上组织。"林影起身匆匆出门。基地科研大楼，刘进走出大门，坐上卧车离去。林影带人携带安检器材进入科研大楼，逐室进行安检。

刘进回到家。刘子岸把一双新皮鞋递给父亲："爸，给你买了双鞋，你把那一双换下来吧。"刘进接过鞋来回看了看："鞋里有玩意儿吧？""没有！你可以拿去安检。""儿子，你的话，我还敢信吗？把鞋放到柜子里，等我明天送到保卫处安检以后再穿。"刘子岸接过鞋："爸，你明天还是穿这双吧！"刘进已经猜透儿子的意思："行，我听你的。儿子，我也希望你，换双新鞋，莫走老路呀！"

　　洪少秋给石刚布置了一个任务，让他去接触一下黄薇薇。石刚进入"海洋情人俱乐部"后，黄薇薇视而不见，有意冷落石刚。洪蓉突然出现在门口。黄薇薇快步迎上洪蓉："愁眉不展，必有心事！听听音乐，放松自己；喝杯美酒，消愁解忧……"洪蓉打断黄薇薇："说说吧，你想给我们家钱守成介绍一个什么样的外国老板？"

　　"哦！"黄薇薇恍然大悟，"原来，你是为这事来的啊！先稳稳神，听我一一给你道来。"忍不住又看了石刚一眼。

　　半夜时分，巩怀远从科研大楼出来，差点撞上了正匆匆往里进的商菲菲。商菲菲抱怨："巩主任，大楼又闹什么妖了？""闹什么妖？没听说呀。"巩怀远感到很惊讶。"这么晚了，林影还把我折腾过来，说是要检查我的办公室！""查好啊！什么时候查我的办公室？他们查了，我就放心了。"望着商菲菲，"你怎么了，没事吧？""我能有什么事？""你要是害怕，我陪你上楼吧？"商菲菲："你什么意思？"巩怀远："我想，你心里应该有数！"

　　林影带着安检人员忙了一个通宵，终于放心地给洪少秋打了个电话，说没有发现任何隐患和问题。洪少秋放下电话，对叶焓说："敌人在这样近的距离内启动接收装置，说明他们已经把发射装置送进科研大楼了！"叶焓认为，林影他们越是找不到敌人暗设的机关，形势就越是不容乐观，必须尽快采取应急措施！

　　洪少秋转向米小冉，说是要向他请教个问题。米小冉："洪处，你别吓唬我好不好？有什么指示你尽管说。"洪少秋："在计算机里，间谍机关除了设置间谍木马，安装窃听器、发射器以外，还能做什么手脚？"米小冉："设置后门。""后门一般设置在哪儿？"江源："CPU 里。"洪少秋："上次，我们对那批配件进行检查的时候，我记得查过 CPU？""查是查了，但后门在设置方没有启动前，一般是查不出来的。"江源解释。洪少秋："大家听好了，开动固定的、移动的所有设备，对科研大楼的计算机进行 24 小时监控，严防敌人启动后门窃密！""是。"米小冉、江源、肖卫华迅速进入岗位。

　　刘进躺在床上，似乎睡得很香。刘子岸悄悄摸进屋里，拿起父亲放在床前的皮鞋，又轻手轻脚地走了出去。刘进睁开眼睛，走出卧室，站到窗前，怒视着儿子走到楼下打开车门发动车离去。

第七章

　　林影向洪少秋、叶焓报告，说通过连夜对科研大楼进行检查，没有发现窃听装置。叶焓质问，敌人的发射器究竟藏在哪儿？洪少秋认为，固定场所没有，那就只能在流动人员身上！他要林影再次带领安检人员，对所有进出科研大楼人员和携带物品进行全面检查，绝不放过任何一个疑点！

　　刘子岸进入公司，了解到艾尼莎、金枪鱼擅自进入了他机房，气冲冲地从保险柜取出一把手枪，闯进机房，质问艾尼莎、金枪鱼为什么要到这里来？金枪鱼调侃道："这么简单的问题，还用问吗？"刘子岸一下搂过艾尼莎，将枪顶在她的头上："想死，就继续逼我！不想死，马上给我滚出去！""怎么，想搂火？"金枪鱼也掏出枪来对着刘子岸，"看看是我的子弹快，还是你的动作快！"刘子岸："我就是死，也要敲碎你俩的脑袋！"艾尼莎："刘子岸，手抖什么？千万不要手软……扣呀！"刘子岸额头上的汗渗出来。金枪鱼的枪向前逼了一步。刘子岸闭上眼睛扣下扳机，枪竟然未响，他再次扣动扳机，枪还是没响，惊得他一把推开艾尼莎，慌忙拉动枪栓上膛，但里面竟然没有子弹。金枪鱼掏出刘子岸的弹匣。

　　刘子岸一下傻了！金枪鱼装回自己的枪，一个反手缴下刘子岸的枪："你真是瞎子过河，不知深浅呀！以后找人拼命的时候，提前查一查子弹！"艾尼莎掏出一张表格："刘子岸，听好了，这是秘密情报人员登记表，我给你念念！姓名，刘子岸，代号八爪鱼，职务11级情报员……"把表放在柜子上，"签字吧。""这、这是我的地盘！你们他妈的别逼我……"刘子岸还想强硬。金枪鱼把刘子岸的弹匣推进他的枪里，顶在他的头上："三十秒后，你还不签字，这里将留下一个自杀的现场！"艾尼莎把笔递给刘子岸。

　　基地科研大楼门口。刘进下车走向林影："一大早的，你们又发现情况了？"林影把刘进拉到一旁，神秘地告诉他，敌人昨天接收了一次这里发射的信号。刘进惊讶："抓住他们了吗？"林影："这不正找吗？"刘进："我也正想找你！""找我？"林影以为自己报告不及时，连忙解释。"我找你，不是因为你没给我报告什么情况！"刘进从包里拿出鞋来，"是要你给我查查，看里面有没有不该有的那玩意。"林影："那玩意儿？你怎么想起来要我查这个？"刘进指了指一旁的安检人员："你看，他们不也正在查鞋吗？""可你这是新鞋呀，也没穿在脚上？"林影来回翻看鞋子。刘进："安检过了，我好带进去，一会就穿上。"

科研大楼警卫室，刘进在等候。林影、叶焓进屋。林影把鞋放在刘进面前："刘总，你的这双鞋，里外都没那玩意儿。""这我就放心了！"刘进拿起鞋。叶焓："但是，你的另外一双鞋里有问题！"刘进按捺不住紧张："另外一双鞋！"叶焓："你看看这个视频吧。"林影打开手机递到刘进面前。刘进看了一会："这也没什么呀！就我这个走路的姿态，还真不怎么样，让你们见笑了……"叶焓："就是这个时候,敌人正在通过你鞋里的窃听器窃取秘密！""我鞋里的窃听器？"刘进瞪大了眼睛。"刘总，你的这双鞋，目前在哪里？"叶焓问。"应该在家吧？"叶焓："走，带我们过去看看。"

专案组指挥中心依然很忙碌。洪少秋见叶焓进门，问："没找到鞋？"叶焓摇了摇头。洪少秋："刘进呢？""林影陪着呢。"洪少秋："江源，把基地家属院昨天夜里的录像调出来，直接查零点以后车辆外出的情况。"大屏幕上出现基地家属院大门。江源锁定录像："洪处，零点十一分，这辆车外出。""输入车牌号，查清车主是谁！"江源操作电脑："洪处，车主查清，叫刘子岸。"洪少秋："立即出发，找刘子岸要鞋！"刘子岸把车开到家门口停下。洪少秋、叶焓出现在刘子岸面前。刘子岸惊愕："你们是？"洪少秋喝令："上车！"一把抓住刘子岸塞进车里。叶焓紧跟着坐进车里，追问："鞋呢？"刘子岸："什么鞋？"叶焓："你爸的鞋！"刘子岸："在、在后备厢里，我、我去给你们拿。"洪少秋、叶焓拉下刘子岸，刘子岸从后备厢里取出鞋。叶焓夺过："为什么湿了？"刘子岸："我昨天夜里穿它赶海去了。"洪少秋："这是你父亲的鞋吗？"刘子岸："是。""既然是，你为什么要穿着你父亲的皮鞋去赶海？"刘子岸："怎么了，这鞋有问题吗？"洪少秋："有没有，一会就知道了。"叶焓："手机呢？"刘子岸掏出D手机。叶焓夺过手机："上我们的车！"

专案组又一次碰头。洪少秋说，在刘进的鞋里，没有找到窃听器，但有被人动过后跟的痕迹。米小冉、肖卫华汇报，经查刘子岸半月来的通话，对方都是国内机组，没有发现可疑人。最后叶焓、洪少秋决定，再动用一次03。

03按约搞清有关情况后，找到叶焓、洪少秋说："张妍这次真够意思，提供了一个重要情况！""什么情况？"叶焓追问。"K集团派出三个人，一个叫艾尼莎，一个叫金枪鱼，一个叫灵人，他们都到三岛来对付我了！我说上次差点被人毒死了呢，原来是他们在背后搞的鬼！"洪少秋问03："张妍说到策反刘进父子的事了吗？""她说她掌握不了这么深的情报。她之所以告诉我艾尼莎他们来对付我，是有条件的！她要我帮助她父亲洗清嫌疑。"洪少秋："她还提供了什么情况？""就刚才那一条，已经很不简单了！我建议你们，马上在全城展开行动，迅速抓捕艾尼莎、金枪鱼、灵人。"洪少秋拿出艾尼莎在游艇上压着刘进的照片问03："照片上的这个人，是不是艾尼莎？"03看了一下："是。"

刘子岸被带进预审室。洪少秋向刘子岸出示艾尼莎在游艇上压着他父亲的照片："刘子岸，你见过照片上的这个女人吗？"刘子岸看了一眼："没有！""艾尼莎、金枪鱼到三岛,是你接待的吧?""谁是艾尼莎、金枪鱼,我不知道。""照片上这个女人就是艾尼莎,她这次到三岛来,不仅是你出面接待的,而且你还带着他们去找过你的父亲!"刘子岸抵赖:"你说的艾什么进没进三岛我不清楚。你们要是不信?那就拿出证据来吧。"叶熔:"刘子岸,你还真以为我们拿不出证据来?你父亲鞋跟里的窃听器,就是你和他们一起装进去的!""这位女士,你的这个故事编得还行,有导演相中吗?有的话,可以去拍电影。"刘子岸毫不惧怕叶熔的目光。刘子岸死猪不怕开水烫。洪少秋提出一个大胆的想法:"放了刘子岸,引蛇出洞。"林影第一个反对,说刘子岸要是间谍,一旦放他出去,他肯定会趁机潜逃!到时候,谁都承担不起这么重大的责任!叶熔赞同洪少秋的想法,并请示周大路从局里抽调行动队支援,秘密跟踪刘子岸,随时准备同武装间谍打一仗!

刘子岸从看守所出来后,匆匆忙忙往家赶。刘进在家里痛苦地把喝空的杯子砸在桌子上,拿起小国旗,在极度痛苦中说出自己的心声:"妈,你让我怎么办啊!一边是我的良心,一边是我的儿子,一边是国家的安全,一边是我和儿子的安危……"突然听到开门声,紧张地站起来,注视着门口,生怕大难来临。刘子岸打开门进来。"子岸,你……"刘进颤抖着扑向儿子,"你没事了?"刘子岸:"爸,你没事,我就没事。""你没把艾尼莎、金枪鱼供出来吧?""爸,谢谢你也没有把他们讲出来。""子岸,爸心里不好受啊!在流血,苦得很,你还是去自首吧!""爸,你都多大岁数了?还天真呐。艾尼莎他们已经拿枪顶着我的脑袋,逼着我在表上签字了!""表!什么表?"刘进埋怨儿子,"你呀!一错再错,最后还要把你老爸都搭进去呀!""爸,我想好了,只要我不帮他们搞你的情报,他们就拿我没办法,我们也犯不了多大错。""孩子,这是我们的最后底线了,你千万不能突破了啊!""就这样说定了!我就是豁出这条命去,也不变了!"

在"海洋情人俱乐部",黄薇薇掏出手机给钱守成打电话,约他到她的别墅见面。钱守成如约到达后,黄薇薇带着他参观:"这是客厅。"钱守成发自心底地赞叹:"真阔气呀!"黄薇薇引导钱守成上楼:"这楼梯怎么样?"钱守成摸着扶手:"一流,一流!"黄薇薇推开主卧的门:"这是主卧。"钱守成的眼珠都要凸出来了:"啊!太令人向往了。"看了黄薇薇一眼,"真想在这里睡上一觉啊!最好……"

"休想!愣什么?"黄薇薇娇滴滴地,"走吧,到上面的观海花园看看。"钱守成笨拙地跟着黄薇薇走进观海花园。黄薇薇:"怎么啦,被我一句话打蔫了?不要这样,还是发表一点感慨吧!"钱守成:"我要有这么一个地方,住上一天足矣!"

黄薇薇:"等你有了这样的地方,我给你捂脚!"钱守成直勾勾地望着黄薇薇。"你不看海,看我干啥?"黄薇薇含情脉脉。钱守成:"你就是最美的风景!""你跟我，最好打个草稿再说话。""在你面前，我还用打草稿吗？""我真有你说的那么美吗？""有的女人，猛一看，挺美！细一看，俗不可耐……你不是这样！"黄薇薇："我是哪样啊？"钱守成："男人看了你，没有不动心的；女人看了你，没有不嫉妒的。""想不到，你肚子里还真有点墨水！""相处这么长时间了，你才肯定我这张嘴巴，是不是晚点了？""你呀，也就这张嘴还算个长处。""我老婆也是我的一个长处吧？""就你老婆？我还真不知道她有什么长处。"钱守成："她的长处就在于，手上有你们做梦都想要的东西！""究竟是什么东西？说出来听听。""潜艇的机密！""你想哪儿去了？吓我一跳！谁跟你说过，我想要潜艇的机密？""在这些可怕的日子里，你们不是围绕这个一直在钓我吗？""你就放心吧！我没那个意思，只是想帮你做点正经的生意。""仅此而已？""不过如此！"

在专案组，叶焓见围绕刘子岸一直没有发现情况，跟洪少秋商量想再打开另外一个渠道。洪少秋问是不是打算通过巩怀远找张妍，继续了解刘进父子的问题。叶焓："不谋而合！"洪少秋表示赞同。

巩怀远与叶焓在茶楼见面后，揣摩叶焓找他的意图："叶处长，你找的这个地方不错，很有情调！"喝了口茶。叶焓："听说你这次出国，挫败了你昔日的恋人？""咳，你就别提她了！这里气氛多好呀，我们在一起品品茶，看看风景，谈谈自己，比谈起她来，要好得多吧？""巩主任，在你的心里，就真的一点也不留恋张妍了？""她人长得是很漂亮！我只要一闭上眼睛，她的笑容就会闯进我的脑子里来。""这么说，你们分开，是她看不上你了？""原来还真是，但这次不是了。在Ｄ国大洋宾馆，她主动追我。""是追你这个人，还是追你掌握的机密？""两者都有吧！""既然这样，你应该把她争取过来。""争取她？你想，就我这身份，敢同一个背叛祖国的人来往吗！""如果我们通过你找她帮个忙呢？""我就怕她给你们帮倒忙！你不知道，上次在大洋宾馆，她那副嘴脸，气得我差点煽她的大嘴巴子。""张妍真的无可救药了？""起码，我对她是死心了。"

三岛市九星岛的海滩上，金枪鱼钓起一条鱼，伸出手把线拉过来。艾尼莎突然听到放在一旁的电脑发出提示声，匆忙打开查看，屏幕上传来"鲨鱼一号"的文字命令：刘进父子已将国安视线吸引过去！抓住时机，启动后门，转发情报，"鲨鱼一号"！金枪鱼："去他娘的'鲨鱼一号'，整个瞎指挥。"艾尼莎："我倒是觉得，这很可能是总裁的意思？""总裁他会这么做吗？完全没有道理嘛！""只有总裁，才会下这样的命令！""为了保险起见，你最好直接和总裁联系一下。"

布雷尔的图像出现在艾尼莎的电脑屏幕上："没错，这是我要'鲨鱼一号'转达给你们的命令。"艾尼莎："总裁，后门是我们的最后一张王牌，应该留在最关键的时候再用！"布雷尔冷笑了下："我实话告诉你们，这不是我们的最后王牌，只是这次行动中的一个步骤！"

电子侦察车行驶在潜艇研究基地外围。肖卫华通过电脑屏幕报告，发现敌人启动后门！叶焓看了眼洪少秋。洪少秋果断下达命令："林影，按照一号预案，屏蔽科研大楼涉密信号！"林影回答："已经屏蔽。"叶焓下令："米小冉，执行二号预案，继续施放诱导信息！"米小冉目视屏幕："二号机、七号机、十一号机，开始发送诱导信息。"洪少秋对着屏幕："肖卫华，报告接收装置的位置。"肖卫华在电子侦察车上放大三岛市地图上的目标位置："报告，目标在椰林大街移动，接收装置一定是在机动车上。"叶焓："米小冉，你和江源迅速向椰林大街机动，参加围捕敌人的机动接收装置！"米小冉、江源的声音传来："是。"

刘进的专车行驶在椰林大街，车里的屏幕上播放着高清图像。刘进靠在后座上闭目思考。米小冉的车高速超过刘进的车，一把方向挡住它的去路。刘进的司机吓了一跳，紧急踩了一脚刹车。洪少秋的车、肖卫华的电子侦察车紧跟着冲上来，对刘进的车形成合围态势。刘进的司机打开车门，喊了一嗓子："会开车吗?！"江源、米小冉握枪向司机走去。司机吓得退回车里。叶焓拉开车的后门："刘总，下车吧。"刘进："叶处长，又怎么了？我的车里没有特务！"洪少秋："肖卫华，速查转发装置。"肖卫华持便携式探测仪上了刘进的车，从左往右扫描，很快停在的屏幕位置:"洪处，就在里面！"洪少秋问刘进："刘总，这是怎么回事？"刘进质问司机:"小郭，这是怎么回事？你给我说清楚！"司机："我也不知道！这套系统，是我在修理厂装的。"叶焓："肖卫华，马上返回侦察车，追踪下一个接力目标在哪里？""是！"肖卫华返回电子侦察车。米小冉提醒洪少秋："洪处，你手机响了一会儿了！"洪少秋掏出手机："林处，是我。"听了会儿，"什么！刘子岸跑了？往哪儿跑的……海边？你要二组、三组死死咬住目标，我马上带人赶过去！""洪处，你留下坐镇。"叶焓说，"我带人赶过去。""别争了！你和江源留下。米小冉，肖卫华，我们走，快！"

洪少秋、米小冉的车在海岸相继停下。二组组长跑过来，喘着粗气报告："洪处，刘子岸抢了一条快艇逃走了！""知道去向，为什么不追呀？"米小冉质问。

"我们没艇！三组找了一条艇追上去了，但是速度太慢了。"二组组长着急得跺了下脚。洪少秋掏出手机按下快捷键："江源，我路上要你协调的事办好了吗？"江源的声音传来："办了！海军的快艇正向你们赶去。"电子侦察车开过来。洪少秋拉开电子侦察车舱门："肖卫华，一路上，捕捉到敌人的下一个转发点了吗？""追到了。"肖卫华指了指天上，"上星了。"洪少秋："通过哪儿转发上去的？"

肖卫华移动鼠标："就刘进刚才被拦截的位置。"洪少秋："刘子岸公司的设备有动静吗？"肖卫华："没有。""03公司的设备呢？""也没有。"洪少秋："敌人这么大的动静，两处设备都没有动用，难道是我们的判断又错了？"

夜幕降临。刘进回到家里,开灯后一屁股坐进沙发,看到茶几上的杯子下压着一张纸条,急忙抓起察看,发现是儿子留给自己的遗书:爸爸,我走了,是带着对祖国的爱走的!是带着对你、对奶奶的愧疚走的!也是带着枪走的!我终于又接到艾尼莎的电话了,他们要我赶到九星岛去。我去了,下决心去找他们拼命!我死后,拜托你对洪少秋、叶焓、林影说一声,我最终没有给国家丢脸。刘进放下儿子遗书,匆忙抓起电话:"林影,艾尼莎的去向找到了,就在九星岛……"

九星岛上。刘子岸驾驶快艇靠岸,飞身跳下,拔出手枪,朝别墅摸去。金枪鱼闪到窗旁:"刘子岸上来了。"艾尼莎拔出枪:"我们出去,你东我西,干掉他!""我看,还是留着他吧,多一个总比少一个好吧?""你脑子是不是出毛病了?留下他,我们不但回不了三岛,而且国安很快就会通过他追到这里来!想活命,就干掉他。""八爪鱼,那就对不起了!"金枪鱼掏出枪,从后门闪出别墅。刘子岸利用地形地物向别墅靠近。艾尼莎隐藏在礁石后,瞅准机会向刘子岸开了一枪。刘子岸臂部中弹,迅速变换位置,警觉地探出头来搜寻目标。金枪鱼迂回到刘子岸侧面,快速向他开枪。刘子岸背部中弹,他吃力地支撑起身子举枪向金枪鱼还击。艾尼莎从另一侧包抄上来,一连向刘子岸开了三枪。刘子岸挣扎着爬起来,艰难地向艾尼莎举起枪。艾尼莎又给刘子岸补了一枪。刘子岸倒下。金枪鱼看了下海面:"艾尼莎,海面有灯火!"艾尼莎:"追兵上来了!快,撤!"

海军快艇高速向九星岛冲击。洪少秋:"九星岛就要到了,大家做好战斗准备。"快艇靠岸,停在浅水区。洪少秋、米小冉、行动队员纷纷跳进海里,冲上浅滩,成战斗队形散开,向别墅方向发起攻击。米小冉碰到刘子岸的尸体:"洪处,这有人!"本能地倒吸了一口气。洪少秋迂回上去,抱起刘子岸:"刘子岸,刘子岸!"米小冉伸手试了试刘子岸的鼻孔,摇了摇头。行动队员冲进别墅,从下往上搜索,但已人去楼空。

三岛市海岸。刘子岸的尸体被行动队员从艇上抬下来。刘进掀开盖在儿子头部的衣服:"儿子,你不该这样死啊!"林影、叶焓架住腿软下去的刘进。刘子岸的尸体被送上救护车。医院门口。刘进的母亲在护士的搀扶下,站在风中等待刘进。米小冉停下车。林影下车后,从另一侧扶住刘进,一起走到刘母面前。刘母问刘进:"儿子,我的孙子呢,怎么没和你一起来?"刘进掏出小国旗展开:"妈,他对得起这面国旗!"刘母的泪水流下来:"行,我知道了,算他死得还行!"坚强地转身走进医院。刘进的眼泪滚落下来:"妈!"刘母没有回头,一直向楼里走去。

D国K集团总裁办公室。"总裁。"布加达胆怯地回避布雷尔的目光,"计算机后门发回的情报分析出来了,效果……仍然不是太理想。"布雷尔:"拿到的是中方施放的欺骗信息吧?""是,总裁,你判断得很准。""中国方面的防范水平,不可小视呀！""就目前中国的计算机技术，还不足以掌控我们的后门。有人在下面议论，这次，一定还是03出卖了我们！""你说的，只是一个可能。"布雷尔开始踱步。"我们总不能就这样认栽了吧？""你一会把艾尼莎给我调出来。"

在专案组，大家对怎么走好下一步，各自发表见解。肖卫华："刘子岸是走了，但他的老子还在！刘进车上的转发器是怎么装上去的，应该一鼓作气查下去。"

林影："狼总是要吃人的！艾尼莎、金枪鱼虽然跑了，但他们还会回来。只要我们把侦查重心放在抓捕他们上，就能追着他们的屁股打，从根本上掌握主动。"

江源："刘子岸的设备，是从K集团进来的，敌人肯定不会不在他的设备里做手脚。要想发现艾尼莎、金枪鱼的行踪，完全可以从刘子岸的设备入手！"洪少秋："大家说的这些问题，都应该查。但就是再查，也从根本上改变不了目前的被动局面。"叶焓："我认为，有一个要害，必须引起我们的重视！那就是，他们为什么不惜代价，一次又一次地把他们精心设置的窃听装置、转发装置暴露给我们，目的何在？"林影："一句话，为了窃密。"洪少秋："上次安部长批评我以后，我就一直在琢磨，为什么老是被敌人牵着鼻子走，是不是中了他们的离间之计了？""离间之计？"米小冉似乎对这一点很感兴趣。

布加达熟练地敲了几个键，向布雷尔报告艾尼莎已经上线。布雷尔面对屏幕上的艾尼莎："刘子岸解决掉没有？""已经解决了。"艾尼莎在屏幕上回答。"为什么没有报告？"布雷尔生气地问。屏幕上，艾尼莎回答："我们刚刚转移到新的地点。"布雷尔："刘子岸死后，你们还得抓紧发展新内线！'鲨鱼一号'向我报告，'珊瑚花'物色了一个人，据说能够管大用！你们去同'珊瑚花'碰个头，商量一下具体行动。""总裁，你放弃刘进了？"艾尼莎在屏幕上追问。"不！我这不是放弃，而是策反刘进的计划之一。"

在专案分析会上，洪少秋又一次破例提出，大胆使用张西洋、刘进。这样，不但可以打乱敌人的阵脚，而且能够加快潜艇试验的步伐。林影对大胆使用张西洋举双手赞成，但让刘进继续工作则坚决反对，理由是刘进鞋里的窃听器、车上的转发器是怎么回事，还没有搞清楚。洪少秋提问："那些设备，刘进自己不能生产，总不会是他自己装上去的吧？既然不是他，就应该放心大胆地使用他！"米小冉问洪少秋，是不是想利用刘进当诱饵，再一次把鱼钓出来？洪少秋说，争取刘进，相信刘进，依靠刘进，是发现敌人的一个途径，但跟利用他去钓鱼是两回事！林影："相信刘进，依靠刘进？你有这个好心，但他有那个觉悟吗？现在，不是相不相信他、依不依靠他的问题，而是要追查他知情不举、包庇间谍的问题！"洪少秋："艾尼莎、金枪鱼在九星岛上的情况，他还是提供了的。""那是为了救他儿子！要不，你指望他？"林影没再往下说。洪少秋征求叶焓意见。叶焓的想法是，分两步走……

张西洋回到办公室。刘进找到张西洋："张总，组织上真的让我继续工作了？"

张西洋："你应该主动协助专案组，把安装转发器的人找出来。""我也想这么做，但问题在于，我不知道他们是谁呀？""我想，敌人还会在我们身上打主意的，你我都要警惕呀！""你放心，只要我发现这方面的动向，一定马上向你汇报。"

黄薇薇身着泳装从海里走上来，坐到太阳伞下，拿起饮料。艾尼莎同金枪鱼交换了一个眼色。金枪鱼走到黄薇薇旁边的空位，看了看坐下："花落人断肠。"黄薇薇："小河静静淌。"金枪鱼："你高兴，我就陪着你笑。"黄薇薇："你不高兴，我可不陪你哭！""前面带路，换个地方。""太阳伞下，可以把一切搞定。"金枪鱼："把目标的照片给我。"黄薇薇："留下地址，我会带他去见你的。"

巩怀远拿着改进方案对张西洋说："张总，这是我们改进的方案。"张西洋问："刘总看过了吗？"巩怀远眼睛一瞪："就刘进，你还信任他？""按照程序，你们的方案必须经过刘总审查同意后，才能报到我这里来，请你按照程序去办。""张总，说句心里话，你对刘进还放心吗？你去听听于昭阳、商菲菲他们是怎么说的，压根就没有一个人敢把方案报给他！""为什么？"张西洋抬起头。"因为大家都知道他儿子是间谍，怕他乘机窃密！""刘总的儿子是有问题，可最后他毕竟醒悟了，死得也很壮烈！我们不能抓住不放。再说了，刘总是刘总，他儿子是他儿子，两者不能混为一谈。""反正方案我放你这了，你要给他，一旦出问题，跟我没关系。"巩怀远起身离开。

三岛宾馆在霓虹灯里富丽堂皇。黄薇薇带着钱守成进入大厅走到休闲区。艾尼莎、金枪鱼坐在沙发上抬了下眼皮。钱守成顿感失落，拉下脸来对黄薇薇说："黄总，我不想同没礼貌的人做生意。"黄薇薇急忙拉住钱守成说："你要是想从他们兜里把钱掏出来，就得放低自己的身价。什么叫大丈夫呀？大丈夫就是要能屈能伸！等票子来了，你再好好地牛他们一把！"服务员送来两杯水，放下后离去。艾尼莎对钱守成说："喝吧，这是我们给你俩预备的。"钱守成坐下，跷起二郎腿，死盯着艾尼莎。艾尼莎："钱总，你这么看着我，是想给我打分吗？我的容貌、身材，还行吧？""说吧，第一笔生意，你们想投多少钱？"钱守成直奔主题。"那就要看你想做什么生意了？"艾尼莎眼睛一挑。"除了你们想要的生意，你们还想跟我做什么吗？"艾尼莎："好吧，一口价，30万。"钱守成："三天时间，把钱打到我账户上。"黄薇薇端起杯子："来吧，为我们首次合作成功，干杯！"

钱守成在家里的窗户后看到妻子归来，跑到床上躺下。洪蓉走到门口，掏出钥匙打开门进屋，问躺在床上的钱守成："哪儿不舒服呀？"钱守成按着胸脯："这，哎哟，好疼呀！"洪蓉："是不是心脏出问题了？要不，我们去医院吧。""你扶我起来。"故意碰掉了洪蓉戴着的眼镜。洪蓉伸出手去到床上摸眼镜。钱守成把另一副眼镜递到洪蓉手上。洪蓉戴好眼镜，扶着丈夫下床。钱守成暗中拉起一角被子，盖上了掉在床上的眼镜。

海湾别墅。艾尼莎问黄薇薇："你收买的那个钱守成管用吗，这都几天了，怎么还一点动静都没有？"黄薇薇："你呀，太急了！既然把家伙给他了，就安心等着吧。""我可以等，但总裁等不及哪！"艾尼莎着急地起身转悠。

　　潜艇研究基地医院。田云看了会儿心电图，对钱守成说："从图上看，没太大的问题。"洪蓉："田姨，没大的问题，是不是还有小的问题？""是啊，他心跳咋这么快呢？"洪蓉着急："田姨，要不，再给他做个CT吧？"田云："我给他开单子，你带他去做吧。"钱守成："洪蓉，你手机。"洪蓉掏出手机接听："是，商主任，哦，你急着核对数字？那好吧，我一会儿就赶过去。"医院CT室门口，钱守成在进门前，掏出手机按了一个键，启动了暗藏在洪蓉眼镜框里的录音装置。商菲菲办公室。商菲菲指着电脑屏幕上的数字问："洪蓉，射程是11000公里吗？"洪蓉查看手下的图纸，用手指着数字："是这个数。"商菲菲："我说张总他……咳！"摇了摇头，又问，"误差呢，也不是190米吧？"洪蓉翻看图纸，又指着一个数字说："是这个。"商菲菲："这个张总呀，太马虎了，你把图纸收好，我过去找他！""商主任，你就别去找他去了，你看张总什么时候这样粗心过？我跟你说什么来着？""难道，他们还真的在考验……我呀？脑子真笨！"

　　钱守成从床上找出洪蓉的眼镜，仔细擦干净后，装进眼镜盒，放进床头柜。洪蓉一进屋，就问丈夫怎么自己回来了？钱守成说田姨看了CT报告，说没事，就让我回来了。洪蓉看到桌上的眼镜布，本能地摘下眼镜擦拭："咦，我的眼镜咋这么新？"钱守成："这是我给你又配了一副。""钱守成，太阳从西边出来了！你不会在这上面给我做手脚吧？""哎呀老婆，我一个在网上混饭吃的，能给你做什么手脚？你太高抬我了！""我原来的眼镜呢？"钱守成从床头柜里拿出眼镜盒递给妻子。洪蓉打开原来的眼镜戴上，翻来覆去查看新眼镜："我们单位搞教育说了，间谍已经用上针孔摄像头了。"钱守成："你就把我当间谍吧！"洪蓉："放大镜呢，拿来我看看。"钱守成取出放大镜交给妻子："你好好看看，是有摄像头，还是有枪口？"洪蓉用放大镜看了中间和两边的螺钉："没有摄像头，你又送我一副同样的眼镜干什么？""你忘了，前天是你生日！我眼下穷，送不起钻戒，就只能送你一副眼镜了。唉，可你都戴两天了，到现在才发现这是新的！我的这一片好心哟，算是白费了。"洪蓉转怒为笑。

　　D国K集团总裁办公室。布加达向布雷尔报告，艾尼莎通过最近发展的线人，摸到了两个重要数据！布雷尔顿时来了精神，"这么说，我们终于拿到中国第五代潜艇的真实数据了？"布加达："是！我认为是真的。其中一个是导弹射程数据，11000公里；另一个是误差数据，190米。""不对吧？"布雷尔的眉头皱了起来，"你认为可信吗？""我觉得吧，他们也就这个水平。""就算误差是190米，打的要是核弹头，那也吃不消呀！""总裁的意思是？"布雷尔想了会儿："要'鲨鱼一号'核实数据。准了，再往上报。"

第八章

专案组截获了布雷尔发给"鲨鱼一号"的密令。叶焓、洪少秋带人一连追查了多个嫌疑点,最后证实都只是对方的掩护网址。"鲨鱼一号"是谁?大家争论不休,到后来有一点逐步清晰起来,那就是都认为03的疑点最大。"能不能对03展开侦查?"叶焓说,等她请示过周大路局长以后才能决定。

在专案组怀疑03的时候,03却做出了一个令大家吃惊的举动!他向张西洋提供了一份D国潜艇研究进程的方案。张西洋认为参考价值挺大。"怎么看待03?"在专案组又引起了争论。

叶焓、洪少秋赶去向周大路汇报侦查03的想法。周大路:"你们怀疑03是'鲨鱼一号',总得有个由头吧?"叶焓说,在他身上,有太多的不正常!周大路问是他给我们提供的情报多了,还是他窃走了我们的机密?洪少秋迂回:"周局,我可以问一个深层次的问题吗?"周大路:"你说。""03是怎么成为我们的运用人的?""六年前的一天夜里,他给我打了个电话,说有人企图策反他。""他当时是做什么的?""三岛市科技局的副科长。""一个副科长,敌人就要策反他,总得有点由头吧?""他在一个国际刊物上,发表了一篇探讨潜艇静音技术的文章,引起了K集团的注意,于是,我要他将计就计,打入了K集团。"洪少秋:"他走的时候,林影的父亲、叶处的爱人被害没有?""没有。他走后的第三天,林品山、佟勇才遭到了敌人的毒手。"洪少秋:"他是乘飞机走的还是……""乘飞机走的。在林品山、佟勇被害后,我也曾经怀疑是不是03杀了个回马枪?但经过验证机场的出入境记录,证实他的确是在林品山、佟勇被害前三天就离开三岛了。"洪少秋:"没有作案时间?"周大路:"是的。""据此推理,不仅'鲨鱼一号',就算是'比目鱼',也不是他?""洪处,你一会儿怀疑他是'鲨鱼一号',一会儿又怀疑他是'比目鱼',他到底是谁呀?"洪少秋:"是啊!他到底是谁呀?"

洪少秋开着车。叶焓坐在洪少秋旁边:"从周局提供的情况看,03不是我们要找的目标。"洪少秋:"在努力接近目标的过程中,心里的目标反而模糊了!"

"其实,敌人的进攻一刻也没有停止,只是我们还不知道他们的下一个目标在哪里?""这恰恰是最可怕的一点。"叶焓:"要想杜绝后患,就得主动出击!"洪少秋:"我有一个想法,但吃不准是让江源去,还是让米小冉去?"叶焓:"我去!""怎么去?"叶焓:"当着03的面,故意泄一次密,然后被开除,再打进03的公司去。""不行。你一个安全局的处长,怎么会在公开场合随便泄密呢?

何况03是来自K集团的人。"叶焓："我不管采取什么办法进去，03都不会信任我。我进去，只是通过在跟他近距离的相处中，看看他的水到底有多深？""那好吧，我们配合好你。"洪少秋加了一脚油。

叶焓、洪少秋找到03，请他从技术层面协助检测刘子岸公司的设备。03满口答应。在刘子岸的公司，03发挥技术特长，指导叶焓、江源、米小冉等人，对各种设备进行检查。叶焓坐到一台电脑前敲打了几个键："果然有密码！"招呼03过来帮忙。03坐到叶焓旁边："你带解码软件了吗？"叶焓："带了几个，但怕打不开。"03："没试怎么知道？"叶焓掏出一个U盘插上，解不开，又摸出一个U盘插入接口，看了下屏幕，突然惊叫起来："不好！我的涉密内容，怎么被抓走了？"洪少秋急问："03，还有法补救吗？"03："闪开，我来试试。"迅速切断网络、查看信息，遗憾地摊开手说，"内容已经被间谍木马盗走了。""怎么办，这下怎么办啊？"叶焓着急得想哭。洪少秋："叶处，你别着急，刚才被窃走的，到底是什么内容？""案件的有关情况！"洪少秋感叹："密级还真不低！"

D国K集团总裁办公室。布加达向布雷尔报告："总裁，刚才截获三岛方面的一个方案！"布雷尔："方案里有对我们有用的信息吗？"布加达："怀疑刘进是'鲨鱼一号'。""真不知道他们是怎么研究案情的！"布雷尔忍不住笑了起来，"以后这种小玩意儿，就不要向我报告了，免得浪费时间。"布加达："我想通过张妍，把它发给张西洋？"布雷尔想了会："小方案，大名堂！有点意思。"

张西洋坐在书房，拿起打印出来的侦破方案，走进客厅对田云说："张妍怎么给我发来这么个东西，专案组怀疑刘进是'鲨鱼一号'？"田云拿过看了一会儿："快把它给少秋送去吧！""不妥！给了少秋，他怎么面对叶焓？我觉得，还是应该先把林影找来商量一下。"田云："这样也好，我去给他打电话。"

林影带着张西洋，连夜到三岛市国家安全局，把叶焓的侦破方案交给周大路，说这是张妍发过来的。"张妍发过来的？"周大路吃了一惊，"这个东西，怎么跑到K集团去了？""是这样的，昨天叶处在检测刘子岸公司的设备时，不小心把涉密U盘插到互联网上，被敌人的间谍软件一下窃走了。"林影解释。周大路："当时都有谁在场？"林影："洪少秋。"周大路："还有谁？""03也在。"林影补充道。"哦，原来是这样！"周大路释然。"周局，我们来向你反映这个情况，就是希望你能够严肃处理这件事。"周大路："一会，我就到专案组去！"

在专案组会议上，周大路严肃批评叶焓，责问她为什么会把涉密U盘插到互联网上？保密观念到哪儿去了？叶焓检讨，说自己违反了保密规定，请求给予处分。"你不但违反了保密规定，而且还想掩盖事实，直到K集团把这个东西传回来，我才知道你出了这么严重的问题！"周大路抖了抖手中的打印件。洪少秋："周局，这件事没有及时向你报告，是我的责任。""你是有责任，但我处理不了你，我只能处理她！"周大路宣布："叶焓，经过局里慎重研究，决定开除你的公职……"米小冉呼地一下站起来："局长，这不公平！叶处只是偶然失误，并非故意泄密。"肖卫华："局长，我也认为，你们对叶处的处理太重了！"周大路："重吗？再重也是你们处长自己找的！叶焓，你把涉密资料留下，现在就可以离开专案组了。"叶焓起身敬了个礼，走出专案组。米小冉起身追了出去："叶处！"

"米小冉，哭什么呀？这些天，我看你天不怕、地不怕的，怎么因为我的事，就掉下水豆子来了？"叶焓给米小冉擦去眼泪，转身快步离去。

03在网上看到叶焓的求职信息，自言自语："叶焓，你什么意思，想冲着我来？"关掉电脑，走到窗口，推开窗户，望向夜空。

林影因为带着张西洋到国家安全局反映了叶焓的问题，导致叶焓丢掉了工作，心里一直很愧疚，他先是找到刘进，想让他把叶焓安排到他儿子刘子岸的公司去，刘进却要林影去找03想想办法。03听林影说明来意，问道："你们想要叶焓到我的公司来，是对我不放心了吧？"林影："谁对你不放心了？""谁不知道，叶焓要是来了，我24小时还不都在她的视线之下？""有这事吗？不可能吧！反正我没参加过研究……哦，你是怀疑叶焓在做戏？"03："难道不是吗？"林影："你心里有鬼吗？""我有什么鬼？""那你怕什么呀？怕，就说明你有鬼！"

03："那好，为了证明我没鬼，你转告叶焓，明天就到我公司来吧。"

叶焓一到公司，03就向员工宣布："各位，这是叶焓，从今天起，她就是你们的副总了！"叶焓："承蒙高总抬举，我今天就和大家在一口锅里吃饭了，做得好的，你们多向高总美言几句，做得不怎么样的，你们当面敲打我，可千万别到高总那儿打我的小报告哟。"员工们轰地一笑。03："就是你们给我打小报告，我也不会念你们的好，反而会看透你们是危险的小人！这样的小人，在我们公司是待不下去的！"

D国K集团总裁办公室。布雷尔给张妍交代任务："张妍，速给灵人发个密件，要他严防叶焓破坏行动计划。""总裁，叶焓都被开除了，还能破坏什么行动计划？""这么说，你认识叶焓？"张妍："前几天，布加达给过我一份有关她的情报，要我发给我父亲了。"布加达插话："总裁知道这件事。""现在我才意识到，叶焓的所谓泄密，很可能包藏着不可告人的目的！要灵人在必要的时候，秘密干掉她。"布雷尔暗中观察张妍。"那我去了？"张妍看向布雷尔。布雷尔加重语气："速办！""是！"张妍转身出门。布雷尔向布加达交代："从现在起，严密监视张妍的动向，只要她向中国方面透露一点给灵人发报的内容，就马上抓捕她！"布加达："总裁，你就放心吧，张妍的全部举动，一直都在我们的掌控之中。""这一次跟过去不一样。我把这么重要的密令交给她去发，就是想要抓到她的证据！"布雷尔说出了自己的真正意图。

在"海洋情人俱乐部"，灵人与黄薇薇接头，说总裁又来指令了。黄薇薇问："是不是又要我们暗杀03？""要我们严防叶焓破坏行动计划！"灵人忍不住问，"叶焓是谁？""原来，她是三岛市国安的处长，前几天刚到高一天的公司当副总。""叶焓在高一天的公司当副总,老板又要我们严防她破坏行动计划,这么说高一天……"灵人故意留了个问号。黄薇薇顿悟:"原来,他还是我们的人!""我们一块儿合计合计,看怎么把叶焓干掉?"灵人凶相毕露。

露天温泉。03躺在泉水里:"生在三岛,长在三岛,我就不知道还有这么个休闲的好地方!"黄薇薇靠在03身旁:"玩在你身边,躺在你身边,我就不知道你还有这么大的一个秘密!"03出泉坐到双人藤椅上:"我在你的面前,什么时候有过秘密?"黄薇薇出浴:"代号03,这是你的隐蔽身份吧?你就不要再给我演戏了!""美丽的'珊瑚花',你也把伪装脱下来吧。"黄薇薇借势坐下,望着03:"你还真知道我是什么人?""我要是心里没点数的话,哪能给你投那么大的一个俱乐部?""干了好几年,现在才知道谁是真正的幕后老板?"黄薇薇问,"你知道吗,我竟然两次差点杀了你?""我知道,但不是你想要我的命,而是灵人在要我的命。"黄薇薇惊讶:"原来你都知道?""一次在公司,肚子告诉我谁是凶手;一次在海上,第三只眼睛告诉我是谁向我开枪!""你要是真有第三只眼,就应该看到,有一个更危险的影子正在向你靠近?"03故意探了下头:"影子,还危险的,在哪儿呀?""你是真糊涂,还是装糊涂?""有时候真糊涂,有时候不糊涂!"黄薇薇:"我说的是叶焓,当心她害了你!""叶焓呀?她才来几天,你就吃她的醋,真是的!""吃醋?对于我来说,吃醋只是一个面子活!我提醒你注意叶焓,是要你认清她接近你的真实意图!""叶焓在我身边,有什么不好?我告诉你,她从来不使用香水,但她身上散发出来的那股子清香,是任何香水也替代不了的!"黄薇薇:"03,我正式向你传达布雷尔的命令,他要你严防叶焓破坏整个行动计划。""还有吗?"03盯着黄薇薇。黄薇薇:"没了,你看着办吧!"

安然从北京赶到三岛,在安全局召开会议,明确指出:"周局,少秋,你们提出的引蛇出洞计划,总部已经批准了,代号为'A计划'。我这次秘密到三岛来,就是要同你们进一步敲定这个计划。"周大路:"关于这个计划,少秋、叶焓已经铺垫好长一段时间了。""少秋先说,然后我们把每一个细节推演一下。"安然点将。洪少秋:"这个计划分三步走。第一步,已经通过张西洋准备了一份潜艇设计方案;第二步,由张西洋向设计部门领导公布他进京的时间;第三步,由我们做好处置一切紧急情况的准备。"安然关切地问:"目前,'A计划'的知情范围有多大?"洪少秋:"除了我们三个人和叶焓,只有张西洋知道。"安然:"行动前,你们打算把知情面扩大到什么范围?"洪少秋:"基地的设计部门领导。"周大路:"范围会不会小了一点?万一我们要找的目标划不进来,这个计划就等于白做了。""我想,目标应该就在这个范围内!"叶焓坚信洪少秋的判断。

商菲菲在汇总方案的过程中,带着疑问走进张西洋的办公室:"张总,有个事,我想来想去,还是得来找你核实清楚。""说吧。"张西洋放下笔,看向商菲菲。"你要我汇总的方案,是不是一份假方案?"商菲菲坐下。"那是我到北京去汇报的方案,怎么会是假方案呢?""那你的改动也太大了吧?有的数据,怎么退回到三代潜艇的水平上去了?""有些改动的数据,是我参考高一天给我的资料后专门修改的。"商菲菲追问:"高一天是谁?""D国的一个潜艇专家。""D国的潜艇专家?他水平低,你也跟着低呀!在导弹这一块,我坚持我的设计!""好了,商主任,你就按我给你的图纸做吧。"

列车向北京飞驰。在软卧车厢里,洪少秋给张西洋续了杯水。张西洋:"少秋,在这次配合你们的行动中,商菲菲遭到了不少非议。"洪少秋:"你也顶住了不小的压力。""我没什么,就是敌人真的会上钩吗?""我想,他们是不会轻易放过这次机会的!"列车长带着一名孕妇推开软卧车厢的门。张西洋、洪少秋同时将目光投到来人身上。列车长:"二位,这位孕妇就要生了,她疼得很厉害!现在全车就你们这儿还有两个空位,无论如何请你们克服一下困难,让她在这里休息一下。"张西洋:"列车长,这个车厢是我们包了的!""我知道,但你看她,头上的汗都下来了!你们总得有点仁慈之心吧?"张西洋:"不瞒你说,我们身上带有绝密文件,国家有规定,无关人员是不能靠近的!"列车长:"这样吧,先让她躺一会儿,到下一站,我一定调整。"洪少秋走出车厢,掏出手机给江源发出信息:对手已经上钩。江源在硬卧车厢握着手机看了下信息,暗示米小冉、肖卫华等人:目标已经出现,向软卧车厢机动。软卧车厢里,孕妇疼痛难忍。列车长带来一名女性,对张西洋、洪少秋说:"二位,这是我通过广播找来的医生,你俩挪挪屁股,让个地方……"医生突然向洪少秋、张西洋举起喷射器。洪少秋按下手机上的激光键,飞出的激光束打落了医生手上的致幻剂。孕妇飞起一脚踢飞了洪少秋的手机。洪少秋掏出枪对准孕妇。孕妇搂过张西洋挡住枪口。医生握刀向洪少秋刺来。洪少秋同医生展开搏斗。江源、肖卫华和行动队员,在其他车厢里同企图截取机密的抢匪展开战斗。米小冉一连打倒两个抢匪,冲到软卧车厢,协助洪少秋,制服了"医生"。"孕妇"挟持张西洋向车厢门口退去。江源击毙一名抢匪。另一抢匪向肖卫华射击。两名抢匪先后攀上车顶。行动队员的手伸上车顶。抢匪使用枪托狠砸行动队员们来回移动的手。行动队员在躲闪中瞅准时机终于翻上车顶。双方展开搏斗。列车即将进入隧道。双方人员卧倒,列车驶出隧道。双方人员跃起,展开了又一轮你死我活的打斗。一名行动队员掉下车顶,单手抓住了车把手,脚下,列车正在通过高架桥。在软卧车厢,洪少秋、米小冉终于制服"孕妇"。张西洋夺过"孕妇"抢去的公文包。江源、肖卫华和几名行动队员押着假列车长、假医生等抢匪过来。洪少秋:"江源,肖卫华,你们各带一组,找个地方,立刻展开审讯。"江源、肖卫华:"是!"

洪少秋等江源、肖卫华离开后,要米小冉准备记录。米小冉打开笔记本电脑。洪少秋审讯假列车长:"你是列车长吗?"列车长:"我是假冒的。"洪少秋:"为什么假冒?"列车长:"有人答应我,事成了,给我们100万。"洪少秋:"谁答应你的?"列车长:"一个女人。"洪少秋:"是中国女人还是外国女人?"

列车长："说不好。"洪少秋取出艾尼莎的画像："是她吗？""不是。这个人的头发是金色的，那个人的头发是黑色的。"洪少秋："找你做活的人，年纪有多大？"列车长："三十出头吧？"

列车餐厅。江源审讯"孕妇"："你扮演孕妇，是谁的主意？"假孕妇："老大的。"江源："老大是谁？"假孕妇："就是那个车长。"江源："你们的真实身份是什么？"假孕妇："神偷。"江源："神偷？"假孕妇："最多再加两个字，铁道神偷。"江源："按理说，神偷都是奔着钱来的，你们怎么就奔着我们的文件来了？"假孕妇："有人答应我们，只要图纸到手，就给我们100万！100万那，要你，也会动心吧？"江源："雇用你们的人，是男的还是女的？"假孕妇："女的。"江源："中国人还是外国人？"假孕妇："中国人吧。"江源把艾尼莎的画像推给他："是这人吗？"假孕妇摇头否定。江源又把金枪鱼的画像推过去。假孕妇："我说了，是女的。"

在03公司，03要叶焓给洪少秋打电话，邀请他到海上活动活动。叶焓说她再也不想见专案组的人了！03说，那好，你去准备泳衣，就我俩出去。叶焓说："就我俩？我怕有事救不了你！还是叫上黄薇薇吧。""叫上她，就没有情调了！""不叫上她，我才觉得没有情调。"03说："好、好、好，叫上她。"

黄薇薇、03、叶焓乘坐快艇驶进深水区。03背上氧气瓶，对叶焓、黄薇薇说："你们也一起下去吧，看谁潜得深、游得远。""高总，这水？"叶焓假装有些害怕，"还是你先下吧。"黄薇薇也推03："对对对，你先下。"03坐到快艇边上准备往下倒进海里。突然一声枪响打在03的氧气瓶上！03掉进水里。叶焓、黄薇薇朝枪响方向看去，看到两个蒙面人乘坐快艇持枪向他们冲来！03在海水里浮上浮下。蒙面人在快艇上一次次向03开枪！叶焓要黄薇薇加速朝蒙面人的快艇冲去。蒙面人看到叶焓、黄薇薇的快艇冲上来，慌忙调转枪口向黄薇薇、叶焓射击。叶焓瞅准时机从快艇上飞身跳向对方的快艇，一把抓住了舷栏。蒙面人甲向叶焓开枪发现枪里已经没有子弹，慌忙抡起枪托向叶焓砸来。蒙面人乙疯狂地驾驶快艇旋转，想把叶焓甩进海里！叶焓在躲闪蒙面人甲的击打中终于翻上对方快艇，与蒙面人甲展开了激烈的搏斗。蒙面人乙眼看同伙渐渐处于下风，急忙从驾驶位置赶过来助阵。叶焓一把拉下蒙面人甲的面罩，原来是灵人！蒙面人乙抓住叶焓一愣神的瞬间，突然一把将叶焓抱倒在地。灵人冲上，掏出针水摘掉保护帽向叶焓扎去。叶焓拼命反抗，无奈对手不仅是男性，而且是训练有素的特工。灵人在同伙死死地按住叶焓之后，把致幻剂注射进叶焓的体内。

黄薇薇驾驶快艇，在海面上搜索03。03爬上快艇后，看到叶焓在对面的快艇上被蒙面人制服，要黄薇薇驾驶快艇赶快去救叶焓。黄薇薇问03："你傻啊？"

03气愤地："你才傻！想想，好好地想想，叶焓要死在这儿，我还能说清楚吗？"

"有什么说不清楚的？我们是两个人、四只眼睛，看得清清楚楚，人是怎么死的，还能说不清楚？""蠢！"03扑过去一把拉开黄薇薇，自己驾驶快艇朝蒙面人的快艇冲去！灵人见03驾驶快艇向他们冲来，对同伙说："来，抬起她，扔到海里去。"蒙面人乙与灵人抬起叶焓，将她扔进了大海，然后驾驶快艇逃窜。03将快艇开到叶焓落水的位置停下，跳入海里潜入水中将叶焓托举上来。黄薇薇协助03将叶焓拉上快艇。叶焓已经昏迷。03采取急救措施，控出了叶焓肺部的水。

　　洪少秋把在列车上抓到的嫌疑人送进看守所后，马上组织专案组人员对追查幕后指使者进行研究。大家认为，女的，三十多岁，大眼睛，白皮肤，身材很好，身高一米六八，这个人很像商菲菲！加上在实施整个A计划行动的知情人当中，只有商菲菲一人是女的，因而，疑点集中到了商菲菲的身上。至于该不该马上对商菲菲采取措施，洪少秋一时很难下决心，他要林影去向基地赵书记汇报，采用适当的方式促动一下商菲菲。

　　商菲菲在参加张西洋召集的案情通报会上，与巩怀远发生了激烈的冲突。她气愤地离开会场回到宿舍，走进卫生间，打开水龙头，捧了几把水击打到脸上。巩怀远追到门外喊："商菲菲，商菲菲……"商菲菲走到门口："滚！""商菲菲，你听我解释嘛！"巩怀远在门外央求，"刚才在会上，我的话可能说过头了，但我没有恶意，只是想尽快查清问题。其实,我从心里是相信你的！你快打开门吧。"

　　商菲菲产生了想给巩怀远打开门的冲动，但最终还是忍住了。

　　洪少秋走到指挥中心的天台上，掏出手机给叶焓发出"推销房子"的短信，但等待了很长时间，叶焓一直没有回复，他预感到叶焓很可能遇到了险情！于是，下楼开车到潜艇研究基地找到石刚，要他连夜去找黄薇薇，迂回了解一下情况。

　　石刚到"海洋情人俱乐部"刚坐下，正要招呼服务员，黄薇薇已经飘到他的面前："九点不来，十点不来，快关门了，独自一人才来，一定是想找个地下情人？"

　　石刚："你就别煽乎我了！像我这个身份的人，就是胆子再大，也不敢找什么地下情人！我是来找你的。""这事新鲜。"黄薇薇坐下问，"找我什么事？说来听听。"石刚："我的事，田院长跟你说了吧？""她对我说，你对我有点意思。"黄薇薇眉毛一挑。"但直到现在，她没有向我反馈你的态度。""我的态度？"黄薇薇眼珠一转，"那就要看她跟高一天下一步怎么走了。"石刚感到好奇："高一天是谁？"

　　"叶焓都跟高一天好上了，你还不知道他是谁？也真够可以的了！不过男女之间的这点事，也没什么了，颠过来倒过去，还不就是那么回事，无非是换汤不换药。"石刚："这么说，你失恋了？""我这都是叫叶焓气的！""叶焓她在那里，怎么就气着你了？""她呛了几口水，在高一天的公司躺着呢。"石刚："那高一天会不会对她？"黄薇薇："他敢！"

　　黄薇薇住宅。灵人听到黄薇薇进门，走上去接过她的包："洪少秋没找你吧?""他没找,但来了一位不速之客!""不速之客!"灵人,"你多心了吧?""不是我多心,我敢断定,石刚就是来探听消息的!你说,叶焓会不会从我们暗杀她的行动中看出破绽?"灵人:"你就把心放在肚子里吧,我给她注射的是致幻剂!再说了,你和03不是还把她救了吗。""不过,我还是不放心。""瞧你,叶焓真要是能够琢磨出点什么来,洪少秋早把你抓了!"

在K集团,布加达向布雷尔报告,"鲨鱼二号"又截获一份情报。布雷尔接过情报看了会儿:"这次拿到的东西,还算有那么点意思!""总裁,还有个事,早就该向你报告。""是不是'鲨鱼一号'组织的劫密行动?""你已经知道了?""为一份假情报,就把什么预备队都弄上去了,你说,他是不是昏了头了?""好在他还留了一手,就是通过那个女人,已经把水搅浑了。""浑了好啊!告诉'鲨鱼一号',要他把国安的视线从神秘女人的身上,再一次引到刘进的身上去。"布加达:"你还想拿下刘进?""这是我们的主要目标!只要拿下刘进,就拿下了他们的潜艇设计方案!为了配合这次行动,你把刘子岸签字的登记表给他们发过去,我要让中国的办案人员按照我的意图来走,看他刘进低不低头!"

林影、江源找到商菲菲,向她了解有关情况。商菲菲泡了一碗方便面,问林影、江源:"要不要我给你们也泡上一碗?"林影:"不用了。"商菲菲:"你们已经审查我半天了,不饿呀?"林影:"商主任,这次能不能查清问题,就看你的了!因为你是一个重要的知情人。""是,我是被人利用了。"商菲菲突然冒了一句。"你被谁利用了?"林影追问。"还有谁?当然是冒充我的神秘女人!"江源:"冒充你的神秘女人?商主任,你从何而知,我们想查的是一个冒充你的神秘女人?"商菲菲反问:"你们说,天底下,哪有不透风的墙?"

天已大亮,叶焓还在沉睡。03拦住从叶焓房间出来的郭嘉:"她还没醒?"郭嘉:"没有。""她的手机,有人打进电话来吗?""只有几条短信。""别耽误了她的事!你把手机拿来,我看看。"郭嘉进屋把叶焓的手机拿出来交给03。03接过手机按了几个键:"这都什么呀?不是卖房子,就是倒发票,点来点去,都是垃圾短信,真是糟蹋人的时间了!"问郭嘉:"你对这种东西,看还是不看?"郭嘉摇了摇头。03:"她醒了,给我回电话。"把手机递给郭嘉:"放回去吧。"

就在追查神秘女人的希望逐渐渺茫的时候,有人暗中把一个信封放进了商菲菲的宿舍,里面的信息透露:刘进一年前谈了个对象,是个老师,由于儿子反对,所以没有相处下去,这个人很像是神秘女人。洪少秋、江源到刘进家了解情况。刘进承认,他是跟一个女教师相处过。洪少秋问有没有照片?刘进说电脑里应该有。洪少秋要刘进打开电脑看看,刘进要洪少秋自己看。洪少秋打开图库,刘子岸加入K集团的情报人员登记表赫然出现在屏幕上。刘进的眼睛顿时大了!洪少秋叮嘱:"刘总,千万别动电脑!"刘进:"这、这……"眼一晕,头一歪,跌倒在洪少秋身上。洪少秋急忙扶住刘进,要江源快打电话,叫救护车!

车轮疾驰,开车的是米小冉,林影坐在她的旁边。米小冉:"林处,咱俩这一趟,总算没白来！""你觉得那个邱老师，长的真的像神秘女人？"林影心里没底。米小冉："什么像啊，她就是神秘女人。""那你还非要我回专案组干什么？干脆把她抓起来，不就一了百了啦！""没办手续，随便抓人，这哪行啊？"林影催促米小冉："那你再开快点，尽快拿到手续，回来把她带走，案子就会有新的突破了。"米小冉："但愿这次，逮她一个正着！"

快速行驶的救护车上。"田、田云……"刘进醒来，"我不到、不到外面的医院去，我、我要住到基地的医院去！"洪少秋："现在救你的命最重要！我们上最近最好的医院……""我、我要是住在外面的医院，就真的、真的没命了！"刘进拉住洪少秋的手。"放心吧，我们会派人保护你的！"洪少秋拍了拍刘进的手。"万一……到时候我就、就说不清了！"刘进看向田云。"那好，我们到基地医院去。"田云掏出手机给院里打电话，要他们做好救治准备。

专案组指挥中心。报批表从打印机理吐出来。林影拨出电话："洪处，在哪儿呢？"洪少秋握着手机，小跑推门进屋："什么事？说。"米小冉把报批表放在洪少秋面前："马上审，尽快签！"洪少秋拿起表格看了一会儿："有她的照片吗？""有！我们在远处照了。"洪少秋："投到大屏上。"米小冉把邱茵的背面照片投到大屏幕上。洪少秋："侧面的、半侧面、正面，返回背面，就是这个人！她住在哪里？"米小冉："已经查清了。"洪少秋："快，马上采取保护措施。"林影："要想保护证人，最好的办法就是把她抓起来，你马上把表签给周局！"洪少秋："等审批下来，恐怕就来不及了！你俩马上出发，先把人保护起来，审批表我另外派人去送……"林影："这么大的事，你还不带我们一起去？"洪少秋："我手上还有其他事，也很重要，也很着急！"林影："米小冉，我们走！"两人冲出门去。洪少秋拨出电话："江源，你立刻同林影联系，用最快的速度赶过去，配合他们一起保护证人。"

街道上，米小冉、林影的车超过一辆又一辆大车、小车，向邱茵家急驰。江源、肖卫华也分别开车赶往邱茵家。米小冉、林影的车遇到红灯，二人着急地等待绿灯。江源、肖卫华的车驶上人行道，交警发动摩托追赶他们。邱茵家的后山上，灵人给狙击步枪装上消音器，把枪架在树杈上，朝对面的邱家阳台瞄去。邱茵正在家做饭，听到客厅电话铃响，从厨房出来，拿起电话："我听出来了，你说什么？我已经被发现了！警察都快到我家楼下了？"放下电话，小心翼翼地往阳台摸去。邱茵家后山上，灵人瞄准阳台上的邱茵，扣下了扳机。子弹飞向邱茵。楼梯上，米小冉、林影握着枪冲到邱茵家的门口。室内，邱茵肩部中弹倒下。室外，林影、米小冉急速敲门。室内，邱茵坚持着爬到门口，支撑着站起来，打开门。林影："邱茵，你怎么了？"抱住倒下的邱茵："小冉，快打电话，叫救护车！"米小冉协助林影放下邱茵，用手试了试她的鼻孔，摇了摇头。林影："快，要江源他们直奔后山，快抓凶手！"米小冉急拨电话："江源，杀手刚刚行凶，发射点在后山……"江源、肖卫华握着枪，从两个方向往后山搜去。

第九章

潜艇研究基地医院手术室门口,洪少秋握着电话追问林影:"林处,保护证人的事怎么样了?""你忙什么呢?"林影在救护车上握着手机,"怎么还不过来?""我在手术室门口,等着刘进出来!"洪少秋看了眼手术室。林影追问:"刘进怎么了?""你就别管刘进了!我现在最关心的是你那一块……""神秘女人已经死了。""死了!"洪少秋急问,"怎么死的?""被枪打死的!""死在哪儿了?""阳台上。""她为什么会到阳台去?""从现场看,应该是被对手调动的。"洪少秋:"你和小冉兵分两路,一路尽快把人送进医院,连夜解剖尸体,查清子弹来源!一路返回死者家,查最后一个打给她的电话,查她家里的电脑跟刘进家的电脑有没有联网。""明白。"林影放下手机。

专案组指挥中心。洪少秋:"分头忙了一夜,大家碰一下情况。"林影:"邱茵被击中肩部,死亡原因是弹头上涂有剧毒物质。"江源:"我们连夜对弹壳进行了鉴定,系 D 国产品。"米小冉情绪不高,欲言又止。"邱茵接到的最后一个电话,是谁打给她的?"洪少秋问。米小冉:"是通过公用电话打进去的。""把位置说得具体一点,是哪儿的公用电话?""大亚湾风景区 15 号公用电话。""风景区的公用电话?这条线索……太可惜了!这是个重大失误!"洪少秋本想指责别人,但话到嘴边又收了回来,"这个失误,是因为我指挥不当造成的。"

潜艇研究基地 0 号保密室。张西洋对商菲菲说:"商主任,这次我们一起到 0 号保密室,开始汇总真正的潜艇改进方案!里面的每一个字都是秘密,禁止向一切无关人员透露!""张总,感谢你还这么信任我。"商菲菲显得有点激动。"开始吧。"张西洋对洪蓉说。洪蓉、另一名保密员同时按下指纹密码,打开保险柜,取出电子图纸,分别交给张西洋、商菲菲。

潜艇研究基地医院特护病房。田云坐在刘进床边:"刘总,你终于醒过来了?你呀,可把大家吓坏了!""田云,刘子岸的那个表,你说是真的吗?"刘进的压力还在儿子身上。"真不真,那都是以前的事了,你就别想它了。"田云给刘进盖了下被子。"不想不行啊!"刘进心情很压抑,"你说,打这以后,我还怎么出去见人哪?""子岸是子岸,你是你,大家会分清楚的。""田云,你帮我打个电话,把少秋找来,我想问问他那张表的事。"

D 国 K 集团,布加达向布雷尔报告,说据"鲨鱼一号"报告,刘进的神智眼看就要崩溃了!布雷尔琢磨了一会,要布加达转告"鲨鱼一号",令他尽快安排人，设法把刘进拉下水。布加达说："这个指令，我想安排张妍发。""不，你亲自办！"布雷尔强调，"并且，除了我们俩，不能让第三个人知道。"布加达："你不再考验张妍了？"布雷尔："到玩真的时候，谁也不能信，只能信自己！"

潜艇基地医院特护病房。洪少秋、米小冉把一个花篮放在床头柜上。刘进拉住洪少秋的手："谢谢你们还能来看我！""刘总，子岸表格的事我们搞清楚了。"洪少秋对刘进说，"是从K集团发送到你电脑里的。"刘进："那、那邱老师呢，找到她了吗？"洪少秋："我告诉你，你要坚强。""你不用说了。"刘进的眼泪滚了出来，"我、我好糊涂啊！""怎么了刘总？""我、我隐瞒了你们……一件事！""刘总，每个人遇到这样的事，都会反复权衡的。"洪少秋安慰刘进，"这很正常，我们能够理解。"刘进："我见过艾尼莎、金枪鱼！"洪少秋："我就知道，你迟早会把这件事说出来。"米小冉拿出艾尼莎的画像照片："这是艾尼莎吧？"刘进看了会儿："很像。""你的意思是，还不完全像？"洪少秋问。"艾尼莎的气质比这要好一些。"米小冉递上金枪鱼的画像："你认识他吗？"刘进："这就是金枪鱼。""这个呢？"米小冉递上灵人的画像。"没见过。"刘进强调，"真的，我没见过。"

在03的公司，叶焓支撑着身子下床差点摔倒，郭嘉一把扶住她。"叶焓，你终于可以下床了。"03从另一侧扶住叶焓。"高总，我怎么会这样？"叶焓差点又要瘫倒。03告诉叶焓："那天，我们在海上遇到蒙面杀手，你为了救我，跳到对方快艇上与他们搏斗，他们为了防止你以后认出他们，给你注射了致幻剂。""是吗？我怎么一点都想不起来？"叶焓竭力回忆当时的情景。03："不管怎么说，你总算是没事了。"叶焓："那我是怎么活下来的？""我和黄薇薇开着快艇冲击蒙面杀手的快艇，他们把你扔进大海，我和黄薇薇把你救上来的。""这样啊！谢谢你，高总。"03："你看，想吃点什么，我让郭嘉给你弄去？""我什么都不想吃。"叶焓看向郭嘉，"你扶我上个洗手间。"郭嘉搀扶着叶焓向厕所走去。

洪少秋、米小冉进入03的公司，在楼道里碰到叶焓、郭嘉。叶焓憔悴、虚弱。米小冉惊愕："叶处，你怎么了？"叶焓朝洪少秋会心地笑了笑："喝多了点。"洪少秋话里有话："没趴下就好！"03闻声出来："洪处，过来了？走，上客厅。"

客厅里，03示意洪少秋、米小冉坐下。洪少秋打开电脑："高总，向你讨教几个问题。""你我之间，还用这套？"03随和地笑了笑，"什么事，说吧，完了你好回去，我好睡觉。"洪少秋把艾尼莎的照片放在03面前："有人对我们说，这张画像有点问题？""不像吗？"03拿起画像，"我看挺像的！"洪少秋："你再好好看看。""我看了，只要认识艾尼莎的人，一眼准能认出她来！""但是，有人拿着这张画像瞅了好一阵，还一个劲地说关键地方不对！"03："你快拉倒吧，不可能！"洪少秋："你想知道给这张画像挑毛病的人是谁吗？""张妍？""不是。""那是谁？""昨天夜里死掉的一个人！""昨天夜里谁死了？"米小冉拿出弹壳、弹头。03拿起弹壳："这是K集团的点七三狙击步枪子弹！"洪少秋："死的这个人，就是被这颗子弹击毙的。"03："这说明，K集团的人还在三岛，你们有责任想办法尽快抓到他们！要不，我也会感到很不安全的。"洪少秋："你认为，开枪杀人的会是何人？"03："不是艾尼莎、金枪鱼，就是灵人。""他们为何要杀这个人？"洪少秋追问。03滴水不漏："我还不知道死者是谁，怎么能够盲目判定？"洪少秋："是'鲨鱼一号'的手下。"03："那就是杀人灭口！"洪少秋："你认为，我们怎样才能找到艾尼莎、金枪鱼、灵人？""这很简单，想办法发现他们的窝点就是了。"03往沙发后一靠。洪少秋："这个点在哪里？"03："肯定不在我这里。"

　　洪少秋、米小冉为找到新的线索，再次到潜艇研究基地医院看望刘进。刘进感激地说："少秋、小冉，你们太忙了！以后就别来看我了。"洪少秋由事入理："刘总，那天夜里在救护车上，你反复说要是住到其他医院，可能就没命了！在你心里，这个要你命的人是谁呀？"。"还能是谁？肯定是艾尼莎、金枪鱼他们呗！""艾尼莎、金枪鱼住在哪里、到过哪里，你听子岸说过吗？"刘进摇了摇头。"在你见到艾尼莎他们后，子岸都去过什么地方？""当时吧，我担心子岸出事，有意识地盘问过他几次，但他都没有告诉我。""子岸除了给你留下一封遗书，还给你留下其他什么特别的东西了吗？""特别的东西？"刘进似乎想不起来。"刘总，你先别忙着否定！好好想想……"洪少秋启发刘进，"比如，告诉你哪儿有存款，哪儿还欠着账，他是老总，像这种事，按常理是应该有个交代的。"米小冉："刘总，你既然连见过艾尼莎这样的事都说出来了，其他还有什么可藏着的呢？"刘进终于下了决心："子岸在去找艾尼莎、金枪鱼拼命前，把一部电脑放在我的被子里了。""电脑里有什么特殊的内容吗？""也没什么，就是子岸存款的几个账号和密码。"洪少秋："现在电脑在哪儿，我们可以看看吗？""我害怕里面有见不得人的东西，就把它存放到万利大厦的保险箱去了。"洪少秋："号码？"刘进："391936。""钥匙？"刘进拉开床头柜，找出一把钥匙递给洪少秋。

　　万利大厦。米小冉打开391936保险箱，取出微型笔记本电脑。洪少秋在一旁提醒："小冉，这次解码，一定要当心逻辑炸弹！""洪处，你就放心吧，我先复制一块硬盘。"米小冉坐到条椅上，把电脑置于腿上，掏出移动硬盘连线。

　　海湾九号别墅阳光花园。茶几上的笔记本电脑突然报警。艾尼莎拉过笔记本电脑，点了个键，念出屏幕上的内容："当心,刘子岸的笔记本电脑闹鬼了！""谁发过来的？"金枪鱼凑向屏幕。艾尼莎："没有落款。"金枪鱼琢磨："是八爪鱼的恶作剧吧？"艾尼莎："给他三个脑袋,他也没有这胆！收拾一下,马上撤离。"

　　万利大厦。米小冉兴奋地搓着手："太好了，这次终于成功了！"洪少秋："什么内容？"米小冉："爸爸，我上九星岛一旦回不来，那就是艾尼莎他们把我杀害了。你一定要告诉洪少秋，让他们到海湾九号别墅去抓艾尼莎、金枪鱼！"

洪少秋拨出电话："林处，你马上通知行动队，迅速赶往大望出口与我汇合，一起抓捕艾尼莎、金枪鱼！"

　　海湾九号别墅。艾尼莎拿出一枚炸弹："金枪鱼，把它捆到门后，然后从窗户跳出去。"金枪鱼接过炸弹："他们万万不会想到，还没进门，就被炸了个人仰马翻！""抓紧吧。"艾尼莎先一步出门。金枪鱼将炸弹挂在门后拉手上，把拉火索固定好，快速翻出窗外。六辆指挥车、防暴车快速包围九号别墅，行动队员飞身下车，占领有利地形，朝别墅合围上去。洪少秋率米小冉、林影、江源、肖卫华冲到大门口。米小冉冲得最快，抬起脚就要踢门。"慢！"洪少秋一把拉住米小冉，"防止门后有埋伏。"示意大家闪开。众人闪到两侧，占领有利地形。行动队员交替掩护，跃进到别墅一层的各道窗户下。洪少秋："江源，跟我来！你们几个，没有我的命令，谁也不许往里冲！"林影："你就放心吧。"江源跟随洪少秋迂回到就近的窗户下。洪少秋慢慢起身拨开窗，轻身翻了进去。江源和几名行动队员跟着翻进屋里。洪少秋从屋里抵近门口时，向后示意："有炸弹，往后撤！"江源："卧倒！"洪少秋观察了一会儿炸弹："江源，你带领行动队员，迅速向其他房间和楼上搜索，我来排弹。""洪处，还是我来吧！"洪少秋："执行命令！"江源："是！"用手势示意队员向一层房间和楼上搜索。洪少秋单腿跪到门下，开始琢磨炸弹的引线。林影在门外机动到门口："洪处，怎么样了？"洪少秋在屋里答："门上有炸弹，你们快往后撤！""你一定要注意安全！"林影和随从人员后撤到安全地带。洪少秋打开钥匙链上的小剪刀，小心翼翼地剪断拉火线、取下炸弹，放到一边的茶几上，返回打开门。林影、米小冉等人冲进屋。江源从楼上下来："洪处，人已经跑了！"洪少秋："发现狙击步枪没有？""没有。"江源回答。洪少秋："仔细勘查现场，提取毛发、指纹，还有烟头、果核……迅速送技术部门检验。""是！"江源指挥队员分散勘查现场。

　　"海洋情人俱乐部"。叶焓朝黄薇薇走去。黄薇薇瞅见叶焓，尽管装得很轻松，但依然隐藏不住心里的惊慌。叶焓逼向黄薇薇："你怎么了，不认识我了？"黄薇薇："叶焓，那天在海上，真悬呐！我都吓坏了。要不是高总要我拼着命上去救你，你恐怕就再也见不到我们了。"叶焓坐下："谢谢你和高总救了我。""我也要谢谢你，要不是你那么勇敢地冲上蒙面人的快艇跟他们搏斗，高总和我恐怕早就没命了。"叶焓："是这样吗？""怎么不是这样？"黄薇薇反问。叶焓："我这脑子，这几天就跟灌了糨糊一样？很多事都想不起来了。""不管怎么说，大难不死，必有后福！我们必须庆贺一下。等着，我去拿酒。""我不是来喝酒的。""可我想跟你喝！"这时，商菲菲走进门来。巩怀远的头在门口闪了一下。商菲菲不动声色地扫视了一会儿大厅，似乎在寻找什么人。叶焓暗中看了商菲菲一眼。

　　江源拿着一份鉴定报告向洪少秋报告："洪处，从别墅提取的毛发、指纹鉴定出来了，证实为两个人所留，其中一人是女性。"米小冉："真遗憾！这次要再快那么一点点，就抓住艾尼莎、金枪鱼了！""有个事，太不可思议了！"林影提出了一个疑点，"这次发现艾尼莎、金枪鱼的藏身之处，就米小冉、洪处知道，照理说，这消息不会跑漏出去，可艾尼莎他们为什么就偏偏提前得到消息了呢？""你怀疑我？"米小冉质问林影。"我怀疑你什么？这不是讨论分析问题吗！"米小冉："对了洪处，我记得，在我解开密码后，你给林处打过一个电话，要她通知行动队参加追捕，是不是你的手机被人监控了？"洪少秋："我手机有反监控系统，如果被人监控，早就报警了。"林影："那就只有一个可能了！"洪少秋："什么可能？"林影："刘进！你们去提取笔记本电脑的事，只有他知道。"米小冉："刘进说了，他不知道电脑里有没有什么秘密。"林影："有时候，贼喊捉贼！""这事是出得蹊跷！几乎在米小冉解开密码的同时，艾尼莎他们就得到信息了……几乎是在同时？"洪少秋似乎意识到什么，"米小冉，快，把电脑拿来，看是哪一国的牌子？"米小冉取出电脑："D国！"洪少秋："太疏忽了！快，拿仪器，把里面的暗鬼找出来！"江源取出探测仪，打开电脑扫描，仪器在一个角上报警。肖卫华："这个电脑，应该是艾尼莎他们特意送给刘子岸的。"米小冉："你这不是废话吗？"肖卫华："原来你也想到了，那算我没说。"

"海洋情人俱乐部"的情调格外迷人。商菲菲选了一个位置坐下。黄薇薇飘了过来，继续卖弄她的应变能力："美女落座，向左看，是热辣辣的眼睛；向右看，是火辣辣的目光；向前看，是正在走向你的恋人！"巩怀远风度翩翩地走向黄薇薇："黄小姐，谢谢你的吉言！"然后在商菲菲对面坐下。商菲菲颇感意外："怎么是你？"巩怀远坦然地答道："大概是碰巧了吧！"黄薇薇："二位，喝点什么？""我走了。"商菲菲起身。巩怀远："商主任，你到这里，是来相亲的吧？"商菲菲："我等石刚。"巩怀远："可石刚告诉我，你在这里等我。"商菲菲："巩怀远，你还要脸吗？"巩怀远："怎么不要脸？我今天来，就是来跟你说说我这张脸的！"

专案组指挥室。"暗鬼是找到了，可线索又中断了，真不如电脑里没有这玩意儿！"米小冉拿起从刘子岸电脑里拆出的报警装置。"别琢磨那玩意儿了，快想新辙吧。"林影问米小冉，"米小冉，怎么哑巴了？""谁哑巴了？"米小冉，"我正蓄势待发呢。""待什么发？"江源笑看米小冉，"我怎么看来看去，都觉得你没什么招了？"米小冉："江源，我希望，你给我一点智力。"洪少秋一拍脑袋："哎呀，瞧我！怎么把这么重要的事给忘了？米小冉、肖卫华，赶到别墅区，追查房主。"米小冉、肖卫华："是！"起身迅速离去。

"海洋情人俱乐部"。巩怀远对商菲菲说："商主任，我的脸皮是厚！有多厚呢？你得用保密的尺子来量。"商菲菲："就是不用保密的尺子量，你的脸皮也有一尺厚！"巩怀远："瞧，你笑了吧？你这一笑，还真把你内心的那种美丽、大度、宽容笑出来了！"商菲菲："我原来以为你只会挖苦人呢，没想到哄起人来也一套一套的。""原谅我了？""其实我明白，你每一次提醒我、批评我，都是为了我好。""为你好只是一个起点。""是吗？""为了潜艇机密的安全，才是我们共同的目的！""我就是冲着你的这一点，才打心眼里服你的。"巩怀远喜形于色："原来在你的心里，我早就占有一席之地了。""咱俩不能干坐着，多少也得给人家做点贡献吧？"巩怀远翻开食谱："这个怎么样？"商菲菲："情侣套餐？"巩怀远："名字多有含义啊！情侣……""你呀，肚子里又冒坏水了。"商菲菲温柔地一笑。

米小冉、肖卫华来到海岸别墅区管理中心，但管理员说是有义务替户主保守秘密，死活不肯提供有关情况。米小冉出示证件，管理员软了下来，调出艾尼莎、金枪鱼藏匿别墅的登记表，说户主是日本人，叫吉田一郎。米小冉追问："有他的照片吗？"管理员调出照片。米小冉惊道："灵人！"管理员："你们认识？"米小冉："在泰国见过面。"肖卫华："购买别墅的钱是从哪儿打来的？"管理员又查了一会儿："日本。"

黄薇薇回到家里，灵人迎上："你终于回来了！"黄薇薇："情况不妙，你快收拾收拾，一会儿就走。"灵人："怎么了？""叶焓找我叫板去了！""她想起我是谁了？""那倒没有。""那你慌什么？""我不慌行吗？国安在查别墅呢，户主用的可是你的照片！"灵人："我的照片！谁这么阴呀？""这我就不知道了。我看，为了保险起见，你还是趁着天黑，抓紧走人！""我要是没猜错的话，叶焓已经暗中跟到下面来了！我还怎么走？""她暗中跟踪我？不可能吧？""不可能？她有意触动你，目的是什么？就是为了找到我！一旦找到我，你也就跟着完蛋了。""那怎么办？"黄薇薇慌了。灵人想了想："以静待动！关灯，我要睡觉去了。"黄薇薇按下开关，灯灭。

专案组。米小冉汇报："海岸别墅区的门卫说，只要是办过证的车，进出都不用登记。"洪少秋："嫌疑别墅的户主开的什么车、用的什么号牌？"米小冉："他们不知道。"洪少秋："谁去办的证？"米小冉："邱茵！"林影："转了一圈，线索又回到了一个死人的身上。"米小冉："是啊,死无对证！抓艾尼莎又没戏了。"江源："米小冉，一伸手就想够着天，哪有这样的好事呀？"米小冉："我够不到天，那你说一个够得着的？"

巩怀远、商菲菲又一起约到"海洋情人俱乐部"。话语间，巩怀远情不自禁地把手按在商菲菲的手上。商菲菲惊了一下，本能地抽回手。"有冲动，才有激情！"巩怀远一把抓住商菲菲的手。"你要愿意，回去的路上，就拉着我吧。"商菲菲说完，羞涩地一笑。巩怀远："这么多年，我就没见你这么快乐过。"商菲菲："我问你，云在风中的时候，它是一种什么感觉？""应该是一种被抬举、被追捧的感觉。"商菲菲："我现在就有这种感觉！"巩怀远："你的梦幻之旅开始了。"

洪蓉这些天因为张西洋总要图纸，加班很晚才能下班回家。钱守成在书房听到门外传来脚步声,匆忙关闭电脑。洪蓉推开门,问道:"又在网上转悠什么呢?"钱守成掩饰:"没有啊!"洪蓉:"我明明听到你在说掌握命运什么的?""哦!"钱守成,"原来是这呀!那我告诉你吧,我的第一笔生意做成了,我正跟对方聊呢,说我终于掌握自己的命运了。""你就吹吧,当心房顶上漏雨。""我吹啥?我真的挣到钱了,而且还不是一个小数目。""多少?""30万!"洪蓉惊讶:"这么多呀?""这只是一个开始!"钱守成得意地说,"我的规划是,在海边买一栋别墅,要有观景阳台,要有阳光花园,要有又宽又大的客厅,还要有豪华卧室,躺在美式的水床垫上……""钱守成,你醒醒吧!"洪蓉怒气冲冲地看着丈夫,"你给我说清楚,这钱哪儿来的?"钱守成:"你这么大声干什么!碰见鬼了?"洪蓉:"守成,老实跟我说,你到底做的是什么生意?怎么一下就赚了30万?""路子对了,别说是区区30万,就是300万、3000万,也不是什么天文数字!""我做梦都不敢想,就你钱守成这辈子,还会有这样的好事?""天下的事就是这样,只有敢想,才能敢干,只有敢干,才有希望!你看看,你这头上戴的、身上穿的、脖子上挂的,是不是都落伍了!你嫁给我有几年了吧,碰上我倒霉,你也没沾上什么光……以后就好了!""守成,我不图你给我买金买银,只要你本本分分地跟我过日子,我就心满意足了。""洪蓉,你什么都好,就是志向太小、标准太低,让人觉得俗气。""你别管我俗不俗!一个人,要是连命都没了,就算钱再多,那还有什么意思?""你和我,要是没有钱,活着又有多大意义?"

　　刘进的病情、心情都逐渐好了起来,本已经准备出院了,没想到突然接到一个恐吓电话!他通过田云给洪少秋打电话,约他到病房见面。"对方的声音熟吗?"洪少秋问刘进。"经过技术处理了,听不出来。""号码呢?""从我的手机上查不出来。""内容?""他自称是正在找我的人,是掌握我命运的人。"洪少秋:"这个电话,应该是K集团的人打给你的。"刘进:"他们肯定还要给我打电话。"洪少秋:"感谢你把这个秘密告诉我。"刘进:"我想出院。""我认为,你还是住在这里安全。""相反,我觉得这里很不安全!"刘进坐立不安。"你预感到什么了吗?""总觉得,有个影子离我很近。""你心里的影子是谁?"刘进:"一下还说不准。"

　　潜艇研究基地医院院长办公室。米小冉询问田云:"这么说,昨天夜里刘进接到恐吓电话的时候,你就在他身边?""当时,他的嘴直哆嗦,手都凉了!我怕他的血压再上去,一直守着他。"田云停顿了会儿,"你说这种怪事,怎么不是出在张总身上,就是出在刘总身上,不是出在我家里,就是出在他家里?"米小冉:"因为张总、刘总都是掌握核心机密的人!敌人要想获取情报,只有从他们身上打开口子,才能实现自己的目的。""刘总受到敌人恐吓,你们现在总该相信他了吧?""只要他值得我们信任。""我值得你信任吗?""田院长,你怎么又绕到自己身上了?"田云:"你这个小姑娘,心眼够多的。"

刘进要罗静、肖妮到医院接自己出院。田云护送刘进回到家："你呀，非要出院，把一个危险变成两个危险了！"刘进："我住在家里，感到比在医院踏实。"田云："你再接到恐吓电话，千万不要着急。""我不着急，我按少秋的要求，尽量跟他们多说几句话。"田云向刘进交代注意事项后走了。刘进要罗静、肖妮再到市医院去，帮他把母亲也接回来。罗静犹豫了会："刘总，你妈的病又加重了，她要是离开医院，万一……""你们只管把她接回来，我会找人到家里来给她输液，同样是用药，没事的。""那万一需要抢救，家里又没设备，你这是何苦呢？"罗静还是不想去接刘母。刘进："你们不知道，现在我妈在医院里很不安全！"罗静："是不是有人又威胁你了？"刘进："我要保护好潜艇的机密，就只能这样做了。"罗静拉上肖妮离去。

在专案组会议上，洪少秋提出想安排刘进打进敌人内部去，遭到了林影的强烈反对。洪少秋强调，眼下只有通过刘进这条线，才能尽快发现敌人。林影认为，敌人的手段千奇百怪，到时候，刘进根本就扛不住！洪少秋说："我们要相信他！"林影："再相信，也不能拿刘进手上的国家核心机密去冒险！他一旦骨头软，就什么都完了。"洪少秋找到刘进，说有一件事，自己权衡再三，还是想听听他的意见。刘进："是不是要我更改电话号码，切断同敌人的联系？"洪少秋："恰恰相反，我要你打进敌人内部去。"刘进惊讶："这个问题，我没想过，我要考虑考虑。"六个小时后，刘进找到洪少秋，答应深入虎穴、追踪敌人。

钱守成把妻子送出门外："早点回来。"洪蓉："我要是11点还没回来，你就先睡吧。"钱守成："不论多晚，我都等着你。"洪蓉看着丈夫笑了下，转身消失在楼梯下。钱守成回到书房，打开电脑，启动变声系统，一个女声传出："刘总，听说你把你母亲接到家里去了？"刘进在卧室里握着手机反问："你是怎么知道的？"变声："在你的身边，就没有我不知道的事！"刘进问对方："你想干什么？"

变声："想约你见个面！"刘进："在哪儿？"变声："你现在出门，开自己的车，我会告诉你的。"刘进放下电话后长长地吐了一口气，打开门进入客厅。刘母迎上刘进："儿子，过来，妈给你理理头发！""妈，我要是一时半会儿回不来，你千万不要着急！"刘母："只要你对得起国家，不管出多大事，妈都顶得住！"刘进给母亲也理了理头发："妈，我走了。"刘母跟到门口："进儿，千万小心！""妈，我会的。"刘进回过头，笑着摆了摆手，一转身出门下楼。

专案组指挥中心的大屏幕上，一个红点在移动，周边有四个黄点在红点前后移动。室内除了洪少秋，只有江源在操作着跟踪系统。洪少秋盯着大屏幕下达指令："林影，你和二组、三组、四组再与目标拉大一点距离，防止被对方发觉。"林影的声音传来："明白。"刘进坐在奥迪车里，拿着手机与对方周旋："伙计，你已经两次变换地点了，你到底要把我折腾到哪里去呀？"变声："继续往前走，到了最后一站，我会告诉你。"专案组指挥中心，洪少秋问江源："对方的指挥电话是从哪里打出来的？"江源："跟上次一样，还是通过K集团的通信系统转过来的！"洪少秋："但从屏幕反映的情况来看，打电话的人就在三岛。"江源："我再试试，看能不能追踪到他的起点位置。"刘进按照变声电话的指令，把车开到生态茶吧停好，下车走进大门。黄薇薇、灵人分别隐藏在两个方向，手里都拿着微型摄像机。林影、米小冉、肖卫华等人的车也先后开到茶吧的几个不同部位停下。黄薇薇、灵人录下了林影等人包围茶吧的全过程。生态茶吧内，刘进走向一个神秘女人的背影。神秘女人转过头来，竟然是叶焓。刘进说了句接头暗语："美女开茶吧，不一定挣钱！"叶焓："开茶吧挣钱的，不一定是美女！"刘进："真没想到会是你！"叶焓："我也没想到，那个我一直在找的人，竟然会这样同我见面。"林影、肖卫华、米小冉在暗中见状，各自给了个暗号，闪到隐蔽处碰头。肖卫华："怎么办？"米小冉："马上向洪处报告！"林影掏出手机："洪处，情况出乎意料，来接头的人竟是叶焓！"洪少秋坐在电脑前："敌人出的这张牌，果然非同一般！"林影询问："还动不动？"洪少秋："情况太突然了！让我想想……"茶吧里，叶焓冷静地与刘进交谈："刘总，你这次来，不会空着手吧？"刘进："我的手里没货，但脑子不空！"叶焓："这么说，你是打算给我们提供点有用的东西喽？"刘进："不提供点玩意儿，我来干什么？"叶焓："你真的是'鲨鱼'？"刘进："你才是鲨鱼？"气愤地站起来准备离开。林影在隐蔽处通过手机报告："目标要走！"洪少秋："林处，看一下左右，是不是有鬼？"林影迅速瞅了下："没有发现。"洪少秋："取消行动，秘密撤回！"林影："万一敌人藏有枪手，他们俩谁要是死了，你我都不好办！"洪少秋："出现这样的局面，即便再有枪手，也是不会向他们开枪的。"

03卧室。黄薇薇打开摄像机，给03播放录像。03看过录像后说："我更关心的是，你通过这段录像，想达到什么目的？""把叶焓从你这里挤出去！""你的好心我领了！但你这样做，适得其反，正中了别人的下怀。""你已经知道叶焓的底子了，还把她留在这里，什么意思？""知道她的底子，你还去招惹她，是想暴露我，还是想暴露你？""叶焓走了，你我见面，不也方便了吗？要不有她在咱俩的眼皮子下晃来晃去，心里就不舒服。""舒服不舒服有什么用？只有利用她，我才能更好地发挥作用。""实话告诉你，我的这次行动，是总裁通过艾尼莎，秘密给我下达的。""什么总裁的任务？你糊弄谁呀？带上你的破玩意儿，给我滚！"

黄薇薇："还有一个秘密，你要是知道了，就不会再要我滚了……知道吗？叶焓之所以肯豁出命来前去接头，是冲着'鲨鱼二号'去的！""'鲨鱼二号'！"03吃了一惊，"你们竟敢用'鲨鱼二号'去做诱饵，胆子可真不小啊！这是谁的馊主意？"黄薇薇："艾尼莎！""拜托你转告她，以后这样的馊主意少出！要不，无论是她还是你们，都会很快赔进去的！大家都赔光了，布雷尔找谁哭去？"黄薇薇拿起摄像机："哪这个？"03："留下吧，我琢磨琢磨它的用途。"

第十章

　　刘进回到基地林影办公室，责问洪少秋为什么不抓叶熔？洪少秋说，情况发生变化，没想到去和刘进接头的人会是叶熔！刘进认为，叶熔是洪少秋派去核实他的身份的！要不，她怎么会问他是不是鲨鱼？"刘总，你误会了！"洪少秋对刘进说，"至于叶熔为什么会去，鲨鱼是谁，你就不要过问了，也不能向外人透露。万一有人再给你打电话，你还是要先给我们通个气，然后再一起商量个办法。"

　　在专案组指挥中心，江源等人也对这次行动失败感到遗憾。米小冉："真不敢相信，这么精心的一步，又这么夭折了。"肖卫华问江源："在这次行动中，对方多次给刘进下达指令，你追踪到他们的信号源头了吗？""追到K集团，就再也查不下去了。"江源无奈。"接头是双方的。敌人一方追不下去，也许叶处那边还有办法吧？"米小冉提示。江源："对啊，从另一头查清问题，不失为一个好路子！""江源，谢谢你的鼓励！"米小冉，"那我们一起去找叶处吧？"肖卫华："能不能去找叶处，最好还是先请示完洪处后再定。"米小冉："为什么呀？"肖卫华："我怕你们给洪处、叶处捅娄子！"

　　03在公司，面对叶熔对他的提问，给她播放了黄薇薇拍摄的录像，而后问道："想知道这段录像的来历吗？"叶熔："你派人跟踪我？""我跟踪的是'鲨鱼一号'！""'鲨鱼一号'！"叶熔故作惊讶，"'鲨鱼一号'是谁？""他是隐藏很深的敌特，是我正在侦查的目标！"03神秘地说。叶熔追问："你正在侦查的目标？""事已至此，我必须告诉你。"03向叶熔兜底，"我这次冒着生死、历尽艰辛回到祖国，就是为了要完成侦查'鲨鱼一号'的任务！你去见刘进，打乱了我的行动计划！"进而质问，"你为什么要这样做？是谁安排你去的？""有人给我发短信，要我务必去见一个人。"叶熔沉着应对，"没想到这个人会是刘进，更没想到我会破坏了你的行动计划。""给你发短信的人是谁？"03问。叶熔："不知道。""为了我能顺利完成侦查任务，你一定要想法查出这个人。"叶熔："已经过去的事，我不想再深究了。""我想深究，我必须知道他为什么要你去见刘进！"

　　一条瀑布从山上飞流而下落进大海，这里的地名叫神仙山。洪少秋见叶熔从山下上来，迎上去与她握手。叶熔："洪处，我这次太冒失了！看到有人约我去见'鲨鱼二号'的短信，明知是计，但还是忍不住，心想哪怕是豁出命来，也要去搞个明白，结果打乱了你的计划。""我知道，明知山有虎，偏向虎山行，是你的性格。"洪少秋说，"我约你见面，是想弄清楚，是谁给你发的短信？"

叶焓："肖妮。""肖妮？"洪少秋压根没有想到。"还有一个重要情况，我也想告诉你。""什么情况？""03昨天派人拍摄了我跟刘进见面的录像，并且对我说，他这次回来，是协助局里秘密执行侦查'鲨鱼一号'的任务！他的话，还真把我给打懵了！""他说的是真话假话，我去问问周局就清楚了。""正因为这件事很容易搞清楚，我才觉得03的话可信度很大。""事已至此，很有必要去找周局问个究竟。"

03先洪少秋一步找到周大路。周大路找到洪少秋，直言不讳地说："03跟我说，你们怀疑刘进跟'鲨鱼一号'有关？""不是刘进跟'鲨鱼一号'有关。"洪少秋解释，"而是敌人一直在打刘进的主意。""昨天刘进和叶焓见面，是你安排的？"周大路问。"一半是我们安排的，一半是敌人安排的。"周大路："敌人是谁？"洪少秋："还在追查。""03说了，你和叶焓都怀疑他？""我想了解的也是这个事，03的秘密任务，是你交给他的吗？""是，我想利用他的有利条件，协助你们把'鲨鱼一号'挖出来。""你就没有怀疑过他？"周大路："你说呢？"洪少秋猜不透周大路的意思。

米小冉、林影按洪少秋的要求，去找肖妮核实她给叶焓发送短信的情况，但肖妮一口否认，并强调说，我要真是间谍、特务什么的，会傻到这个地步吗？用自己的真实姓名给叶焓发短信。

洪少秋回到专案组，观察了一会儿："米小冉，你情绪不高呀？""高什么？"米小冉，"肖妮的短信源头，又卡在K集团了。"洪少秋："能够追查到K集团电信中心，也是一个结果。""但这个结果意义不大，因为又无法追查下去了！""活人还能叫尿憋死了？"洪少秋，"换个频道，重新开始。""换什么频道？"林影："我是没辙了！"洪少秋："江源，你带米小冉，想法触动黄薇薇。"江源："洪处，你是不是要我带米小冉到黄薇薇那儿去谈恋爱？要我说，你最好还是换个人吧。"米小冉："江源，你早就嚷着要去见那个美女了，这次洪处好不容易把机会给你了，你怎么倒推三阻四起来了？"江源："洪处，跟米小冉搞对象的事，上次是肖卫华去的，这次突然换了我，在黄薇薇那里怕是说不过去吧？""你不提醒我，我还真没意识到把鸳鸯谱点错了！"米小冉："洪处，你点错什么了？别说黄薇薇不一定想得起来，就算她真的问起来，我就说上一个吹了，不也就没事了。"肖卫华："米小冉，你要这样，谁还敢找你呀？"洪少秋："肖卫华，还是你跟米小冉去吧。""是。"江源捅了下肖卫华："我把机会让给你，高兴吧？"米小冉："江源，使什么坏呢？""我这是使坏吗？不是，是成人之美。"江源狡黠地一笑。

"海洋情人俱乐部"的灯光散发出神秘的气息。肖卫华、米小冉步入落座。黄薇薇暗暗观察了肖卫华、米小冉一会儿，才走到他们的吧台前："二位，一次来二次来三次还来，说明你们的感情一而再再而三不断升温，说吧，点酒还是喝茶？"米小冉："我想先点一支歌。""什么歌？"黄薇薇意识到来者不善。

米小冉一字一顿："《珊瑚花》！""珊瑚花？"黄薇薇笑了下，"二位，稍等。"离去。米小冉："肖卫华，你总瞅我干什么？""我们是来谈恋爱的，是不是该有个谈恋爱的样？瞅你很正常。""你别忘了任务！""我就问你一句话。""快说。""你对我印象怎么样？""你还真想跟我谈恋爱？""平时没机会，好不容易逮着了，你就说说吧，给个意思。"米小冉思考着："你这人吧，话不多，但每次开口，都不是凡言！在分析案情上，我挺佩服你的。""谢谢你的赞美！"《珊瑚花》的歌声响了起来。"本来是想敲打她一下，没想到还真有这歌？"米小冉颇感意外。《珊瑚花》播放完毕，黄薇薇走到肖卫华、米小冉面前："二位，还想听一支什么曲子？"米小冉故意问肖卫华："你还想听什么歌？"肖卫华："还想听个'鲨鱼'了、'比目鱼'了什么的，你这有吗？"黄薇薇："我要是会作曲，就现给你们写一首。"米小冉："你要是真写的话，就一定不要忘了把出现在你这里的奇怪声音写进去。""奇怪声音？"黄薇薇的眼睛里充满了问号。米小冉："是啊，我们已经听到两次了！"黄薇薇："你们要是真的听到什么奇怪的声音，最好打电话，报告110。"肖卫华："你别听她胡扯，这里哪有什么奇怪的声音呀？我听到的都是你对人说人话、对鬼说鬼话的顺口溜。"黄薇薇："二位，是来挑事的吧？我实话告诉你，自从我开了这个俱乐部，就只见过人，没见过鬼！""这个俱乐部，是他开的吧？"米小冉掏出灵人的照片放在桌上。黄薇薇吃惊不小："是不是他开的，我还真不知道。"米小冉："他是你的幕后老板，你是他的门面经理，还会不知道？""我就知道我的老板是个日本人，其他的就不知道了。"肖卫华："平时，他总会给你打个电话吧？"米小冉："有他的号码吗？"黄薇薇："有啊，18712203093。"米小冉记下号码："这里面不是03，就是093，3真不少啊？"

夜深了，天人网吧还在营业。黄薇薇开着车在网吧门口停下，警觉地观察、下车、进入网吧。米小冉、肖卫华在隐蔽处的车里向洪少秋报告，目标已被触动，刚刚进入天人网吧。洪少秋要江源搜索天人网吧的可疑信息。江源操作电脑，把天人网吧的网络流程情况投送到大屏上。洪少秋对林影说："林处，你马上带人过去，统一编组，秘密跟踪黄薇薇，争取把她的上线或者下线跟出来。""放心吧。"林影起身出门。黄薇薇走到99号电脑前落座，点开游戏《突袭》，打过两关后，暗中瞅了瞅周围情况，双击指挥员的眼睛，快速输入文字："比目鱼"，目标正在向你靠近，祸根应该就是叶焓，请求干掉她！屏幕上回传文字：这个情况你是怎么知道的？黄薇薇输入文字：叶焓的两个手下刚才无意间向我透露的！屏幕上回传文字：无意间？你上当了，切莫轻易出手！玩你的游戏吧，今晚哪儿也不要去！黄薇薇点回游戏界面，本能地看了看两侧，继续攻关。

天人网吧门口车上，林影拉下耳麦："洪处，天就要亮了，黄薇薇还没有从网吧出来，你们发现她同谁联系了吗……还没有？我们是不是又上当了！"洪少秋坐在指挥中心的电脑前，目视林影图像："你立即安排一个生面孔，进去看黄薇薇上的是几号机，她现在在网上干什么？"林影在屏幕上回答："是。"

黄薇薇走出天人网吧，上车离去。林影在车上下令："保持距离，秘密跟上。"黄薇薇观察后面没有车辆跟踪，将车开到自家楼口，下车进门。林影望着黄薇薇消失在楼口："洪处，目标已经返回住所。"洪少秋："撤！"林影："我们还想盯盯看？"洪少秋："已经没用了！"林影、米小冉、肖卫华回到专案组，大家分析认为黄薇薇突然按兵不动，答案就在游戏里。江源："但它在游戏的什么地方？"洪少秋："在网上同黄薇薇对阵的人都有谁？"江源："软件。"林影："我坚持认为，只要盯住黄薇薇，还会出情况。"洪少秋："再用老套路，已经不灵了。"为了重新推动案情发展，洪少秋安排张西洋与03探讨潜艇设计的有关问题。

　　03在去见张西洋前，拿起笔记本电脑放进保险柜，想了会儿，特意在电脑上放了一根头发。叶焓目送03离开后，打开他办公室，把一个邮单放在桌上，走到窗前看了看，掏出解码器套在保险柜上，开始破解密码。03意识到什么，说自己还有点事，离开张西洋返回公司！叶焓放好电脑，把头发还原到原来位置，轻轻关上保险柜。03出现在公司楼道里，他见叶焓从自己的办公室出来，迎上问："进我办公室了？"叶焓："有你的一个国外邮件，单子我放你桌上了。"

　　洪少秋按照叶焓的约定，提前到市国家安全局秘密会见点等她。叶焓进门："洪处，让你久等了。"洪少秋问："脱不开身？""03给我安排了三个活，刚干完。""他是不是发现你的意图了？""他在电脑上放了一根头发，被我发现了，拷贝完他的数据，我把痕迹清除干净了，应该不会吧？""数据呢？"叶焓把U盘递给洪少秋。洪少秋打开带去的笔记本电脑，插上U盘，击打了几个键。电脑屏幕上显现出一个侦查分析方案！叶焓坐在一旁，忍不住念出声来："侦查分析方案！'鲨鱼一号'是谁？有可能是刘进，但好像又不是他，要是他，他应该直接向K集团提供潜艇设计方案才对？不是他，那会是谁呢？'比目鱼'是谁？田云！不太可能，她没有杀害林品山、佟勇的体能……但这也不好说呀，万一她是幕后指挥呢？'珊瑚花'会是谁？从代号上看，她应该是个女人，黄薇薇？已经认识她这么几年了，从来就没听她说过潜艇的事，我回来这么长时间了，也没见她围绕潜艇有过什么动作，可以大胆排除……林影？别说，他还真有这个可能！"洪少秋："从这个分析方案看，03好像真的是在执行秘密侦查任务？"叶焓："但他还是露出了破绽！你看，他在这一段分析中，有意排除了黄薇薇，并且还用了大胆排除四个字！"洪少秋："要证实这个破绽，就必须再动黄薇薇。"叶焓："我想，迂回走一步，才能更有把握。""这个迂回的任务，你认为派谁去最合适？""实在找不出合适的人来，还让石刚去吧。"

　　石刚站在"海洋情人俱乐部"的游船上，手扶栏杆，欣赏着大海、蓝天、白云。黄薇薇看了下石刚，走到他身旁："孤身一人，独赏风光，景色就是再好，心情也不会怎么样吧？"石刚："我听说，你的恋人也变心了？""男人嘛，心就跟天上的云彩一样，说变就变。""女人呀，心就跟水里的鱼一样，说游走就游走了。"黄薇薇："最近,老有人在打我的主意。"石刚："这个人肯定不是我？""我指的这个人，还就是你！要不，你怎么会一趟又一趟地跑到我这里来呢？""你是什么人，我听叶焓说过。她对我说，就是靠近谁，也不能靠近你！"黄薇薇："她把我看成什么了？"石刚："叶焓还对我说，珊瑚花虽然美丽，但里面没准就藏着毒箭，一旦这支毒箭放出来，就会要了我的命！你的心里，真的有这么一支毒箭吗？""就你这样的，我就是箭再多，也不会射给你的。""你们女人的心呐，真是让人捉摸不透……"

黄薇薇回到岸上，迫不及待地找到03，说出了自己的担心！03对黄薇薇说："他们敲打你，想找到你的破绽，你就不会反其道而行之，利用美色，拿下石刚？"黄薇薇的眼睛瞪得老大："高一天，你没疯吧？""我现在比任何时候都清醒！俘虏了石刚，不仅能保护你，而且还能从他的身上搞到想要的情报。""原来我也曾这么想过，但现在不会了，因为我是你的女人！""正因为你是我的女人，我才会要你做出这样的牺牲。""高一天，我黄薇薇虽然水性，但从不杨花！你的这一招，我实在难以从命……要不然，我还是用钱吧，上次俘虏八爪鱼，我都没给他一个正眼，就把他拿下了！在石刚的身上，我相信，票子同样管用。"03打断："去你的票子吧！我告诉你，对把钱看得比命还重的人，你花点钱，肯定管用；但对不把钱当回事的人，你就是花再多的钱，它也不灵！石刚就是后一种人。""高一天，难道你就非要我出卖自己的身子？""干我们这一行，身子早就不是我们自己的了！因为在天底下，有用钱攻不破的堡垒，但很少有用美色拿不下来的心！"

张西洋到了夜里九点多钟才回家吃饭。田云给丈夫夹了口菜："你知道吗，那个黄薇薇，来找我做媒了。"张西洋："上次石刚托你，她不是说她对象从国外回来了吗？""情况是会变化的嘛。""哦，她是不是被人蹬了，就想起石刚来了？这样的人，你最好还是别介绍给石刚！"田云："我看她配得上石刚。"张西洋："石刚同意了吗？"田云："瞅个机会，我再跟他说说。"

黄薇薇进入石刚宿舍，由衷感叹："呦，你的小窝收拾得不错嘛！""当兵的，地下地上，柜里柜外，就得一尘不染。""是因为我要来，专门收拾的吧？""你要这么说，就太不了解军人了。"黄薇薇："对了，原来没那意思，就一直没问你，你是哪儿人啊？"石刚："沟里出来的山药蛋子。""陕西人？""你知道的还挺多。""我们岁数都不小了，你打算怎么往下进行啊？"石刚："岁数再大，也得按照程序，一步一步来吧？""那当然，你要是敢不按程序来，看我不拧掉你的耳朵！"

在K集团，布雷尔为"鲨鱼一号"、"比目鱼"、艾尼莎等人一直搞不到中国新型潜艇的情报非常生气，要布加达通知所有人员到情报中心开会，他要启动一个新的计划！

石刚带黄薇薇外出吃过饭后，黄薇薇又跟石刚返回宿舍，而且挑逗说："石刚，这话也说了，饭也吃了，天也黑了，咱俩的事，也该定了吧？""你想怎么定？"石刚问。"上床定呗！反正我早晚都是你的人？"黄薇薇的话很露骨。"考验我是吧？""真心的。""不说好了，按程序吗？""这就是程序。""当兵的，清规戒律多。""屋子里的事，你知我知，跟清规戒律没关系。"脱去上衣。"你还想跟我好，就穿上衣服，要不，马上给我滚出去！""我这个样子，要是从你这里走出去，你还能说得清楚吗？"黄薇薇一把搂过石刚，"石刚，现在最销魂的，就是我的玉体了，你就抱抱我吧……"石刚一把推开黄薇薇："你再这样，我就怀疑你的动机了！""什么动机？只有真心爱你，才会这样冲动！难道我爱你，也错了吗？你为什么就不明白我的心呢？我实话告诉你，我长这么大，还从来没有像爱你这样爱过一个人！"石刚："问题是，你发展得太快了，快得让我感到有点后怕！我记得，洪少秋、叶焙都对我说过，要我警惕出现在身边的人，难道你就是他们说的那个人？""行，石刚，你经受住了我的考验。"黄薇薇释然，"像个爷们儿，咱俩慢慢处，把衣服递给我！"

　　K集团情报中心，布雷尔走上指挥台，命令把地球投到大屏上。地球在大屏幕上转动。布雷尔呼点："张妍。""到。"张妍起立。"你看到地球上面积最大、分布最广的颜色是什么了吗？"张妍："海洋。"布雷尔："回答正确！坐下。"张妍坐下。布雷尔："我要你们看地球、看海洋，就是要告诉你们，从过去到现在，从现在到未来，谁拥有了海洋，谁就拥有了世界！要想拥有海洋，从表面看，好像只要拥有水面优势就可以了，其实不然！真正的要害，是要夺取整个水下优势！只有掌握了海底世界，才能主宰整个海洋，才能在未来的立体战争中始终处于不败之地！"目光停在布加达身上，呼点，"布加达。""到！"布加达起立。布雷尔："你来回答，一旦中国的新型潜艇冲出第一岛链，我们将会面临着什么？"布加达不以为然："总裁，我觉得，即便那样，也没什么大不了的。""你没吓一跳，但我要打一个惊叹号！"布雷尔，"我再问你，假若中国的新型潜艇冲出第二岛链，我们又会怎么样？"布加达："反正，我不会被吓得尿裤子。"布雷尔："你们笑什么？布加达，就算你不被吓得尿裤子，但我也要出一身冷汗！我希望在座的各位，都要站在战略的高度，开辟新的路子，动用新的手段，千方百计获取中国新一代潜艇的情报！"布加达："怎么获取？"布雷尔："启动'遍地撒网'计划！"

　　安然受总部指派飞到三岛，和周大路一起组织召开专案组会议，通报了K集团启动的"遍地撒网"计划，要求大家尽快适应变化，迎难而上，大胆出击。周大路："前段敌人的进攻还没有停止，现在他们新的攻势又开始了。这对我们国家安全部门来说，对我们专案组来说，都是一个更加严峻的考验！我希望大家在这次战斗中，打出国安的威风来，打出军队保卫部门的威风来，让敌人看一看，我们是绝对不可战胜的！"洪少秋表示决心："请部长、局长放心，国家的命运就是我们的命运，潜艇的安全就是我们的安全，我们誓与潜艇机密共存亡！"

"海洋情人俱乐部"观景台。艾尼莎、金枪鱼背着设备走到黄薇薇面前。黄薇薇认出艾尼莎:"你们不要命了?"艾尼莎:"下去打个掩护,不要让任何人上来。"黄薇薇离开后,金枪鱼架好电脑和仪器。艾尼莎:"把激光束打到他们会议室的玻璃上。"张西洋在潜艇研究基地会议室汇报发言的声音传来:"各位领导,下面,我把新一代潜艇设计方案作一个汇报……"布雷尔在总裁办公室里坐在老板椅上,调整电脑音量,听到艾尼莎、金枪鱼转发给他的张西洋讲话:"我们这个方案,是从国家大海洋战略全局出发搞出来的,是为了国家的领海、领土、领空安全搞出来的……"

在专案组指挥中心,江源接收到会议室的异常信号!"我马上打电话!"林影抓起座机,"阻止张西洋继续讲下去。"洪少秋按住电话:"你带人赶到会场,提醒张总注意发言内容,同时搜查发射器!我们一旦锁定接收目标,立即扑过去。""好。"林影,"我找到发射器,马上给你电话。"江源:"洪处,接收点在'海洋情人俱乐部'!"洪少秋:"米小冉、肖卫华,我们走。"米小冉、肖卫华跟随洪少秋冲出指挥中心,登车驶出大院。洪少秋在车上下令:"行动一队,立即出发。"

潜艇研究基地,张西洋还在继续发言。林影闯进会场,走到张西洋身边耳语了几句。张西洋调整思路,改变发言内容:"我们这个方案,跟先进国家海军的潜艇比起来,虽然有进步,但还是有差距的……"林影带领其他保卫人员手持仪器对桌子下、椅子下进行搜索。

"海洋情人俱乐部"。洪少秋、米小冉、肖卫华和行动队员持枪冲进俱乐部。黄薇薇出面阻拦:"唉,你们拿着枪闯进来,想干什么?"肖卫华:"干什么?枪已经告诉你了!"洪少秋、米小冉等冲上观景台,只有一部笔记本电脑和激光仪还在转发信息。黄薇薇跟上观景台。洪少秋问黄薇薇:"这是你的电脑吗?"黄薇薇:"不是。""谁的?""客人的。刚才,有一对年轻人坐在这里来着。"洪少秋:"米小冉,把画像拿出来。"米小冉掏出艾尼莎、金枪鱼的画像:"是他们吗?"黄薇薇看了看:"不是。"洪少秋:"米小冉,提取电脑指纹,迅速展开排查!"

商菲菲一散会,就跑到林影的办公室报案,说自己宿舍里的笔记本电脑不见了!林影着急地追问商菲菲:"你失踪的电脑里有秘密吗?""没有。""没有就好,万幸!""林处,这么说,你不管了?""我是该管,可现在查找发射器,比查找你的电脑更重要!"

专案组指挥中心。洪少秋:"今天下午三点,上级专家组听取汇报的事,连我们都不知道,敌人是怎么知道的?"肖卫华:"敌人的情报掌握得太准了,竟然知道把激光打在哪一块玻璃上!问题肯定出在内部。"林影:"我看不一定,也许是……"米小冉从显微镜前抬起头来:"洪处、林处,现场电脑上的指纹是商菲菲的!""米小冉,你的意思是说,敌人打激光的电脑是商菲菲的?"林影质疑。米小冉："我只是说，电脑上的指纹是商菲菲的。"洪少秋："林处，你安排两个地方，我们分别对商菲菲、巩怀远展开调查。"

在一号调查点，米小冉把电脑往商菲菲的面前推了推。洪少秋问："商主任，这部电脑是你的吧？""是。"商菲菲不敢直视洪少秋的眼睛。"里面的激光控制器、窃听转发器是怎么装进去的？""我的电脑里怎么会有这些东西？"商菲菲震惊。米小冉："有没有，是我们在问你。""我使用这部电脑的时候没有，敌人把这部电脑盗去以后，我就不知道了。"洪少秋："你是什么时候发现电脑被盗的？""下午我回宿舍的时候。"洪少秋："这么说，上午、中午你不在宿舍？""是的，我出去了。"商菲菲回答。洪少秋："跟谁出去的？""巩怀远。""你们一直在一起？""一直在一起。"

二号调查点。巩怀远面对林影："林处长，过去都是我找你汇报情况，现在是你来找我谈话，还真有点不大习惯。""巩主任，上级专家组来的事，你应该知道吧？"林影问。巩怀远："知道。""张总今天下午跟他们汇报，定在几点？""三点。""在哪儿汇报？""这还用问？肯定是会议室呗！""这些情况，你对别人说过吗？""这么机密的事，我怎么会随便乱说呢？""今天上午、中午，你跟谁在一起？""商菲菲。""那你说说看，她的笔记本电脑是被谁盗窃的？"巩怀远："咦，你啥意思？你们查啊，看我是不是偷电脑的人？"

米小冉："查了一晚上，商菲菲的嫌疑，被巩怀远排除了；巩怀远的嫌疑，被商菲菲排除了。""这个偷电脑的人，为什么要围绕商菲菲做文章呢？"洪少秋引导大家思考。

巩怀远、商菲菲离开专案组，就马上到一起碰面。巩怀远说："你这儿再这么出情况，我都不敢来了。"商菲菲："感谢你，证实了我们始终在一起。要不，我还真是说不清楚了！""本来就在一起嘛！再说了，我不给你证实，你也得给我证实吧？""专案组这些人真是的，我丢了电脑，是受害人，他们不去抓对手，反过来问我这问我那的，也太没本事了。""你就别埋怨他们了，不管怎么说，人家帮你把电脑找回来了。""洪少秋在盘问我的时候说了，这个偷电脑的人，很可能是K集团的间谍，你说，会不会是艾尼莎他们过来了？""你就别胡乱猜疑了！就算艾尼莎他们来了，也不知道你住在这里呀？我看，这个偷电脑的人，他离我们远不了，极大可能就在你我的身边！"商菲菲："间谍就在我们身边！你说得也太可怕了吧？"巩怀远："不是可怕，而是现实！以后你出门进门的时候，多留心点，没准就碰上了。""要真那样，你可得来救我。""你只要喊一嗓子，我保证第一时间赶到。"巩怀远拍了下胸脯。

"海洋情人俱乐部"。黄薇薇手里摇着酒杯对03说："这儿已经被人盯上了，你还敢再来呀？"03："我肩负着侦查'鲨鱼一号'的秘密使命，越是有情况的地方，是不是就越应该来才对呀？""在风头上，你千万不能麻痹！""什么风头？我来见你，是在执行侦查任务。""发现'鲨鱼一号'了？""我要侦查的是，你和石刚的关系到哪一步了。""还没拿下。"03："你呀你！看来，我还得再给自己加一道保险。""什么保险？"03笑而不答："碰一下。"黄薇薇与03碰杯。

三天后，03指挥技术人员在机房安装设备。叶焓进屋："高总，怎么突然又要更换设备了？"03："说突然也突然，说不突然也不突然。这是我从D国引进的一批设备，有了这批设备，我们的流量可以比原来提高30倍。""30倍哪！高总，我有个想法，不知道说出来合适不合适？""是不是想请洪少秋他们来验验这批货呀？""你想到哪儿去了？我已经跟他们好长时间没联系了。""那你说，有什么想法？""我想请你和黄总一起出一次海。要不，你请我出了一次海，黄总请我出了一次海，我要不请你们，总觉得欠着你们的人情，心里过意不去。""这是好事。"03爽快答应，"你说个时间吧，我们一起去。"叶焓："那就明天。"

海上。03驾驶快艇，劈波斩浪，在预定海域画了一个圈。黄薇薇整理潜水装具："叶焓，是你先下，还是我先下？"03站起来："一起下！"叶焓、黄薇薇、03先后跳入海中。

03公司。郭嘉站在门口迎接洪少秋一行："洪处长，欢迎各位。"洪少秋："高总呢？"郭嘉："他和叶总出去了。"洪少秋拿出批件："有人举报，怀疑你们的设备里夹带危害国家安全的硬件，我们根据有关规定，前来进行检查，请你在批件上签字。"郭嘉："我签合适吗？"洪少秋："你是见证人，签在这一栏就行了。"指了下签字的位置。

03在快艇上，把黄薇薇拉上艇。黄薇薇："叶焓呢？你把她做了？"03："做什么？""现在杀她，多好的机会呀！""光天化日之下杀人，你我还想活吗？"黄薇薇："那你准备什么时候干掉她？"03："我用的是软刀子！"叶焓从水面露出头来。"叶总，潜到海底了吗？"03满脸堆笑。叶焓："想下去，但浮力太大。"03："那就休息一会儿，再潜一次。"叶焓："行。"

03公司机房。洪少秋下令："按照分工，各自展开。"江源、米小冉、肖卫华使用仪器，各自对设备进行检查。公司门外，艾尼莎、金枪鱼、灵人跳下车，扑向大门。郭嘉见状，急忙上前阻拦："唉，干什么的？站住！"机房里，洪少秋听到外面的喊声，说了声："有情况！"艾尼莎、金枪鱼、灵人推开机房门。洪少秋发现对手握着枪，急令："准备战斗！"艾尼莎、金枪鱼、灵人拔出枪，向专案组人员射击。洪少秋快速出枪，向艾尼莎还击。江源在同金枪鱼交战中中弹。洪少秋、米小冉、肖卫华还击艾尼莎、灵人。金枪鱼拿枪指向江源。江源一个扫堂腿把金枪鱼摔倒在地。金枪鱼猛然弹跳起来压在江源身上，并用枪顶住了他的脑门。江源一把推开金枪鱼的枪，两人扭打在一起。艾尼莎、灵人互相掩护，边打边退。肖卫华配合江源，一脚踢飞了金枪鱼手中的枪。江源一个反手，扭住了金枪鱼。肖卫华："江源，你受伤了？"江源："没事。洪处呢？快去支援他们！"

第十一章

艾尼莎、灵人退到门外，跳上事先开来的车，高速逃向街面。洪少秋、米小冉乘车追击。艾尼莎驾车横冲直撞，水果摊、小吃摊纷纷倒地，行人、自行车、摩托车相继紧急避让。米小冉手握方向盘，死死咬住艾尼莎的车不放。洪少秋握着手机："林处，锁定我们的追踪器，马上向周局报告，请求行动队火速支援！""明白！"林影的声音传来，艾尼莎、灵人弃车，各自抢了路边的一辆摩托车，急速驶进小巷，遇到断头路，毫不犹豫地加速飞了过去。米小冉突然发现断头路，急忙紧急刹车，幸好没有栽下沟去。艾尼莎、灵人骑着摩托冲下台阶。洪少秋、米小冉持枪抄近道朝远处的艾尼莎、灵人追去。艾尼莎、灵人改变装束，混入人群，闪进附近的一个商场，又换了一套装束出来，上了公共汽车。防暴警车一辆紧跟一辆，停在洪少秋、米小冉身旁。

潜艇研究基地医院手术室。一把手术钳从江源的伤口里取出弹头，做手术的是田云。肖卫华在门口焦急地等待。

审讯室里，金枪鱼被按在受审席上。洪少秋示意米小冉开始。米小冉亮出画像："认识这个人吗？"金枪鱼翻了下眼皮："你们既然知道了，那我就没啥好隐瞒的了。"洪少秋："金枪鱼，你们今天执行的是什么任务？""暗杀行动。""暗杀谁？""高一天。""受谁的指使？""布雷尔。""他要你们暗杀高一天？"洪少秋不相信自己的耳朵。"怎么，有问题吗？"米小冉："你没讲实话！"金枪鱼："我们接到的命令，就是暗杀高一天，想不到会在现场碰到你们……"

03、叶焓在公司大门口下车。郭嘉迎上："高总，不好了！""怎么了？"03边走边问。郭嘉："你快到机房去看看吧！"03走进机房："怎么会这样？"郭嘉："你的几个朋友……"03："等等，我什么朋友？""就是安全局的那几个，他们说接到举报，来检查设备……没想到突然又来了几个人，他们就打起来了！"03望向叶焓："叶焓，这是怎么回事？"叶焓问郭嘉："洪少秋他们接到的是谁的举报？"郭嘉："我看了他们出示的批件，上面写的是群众举报。"叶焓："有人伤亡吗？"郭嘉："高总的一个朋友受伤了，后面来的有一个被抓走了。"03："叶焓，是你给通的风、报的信吧？我说呢，你今天竟然邀请我们出海，原来背后藏有阴谋！"叶焓："高总，洪少秋他们是不是我找来的，你可以查。"

医院病房。米小冉用毛巾给江源轻轻擦脸："你总算醒过来了！"江源："有美女来看我，我敢不醒吗？""都这样了，还有心开玩笑？""从死亡线上回来，总得有点革命的乐观主义嘛！"米小冉拿起饭煲打开："喝点粥吧，这是洪处、林处专门给你送来的。""他们走了？"江源问。"看你麻药没过，又回去研究案子了。"米小冉拿起勺子舀起粥，吹了吹，"来，喝一口吧。"江源颇感羞涩，勉强喝下一口："还是我自己来吧！你喂我，不习惯。""行了，都什么时候了，还死要面子？假如我下次负伤了，你也像我这样，表现好点。"江源："那肯定没问题！但我还是希望，今后枪子过来的时候，我还能为你挡子弹。"米小冉："有你这句话，我就算是真的光荣了，也会记住你的！"

专案组指挥室走廊，03在等待。米小冉从室内出来。03："米小冉，你们洪处呢？我要见他！""他有事出去了。""你马上打电话把他给我找回来！""你有什么事，我可以转告。""这事你转告不了！我必须见他。""那好吧。"米小冉掏出手机，"我给他打电话。"海岸边，洪少秋握着电话："好，我知道了。"放下电话，对面前的叶熔说，"03到专案组找我去了。"叶熔："我就知道，他肯定会去找你。"洪少秋："你还有其他事吗？"叶熔："你先去见03吧。"

洪少秋见到03："欢迎你来兴师问罪。"03："洪处，对你，我没什么，但对叶熔，我是绝对不能再原谅她了！"洪少秋掏出手机："举报的短信我们查过了，不是叶熔发的。""那难道是我自己发的？"03反问。"目前，也没有证据表明是你发的。""这次，我的命又差点丢了，你还怀疑我？""那你就感谢叶熔吧，要不是她约你出海,恐怕你的命还真的已经不在了。""从你的话里，我听出来了，叶熔是你们派去的卧底？""叶熔是被开除的！我只是想通过她在你公司的便利条件，顺便了解一下'鲨鱼二号'的情况！"03惊了一下："什么'鲨鱼二号'？"洪少秋："这应该也是你正在执行的任务吧？"03："我执行的是侦查'鲨鱼一号'的任务，从来就没听说过还有什么'鲨鱼二号'！""有没有，你心里应该比我更清楚！""既然这样，我正式通知你，叶熔被开除了！"洪少秋："关于这个问题，你应该去通知叶熔。"03："那好，我走了！"洪少秋："不送！"

三岛市国家安全局小会议室。周大路宣布会议意图："洪处，叶熔，安部长这次从北京来，召开这个小范围的会议，目的就一个，要大家在侦查思路上进一步统一思想。"安然："洪少秋，我赶过来，就是要敲打你，在03的问题上，你不要太莽撞了！"洪少秋："安部长，周局，我这样做，是有我的考虑的。"安然："你有什么考虑？你知道吗，你打乱了一盘好棋！"洪少秋："这下，我终于搞明白了，你们也在侦查03？"周大路："我们不侦查他，派叶熔打进去干什么？"洪少秋："原来开除叶熔，是你的一步棋？嗨,把我都瞒了。"安然："虽然瞒了你，但你也不能动不动就敲打03啊！"洪少秋："我不敲打他，能出情况吗？""出什么情况？让03把叶熔从公司里挤出来了，这就是你要的情况？"安然敲了下桌子。洪少秋："那你们说，我该怎么做？"

艾尼莎坐在电脑前输入文字："珊瑚花"，总裁有令，通过八爪鱼，接近下一个目标。黄薇薇通过键盘输入文字问:接近什么目标？艾尼莎输入文字:洪蓉！

黄薇薇按照指令，约钱守成到海滩见面，说还想帮他赚一笔钱。钱守成："你别让我再给我老婆安设备了，干一次，我紧张好几天！医生说了，心脏跳这么快，至少少活三个月。"黄薇薇："这次简单，就订购你老婆的一个指纹。""一个指纹？"钱守成纳闷。"对！这简单吧？"钱守成："给多少钱？""20万。"钱守成："怎么取到这个指纹，你教教我？"黄薇薇："这还差不多！"

洪少秋在林影办公室，约见妹妹洪蓉。洪蓉紧张地问："哥，是不是发现钱守成有什么问题了？""我听说，他最近赚了一笔？""他自己说，是赚了点。""赚了多少？"洪少秋问："我听他说，30万。""怎么又是听他说，你见到钱了吗？""没有！直到现在，我还认为他是瞎吹。你看，这不吹出麻烦来了？""他最近都跟什么人来往？""其他的我不知道，就知道他跟黄薇薇走得比较近。"洪少秋："黄薇薇？"洪蓉："就是'海洋情人俱乐部'的那个小妖精，我原来怕他跟她有那种关系，现在看来，他的事比这还要严重！要不，怎么惊动你了？"

D国K集团。布加达向布雷尔报告，"鲨鱼一号"密报，他们正在接近目标。布雷尔关切地问："什么目标？"布加达："进入中国潜艇研究基地的心脏！""很好！我希望这次，他们不要再给我开一张空头支票！""总裁，从他们报来的情况看，这一次应该把握很大。""告诉他们，千万不要麻痹，务必一举成功！"

潜艇研究基地科研大楼门口。灵人戴着假发套、眼镜，化装成洪蓉，向卫兵亮出合法证件。卫兵检查过证件："请输入指纹核对。"灵人把戴在手上的透明指纹放在识别器上。指纹识别器顺利通过认证。卫兵示意放行。灵人到达0号保密室门口，使用证件、指纹打开门，潜入室内，掏出手机解码器打开保险柜，翻出新型潜艇一号方案，逐页进行拍摄。林影巡查到科研大楼门口，问卫兵："有什么情况吗？"卫兵："刚才，有一个人上去了。"林影追问："谁？"卫兵："我只认得证，不认识人。"灵人出来。"洪蓉，是你吗？"林影的手伸进包里上前盘问，"我怎么看着不大像呀？"突然从包里一下拔出手枪弩，"把手举起来！"灵人举起手机手枪向林影射击。林影闪过子弹，朝灵人扣下扳机，子弹打进灵人的防弹衣。卫兵按下警铃报警。灵人夺路而逃，越过喷泉池，跃过灌木丛，闪过车场停着的车辆，拼命向外逃窜。林影扔掉手枪弩，拔出手枪，紧追灵人，抓住时机向他开枪。灵人向林影开了一枪，翻上院墙。林影胳膊中弹。灵人跳下院墙，艾尼莎开车上来接应。林影跟着翻上墙跳下，望着远去的车影，急忙给洪少秋打电话："洪处，科研大楼出情况了！敌人正在向古桥方向逃去……"

洪少秋坐在监控车上一直在监控黄薇薇，通过手机询问林影："你说什么？敌人对科研大楼下手了！"放下电话，"肖卫华，你留下监控黄薇薇、钱守成，米小冉，马上发动车！"肖卫华跳下车。米小冉驾车冲上马路。

潜艇研究基地大门口，叶焓开车赶到，推开车门跳下问林影："人呢？""往古桥方向跑了！"叶焓："快，上车！"林影咬紧牙坐进车里。叶焓发现林影的胳膊渗出血来:"你胳膊怎么了?""没什么,追捕敌人要紧,快!"叶焓踩下油门,朝古桥方向追去。

街道,监控车上。洪少秋:"米小冉,继续加速,快!"米小冉突然紧急刹车:"不好,前面有车祸!"洪少秋:"想法绕过去!""路被堵死了!""下车,命令他们把车马上挪开。"米小冉跑到肇事现场:"你,还有你,马上把道让出来!"被撞车主:"交警没来,我怎么让?""我是警察,正在执行紧急任务!"米小冉出示证件,"请你马上把车挪开!"肇事司机:"你是警察不假,但这一段归交警管。"

洪少秋过来:"米小冉,把他带到车上去!""走!"米小冉一把扯下肇事司机。

叶焓边开车边向林影了解情况:"窃密人开的什么车?"林影:"我翻墙跳下后,他们已经开出去百十米了,没看清……""你说你!""但我往他身上打了一个追踪器!""太好了!"叶焓打开车上电脑搜索,屏幕上出现一个移动的红点。

街道,监控车旁。洪少秋掏出手机,给肇事司机拍照后:"米小冉,你留下审他。"米小冉:"你呢?""我必须紧急征用车辆,追捕对手!""洪处,当心!"

海滨大道艾尼莎驾驶的车上,她从车里的屏幕上看到一个黄点正在向他们追来:"灵人,有人跟踪,快把东西给我,下车引开他们!"灵人把微型相机交给艾尼莎,艾尼莎放慢速度,灵人跳车。

车祸现场。洪少秋跑到街道另一侧,强行拦住一辆车,向司机出示证件:"我是国安人员,正在执行紧急任务,根据《国家安全法》的有关规定,现在征用你的车辆!""唉,我说,你真的假的?"司机一脸的质疑。洪少秋拉开车门上车:"听我指挥,马上行动!"司机:"上哪儿?""先往前开!"洪少秋掏出手机,按键后问,"林处,现在目标在哪里?"林影声音传来:"正往六号海域逃窜!""你们一定要咬死目标!"洪少秋对司机,"快!六号海域。"

监控车上,米小冉讯问肇事司机:"听好了,我现在是审讯你!说,这起车祸是谁要你制造的?"司机:"有人给了我一万块钱……"米小冉:"对方是谁?"

"一个女人。""什么女人?""只要你们抓到她,我可以认出来。""你少给我拖延时间!"司机:"我不是拖延时间。"米小冉:"你不是拖延时间,为什么要在这个时候、这个地段制造车祸?"

夜幕里,灵人跳进大海,潜入水中。叶焓车上,林影:"不好,目标消失!"叶焓停下车,掏出手机:"洪处,我们已经到达六号海岸,目标突然消失。"洪少秋在征用车上握着手机:"对手很可能已经潜入大海!我请示动用军地侦测系统,对这一带十公里范围内的电子信号进行监控。"司机将车停在海滩上:"前面就是大海,没法走了?"洪少秋拨出电话:"周局,我是洪少秋……"

监控车上,米小冉追问肇事司机:"别哑巴呀!接着说,那个女人到底是谁?"司机:"她坐过我的车。""你认识她吗?""见了面,能认出来。""钱给你了吗?""给了。""交代实数,一共多少?"司机:"三万。"

专案组指挥中心,各监控系统闪烁,值班人员紧张忙碌。周局:"洪处,各监控系统已经启动。"洪少秋在被征用车上握着手机:"周局,谢谢你!"周大路心想:"谢什么?都是为了一个共同的目标!"司机忍不住问洪少秋:"你们追捕的是特务吧?""刚才,你紧张吗?"洪少秋问司机。司机:"你还要到哪儿去?快说,我送你过去。"洪少秋:"快艇码头。"

叶焓在车上,看到林影咬着牙:"林处,你真的没事吧?"林影捂了下胳膊上已经勒紧的伤口:"你的急救技术很过硬,没事。"叶焓:"头晕吗?要不,我还是先送你回去吧?""求你,千万别离开这!万一敌人要是从海里爬上来?"

快艇码头,行动队员赶到码头。洪少秋跳下车,掏出钱递给司机:"谢谢你的支持!"司机:"这是我们应该做的。"洪少秋把钱放在座位上,跑过去指挥队员:"分三组上艇,出发。"司机拿起座位上的钱,激动地目送快艇远去。

叶焓车上,林影兴奋起来:"叶处,屏幕上的信号又出现了!"屏幕上的红点移动得很慢,在距离红点不远的地方,有三个黄点移动得比较快。叶焓按下耳麦:"洪处,目标在你东面大约一公里的海面上。""明白。"洪少秋的声音传来。

快艇上,洪少秋:"各艇注意,目标在我们东面大约一公里的位置,校正方向,全速前进。"快艇冲起激浪,向目标合围上去。叶焓车上,林影松了一口气:"总算又找到目标了!"叶焓:"林处,问你个问题。"林影:"我的枪为什么能够发射追踪器?""要是不方便,你可以不回答。""为了这一天,我专门准备了一把枪!可惜只能打一枪。"叶焓:"这说明,你的科技含量还不高。"林影:"就我,能想到这样的土办法,已经很不错了。"

海面上,快艇探照灯照在已经筋疲力尽的灵人身上。灵人强撑着潜入水里。洪少秋、行动队员跳下海去,将灵人托举出水面。灵人朝天吐了一大口水。洪少秋追问灵人:"资料呢?""什么资料?"灵人企图蒙混过关。洪少秋掏出手机,调出肇事司机照片,问:"这个人,认识吧?"灵人的防线崩溃:"认识。"洪少秋:"你给了他多少钱?"灵人:"三万。"洪少秋又调出艾尼莎的画像照片:"你的资料,是不是交给她带走了?"灵人耷拉下头,长叹了一口气。洪少秋戴上耳麦:"米小冉,你马上赶到刘子岸的网络公司,严防艾尼莎向外发送情报!"

艾尼莎从后窗翻入刘子岸公司的机房,将U盘连接到电脑上,准备向K集团发送窃取的照片资料。米小冉在刘子岸公司门口紧急刹车,掏出手铐把肇事司机铐在座位上,拔出枪冲进大门。艾尼莎听到米小冉冲来的声音,望着已经发出的信息,得意地笑了下,拔下U盘,从来路仓促逃走。

D国K集团总裁办公室,布加达兴奋地对布雷尔说:"总裁,东西到手了,你看,中国新型潜艇设计方案!"布雷尔:"太好了!"接过翻看,脸色逐渐阴沉下来,最后一掌拍在情报上,气愤地训斥道,"灵人是怎么搞的?没看出来,拍来的怎么还是上次那个玩意儿，真是一群饭桶！"

科研大楼0号保密室。洪蓉打开保险柜，取出图纸，对洪少秋说："这份图纸，是我按照林处的要求调换过的。"洪少秋："正式的图纸呢？""我放在一个更加保险的地方了。""那你还站着干什么？马上查，看还在不在，有没有被人动过。""对不起，请你们退到门外去。""洪蓉，我们是搞案子、看现场的！"洪蓉："就算这样，我也不能暴露0号保密室的真正秘密。""那好吧，我们在门外等你。"叶焓、米小冉跟随洪少秋一起撤出保密室。洪蓉从保密室出来："图纸完好无损！"洪少秋："肯定吗？""绝对没问题！因为只有我的眼纹，才能打开那个暗控装置。"

预审室。灵人坐在受审席上，抬头审视洪少秋、叶焓，揣摩他们的意图。"灵人。"洪少秋提问，"你进入大楼的证件、指纹，是谁给你的？"灵人："艾尼莎。"洪少秋："她藏在哪里？""我已经到这里了，她还会在老地方吗？"洪少秋："据我们调查，你是'海洋情人俱乐部'的老板？""挂名的。""真正的幕后老板是谁？""不知道，集团对这种事，都高度保密。""据我们掌握，你经常到'海洋情人俱乐部'去。""去过几次，那地方情调还行。""每一次去，都干了什么？""吃饭、喝酒、跳舞。"洪少秋："认识黄薇薇吗？""认识，人长得漂亮，爱说顺口溜，舞也跳得不错……""她是你们的人吗？""不是吧？因为我们从来就没在一起共事，也没接过头什么的。"叶焓："有一个事，现在还在你的脑子里吧？"灵人："我经的事多了，但不知道你说的是哪个事？"叶焓："在海上，你给我注射的是什么毒剂？"灵人："我跟你出过海吗？我在哪里给你注射过毒剂？你有证据吗？请你拿出来。""你忘了，我当时扯下了你的面具！""美丽的警官，我刚才说了，有证据的事，我全认！但没证据的事，你千万别往我身上安！不管在什么情况下说话，都要对自己的言行负责。"

"海洋情人俱乐部"地下室。钱守成烦躁不安："'珊瑚花'，这屋里咋这么闷啊？"黄薇薇："不是屋里闷，是你的心里闷！"钱守成："艾尼莎、灵人他们不会出事吧？""很难说！""那你说，我们怎么办？""沉住气！""你说国安要是冲进来，我们手上也没个枪……"黄薇薇："没枪还好，有那玩意儿，被国安抓住，就是死证！"钱守成扯了把衣领："我真想出去透口气！"黄薇薇："好了，你就别再制造紧张气氛了！国安还没进来，你就快把自己给吓死了。"

专案组会议室。叶焓要洪蓉回想她的指纹有可能在什么时候被人提取过。洪蓉想破了脑子，也说不清到底是在哪里被人提取过指纹？洪少秋问有没有可能是钱守成？洪蓉想了想，说没有一点迹象。

"海洋情人俱乐部"。黄薇薇、钱守成从地下室走到三层大厅。钱守成撩开窗帘一角，往外看了看："他们撤了吧？"黄薇薇暗中看了下："表面看是撤了，暗地里肯定还有眼睛！""那怎么办？再不想办法，等灵人撂了，就来不及了！""国安到现在还没对我们下手，就说明灵人没撂。""就算没撂，那也不能死等吧?""快和慢,一字之差,天壤之别!你我要走不好这一步,很可能就会掉进国安的陷阱!"钱守成:"你说,我们怎样才能走好这一步?""我问你,国安掌握你的证据了吗?""他们要是有证据,早就来抓我了。"黄薇薇:"既然你在他们的手上没短处,那就大胆地回家去。""万一他们把我强行带走?""现在是法制社会,他们在没有证据前,是不会轻易动手的。"钱守成:"那我出去替你趟趟路?"黄薇薇:"等等。"从包里拿出两颗镜框螺钉,"这是艾尼莎要我交给你的。"钱守成:"这玩意儿,我就不带了吧,万一被国安发现,就成铁证了。""把它装在你老婆原来的眼镜上!"钱守成:"我不想再连累她了。"黄薇薇:"你不连累她,老板就该连累你了!"钱守成接过螺钉:"敢情你要我回去,是没安好心呐!"黄薇薇:"观察了一夜,想了一夜,我是觉得形势对我们有利了,才让你回去的,你别不知好歹。"

"海洋情人俱乐部"对面秘密监控点。洪少秋进屋:"肖卫华,对面有动静吗?"肖卫华回头:"不论黄薇薇,还是钱守成,一直没出来。"洪少秋:"我们的动作,是不是太大了?"米小冉:"洪处你看,钱守成出来了!跟不跟?"洪少秋:"对面楼上,黄薇薇应该正在盯着我们!""那也不能让钱守成跑了吧?"洪少秋:"通知三组,从外围秘密跟上钱守成。"米小冉掏出手机:"三组金组长吗……"

泸水河畔。洪蓉见洪少秋过来:"哥!"洪少秋:"快别哭了,这次你的指纹被敌人利用,是个不小的失误,要吸取教训。""哥,我被开除留用了!""我已经知道了。好在,组织上还是给你机会了。""哥,你说我怎么活呀?给爸爸、妈妈丢脸了!""这事不怪你!""哥,都怪我,怪我不该嫁给钱守成!""说起钱守成,哥得问问你,这段时间,你觉得钱守成有什么不对劲吗?""上次,他突然给我配了副眼镜,挺不正常的。""怎么不正常了?是不是上面有针孔照相机?""那倒没有,我用放大镜看了,真的没有。""你把眼镜拿来我看看,会不会镜片就是摄像头?""哥,敌人的玩意儿,真有那么先进吗?""现在有的间谍工具,别说你没见过,就是想都想不到那儿去,微型化、隐蔽性的东西太多了!"

钱守成回到家,消除了洪蓉眼镜框里的磁性,然后放心地打开电脑上网。洪蓉进门,见丈夫在书房上网,走进卧室,拉开床头柜,取出眼镜盒,将里面的眼镜拿出戴上。钱守成在暗中窥视到妻子的举动,故意问:"洪蓉,是你吗?"洪蓉显得有些不自然,走出卧室:"我给你做饭去。""我已经吃过了。""你是钱守成吗,怎么表现突然好起来了?""我要不好,你把我蹬了,我咋办呀?""就你,还怕我把你蹬了?""当然怕了!这俗话说得好,不怕男子不争气,就怕女人有脾气。我要是真得罪了你,那还有我的好日子过吗?""你既然知道我脾气大,就少跟那个黄薇薇来往了!我这次,很可能就是被她害惨了!""……她欺负你了?""前几天我心情不好,到她那里喝多了,很可能证件、指纹被她找人采集了!""扯!现在还会有这样的事,吓唬谁呀?""我吓唬你干什么?我的证件、指纹被一个潜伏间谍使用,都混进我的保密室去了!""真的吗?这、这也太危险了！他拿走你的机密了吗？""还好，他没得逞，但因为证件、指纹失控，我被开除留用了！""开除了好啊！还留用什么？""好什么，我脸都没地方搁了，出门都怕见到人！""你手上没机密了，敌人不盯你了，我也不用成天担惊受怕的了，这有多好啊！""谁说没机密了？组织上留用我，就是因为我知密程度很高。"

半夜时分，洪蓉走进专案组，摘下眼镜递给洪少秋。洪少秋接过眼镜来回看了看："米小冉，测试一下，看里面有没有微型光纤和元件，镜片是不是具有摄像功能。"米小冉接过眼镜，打开仪器，精心检查。洪蓉坐在一旁等待结果。

钱守成在家里取出洪蓉留下的眼镜，将黄薇薇给他的两个新螺钉换了上去。专案组，米小冉报告，没有在眼镜里发现微型摄像头和光纤、元件。洪少秋："有声控震动录音的功能吗？""镜框、镜片都没有磁性反映，应该没有录音功能。"洪蓉接过眼镜："这下我就放心了！要不，我都不敢戴着它进保密室了。"

0号保密室。商菲菲对洪蓉说："把十六号图纸给我调出来。""好的。"洪蓉坐下打开电脑。突然，屏幕上出现乱码，洪蓉吃惊："不好！"电脑死机，屏幕一片漆黑。商菲菲："快向总控室报告！"洪蓉抓起电话："总控室，我是洪蓉……"

专案组指挥中心。"出情况了！"林影闯进来，喘着粗气。叶熔扶住林影："林处，什么情况？坐下说。"林影坐下："网络控制室给我打电话，说科研大楼的进口电脑全部死机了。"洪少秋："查清了吗，是什么病毒在作怪？"林影："查是查了，可他们不管怎么查，就是找不到原因。"叶熔："马上通知江源、米小冉，要他们立即赶到总控室，迅速查明原因，严防信息外泄！"洪少秋拿起电话："米小冉……"林影提醒洪少秋："江源还在住院呢！"洪少秋："事情这么紧急！他只要能走，就得冲上去！你还站着干什么？马上去，给大家准备进入大楼的证件。"林影："是！"叶熔、江源、米小冉进入科研大楼网络总控制室后，迅速连接设备，分头展开检查。洪少秋关切地问："怎么样？"江源："洪处，都试过了，电脑还是启动不了！"米小冉："我认为，这是敌人置入的未知病毒发作所致。"叶熔："这里不方便，我们回去分析吧。"

洪少秋在分析会上表明自己的看法，同意米小冉在总控制室的判断，这次进口电脑全部瘫痪，不是一般的病毒在发作，而是敌人的又一次行动。林影、江源、米小冉、肖卫华在讨论中，对怎么找到敌人进攻的途径，一时都没有什么招数。洪少秋琢磨了好一会儿，说他想到了一个人。叶熔："你说的是03吧？""又找03，不行。"林影断然否定，绝对不让他接触电脑！洪少秋："我不是要让他接触电脑，是要他提供清除病毒的方法。""你就对他那么放心？没准他抓住这个机会，就能把电脑里的机密搞出去。"林影还是对03不放心。"林处，你有防范意识是好的，但不能束缚侦查的手脚，面对敌情，我们需要打开思路。"洪少秋坚持自己的想法。叶熔表态："洪处，我同意，再碰03。"

03茶室。洪少秋坐下，对03说："我以为，你会派人把我们挡在门外呢，没想到，连茶水都准备好了。"03："实话告诉你，要不是小冉打电话，我是不会给你这个面子的。不过，我事先声明，这次见面，只限于喝喝茶、聊聊天，其他的免谈。""我的事你可以不帮，但潜艇研究上遇到的难题，你总不能撒手不管吧？"洪少秋笑问。"哎呀，我就怕一条,怕再给自己管出麻烦来！"03摇头。洪少秋对米小冉："小冉，给高总汇报汇报吧。""基地从D国进口的计算机，突然全部瘫痪了，只好请你出山了。"03："得，少拿这事考验我！我告诉你们，别说是请我去看计算机，就是进科研大楼，我也不会去。"米小冉："那你总得给我们出个主意吧？""对不起，这个主意我还真出不了，因为我不知道是不是病毒，就算是病毒，也不知道它是什么病毒，我怎么帮这个忙？"洪少秋："实际上，你坐在这里遥控，就能帮了这个忙。""洪处，你话里有话呀！但我还是要告诉你，我没你说的那么神，我的设备也没你说的那个功能！你们呀，还是另请高明吧！"准备送客。洪少秋："高总，你口气越硬，说明你的嫌疑就越大！这个道理，你不会不懂吧？""碰到你，我算是没法了。"03似乎在退让，"就冲要你打消对我的怀疑，我给你们出个点子。"米小冉打开笔记本电脑，准备记录。"我建议你们，全部格式化硬盘，一律安装国产的9号软件。"米小冉："这个办法不是不行，是里面的资料也跟着拜拜了，那损失多大呀！""既想保住机密，又想使用计算机，其他招没有，只有这个办法。"

洪少秋回到专案组，跟叶焓商量后，决定按照03的意图展开行动。不过，无论是指挥中心的监控系统，还是巡逻在03公司附近的电子侦察车，都没有查到对手的信号。问题究竟出在哪里？林影："也许是我们太多虑了？"叶焓："按照正常反应，03应该有动作！"洪少秋仿佛在思考，又仿佛是对大家说："这是敌人在计算机上可以采取的最后一招了，难道03真的没有问题吗？不会的！他费了这么大的劲打进来，到了关键时刻，怎么会一点动静都没有呢？"他要江源进入03网页，看一看他正在干什么？江源攻入03网络。03的头像回传到大屏幕上。洪少秋："还能再进去吗？"江源："这个头像，应该是一道密码。"洪少秋："抓紧破解！""是！"江源快速操作电脑。

第十二章

　　D国K集团总裁办公室。布雷尔拿起情报抱怨："布加达，这是什么，难道就是我动用尖端设备换来的情报？"布加达："总裁，我看图纸和数据都有些新意，才给你拿过来的。""有什么新意？这是用我国7号潜艇、R国4号潜艇、Y国2号潜艇拼起来的大杂烩！""我想，也许中国的潜艇就是这样拼起来的。""不可能！一定是中国人又发现我们的意图了。没想到，我最有效的这一招，在其他国家从来没失过手，而在中国竟然又失败了！你说说，我们掌握了这么先进的技术，为什么还会一再失败？""总裁，我们在同中国国安的较量中，不是输在技术上，而是输在脑子上！""你有什么解决的办法？""派一个得力的间谍，打进他们内部去。""没那么容易吧？""这次我们考虑的方案，一定会让中国国安始料不及！"布雷尔："要真这样，那就好了！尽快报给我。"布加达："好的。"

　　专案组指挥中心，叶焓、洪少秋引导大家深入分析科研大楼电脑死机的原因。江源："应该是敌人事先置入的病毒按时发作了。"米小冉："还有一种可能，就是有人遥控启动。"肖卫华："我认为，应该考虑内部有人破坏。""对肖卫华提出的这个问题，我们必须严肃对待！"洪少秋问林影，"林处，谁是第一个发现电脑死机的人？"林影："这个……""抓紧时间，痛快一点！"洪少秋的急脾气又上来了。"洪蓉。""洪蓉？"洪少秋琢磨了会儿，"这事要是发生在别人身上，也许不是什么问题，但发生在洪蓉身上，还真就是个问题！米小冉，你马上过去，复查洪蓉的眼镜。""洪处，我们昨天刚查过。"米小冉坐着没动。"我说的是另外一副。"叶焓起身："小冉，我们走。"

　　洪蓉摘下眼镜，递给叶焓。叶焓接过眼镜："这是你在电脑死机时戴的眼镜吗？""是。"叶焓把眼镜递给米小冉："抓紧检测。"米小冉拿起仪器检测眼镜。洪蓉："叶处长，我不明白，你们为什么老查我的眼镜？""我们的目的只有一个，尽快弄清电脑为什么突然死机。""问题是，昨天你们刚查过，我的眼镜没问题。""现在的纳米技术，可以把遥控装置做得用肉眼看不出来。"再次复查洪蓉的眼镜，依然没有发现问题。包括洪少秋也没想到，这是因为钱守成提前把眼镜里的螺钉换掉了。案子又一次僵持起来。

　　林影急于走出困局，提出调整部署，集中人员，搜捕艾尼莎。叶焓："我们放长线，秘密跟踪黄薇薇、钱守成，就是要抓艾尼莎。""难道抓艾尼莎，就只有这一个办法吗？"林影问。洪少秋希望大家拿出眼睛一亮的办法，但谁都没有说出高招。叶焓提出，要想打破僵局，还得从03身上入手。洪少秋质疑："他的底，你还能卧得进去吗？"叶焓："卧底的方法不行，道歉的方法总还可以吧？"

　　03接到米小冉的电话，按约来到海景餐厅302包间，推开门见是叶焓，急忙退回去看了看门牌。"高总，你没走错房间。"叶焓起身，"是我安排小冉给你打的电话。"03："你找我，鸿门宴吧？"退出门外。"高总，我们处长真心向你道歉，这个面子你不给我，总得给她吧？"米小冉从走廊把03推进屋。"好吧，我就看你们叶处长，今天又想给我玩出什么花来？"叶焓给03倒上酒，说了一句03压根想不到的话："上次，我是去侦查你的！"03一笑："这句话，等于你没说。""所以，你一直防着我。""当时，我尽管心里不痛快，但为了侦破工作的大局，还是接纳你了。""通过侦查，我没有发现你的破绽。""我要有问题，你们早抓我了。""有没有问题，不是靠你自己说，最终必须靠我出面给你证实。""就你这个脑子啊，不管怎么转，我都知道又是冲着我来了！但愿这一次，你别再空手而归。""你看，我们还没喝酒，你就提防上我了！有这个必要吗？"03笑笑，拿起杯。叶焓与03碰杯，喝了一口酒后说明来意："这次我找你，既没有到你的公司，又没有派人跟踪你，你还怕什么呀？我就是想，通过你的秘密渠道，做一点我们不好做的工作。""想不到，在你的心目中，还有用得着我的时候？"米小冉："当然有了，上一次计算机死机的事，就是你给我们出的好主意，最后才把问题解决了。""问题真的解决了吗？"03对这个问题很感兴趣。"解决得可好了，目前所有电脑运行正常，而且再也不怕敌人给我们设置后门了。"03："那就好！唉，没有发现信息外泄吧？""没有。"叶焓举起杯，"来，为了表示歉意，也为了我们今后更好地合作，我和小冉敬你一杯。"

　　03对叶焓接近他的意图，早已心知肚明，不过，他庆幸的是又一次获得了利用叶焓来掩护他完成那个神秘使命的机会！于是第二天，就主动打电话邀请叶焓一起出海钓鱼。叶焓问："黄薇薇去不去？"03说不去。叶焓说："那我叫上米小冉。"03欣然同意。洪少秋对叶焓说："03再一次约你出海，他想达到什么目的？"米小冉："但愿这一次，我们能给你带回一点线索来。"叶焓："这次我们是二比一，一定要想法找到他的秘密。"

　　快艇停留在海面上。叶焓问03："今天不潜水了？"03把海竿甩进海里："再好的饭菜，吃多了也会腻，今天换个样，试试手气，要是能钓上海鱼来，大的红烧，小的烧烤，一起美餐一顿，怎么样？"米小冉："想法还行，有我们的竿吗？"03："竿和鱼饵都在筒包里，自己动手。"叶焓抽出竿，挂上食，甩进海里："高总，你约我们出来钓鱼，不只是想美一顿吧？"03："顺便告诉你们一声，我想把张妍动员回来，请她向你们提供各种情况。"叶焓琢磨了会儿："什么意思？"03："以证实我的清白。""不会这么简单吧？"叶焓笑问。"也没你想的那么复杂。""这件事，是不是有人托你了？"03："没有。"

出了一趟海，03就说要动员张妍回来，好证实他的清白，是不是不正常？"洪少秋提出了自己的质疑。米小冉："叶处和我也认为不正常，但这一趟，我们还就真的没发现03有什么异常。"洪少秋还想说什么……叶焓示意洪少秋："别打搅我，让我好好想想。"起身走向天台。

D国K集团总裁办公室。布加达站在布雷尔的对面。布雷尔看过面前的方案后，起身递给布加达，满意地说："对你们制定的这个方案，我很满意！洪少秋、叶焓根本不可能想到，我们会通过艾尼莎，给他们送去一个神秘的间谍。""那我执行去了。"布加达准备离开。"告诉艾尼莎，在完成任务中，一定要注意安全，我不希望她死在洪少秋、叶焓的枪下！"

叶焓从三岛市国家安全局回到专案组，对洪少秋说："周局同意你的设想了。"洪少秋："太好了！"叶焓："米小冉，从网上给张妍发出信息，要她证实03是不是K集团间谍。"肖卫华："为什么要这样？"洪少秋："如果张妍把情报反馈给03，说明他们都是对方间谍，如果张妍没有把情况反馈给03，而是给我们发来了证实03身份的准确情报，则说明张妍还是可以信任的。"米小冉："一箭双雕。"操作电脑，发出信息。

张妍接到米小冉发给她的信息，想了又想，找到布雷尔："总裁，我来K集团三年多了，你对我的工作还满意吧？"布雷尔目视张妍："总的还行，但在有的事情上，你冒的风险太大了！"张妍："我记得，你曾经对我说过，干我们这一行，就得天天冒风险。""可是，有的险你不是为我们冒的，而是为中国方面冒的。"张妍："你指的是那几份比较敏感的情报吧？我心里有数，表面看情报是我从布加达、狄诺手里拿到的，实际上都是你在背后有意安排的，我无非是在按照你的意图行事而矣。当这些情报发出去的时候，我的一举一动，都在你的掌控之中。你想，在背后有人眼、天眼每时每刻盯着我的情况下，我就是想为中国冒险，也没有那个胆量吧？"布雷尔："我看透了，你虽然有间谍的天资，但没有间谍的胆略！""我既然是K集团的人，当然还是要有一点冒险精神的！只要总裁给我任务，我完全可以豁出命去干。""你来找我，不是来向我表忠心的吧？""我想回国休几天假。""回国休假？"布雷尔想了下，"这个事我知道了，但现在还不是你回去的时候。"

专案组指挥中心。米小冉兴奋地从电脑前站起来："张妍的信息过来了！"洪少秋："投到大屏上。"大屏幕上依次出现文字："你们找错人了，我们好像不是一路人！"叶焓疑问："这是张妍发来的吗？"江源："刚才，我反查过了，是从张妍的IP地址发过来的。"林影："张妍说，我们不是一路人！既然她不是我们的人，那她就是敌人的人？"洪少秋："大家议一议，看张妍的这个信息，到底想说明什么？"："议什么？"米小冉站起来，"洪处，有在这里猜谜的工夫，还不如快刀斩乱麻，去找03。"叶焓："米小冉，注意你的身份！""对不起,洪处。"米小冉坐下。洪少秋："叶处，小冉说得对，你带上她，马上出发吧。"米小冉拿起打印出来的张妍的回复，跟随叶焓走出指挥中心。

03放下打印纸，对叶焓、米小冉说："二位，张妍的信息，白纸黑字，清清楚楚，你们根本就没有必要来找我。"叶焓："从字面看，当然是一目了然了，但字面后面有没有暗示，我们想请你一起分析分析。"03问米小冉："字面后面有暗示吗？你启发启发我。""高总，你怎么把球踢给我了？""因为我不知道前因，自然就猜不出后果来了。"米小冉看了叶焓一眼："我觉得吧，张妍在字面后面，用的是反证法，她实际上等于告诉我们，高总不是K集团的人，而是我们的人。""原来，你们是通过张妍在查我呀？那我赞同米小冉的分析！"米小冉："你不是想让张妍证实你的身份吗？""谢谢你们。"03开始下逐客令，"饿了吧，我请你们吃宵夜去？""不了，我们还有事。"叶焓起身，示意米小冉跟她一起出门。

03送走叶焓、米小冉，回到卧室，打开笔记本电脑，进入游戏《突袭》，攻下第一关后，点击指挥员左眼，输入文字：艾尼莎，接总裁指令，速到广合大厦3138保险箱，取张妍托人捎回的绝密情报！艾尼莎藏身处，她关上电脑，走进洗手间，化装完毕，提上头盔，走出门外，跨上摩托，戴好头盔，冲上海滨大道，赶往广合大厦。

洪少秋宿舍。床头柜上的手机一直在振铃！躺在床上的洪少秋惊醒过来，一把抓过手机查看，屏幕上是一条短信：你要的绝密情报，张妍已托我带进三岛，放在广合大厦3138保险箱，请见短信，立即去取，务必！知情人。

广合大厦。艾尼莎驾驶摩托冲进地下车库，拍开电梯，按钮上行。洪少秋将车停在大厦门口，跳下车奔进广合大厦前厅。艾尼莎先一步到达3138保险箱位置，使用万能钥匙开锁。洪少秋赶到三层，查找3138保险箱。艾尼莎取出保险箱里的箱子。洪少秋发现艾尼莎，大呼一声："放下箱子，举手投降！"艾尼莎沉着应对，挥手向洪少秋开枪。洪少秋举枪还击。艾尼莎利用各种隐蔽物体边打边向电梯口退去。洪少秋瞅准机会，在还击中逼近艾尼莎。艾尼莎扑向电梯，急速按钮，闪进电梯。洪少秋追到电梯口，一把抓住艾尼莎手上的箱子，同她展开争夺。艾尼莎向洪少秋开枪。洪少秋拉住箱子闪向一旁。电梯门合拢，箱子被夹在门外，艾尼莎被迫松开手。洪少秋夺到箱子。叶焓、江源、肖卫华、米小冉、林影先后冲了上来。洪少秋："快，封锁大门，把住地下停车场出口，缉拿艾尼莎。"

艾尼莎到达地下车库，跨上摩托，加速冲出大厦，驶进一旁胡同，避开了主干道上的录像监控。洪少秋等人从大厅冲出去，早已不见艾尼莎的身影。米小冉："太遗憾了，好不容易碰上艾尼莎，又让她溜了！"洪少秋预感到什么，看了下手上的箱子："撤，到车上去，把车开远一点！"林影："你要干什么？"洪少秋："我怕里面有炸弹！"叶焓："撤！"洪少秋打开箱子，里面是一部微型笔记本电脑。叶焓、林影等从车上跑回现场。洪少秋："马上回去，连夜检查电脑内容！"

专案组指挥中心。米小冉打开微型电脑，屏幕提示：本机只有依次使用张妍、03、洪少秋的右手中指指纹才能打开，否则信息将会被自动摧毁！洪少秋："米小冉，迅速查证，张妍是怎么拿到我的指纹的？"："找谁查？"米小冉为难。洪少秋："同张妍联系。"米小冉点击电脑屏幕，信息飞出。

张妍在K集团宿舍听到电脑提示声，打开电脑，出现乱码，皱了下眉头，快速关掉电脑。布雷尔在他的办公室里盯着电脑。屏幕上，布加达："总裁，张妍已关机。"布雷尔："她回复对方的问题了吗？"布加达在屏幕上："还没来得及，就被我们黑了。"布雷尔："按照预案，你再给洪少秋发一个信息。"

专案组指挥中心的每一个人，也都十分关注着张妍的动向！米小冉抬头说："洪处，张妍突然关机。"叶焓："她可能现在不方便回复信息。"洪少秋看着微型电脑："这个电脑里，肯定有问题！"米小冉："洪处，张妍的信息过来了！"洪少秋："查，IP地址是不是她的？""是。""内容？"米小冉："等我回来，再告诉你。"洪少秋："等我回来，再告诉你？"林影："张妍要回来！她什么时候回来？"米小冉："她没说。"洪少秋："再问。"米小冉输入文字，接到对方信息后："报告，对方回复，快了。""张妍为什么要布这个局？"叶焓思考。洪少秋："这个局，未必是张妍布的！"江源："洪处，我认为，设置电脑密码的人，手中应该有张妍、03和你的指纹。"肖卫华："这个人，只能是03！"叶焓："肖卫华，你怎么还没赶回监控点去？"肖卫华："叶处，你就放心吧，无论是黄薇薇，还是钱守成，都有人盯着呢。"叶焓："你让我放心什么？我们很可能又中了敌人的调虎离山之计了！""那、那我现在就赶过去。"肖卫华慌忙起身。洪少秋："等一下……"看了下截获的电脑，对肖卫华说："你顺便把它拿到仓库去。"

肖卫华拿走电脑后，洪少秋要大家思考一个问题，几小时内，有人发神秘短信，与艾尼莎枪战，缴获了一个电脑，但又打不开里面的内容，这是敌人给我们唱的那一出？林影："要我说，这个电脑就是一个诱饵，里面肯定什么内容也没有。"米小冉："林处，你的分析毫无道理！要是里面没东西，张妍托人把它带过来干什么？艾尼莎又去争夺它干什么？"洪少秋："关于这个电脑，我可以肯定地说，跟张妍毫无关系。"米小冉："屏幕提示，要依次使用张妍、03、洪处的右手中指指纹才能打开电脑，这里面必有玄机。"洪少秋："设置这个迷局的人，既指挥了艾尼莎的行动，同时又把我们调到现场！他要我们双方都去争夺这个电脑，意图何在？"叶焓："我们虽然拿到了电脑，但上来就遇到一个拦路虎，这又玩的是哪一出？"米小冉："莫非，秘密就在电脑里？"洪少秋："这个电脑，好像是敌人特意送给我们的！他们为什么要这样做？江源、米小冉，马上到仓库，再次对电脑进行检查，看有没有爆炸装置，有没有窃听器。"

专案组指挥中心室外开阔地带。米小冉卸下电脑电池。江源用改锥拧开螺栓，仔细检查电脑各个部件："没有发现窃听装置。"米小冉："再仔细看看，各个元件，是不是用涉爆原料做成的？"江源："我再复查一次。"洪少秋、叶焓来到现场。米小冉向洪少秋、叶焓汇报："检查过了，既没有窃听装置，也没有爆炸元件。"洪少秋纳闷："我们缴获的，是一部电脑吗？"叶焓："摆在我们眼前的，就是一部电脑。"米小冉："现在，要有张妍的指纹就好了！"叶焓："就是张妍回来，把三个人的指纹凑全了，这部电脑也打不开。"米小冉："为什么？"叶焓："因为这部电脑根本就不是张妍的！""那是谁的？"米小冉问。叶焓："道理很简单，谁给洪处发短信，它就是谁的。"洪少秋："按照叶处的判断，从起点开始，围绕给我发短信的人，迅速展开调查。""没用！哪一次查短信，不是卡在K集团的通信中心了，还有下文吗？"林影竹筒倒豆子，"这一次，不用查，肯定也是这个结果。"洪少秋："回查短信来源，不是方法不对，而是在技术上还没有找到战胜敌人的突破口。""我会努力的！洪处。"江源表态。米小冉："洪处，我也想参加江源的行动？"洪少秋对米小冉："你的任务不变，继续和肖卫华一起，监控钱守成！"叶焓："在跟踪中，我要给你加一个任务,注意把钱守成什么时间、什么位置打电话的细节记下来，交给江源参阅使用。"米小冉："明白。"

街道上车来车往。钱守成小跑到马路边，跳上公共汽车。肖卫华驾驶车辆秘密跟踪，米小冉坐在副驾驶的位置上。钱守成坐了两站地，突然挤下公共汽车，拦了辆出租车。"目标要跑！"米小冉提醒肖卫华，"快，跟上去。"钱守成在天桥旁跳下出租车，跑上天桥。米小冉推开车门，追向天桥。钱守成冲到马路另一侧，又拦了一辆出租车，往相反方向驶去，并得意地向正在下天桥的米小冉看了一眼。肖卫华因马路中间有隔离带，无法调转车辆，着急地按着喇叭，催促前面的车辆尽快让道。米小冉冲上另一侧马路，强行拦截出租车。钱守成再次下车，又上了公共汽车。米小冉坐上出租车，两眼望去，已经找不到目标。司机问米小冉："到哪儿？"米小冉无奈下车。司机："你搞什么搞？"米小冉："对不起！"

专案组指挥中心。江源从电脑前兴奋地抬起头："洪处、叶处，成了！""追踪到给我发短信的人了？"洪少秋也很高兴。"追到了！""号码？"江源："13709033291……"林影："洪处，这个号码，怎么这么熟呀？"洪少秋："我妹妹的。"叶焓起身："我带江源去核实吧。"林影："搞清楚，是不是钱守成盗用了洪蓉的号码？"

街道上，米小冉着急地等待肖卫华！肖卫华终于把车开到米小冉的旁边。米小冉："你怎么才到？""绕到前面调头，我已经是第一速度了！"米小冉上车："唉，目标丢了。"肖卫华："叹什么气呀？"指了指监控屏幕，"它在上面呢！"米小冉惊喜："那还不快追。"肖卫华："你坐好了。"逐渐加速。

洪蓉家。叶焓询问洪蓉："昨天夜里，你是不是给你哥发过一条短信。""没有啊！"洪蓉惊讶地望着叶焓。江源："短信是通过你的电脑转发出去的。""那就更不可能了！我从来就不会用电脑发短信。"叶焓："我们看看你的电脑。"洪蓉取出电脑："是不是钱守成发的？"江源："看看再说。"打开电脑。

街道车上。米小冉："肖卫华，求你了，快一点行不行啊！"肖卫华："我怕走急了，遇到情况突然刹车，万一碰上你的头。""都什么时候了，你还考虑我的头？告诉你，钱守成要是跑了，我绝不领你的情！"

　　洪蓉家。江源用鼠标箭头指着一个软件目录："叶处，你看，发给洪处的那个短信，就是通过这个间谍软件接收进来，又通过洪蓉的电脑转发出去的。""你说什么？"洪蓉紧张地追问，"间谍软件！我的电脑里怎么会有这种东西？"叶焓："这没什么好奇怪的，据国家有关部门测定，在上过网的计算机里，平均每一台就有24点5个间谍软件。""啊，这么多呀！"洪蓉，"也太可怕了。"叶焓："只要你上网，电脑就在别人的掌控之中，人家想什么时候进来，就什么时候进来，想拿你的什么信息，就拿你什么信息。"洪蓉："你不说，我还真不知道！"叶焓："以后，凡是涉密的东西，千万不要往电脑里放。"

　　钱守成从一台黑车上下来，警觉地查清后面确实没有追兵后，才走到艾尼莎的秘密藏身点敲门。屋里的艾尼莎示意黄薇薇过去打开门。钱守成进屋。"后面没尾巴吧？"黄薇薇不放心地看了下门外。"有啊。"钱守成，"不过，被我甩掉了。""就你，还有这本事？"黄薇薇打量钱守成。"我要连这都搞不定，还能活到今天？"艾尼莎问："手机还带在身上吗？"钱守成："我按'珊瑚花'的意思，已经把它放在出租车里了。"

　　监控车上。米小冉："出租车怎么停了，还准备上人了，不对吧？"肖卫华："怎么不对了？你没看屏幕上，信号还闪呢。""坏了，中了钱守成的障眼法了！"米小冉喊起来，"快，超过去，拦住它。"肖卫华把车抢在出租车前面，紧急刹车停下。出租车司机吓出一身汗："干什么呢！会开车吗？"米小冉下车出示证件，拉开出租车的门。钱守成的手机放在后座上。

　　艾尼莎在秘密藏身点威胁钱守成："你再搞不到方案，我们就只好把你出卖给专案组了！""我现在，已经没法跟我老婆联系了，还拿什么去搞方案？"艾尼莎："'珊瑚花'，把游戏给他拿过来。"黄薇薇从包里拿出一款游戏放在钱守成面前。艾尼莎："记住，把它装进电脑里，打到第三关，点击指挥官的左眉，可以同我联系；点击右眉，可以同'珊瑚花'联系；点击他的右耳，可以从你老婆的电脑里掏出东西来。""难道你们还要赶我走？"钱守成吓得就差尿裤子了，"我、我好不容易才甩掉尾巴！"艾尼莎："我们三人住在一起，你觉得安全吗？万一出点闪失，那还不叫洪少秋他们一勺烩了？""那、那你们要我到哪儿去？"艾尼莎："回家！""回家？不行！他们已经发现我甩他们了。"艾尼莎："嘴在你身上，还能找不出一个理由？""我好不容易才逃出来，不想回去，也不能再回去了！"艾尼莎掏出枪顶在钱守成的脑门上："不想去是吧？要再这样，我就送你回老家，但那儿不是天堂，而是地狱！""拿、拿开这玩意儿，别、别走了火，我按你的意思办，这总行了吧？""早这样，还用得着我动这玩意儿吗？"艾尼莎放下枪。

肖卫华一进专案组，就向叶焓、洪少秋检讨："没跟上钱守成，把人丢到家了！"米小冉："这事不怪肖卫华，主要是我……"洪少秋："这一次，是有点遗憾！遗憾的是，你们没有跟到他们的老窝里去，失去了一次难得的机会！但有一点好处，你们给对手和自己，又都留下了一个机会。"米小冉："什么机会？"洪少秋："用不了多久，钱守成还会回来的。"林影："洪处，你真是一厢情愿！钱守成既然跑了，他还会回来？"洪少秋："对于敌人来说，钱守成一旦离开洪蓉，他就没有任何可以利用的价值了！而从我方来说，目前我们还没有抓住钱守成的任何把柄，他不回来，还能到哪里去？"

洪蓉在厨房里做饭，米汤从锅里扑出来，但她竟然始终没有意识到。钱守成打开门进来："洪蓉，这么大味！还没闻到？"上手一把关掉煤气。洪蓉的泪水忍不住掉了下来。"怎么啦？洪蓉。""你是不是又找黄薇薇去了？"洪蓉追问丈夫。"我找她？她在哪里，你知道吗？""你没找到她？""我找她干什么？""那你从早上出去，怎么到现在才回来？""谁说我早上就出去了？""我往家打电话，一直没人接，还有你的手机，怎么也不接我的电话？""我不是手机丢了吗！""手机丢了，丢哪儿了？""我也说不准，反正不是公交车，就是出租车上。""那你还愣着干什么，择菜去吧，吃完了，我还要去加班呢。"钱守成拿起菜择着问："你哥没找你吧？""他找我干什么？""瞧你，我这不是随便问问吗。"

张西洋家，田云在收拾碗筷，听到手机响，紧跑几步拿起接听："张妍，是你吗？你在哪儿打的电话，怎么这个号呀？"张妍的声音传来："妈，我在公用电话亭，你帮我转告洪少秋，他要我帮他查的事，我证实不了，也不想证实……"田云急忙追问："唉，他要你帮他证实什么，是不是你自个儿的事？"张妍的声音："告诉洪少秋，不要再给我发任何信息了！"田云："唉唉……"挂掉电话，"这孩子，是不是遇到什么危险了？"

洪蓉气喘吁吁地跑到专案组："哥，钱守成回来了！"洪少秋："他向你打听什么了吗？""问你找没找我。""那你回去吧，注意他两件事，一是看他在电话上跟谁联系，再一个是看他在电脑上都鼓捣些什么。""哥，我只要一见到他，心里就发怵，不想再回去了。""现在只有你，才能近距离地掌控他的行动！别怕，在你的身后，有我们和你一起战斗。""可、可他毕竟是我的丈夫呀！""记住，只要沉着，就不会出事。""你说，我这是做的什么呀？"洪少秋："面对敌人，国家的安全利益需要你这样做。"

专案组指挥中心门外，张西洋、田云在着急地等待。洪少秋从屋里出来，走到张西洋、田云夫妇面前："张叔、田姨。"张西洋："少秋，张妍给你田姨来了个电话。"洪少秋："她说什么了？""你让她查的事，她查不了，也不想管。"田云说。"查不了，也不想管？"洪少秋皱起了眉头，"她还说什么了？"田云："她要我告诉你，以后不要再给她发任何信息了。"洪少秋："我知道了。谢谢你们，张叔、田姨。"田云:"少秋,你是不是给张妍出难题了?她会不会有什么危险啊?""田姨,我们会按张妍的意思做的,你和张叔就放心地回去吧。"

洪蓉家,钱守成等洪蓉熟睡,调换了她的眼镜。

专案组,江源既紧张又激动:"洪处,在网上又发现情况了,有人要向K集团提供潜艇设计数据!"洪少秋:"跟紧这条线,迅速追查源头在哪里?"江源:"是!"洪少秋:"米小冉、肖卫华,你们也跟上这条线,防止敌人脱钩。"米小冉、肖卫华:"是。"洪少秋问江源:"网上要传的是什么数据?"江源:"说潜艇充足一次氧气后,可以持续在水下航行90天。"洪少秋要林影马上给商菲菲打电话,查问数据是否属实?林影拿起座机打给商菲菲。

0号保密室,商菲菲紧张地站起来:"你说什么……90天!"林影的声音传来:"我就问你,这个数据准确不准确?"商菲菲:"很准确!"洪蓉紧张起来:"商总,又有什么数据出去了?"商菲菲:"就是昨天我们核对的那个……敌人也太嚣张了!他们是怎么把数据搞出去的?"洪蓉面对张西洋、商菲菲询问的目光:"你们都看我干什么?我也不知道啊!"

专案组指挥中心。洪少秋问林影:"像这样的数据,都有谁能够接触到?"林影:"目前除了张总、商总、石刚,就是洪蓉了!"洪少秋:"又是洪蓉?你打电话把她给我找过来!"林影拿起电话拨号:"洪蓉……"江源发现钱守成下线:"洪处,钱守成下线了!"洪少秋:"他早不下线晚不下线,为什么偏偏这个时候下线,是不是发现我们的意图了?"江源:"不应该呀!"

布雷尔在办公室通过网络询问艾尼莎:"这个数据,是你们传过来的?"艾尼莎在屏幕上回答:"是,我们刚收到钱守成的情报,就转发给你了。""总是这样小打小闹,你们什么时候才能把中国新型潜艇的数据全部搞到手呀?"布雷尔敲击桌子,"就是等我退位了、不喘气了,也搞不全啊,你们的速度也太慢了!"艾尼莎:"总裁,这个数据,还是通过你的尖端武器才搞到的!"布雷尔:"通过这段时间的验证,这个武器对于防范意识很强的中国人来说,没有多大的意义。""那你说,要我们怎么做?""动一次大手笔,绑架洪蓉,逼迫她把掌握的机密全部说出来!""总裁,你的决断太英明了!我早就想这么做了。"布雷尔:"既然你也想做,那就尽快执行吧!"黄薇薇的目光从艾尼莎的电脑屏幕前离开:"真要绑架洪蓉?"艾尼莎:"废话少说,按照总裁的意图,制定方案,准备行动。"

第十三章

洪蓉洗完碗、擦完桌，拖完地。钱守成问妻子："没事了吧？""总算可以喘口气了。"洪蓉坐下捶了捶腰。"换换心情，陪我出去买部手机。""太晚了，明天你自己去吧。"洪蓉起身沏茶。"我自己去，你放心吗，就不怕我去找黄薇薇？""要我看，手机先别买了，用家里的电话吧。""在家的时候当然行，但我出去怎么办？你要给我打电话，到哪儿找我去呀？""那好吧，我陪你去。"

商场里，钱守成购买了一部手机，和洪蓉一起进了上行的电梯。米小冉看到目标上行："肖卫华，你把好前门，我到后门去。"钱守成、洪蓉在三楼下电梯，到柜台买了一张电话卡。商场外路边车里，黄薇薇手握方向盘，随时准备起步出发。艾尼莎在车里紧盯着商场大门。商场里，钱守成、洪蓉从滚梯下来，走出大门。肖卫华向米小冉发出信息："目标已出大门。"米小冉从后门穿过大厅、跑向大门。街道旁，洪蓉招手打的。黄薇薇的车开到洪蓉身旁。艾尼莎打开门，一把将洪蓉拉到车上。汽车急速离去。钱守成假装着急，边追边喊："有人打劫了！"掏出手机拨号。肖卫华、米小冉坐进车上，一时找不到何为打劫车辆？黄薇薇车上，洪蓉拼命挣扎："你……你们是谁？快放开我！"艾尼莎拿起麻醉纸巾，捂在洪蓉的脸上。洪蓉昏迷过去。艾尼莎掏出洪蓉的手机扔出窗外。

监控车上，米小冉看了看远处："怎么办？"肖卫华："只能是跟钱守成了，严防他们再次调虎离山。"街道旁，钱守成打出电话："少秋，洪蓉被人绑架了，你快想办法救救她吧！"洪少秋握着手机追问："地点，车号！"听了会儿，放下手机，对江源说，"给洪蓉的手机定位。"叶焓对林影："林处，快，跟上洪处。""是。"林影抓起桌上的手机，朝已经出门的洪少秋追去。监控车上，米小冉："洪蓉可能真的被绑架了！"肖卫华："即使被绑架，也是钱守成搞的鬼。盯住他，敌人的诡计就很难得逞。""你的判断，不一定准确！"米小冉提出自己的看法，"要是这样，钱守成为什么还不跑呀？"

专案组，叶焓问江源："洪蓉的手机信号找到了吗？""还没有。"江源回答。叶焓："这不是普通的绑架，一定有更深层次的阴谋！"

街道边，洪少秋停住车跳下追问钱守成："想起车号了吗？"钱守成摇了摇头："事出得太突然，真的没看清。"林影："车型总该知道吧？""好像是，那种车叫什么来着？"钱守成思考。洪少秋："你？还想不起来！是不是想故意拖延时间？""哥，我老婆都被人劫了！要说急，我不比你更急吗！还能拖延时间？"

钱守成一副委屈样。"钱守成，抓紧回忆，车到底是什么车？"林影推了钱守成一把。"是奥迪吧，对，就奥迪！"洪少秋快速拨出电话："叶处，马上通过交管部门，查发案时从海景大街往西行驶的所有奥迪车辆。"

江源向叶焙报告："叶处，交管支队的情况过来了，在发案时段，从海景大街由东向西驶过的奥迪车一共31辆。"叶焙："每辆车的号牌，传过来了吗？""传过来了，我马上打出来。"江源操作电脑打印。

洪蓉家，钱守成、洪少秋、林影在等绑匪电话。"钱守成，你总说绑匪的目的是为了钱，但现在都过去几个小时了，他们为什么还没有来电话？"林影忍不住问。"没来电话，说明洪蓉还没把家里的电话告诉他们。"洪少秋："钱守成，你不要再演戏了！老实说，是不是你和艾尼莎、黄薇薇一起，绑架了洪蓉？""我、我绑架自己的老婆，总得有个理由吧？"洪少秋："洪蓉掌握着潜艇机密，这难道还不能成其为理由吗？""哥，你不提醒我，我还真没想到这一层！你说，洪蓉会不会带着潜艇机密,跟敌人一起潜逃了呀？""你什么意思？"林影追问。钱守成："我发现她这几天吧，到了该睡的时候不睡，老在电脑上鼓捣这鼓捣那的……"林影："快，打开她的电脑看看。"钱守成对洪少秋："哥，你说打不打开，我听你的。""林处，麻烦你把电脑拿来，我倒要看看他又想要什么花招？""哥，那可是你妹妹的电脑，要说耍花招，也是她跟你耍，跟我没关系。""钱守成，我可以配合你把这出戏演下去！""你要这么说，那就算了，我还怕她电脑里有见不得人的东西呢！"林影在书房问："钱守成，哪是洪蓉的电脑？"

别墅车库。黄薇薇停下车，她驾驶的并不是奥迪，而是一辆广州本田车。艾尼莎把洪蓉拖下车。

洪蓉家。林影的面前放着电脑："钱守成,你再想想,我们都已经过了两关了,这第三关,洪蓉还可能采用什么密码？""她的生日用过了，我们的结婚纪念日用过了，我的生日她肯定不会用，剩下的就是……"钱守成，"唉，我实在是想不出来了。"洪少秋："输入我的生日试试。"林影输入洪少秋的生日："开了！""这是什么呀？"钱守成故作惊讶。林影念出声来："'比目鱼'，潜艇数据已经放在'海洋情人俱乐部'的游船上了。""哥，'比目鱼'是谁？难道洪蓉真的是间谍？"洪少秋："钱守成，是你把数据放在游船上的吧？""哥，我就是想去放，但从哪儿去搞数据啊？""米小冉。"林影打出电话，"尽快赶到'海洋情人俱乐部'游船，查找有没有隐藏在上面的潜艇数据。"

米小冉、肖卫华的车在"海洋情人俱乐部"紧急刹车，他们跑到码头登上游船，从头至尾展开检查。肖卫华从一张座椅下搜出一个用胶条固定的U盘！

商菲菲被连夜请到专案组指挥中心。洪少秋："把U盘内容投到屏幕上。"屏幕上显现文字：潜艇导弹射程11000公里；最大误差150米；潜艇一次充氧后，经过循环转换，可以在水下航行90天……"商总，这几个数据，都是实际数据吗？"洪少秋问。商菲菲："这几个数据，有真有假，但我都同洪蓉核对过！"洪少秋："除了洪蓉，还有其他人知道这几个数据吗？""那就只有张总了。"林影对叶焓："叶处，下令抓捕洪蓉吧！"叶焓看向洪少秋。商菲菲："洪处长，洪蓉真的是间谍？"洪少秋："你认为她是不是？""我总觉得她不会干这种事，但最后这一个数据，又是我们前两天刚刚核对过的……"林影："我预感到，洪蓉不一定是被劫持，很可能是潜逃！"

由于案情重大，总部在三岛市国家安全局召开紧急会议。安然从北京赶来主持会议："昨天，专案组截获了敌人窃取的几个数据，这几个数据，多数不够准确，但都是设计部门的两套方案里涉及过的。这说明，问题就出在我们内部。"周大路："现在专案组有两种意见，多数同志认为洪蓉有问题，少数同志坚持认为洪蓉是被陷害的。我们这个会，就是要搞清一个问题，是追捕洪蓉，还是营救洪蓉？追捕和营救，虽然只有两个字之差，但行动的方式是完全不一样的。比如说，追捕，就可以击毙洪蓉；营救，就要保护洪蓉。"叶焓："目前，我们汇集了洪蓉涉嫌出卖情报的五个疑点。第一，这几个数据，除了张西洋、商菲菲外，只有洪蓉掌握；第二，据我们对游船人员调查，洪蓉曾经去过游船；第三，查获的U盘上有洪蓉的指纹；第四，U盘是在洪蓉加了三道密的电脑提示下找到的；第五，洪蓉的突然失踪是有前因的，当她在0号保密室听到林处给商总打电话核实数据的时候，神情曾经比较紧张，不排除她被惊动的可能性。"洪少秋："我认为，这些情况只说明了一个问题，敌人在策划这次行动的时候，考虑得很周密。"

张西洋听说洪蓉失踪后，要商菲菲重新修改潜艇供氧方案。商菲菲问："怎么改？""我考虑，把原来的一次供氧航行90天，改为从海水里直接提氧。""这能够办到吗？""鱼在水下是怎么生存的？它们既然都能从水里吸取氧气，我们怎么就不能从海水里提出氧来？""那潜艇试验又要延误时间了？""哪怕是再延长时间，只要数据出去了，就必须改！"

在紧急会议上，洪少秋坚持认为："洪蓉是被绑架的！理由有三条。第一，洪蓉既然要潜逃，就完全没有必要再把数据放到游船上去；第二，洪蓉掌握着潜艇的大量核心机密，她就是要窃密，也不会就给对方提供几个真假混杂的数据；第三，洪蓉是我们正在使用的线人，她在仍然被信任的情况下，完全没有理由突然潜逃。"周大路询问米小冉："你们在监控钱守成的过程中，发现他去过游船吗？"米小冉："没有。"周大路："叶焓，说说你的看法。"叶焓："我们排查了31台发案时路过的奥迪车，都跟案子没有关系。""潜艇机密危在旦夕，请你抓紧时间，明确表态。"周大路对叶焓不满。叶焓："我的看法是，两种可能都有。"

安然："现在时间相当紧迫！无论洪蓉是主动投靠敌人，还是她被敌人绑架，都面临着潜艇机密失控的危险！"洪少秋："安部长、周局长，你们就下命令吧，只要我发现洪蓉真的参与了窃密活动，手里的枪是绝对不会客气的！"安然：

"现在我宣布,追踪洪蓉的行动正式开始!考虑到敌友难辨的现实性,在追踪中,只要洪蓉没有实施反抗,就绝对不允许向她开枪!"周大路:"我从局里已经抽调人员,组成了十六个应急小组,配备了三十二台车辆,全部归你们专案组指挥使用。"安然:"洪少秋留下,其他同志迅速返回各自岗位。"

林中别墅的地下密室里,洪蓉醒来,发现自己躺在一个电子舱内,挣扎着想活动,但动弹不了。

安然留下洪少秋,当面向他交代:"洪处长,按照规定,这一次追踪洪蓉的行动,你就不要参加了。""安部长,感谢你在组织查找我妹妹的时候,用的不是追捕,而是追踪这个词!我不参加这次行动可以,但我离开专案组,单独去营救我妹妹,这跟工作没关系吧?"安然:"我和周局的意思是,希望你尽快开辟第二条侦破渠道。""第二条侦破渠道?""你静下心来,好好琢磨琢磨,或许对你查找洪蓉更有好处。"

黄薇薇拉开别墅的窗帘,坐回沙发,对艾尼莎说:"一夜过去了,洪蓉还硬得很,怎么办?"艾尼莎:"只要有致幻剂,还愁掏不出她嘴里的秘密?""你说的那玩意儿,要是真的有用,我们就省事了!""我就不信,洪蓉能够抵抗得了药性的强烈干扰。""万一这招不灵,你还有没有其他更管用的办法?"艾尼莎:"杀人是最狠的招,但对我们来说,那只是威胁对手的一个手段……因为我们的目的只有一个,就是要获取情报,而不是杀人!好不容易抓到一个掌管着核心机密的人,轻易就要把她杀了,你说值当吗?"黄薇薇:"那还等什么?我们下去吧。"

别墅地下密室,黄薇薇按动开关。洪蓉从电子舱躺着出来,看到黄薇薇:"你?"黄薇薇:"没想到吧?"艾尼莎拿起致幻剂:"洪蓉,这是我们研制的12号致幻剂,只要给你打进去,你就会失去自控力,问你什么,你就会回答什么……""吓唬谁?你这破玩意儿,征服不了我!""破玩意儿?看看是你的嘴好使,还是我的药好用!"艾尼莎将制剂抽到注射器里,"你就慢慢地享受吧!"洪蓉毫不惧怕:"我就是死了,你也休想从我的嘴里掏出一个字!""刚才,你说得还少吗,远远不止一个字了吧?"洪蓉:"你知道,我指的是什么!"艾尼莎:"针头进去,你不想说都不行了!"一针扎进洪蓉的颈部。黄薇薇吓得闭上眼睛。

专案组指挥中心。江源向叶焓报告:"叶处,通缉令已经发出去了。"米小冉:"各宾馆、饭店、休闲娱乐场所的网络,已经全部连接完毕,他们只要发现艾尼莎、黄薇薇、洪蓉的线索,就会在第一时间把情况反馈过来。"肖卫华:"十六个应急小组、三十二辆突击车已经在城区及其周边布置完毕,只要发现敌人和洪蓉的行踪,就能以最快的速度做出反应。"叶焓:"海防方面,还要注意加强同海军和武警边防支队的联系。""他们的直达线路已经开通。"米小冉回答。叶焓:"洪处那儿,也要保证随时能够通话。"米小冉:"明白。"

别墅地下密室,洪蓉紧咬嘴唇,鲜血从她的嘴角流下来。艾尼莎:"说,新型潜艇一共配备了多少导弹?"洪蓉顽强地:"不知道!"艾尼莎:"是十六枚吗？"洪蓉几乎控制不住自己，最后吐出一口血喷在艾尼莎的脸上。黄薇薇："要不，再给她加点量？"艾尼莎："再加，就失去把她绑来的意义了！""那怎么办？"艾尼莎："实施第二套方案，从信念上摧毁她的意志！"拿出红黄两种针剂，进一步威胁洪蓉，"你要死扛，我就给你加药了！看到没有？我手上有两种生命干扰素，注射红色的，可以令你在3天之内正常死亡；注射黄色的，则会让你承认自己曾经犯下的罪行。"洪蓉："从、从我生下来，到、到现在，我、我就没犯过什么错！"黄薇薇："不要忘了，你刚才向我们提供过什么……""我、我向你提供什么了？""当然是你手上的秘密了！""无、无耻！放、放开我！"艾尼莎晃了晃黄色制剂："当我决定使用它的时候，你的喊叫和挣扎都已经没有意义了！"洪蓉："你、你们杀、杀了我吧！"艾尼莎往针管里抽入黄色制剂："你要配合的话，活得会很潇洒；你如果再不配合，离死就不远了！看着这么多的药剂，一会儿就要进入你的体内了，是舒服还是恐惧，你自己感觉到了吧？"洪蓉痛苦地闭上了眼睛。

　　洪少秋按照安然要他开辟第二侦破渠道的意图来到妹妹家里。钱守成见洪少秋实际上等于已经把他软禁起来，心情十分烦躁。洪少秋同钱守成展开了交锋："钱守成，你现在的心跳是多少？"钱守成："真没想到，到了现在，你还有这样的闲心。""这说明，你对洪蓉的去向是完全清楚的？""我不清楚！""不清楚你应该着急，应该紧张，应该催着我们赶快去找洪蓉！为什么你的回答还会这么正常？""洪蓉真的不是我绑架的。""你别混淆概念，我指的是你参与了绑架！""我绑架她干什么？"洪少秋："这个问题，你还用问我吗？"

　　艾尼莎、黄薇薇恨不得马上拿下洪蓉。洪蓉依然宁死不屈。艾尼莎的针头再次扎入洪蓉的颈部，她的手推动着黄色的液体缓缓地进入洪蓉的体内："洪蓉，开始难受了吧？"洪蓉进入半昏迷状态："太难受了！"艾尼莎："我现在说一句，你跟着我说一句。"洪蓉："我现在说一句，你跟着我说一句。"艾尼莎对黄薇薇："她已经进入状态了。"洪蓉："她已经进入状态了。"艾尼莎："潜艇的数据是我窃取的。"洪蓉："潜艇的数据是我窃取的。"艾尼莎："我把它放在游船上了。"洪蓉："我把它放在游船上了。"艾尼莎："这几个数据是艾尼莎向我要的。"洪蓉："这几个数据是艾尼莎向我要的。"

　　洪少秋在妹妹家里，还在与钱守成周旋："钱守成，你爱国吗？"钱守成："这是肯定的。""你要爱国，就不怕潜艇机密落到敌人的手里吗？""我怕，我当然怕！但真的不知道洪蓉是被什么人绑架的！我料你，也不能就这么肯定洪蓉是被敌人绑架的吧？""你爱洪蓉吗？""你怎么又绕回来了？""关于洪蓉的下落，你就是不说，也有人会告诉我的。""既然这样，你就赶快去找她呀，还耗在这里干什么？""钱守成，看着我的眼睛……我要你看着我的眼睛！你的眼睛，怎么老是躲着我呀？""谁躲你了？"洪少秋掏出手机："江源……"眼睛盯着钱守成，"上次黄薇薇在天人网吧跟同伙联系，打的是那一款游戏？"江源的声音传来："《突袭》，对，就是韩国进口的《突袭》！怎么了洪处，你找到线索了？"洪少秋："我已经看到希望了。"江源的声音："洪处，你在哪里，我们这就赶过去？"洪少秋的话，实际上是在震慑钱守成："你们准备好枪支、弹药、车辆，随时准备解救洪蓉！"江源："是！"洪少秋合上手机，喝了口茶，放下杯子："钱守成，听到了吧？《突袭》！把你的电脑拿出来吧。"钱守成掩饰着内心的惊慌："《突袭》？我、我哪有这个游戏呀？你、你要我的电脑干什么？""我要通过你的电脑，联系艾尼莎、黄薇薇！""艾尼莎是谁？我不知道……至于那个黄薇薇，我已经很长时间没有跟她来往了……这、这是真的！"洪少秋掏出枪顶在钱守成的脑门上："钱守成，我要是没一点把握，会跟你说哪一款游戏吗，敢拿枪顶着你吗？""好、好，你跟我来，我给你打开电脑，你自己看……"洪少秋拿枪逼着钱守成操作电脑："快，把你的游戏都给我调出来。""我平时不怎么玩游戏。"钱守成故意拖延时间。"不怎么玩？那说明你还是玩呀！你紧张什么？让开，我来。"钱守成的手哆嗦起来："还、还是我给你调吧。""你哆嗦什么？点啊！"钱守成点开游戏图标。洪少秋指着《突袭》图标："这个，点开！"钱守成点开《突袭》。洪少秋："以最快的速度，打到第三关……"钱守成镇定下来："这款游戏我刚装进去，还不太会玩……"洪少秋："闪开！"见钱守成没动，一把推开钱守成，拉过电脑，急于进入游戏。钱守成在洪少秋身后举起木棒，一棒打在他的头上。洪少秋顿时晕倒在电脑上。钱守成推开洪少秋，抽出电脑，抓上背包，快速出门，看了眼楼下，但没有朝下走，反而向楼上走去。

　　林中别墅，客厅里的电脑报警。艾尼莎从地下室跑到客厅打开电脑："不好！联络方式被国安发现了，准备转移。""那、那洪蓉怎么办？"黄薇薇着急地问。艾尼莎："现在，她跟死了已经没什么区别了。留下她，就让她按照我们的意图，替我们去迷惑国安吧！""万一，她要是恢复了神智……""放心，她要想恢复正常神智，还得求我们！到时候，她再不带着潜艇的机密来，就休想活命了！""你这一手，比直接要了她的命更厉害！"艾尼莎："什么叫间谍？把活人控制在手里，让她听从我们的指挥，才是真正的间谍！"

　　洪蓉家，洪少秋苏醒过来，掏出手机拨出电话："叶处，钱……钱守成、艾尼莎他们的联系方法……已被发现，秘密就在那款……在那款《突袭》的游戏里，你马上安排江源……检查刚才有谁在网上对打过这款游戏……"叶焓："洪处，你怎么了？"洪少秋："我被钱守成打伤了，你马上组织追捕钱守成。"叶焓："洪处，你在哪里？"洪少秋："我、我已经没事了，你们抓紧行动吧！"

　　洪蓉家楼下的监控车上，米小冉放下手机："快！洪处出事了……"带监控人员跳下车，冲进楼口，快速蹬上楼梯，扑进洪蓉家。洪少秋支撑着站起来："钱守成把我打昏后，已经逃走了。"米小冉扶起洪少秋："前门后窗都有我们的人，没看见他出去！"洪少秋略加思考："往楼顶上搜。""快，上楼！"米小冉、行动队员冲上楼顶。楼顶监控死角的一侧,有一根绳子系在楼沿的栏杆上。

专案组。江源从屏幕前抬起头："叶处，20分钟前，钱守成的电脑同一个移动电脑打过游戏。"叶焓："报告钱守成电脑位置。""已经关机了。""同他碰打的电脑呢？""曾出现在仙人跳林区。"叶焓："命令行动队，包围仙人跳林区，搜索敌人！"江源："是！"

各路警车合围仙人跳林区。叶焓、肖卫华跳下车，行动队员跳下防暴车，冲进别墅。别墅的电视屏幕上有一行字：欢迎各位！叶焓："楼上一组，上！米小冉，到地下室。"行动队员对各房间展开搜索。米小冉在地下室发现洪蓉："洪蓉，洪蓉！"叶焓闻声跟到地下室："快，送医院抢救！"

潜艇研究基地医院急救室，洪蓉终于睁开了眼睛。田云："洪蓉，我是田姨！你认识我吗？"洪蓉目光呆滞，望着天花板。洪少秋头上扎着绷带："洪蓉，我是哥，你跟我说一句话，就一句行吗？"叶焓："洪蓉，她们给你用的什么药？"洪蓉依然没有反应。洪少秋："是不是你没把持住，把潜艇的机密说出去了？"洪蓉："潜艇的数据是我拿的。""你为什么要拿数据？"洪少秋着急地追问。洪蓉："我把它放在游船上了。"洪少秋："你放在哪个游船上了？"洪蓉："数据是艾尼莎向我要的。"洪少秋："你见到艾尼莎了？"洪蓉："我正要用电脑跟她联系，就被你们发现了。"叶焓："你这是认罪还是什么？"洪蓉："我认罪，数据是我拿的，我对不起基地对我的培养，对不起我哥，对不起钱守成……"叶焓："你的代号是什么？"洪蓉："'珊瑚花'。""'珊瑚花'？"洪少秋大吃一惊！

海浪扑向岸边，洪少秋的心情极不平静！叶焓走到洪少秋的身旁："洪处，想不到在洪蓉的问题上，会是这么一个结果！""这不是结果，只是一个开头！""事情发展到这一步，大家没法再为洪蓉说话了。"洪少秋："我问你，她的那些话，是在什么情况下说的，你认为正常吗？"叶焓："她要不是'珊瑚花'的话，怎么会知道这个代号！"洪少秋："在隐蔽战线上，出现这样的事，是很正常的！我们要把事情想得复杂一点！你别忘了，灵人、黄薇薇也曾经给你用过药！""在没有证据的时候，是要想得复杂一点。但有了证据，就得想得简单一点。敌人是给我用过药，但我只是失去了当时的记忆，并没有像洪蓉这样。"洪少秋："我仔细检查看过洪蓉脖子上的针眼，一共两个，这说明敌人给她用过两次药！这两次药，应该不是同一性质的药。""不管敌人怎么用药，只要是洪蓉没做过的事，她也不可能讲得跟我们掌握的完全一致！现在口供、证据完全吻合，我们只能承认事实，而不能再感情用事了。"洪少秋："你信得过我吗？"叶焓："这还用说吗？""相信就好！我还想去见洪蓉一面。""按照规定，我必须回绝你！但是，为了帮助你弄清事实，我可以破这个例。""为了防止节外生枝，我希望你和我一起去。"叶焓："好，我去，给你当个证人。"

洪蓉躺在病床上，目光还是那样呆滞木讷。洪少秋坐在妹妹床边："洪蓉，你的思路，跟着哥哥的话，一直往前走……艾尼莎把你放在电子舱的移动床上，有人往你的脖子上扎进针头，给你注射第一次药物，逼着你说出潜艇的机密，你想起来了吗?"洪蓉的眼睛一动没动。叶焓:"艾尼莎给你注射了第二次针水,她们教你说了一些话,你还记得吗?"洪蓉:"数据是我拿的。"叶焓:"下一句呢?"洪蓉:"我把它放在游船上了。"洪少秋:"她们还说什么了?"洪蓉:"数据是艾尼莎要的……"洪少秋:"你还记得艾尼莎的模样吗?"拿出艾尼莎的画像照片,"是她吗?"洪蓉怎么也想不起艾尼莎的模样来。洪少秋拿出黄薇薇的照片:"这个人呢,有她吗,认出来了吗?"洪蓉的泪水从眼眶里流了出来。

艾尼莎、黄薇薇、钱守成藏进了海棠湾别墅。艾尼莎关掉电脑:"钱守成,对手为了洪蓉的问题,已经乱成一锅粥了!我的这一招还行吧?"钱守成:"艾尼莎、黄薇薇,你们到底把我老婆怎么样了?"艾尼莎:"没把她怎么样,只是要她改变了一下思维方式。""你们太过分了!披着人皮,不干人事。"黄薇薇:"钱守成,你是男人吗?是男人就要拿得起放得下!老话说了,旧的不去,新的不来。为了一个女人,你跟我们斗气,值当吗?""你俩谁想做我的新人?不想做,就还我老婆!"艾尼莎:"想见你老婆,我会安排你去的,但就怕你不敢去吧?"

钱守成:"给我解药,我马上进城。"艾尼莎:"给解药可以,但咱俩得有个约定,你必须把你老婆掌握的机密拿来!怎么样?"

叶焓到局里向周大路汇报了洪蓉的问题后回到专案组,看到林影、江源、米小冉、肖卫华的情绪都相当低落,掏出手机给洪少秋打电话:"洪处,在哪儿?马上返回专案组!"大伙的情绪一下高涨起来,七嘴八舌地追问叶焓:"洪蓉的嫌疑解除了?""洪处又能和我们一起战斗了?"叶焓下令:"肖卫华,跟我走,提审灵人,想法给洪蓉找到解药。其他人员,查找艾尼莎、黄薇薇、钱守成的下落。"众人:"是!"精神抖擞,信心百倍。洪少秋进来:"我呢?"叶焓:"好好调节一下心情。"带着肖卫华出门。米小冉狡黠地对洪少秋说:"洪处,我看出来了,叶处对您的态度有变化!"洪少秋:"去!"米小冉:"去什么?"洪少秋:"按照叶处的部署展开行动。"

灵人被带进预审室。叶焓把电脑屏幕上《突袭》的画面转向灵人:"灵人,玩过这款游戏吗?"灵人暗暗吃惊,但嘴上却说:"没有。"叶焓又说了一句令对手毫无准备的话:"艾尼莎要我给你带来一句话!""什么话?"灵人心里发毛。叶焓:"她要你把恢复正常神智的解药交给我!"灵人:"问题是,我已经坐在这里了,哪还有什么解药?"叶焓:"我提醒你注意,你刚才已经证实,K集团有这种解药?""原来,你根本就没有抓住艾尼莎,我又上你的当了!"灵人醒过闷来。叶焓:"请你说出解药的名称?"灵人:"外面根本买不到。"

专案组。洪少秋询问有关情况:"这几天,艾尼莎他们露过头吗?""石沉大海,销声匿迹。"江源回答。米小冉:"搞案子,最怕对手没动静!"洪少秋:"没有动静,是因为我们还没有触碰到他们的神经。"林影:"茫茫人海,他们的神经在哪里?"洪少秋:"我认为,通过吃、住、行,一定能够找到他们的软肋!"

叶焓的眼睛看向灵人:"灵人,你的意思是,要想拿到解药,就必须抓住艾尼莎？""那不一定，通过其他途径，同样可以得到解药。""什么途径？""这就要靠你们想办法了，比如通过张妍……""谢谢你的提醒！肖卫华，我们走。"叶焓起身。灵人阴险的目光，一直把他们送出门外。

　　专案组指挥中心。米小冉发言："洪处说得对！艾尼莎他们只要在三岛，哪怕是躲在狗窝里，也得有一个落脚之处。"洪少秋："米小冉，上一次，艾尼莎他们藏在哪里？""海岸九号别墅。""这一次，他们又住在哪儿？""仙人跳别墅！"洪少秋："这几次，他们都住在别墅里，反映出他们选择藏匿窝点的惯性思维特点。这就是他们的心理痕迹！人为的痕迹容易抹掉，但潜意识里的痕迹却往往被忽略。我可以肯定地说，他们现在还会住在别墅里！"江源："洪处，我立即协调市局，对三岛的别墅展开拉网式排查。"

　　在地球的另外一端，布雷尔走进情报中心，通过环球情报系统与艾尼莎沟通了联系，他关切地问道："艾尼莎，你们现在住在哪里？"艾尼莎在屏幕上回答："海棠湾别墅。"布雷尔："你认为安全吗？""有什么不安全吗？总裁。""你到三岛以后，就一直没有离开过别墅！记住，再住别墅，怕是要掉脑袋的！""总裁，我们收拾一下，马上撤离。"布雷尔："换了地方，关闭电脑，保持静默。""明白。"艾尼莎合上电脑，对黄薇薇、钱守成说，"给你们三分钟，上楼提包，立刻转移！"

　　肖卫华开着车，对坐在旁边的叶焓说："叶处，刚才灵人的眼睛告诉我们，他绝对没安好心。""他虽然没安好心，但总是打开了我们的一条思路。""难道，你真的要去找张妍索要解药？"叶焓："找张妍不合适，但找03总还可以吧？"

　　叶焓、肖卫华走进03的办公室。03起身，示意叶焓、肖卫华坐下："二位，又碰上什么挠头的事了？"叶焓："我们刚从灵人那儿来。"03："想找我核实情况？"叶焓："他说K集团有一种药，能够控制人的正常意志。""算他说了句老实话，K集团是有这个东西。"叶焓："灵人还说，为了配合使用这种药，还有相应的解药？""天下的事都是这样，有矛就有盾。"叶焓："我想请你帮个忙，帮我们搞一点解药。""我这次回来，执行的是家里的任务，没想策反谁，也就没带那玩意。"叶焓："你上次中了灵人的毒，是用什么药解过来的？"03故作惊讶："你说什么！灵人他给我投过毒吗？"叶焓："他刚才交代，你上次肚子疼，就是他投的毒。"03："是吗？公司开张那天，我是觉得肚子特别难受，但一抠嗓子，就吐出去了，没想到竟是灵人在背后搞的鬼！"肖卫华："灵人给你下毒，再一次证明你是我们的人。目前我们为了救一个人，希望得到你的帮助。"03："救谁？"叶焓："洪少秋的妹妹，艾尼莎给她注射了毒剂……"03："什么毒剂？"叶焓："就是那种……"03抢占上风："叶焓，我觉得，你就不应该有卡壳的时候！"肖卫华："现在，洪少秋的妹妹只会重复艾尼莎教给她的那几句话……"03开始轻松自如："行了，小伙子，我听明白了。这种干扰素叫17号。至于解药，我现在手上没有，但可以帮助你们从K集团想想办法。"

第十四章

洪少秋到基地医院看望妹妹。田云告诉洪少秋,洪蓉的血液检验结果出来了,里面的化学成分十分复杂,研制解药的工作已经展开,但不要抱太大的希望!洪少秋问田云,知不知道钱守成在三岛还有其他住所?田云想了想,说不知道。

飞流山庄的客房内,钱守成抱怨艾尼莎、黄薇薇:"跟上你俩,我这本算是赔大了!"艾尼莎:"你别不知好歹。"黄薇薇:"钱守成,美女赏着,好景看着,你赔什么了?"钱守成:"你俩再美,景色再好,也只是眼里的一个影儿……而且还、还越看越不是个滋味!"艾尼莎:"你是不是想告诉我们,想去找你老婆?""你们到底把她怎么样了?"黄薇薇:"瞧你这点出息!我上次说了,不就是个女人吗,至于你这样?""她是不是也被你们拉下水了?"黄薇薇:"她要不下水,你以后买了别墅,找谁跟你住去?""要真这样,我想去看看她。"艾尼莎:"你知道她现在躺在哪儿吗?""躺在……她怎么啦?"钱守成真的很揪心。艾尼莎:"她躺在潜艇研究基地的医院里。"钱守成:"这个情报,你从哪儿搞来的?""就这点破事,还难得倒我艾尼莎吗?""你们给她用了什么药?""你就放心吧,我们没把她怎么样,到时候,我们还指着她给我们提供情报呢!""艾尼莎,你把解药给我,我现在就去找她要情报。""有本事,你自己到我屋里去拿。"

洪蓉的病情进一步加重!洪少秋、叶焰都为找不到解药十分着急。叶焰突然接到03电话,以为是他帮助找到了解药,没想到对方却是邀请她一起出海。洪少秋思考:"03再次约你出海……"追问叶焰,"是不是还去那个海域?""他说了汇合的地点,但没说是不是还到那片海域。""上次,他约你出海是什么时候?"叶焰:"大约半个月前吧。"洪少秋:"请你告诉我准确数字。""上次距离现在,应该是十六天。""再上一次呢?""记不太清了,我回宿舍查一查,台历上应该有。"洪少秋:"那你去吧。注意,随机应变!"叶焰:"放心吧。"

快艇剪开浪花,飞向深海。叶焰有意露了下枪。03:"怎么,还带着家伙来了?""我带枪,是因为发现了你的一个秘密!"03:"什么秘密?""大约每半个月,你就要出海一次,并且每次都是到这儿来。""大概这就是我的生活习惯吧,到了时间,哪怕手上的事再多,大脑神经也会给我下命令,不来不行啊!"叶焰:"可以把你的包给我看看吗?"03:"是搜查还是检查?"叶焰一字一顿:"我看看你把解药带来没有!"03也拉下脸来:"叶焰,你才跟我说几天呀,就想要解药，未免太急了吧？”叶焓直逼要害：“‘鲨鱼二号’，你就不要再给我演戏了！”03听出破绽，哈哈大笑：“叶焓，你少给我来这一套！我问你，你说我是‘鲨鱼二号’，有什么证据？”把手里的包扔给她，“你真以为这里有东西呀？随便查好了，看看有没有枪，有没有作案工具！”叶焓盯着03的眼睛：“证据就是不在包里，也在这艘快艇上！”03掏出手机，拨出电话：“洪处，有人要我给你打个电话，要求你现在带人过来抓我！”洪少秋握着手机反问：“她为什么要我过去抓你？”03在快艇上与洪少秋通话:“她怀疑我是‘鲨鱼二号’！我想问问，你也怀疑我吗？要是怀疑，那就带上检测器材，马上到我的艇上来吧,我在这里恭候你们！”洪少秋在专案组想了会儿:“你把手机交给叶焓！”03将手机递给叶焓。叶焓接过手机，单手合上，迅速出枪：“高一天，你的尾巴终于露出来了！”03：“我说叶焓，你是不是案子又搞不下去了？就是再搞不下去，你也不能随便拿枪指着人哪！万一走了火，或者是我奋起自卫，那责任算是谁的？”叶焓：“说，你到这里来的目的是什么？”“叶焓，你误会我了！”叶焓拿枪走向03：“说，你要我来，要米小冉来，是不是给你打掩护？”“如果你再这样，我只好给周局长打电话了？”叶焓：“你打，现在就打！”03：“把手机给我！”夺过拨号。

专案组。江源向洪少秋报告：“洪处，市局排查别墅的情况过来了，发现艾尼莎、黄薇薇、钱守成曾经在海棠湾23号别墅落过脚,但昨天突然离开了。”“昨天？”洪少秋追问，“什么时候离开的？”“下午三点左右。”洪少秋:“见鬼了！这个时间，距离我们确定排查别墅只有半个小时，难道……”观察室内的人。米小冉：“洪处，我们绝对没问题！”洪少秋：“那问题究竟出在哪儿呢？”

周大路接到03的电话后，紧急召见叶焓，气愤地责问她：“叶焓，知道我为什么要把你找到这儿来吗？”“我在跟03过招的时候，太冲动了！”“冲动有什么用！你突破03了吗？”“暂时还没有，但我已经看到他眼神里的恐慌了！”“恐慌？他是在什么时候、什么情况下恐慌的？”叶焓：“当我说已经发现他一个秘密的时候，他的眉梢跳了一下……但在我敲打他是‘鲨鱼二号’的时候！他马上哈哈大笑，反而镇静下来了！”周大路:“这说明，他不仅不是‘鲨鱼二号’，而且还从你的敲打当中听出了破绽。”叶焓：“是啊，那‘鲨鱼二号’到底是谁呢？”“从03的反应看，他应该知道。”叶焓笑了起来：“周局，我明白了！”

晚霞满天，洪少秋看了下表，宣布给年轻人放一晚上假。米小冉兴奋得跳了起来，要肖卫华马上去把车开到门口。江源看着米小冉出去，眼睛里透出了一丝失落。指挥中心门外，肖卫华把车开过来。米小冉上车后说:“心里一放松，空气都是甜的！”肖卫华起步:“想到哪儿，给个方向。”“先说好了，请吃请喝，我是不会去的。”“不想吃，那就聊，说吧，上哪儿聊去？”“走远了不合适吧？万一有情况……”“就是！到时候，万一敌人再给我们拉警报。”“那就到基地的小餐厅坐坐？""说了半天，还得去吃。""抓紧时间，填饱肚子，好随时准备出动啊。""我赞成你的这个理由。"米小冉："你别有点时间，就往那方面想。""我想什么了？要想，也是你诱导我的。""停车，我下去！""就要到了，耐心一点。"

洪少秋想通过摸清钱守成给他姐姐买房的底细，找到他和艾尼莎、黄薇薇藏匿的地点。林影和洪少秋一起来到洪蓉家，翻遍了所有的地方，都没有找到相关的房产证，对洪少秋的判断产生了质疑。洪少秋："他姐给他汇了100万，要他帮助在三岛买房，就钱守成那脑子，在前一段房价走低的时候，他还会不买？"林影："找不到购房凭据，能找到他的存折也行啊，买没买，一查就知道了。"洪少秋："别说，你这个思路还真是个火花！明天一早，你带肖卫华，到银行查清那100万的去向。""没问题！"

潜艇研究基地餐厅，客人不多。米小冉被肖卫华看得有些不自然。肖卫华掩饰："放假了，说点轻松的事。"米小冉："想说什么，你用嘴，别用眼睛。"肖卫华："你谈过对象吗？""上两次跟你去执行任务，尝试过两回，不过，那是假的，你千万别当真！"肖卫华："……我这人，对你的路子吗？""肖卫华，你也太直了吧？我告诉你，你不合我的心思。""难道，就没有考虑的余地了？""瞧你！我这个人，你还不了解吗？""我已经了解了！表面心直口快、毫无遮挡，其实心里有数、脑里有招、眼里有活，待人特别真诚……书上说了，这样的人好交。"米小冉突然严肃起来："这么说，你不是在开玩笑？我以为你又闹着玩呢！""没事，我哪敢跟你逗呀？""这个问题……来得太突然了！你让我……让我怎么答复你呀？""心里怎么想，就怎么说。""原来跟你在一起，觉得挺放得开的……这会儿跟你在一起，背上都冒汗了……你、你是不是让我再考虑考虑？""行！我明白你的意思了。那就为战友情谊，碰个杯吧！""执行任务期间，不允许喝酒，你不会忘了吧？""这不是酒，是服务员倒的茶水！"米小冉拿起杯："那好。"肖卫华主动同米小冉碰杯："干！""看你，好像很难过……其实，没这个必要。"

03回到公司，就一直心神不宁，强迫自己上床后，仍然翻来覆去睡不着，他回想着叶焓与他在快艇上对峙的每一个细节，突然一下坐起，下床打开电脑："艾尼莎，'鲨鱼二号'危险，设法引开视线！"艾尼莎在藏身的飞流山庄客房合上电脑，走到另一房间，敲开黄薇薇的门："03告急！'鲨鱼二号'危险！""那怎么办？""钱守成不是想去见洪蓉吗？实在不行，就安排他跑一趟！用他引开国安的视线。""那你回去休息吧，我去给钱守成交代。"艾尼莎："告诉他，进入三岛，先找个点藏起来，至于什么时候才能到洪蓉那里晃一下，听我们的指挥。"

专案组指挥中心。叶焓对洪少秋说："这次03的反应说明，不是那条艇上，就是那片海域，肯定有问题。"洪少秋："是不是考虑一个方案，对快艇和海域彻底进行检查？""很好。"叶焓表态，"我同意。"

城区一栋刚竣工不久的一座居民楼里，钱守成身着民工装修服，用钥匙打开门,将刚购买的食品放在地上:"姐,你这房是不错,但连一张床、一个碗都没有,你叫我怎么住嘛……"追悔道:"钱守成,你这是图的什么呀?害得连个立足的地方都没了!"

专案组会议室,林影向洪少秋汇报钱守成买房的情况:"钱守成花 100 万,在桥北小区买了一套房,位置是 11 栋 909 号。"洪少秋:"肖卫华,钱守成见过你吗?""我在跟踪他的时候,偶然碰过几次。"洪少秋问江源:"你呢?""我也找他了解过情况。"林影:"是不是想派人到这套房里去查钱守成?"洪少秋:"只要他在那里,我就想合理地把他惊出来。"林影:"那我给你派两个人去吧?""你的人,主要是保护好科研大楼。""那你打算派谁去?""你看,找田院长去一趟怎么样?""田院长?不行,不能让她去冒这个险。"洪少秋:"安排田院长去,于情于理都说得过去。"林影:"你还有更深层次的目的吧?"洪少秋:"我的目的就是,设法通过钱守成,尽快找到艾尼莎、黄薇薇!"

居民楼里,田云从电梯出来,走到 909 号敲门。室内,钱守成十分紧张,他从猫眼往外看,见田云站在门口。田云:"钱守成,我知道你就在里面,再不开门,我找物业了。"钱守成打开门,一把将田云扯进屋里,用枪顶着她的头:"说,你是怎么知道我在这里的?""我要是连你在什么地方都不知道,还是你田姨吗?""你是……"钱守成心里敲着小鼓。"我是掌握你底细的人!怎么,还不拿开你的破枪……你难道不知道,我曾经在枪林弹雨里闯荡过……就你那玩意儿,里面有子弹吗?拿开,退后!"钱守成放下枪:"田姨,你没把国安带来吧?""我来找你,是因为洪蓉眼看就不行了,现在只有你才能救她!""我、我怎么救她?""你马上去找 K 集团的人,想法把解药搞到手。""实话告诉你,我已经偷偷把艾尼莎的房间都翻遍了,根本就没找到解药!""她肯定有!你赶快去找,再晚就救不了洪蓉了!""田姨,下面没国安吧?""要有国安,他们早就上来抓你了。"

洪少秋坐在指挥车上问肖卫华:"监控系统没问题吧?"肖卫华:"洪处,你就放心吧!"居民楼里,钱守成推开楼道门,伸出头向外望了望,没有发现异常,拉了拉衣领走出楼口,朝小区大门口走去。指挥车上,洪少秋下令:"各组注意,目标出现,只围不抓,秘密跟上。"肖卫华发动车,在远处跟着钱守成。另一辆车里,米小冉变声给钱守成打电话:"钱守成,我是'鲨鱼一号',发现你后面有尾巴,马上通知艾尼莎、黄薇薇转移!"钱守成握着手机转身查看,没有看到给他打电话的人。洪少秋、肖卫华的车向钱守成靠近。钱守成慌了手脚:"妈的!艾尼莎,对不起了,为了引开国安,我只好得罪你们了!"冲上马路,边跑边打电话,"艾尼莎,你听到了吗?不好了,我被国安发现了……是,我一定不往你那儿跑……到哪里你就甭管了……放心,我会设法甩掉他们的!"伸手拦出租车。

指挥车的屏幕上出现一个红点。肖卫华看了下:"洪处,艾尼莎接电话的位置在飞流山庄!"洪少秋触碰耳麦:"叶处,林处,马上带人,赶往飞流山庄!""钱守成上出租了。"肖卫华对洪少秋说。洪少秋按了下耳麦:"二组、三组,盯紧钱守成。"

飞流山庄客房。艾尼莎拿着手机:"不好!钱守成的这个电话有问题,他一定是上国安的当了!我们马上撤!"黄薇薇:"撤到哪儿去?现在出山,一定会被国安堵个正着!""往山后撤!""我去拿东西。"艾尼莎看了看手机:"我心爱的小炸弹,危急关头,到了你该发挥作用的时候了,你就牺牲自己,替我们挡一下国安的速度吧!"启动爆炸装置,扔在床上。

行动队员成战斗队形展开,迅速包围飞流山庄。洪少秋、叶焓、林影等冲进山庄。肖卫华、米小冉踢开艾尼莎的卧室门,在搜索中几乎同时看到床上的手机。小冉要扑过去,肖卫华一把拉住她:"退后,我来!"抓起手机打开查看……"肖卫华!"洪少秋急呼,"快!把手机扔出去。"手机爆炸。肖卫华在火光中倒下。洪少秋、叶焓、米小冉在爆炸的硝烟中跃起,扑过去抱起肖卫华。

市区的一座天桥上,钱守成不顾一切地冲了上去。追捕人员从两头向钱守成逼上去。钱守成翻上栏杆,向下跳去,落在下面通行的一辆大货车上。追捕人员纷纷出枪,但看着桥下流动的车辆,谁也无法开枪。钱守成再一次逃脱。

专案组餐厅。江源劝说米小冉:"你就吃一点吧!"米小冉:"我一点心理准备都没有,他、他怎么就走了呢?""你对他的好,他会记在心里的。"江源安慰米小冉。"都怪我!要不是我那么着急,他就不会扑上去抓手机了……""米小冉,瞧你这点出息!你就是再哭,肖卫华还能活回来吗?""你怎么说话呢?怎么就对肖卫华一点感情都没有呢?"江源:"你要是对他有感情,就把饭吃下去,养好精神,争取早一天把艾尼莎抓回来,替他报仇!这也算你没白爱他一回。"米小冉:"谁说我爱他了?"江源:"我又不聋、不哑、不瞎,怎么会不知道!"米小冉:"可是……可是我拒绝了他的爱。"江源:"你怎么这样?太令我失望了!"

叶焓从肖卫华的墓地回来,要求专案组把工作重心集中到03的身上。米小冉协调国安局支援的机动力量,对03常去的海域进行了秘密监控;江源协调海军潜水分队,对那一片和附近的海域进行了地毯式摸查。但遗憾的是,始终没有发现任何可疑的迹象。就在案子又一次理不出头绪的时候,林影带回一个消息,说总部已经批准潜艇研究基地新的试验方案。洪少秋认为这是一个好机会,叫上叶焓一起去找周大路,又制定了一个调动敌人、消灭敌人的二号方案。

在专案组,江源、米小冉听说要护送新型潜艇改进方案到保密车间出图,都争着想去完成这个任务。林影不服气,说:"洪处,每一次基地护送图纸,都是我负责保密车!这一次,你要是敢破这个例,我就去找赵书记!看谁拧得过谁?"洪少秋:"你们都别争了。"叶焓问:"那谁上?"洪少秋:"我上!"林影:"洪处,你是指挥员,你的位置应该在后卫车上!"米小冉:"洪处,我支持你上保密车,但有一个条件,那就是必须带我一起上。"叶焓:"最合适的方案就是，林处上前卫车，我上保密车，洪处背后指挥！"洪少秋："叶处，你有孩子，去完成这样的任务不合适！"叶熔火了："有什么不合适，有什么不合适？"推了洪少秋一把。洪少秋："唉唉……"急忙伸出手向叶熔示好，"我的意思是……"米小冉把林影拉到一边，"洪处和叶处，是不是有什么故事呀？""你不知道？"林影问。米小冉摇了摇头。林影："六年前，叶处的爱人佟勇，带领洪处一起围捕'比目鱼'，据说是洪处因为毒蛇缠绕弄出了响声，佟勇为了掩护洪处，被'比目鱼'打中了胸脯……""所以，洪处就……"米小冉神秘地挤了下眼睛。林影："这么多年都没找对象，就是一直在追叶处。"米小冉："哇，好感动啊！"

艾尼莎、黄薇薇藏身点。茶几上的电脑突然传来小夜曲。黄薇薇："'鲨鱼一号'的指令过来了。"艾尼莎拿起笔，记录歌曲中增加的音符。"什么意思？"黄薇薇问。艾尼莎："'鲨鱼一号'告诉我们，一定要把握好这次机会！""那你说，怎么干？"艾尼莎："你先把钱守成找来。"钱守成进屋后，艾尼莎布置任务："明天，我们分三个波次展开行动。我第一个冲出去，依次袭击前卫车、保密车、后卫车，把他们的大部分警力吸引开；钱守成第二个出去，重点攻击护卫车，再吸引走他们的一部分人员；黄薇薇，你最后出去，直奔保密车，干掉剩余人员，以最快的速度拿到图纸！"钱守成："就凭两条腿，冲出去跟国安拼，那不等于是送死吗？""你就放心吧，武器、车辆早准备好了，随时可以启用。""我放心？嘁！这次出去，恐怕就没命了！"黄薇薇："瞧你那点出息？""我死了没什么，就是在咽气前，还有个事放不下！"黄薇薇："在这个世界上，还有什么比你的命更重要的？""洪蓉的死活！"艾尼莎："没看出来，你对你老婆，还这么有情有义？""艾尼莎，要想让我出去拼命，就把解药给我。"艾尼莎："好吧，我答应你。"

潜艇研究基地科研大楼门口。张西洋、商菲菲、巩怀远等给车队送行。两名保密员携带保密箱上车。江源蹬上前卫车。叶熔在上车前，小声对洪少秋说："我要牺牲了，替我照顾孩子！""保重！"洪少秋深情地看着叶熔。米小冉登车。洪少秋最后一个上了后卫车。

通往保密车间的必经路上，艾尼莎、黄薇薇、钱守成戴上头盔，分乘三辆大排量摩托，隐藏在不同的方向和路口。黄薇薇最早看到车队过来，点了下耳麦通知同伙："目标过来了！"车队进入敌人伏击区域。艾尼莎骑着摩托猛冲出去，在行进中朝第一、二、三辆车开枪。三辆车的司机紧急躲避艾尼莎的子弹。叶熔、林影、洪少秋先后向艾尼莎开枪。艾尼莎急速调转车辆，追着后卫车开枪。洪少秋、林影、米小冉回身向艾尼莎射击。艾尼莎加速冲到保密车的旁边，与专案组的前后伏兵展开枪战，拼死向外突围。洪少秋下令："一组、二组，对付第一目标！"一组、二组的警车从其他街道冲出来，合击艾尼莎。艾尼莎在向警车射击中突出重围。叶熔带领一组、二组快速追击艾尼莎，很快消失在街道尽头。洪少秋警觉地向两边街口张望:"林影,敌人采用的战术,比我们预想的还要复杂,你一定要注意各方向的敌人!"林影:"放心吧,我的枪口正等着他们呢。"钱守成藏在隐蔽处猛轰油门,抓住时机冲向保密车,频频向林影、米小冉射击。林影、米小冉一边躲闪子弹,一边朝钱守成还击。洪少秋下令:"三组、四组,跟上我,拿下第二目标!"三组、四组的警车冲出来,向钱守成扑上来。钱守成紧咬着洪少秋的后卫车开枪,冲开一条路,向街道后方逃去。洪少秋向司机下令:"迅速调头,追击目标!"司机快速调转方向,同三组、四组一起向钱守成追击。林影:"米小冉,你把好左边,我看好右面,就是死,也不能让敌人抢走图纸!""林处,你放心,有我在,图纸就在!"黄薇薇突然闪出,加足马力向保密车冲去。林影开枪射击。黄薇薇抵近开枪,打中林影的肩部。米小冉转身向黄薇薇射击。司机急速调头,踩下油门朝黄薇薇冲去。黄薇薇急速躲闪,再次调过头来向林影开枪。林影快速还击。黄薇薇佯装败退,逃进胡同。保密车追到胡同口,路面太窄,难以进去。林影下车:"米小冉,保护图纸,马上把车开往保密车间……"米小冉:"林处,你想干什么?快上车……"黄薇薇再次冲出来。林影:"我堵住敌人,你们快走!"黄薇薇向林影开枪。林影躲避,瞅准机会向黄薇薇还击。远处警车从多个方向赶来。黄薇薇听到警报声,慌忙逃跑。艾尼莎的摩托车冲向海滩,在游人中左冲右突。叶焓带一组、二组合围艾尼莎。艾尼莎在摩托艇赛场扔掉摩托,掏出枪抢劫了一辆摩托艇,加速冲进大海。叶焓、江源快速跳下车,向老板出示证件,跨上两辆待租的摩托艇,朝艾尼莎追去。一组、二组人员赶到,着急地紧催老板:"老板,快,想办法,把游人的摩托艇调回来!""人艇都在海上,我没法跟他们联系!"大伙无奈地向海面望去。三辆摩托艇冲击起浪花,敌我双方在海上展开追击大战。叶焓的摩托艇油料耗尽,终于熄火,她沉进水里。江源发现叶焓落水,快速转弯回来:"叶处,快,抓住我的艇!"叶焓奋力抓住了江源的艇。江源向远处望去,海面上已经看不到艾尼莎的影子。

街道上,钱守成被缉捕人员从三个方向围住。洪少秋下车,用枪指着他走过去。钱守成向洪少秋开枪,退到一个死角。洪少秋进一步逼过去:"放下武器!这个时候,你还敢朝我开枪,手不抖吗?"钱守成突然将枪对准自己的太阳穴。洪少秋:"钱守成,你干什么?别这样,洪蓉还在医院等着你呢!""你告诉洪蓉,我对不起她!我死后,兜里有我从艾尼莎那儿给她要来的解药,你拿去救她吧……"钱守成扣下扳机,在枪声中倒下。

海边的小洞天里,艾尼莎藏在礁石后。黄薇薇跌跌撞撞地跑进洞里。艾尼莎从礁石后闪出身:"后面没追兵吧?"黄薇薇:"放心,我早把他们甩掉了。""钱守成呢?""没见到!会不会被他们打死了?""马上转移,换个地方。""让、让我再喘口气。""不行!快走。"黄薇薇朝洞口摸去,艾尼莎握枪跟在后面。

潜艇研究基地医院病房,护士给洪蓉注射解药。田云:"洪蓉,这药是钱守成临走的时候，给你从艾尼莎那儿找来的，总算他还有点良心！"洪蓉的神智开始清醒："田、田姨，你说，钱……他怎么了？""他……你就不要问了！既然有了药，很快就会恢复的。"洪蓉的两行眼泪流了下来："我……我哥呢？"田云："他来看过你了，那时，你的眼睛还只知道看着天花板。"

　　三岛市国家安全局会议室。周大路主持会议："同志们，新型潜艇的改进设备马上就要进入生产阶段了，我们把各相关厂家保卫部门的领导请来，任务只有一个，就是要布置在生产过程中的防间保密工作。"安然："在潜艇研制过程中，为了保卫核心机密的安全，我们已经同敌人进行了殊死的搏斗！这说明，保卫潜艇机密的安全，不仅仅是没有硝烟的斗争，而且是一场你死我活的战斗！"

　　叶熔、洪少秋参加会议后回到专案组。米小冉、江源都问，总部、局里给我们布置了什么新任务？叶熔说："总部明确，各相关厂家的安全保卫，主要是依靠他们自己的保卫部门去做，我们的精力，还是要放在发现'鲨鱼一号'、'鲨鱼二号'、比目鱼和艾尼莎、黄薇薇的身上。"

　　D国"K集团"总裁办公室。布雷尔向布加达交代任务："我决定，派你和张妍潜入三岛，在'鲨鱼一号'指挥下，开辟第二、第三、第四战场，设法从船坞、核动力、电子侦察、远程导弹等几大厂家窃取情报！"布加达："总裁，你的计划很好，但我对张妍不放心！""我们对她，已经进行过多次考察了，特别是从她没有出卖03来看，应该没有问题。""据我了解，她一直以为03是中国国安的人。""这好办，在你们出发前，对她进行一次测试！过关了，就带她过去；不过关，把她留下来；要是测出她是中国方面的人，就把她秘密地处理掉。""总裁，你那测谎血浆11、12号，干扰素17号，已经在两个中国人的身上失败了，我不想重复第三次！"布雷尔："那就用我们刚刚研发成功的宇宙流技术。"

　　布加达把张妍带进一个密室，要她坐进测试椅。张妍向顶上看了看，突然天旋地转，人鬼厮杀，怪兽出没……张妍感觉自己先是被送到天宇之间，后来又在云朵中慢慢飘落到一个神奇的草甸上，静静地躺在鲜花丛中，一个小天使走到她的面前。布加达的问话变幻成小天使："姐姐，你进入K集团，是带着秘密使命来的吧？"张妍恰似睡在梦中："是。"监控室的布雷尔、布加达都紧张了一下。布加达继续追问："你的秘密使命是什么？"张妍竭力在恍惚中控制着自己的思绪："是……是为了国家的安全……"布加达："大声一点，是为了哪个国家的安全？"张妍："是……当然是……当然是D国的！"布加达："你错了，你难道忘了吗，组织上给你布置任务的时候，是怎么向你提出要求的？""组织上说，我……我进了K集团，就……就是K集团的人了！"一个怪兽张开血盆大口："03的事，你是怎么向中国国安报告的？""03？他、他是谁的人？我……我为什么要向中国国安报告？"03的影子出现在天幕上："张妍，感谢你！没有你一次又一次的掩护，我是完成不好任务的。"张妍："我……我掩护你什么了？你没有我……没有我的配合可以，但……但没有总裁的支持，你是根本就完成不好这次任务的。"

　　布雷尔："行吧，就这样。"布加达："总裁，这不行。""还不行？"布雷尔看了布加达一会儿，"那就再给她植入一块芯片，一旦发现她有问题，就遥控杀了她！"

　　三岛机场。大型客机降落。张妍从检票口走出来。张西洋、田云迎上。"爸！"张妍同父亲拥抱后，又扑进母亲的怀里，"妈！三年多了，我终于又见到你们了！"田云："张妍，回来就好，妈妈盼这一天，都盼了一千三百九十一天了！你让我想得好苦啊！"张西洋擦去眼角的泪花："张妍，把行李给我，我们回家吧！""爸，妈，我哥呢，还有洪蓉，他们怎么没来接我？"田云："他们都说要来，是我拦着没让他们来。"张妍："我哥他好吗？"田云："挺好的。"

　　专案组指挥中心。林影："张妍今天回国，提出要住在父母家中，怎么办？"叶焓："可以理解，也是应该的，她毕竟三年多才回来一次嘛。""张总家里会不会有涉密资料？"米小冉担心。洪少秋："我已经和他们一起清理过了。"江源："要不要对张妍采取必要的防范措施？"洪少秋："心里有数，明松暗紧，观察几天再说。"叶焓对洪少秋："我的想法是，你今晚应该去会会她。""我会的。"洪少秋对叶焓，"不过，我建议，你也应该去找一趟巩怀远，告诉他张妍回来了。"

　　三岛市国家安全局局长办公室。"周局。"叶焓问周大路，"张妍回来的事你知道吗？"周大路："她刚从天上落地，我就知道了。"叶焓："专案组需要掌握她的动向吗？"周大路："这几天，她的情况怎么样？""没有离开过基地家属院。""秘密跟上她，看她去了哪里、做了什么、同谁见面。"叶焓："这么说，她不是我们的人？"周大路："是不是我们的人，要在斗争当中去找答案。你们跟的时间长了，我想最终是会有结果的。"

　　鹭岛市郊外农家乐。布加达约艾尼莎见面："艾尼莎，你到鹭岛几天了？"艾尼莎："三天。""这几天，你摸到进入电子反潜侦查系统厂家的门道了吗？""我们已经物色了一个人。""可靠吗？""还没有正式接触。""这不等于是白说吗？"艾尼莎："但他的眼睛已经很能说明问题了！"布加达："判断一个人，特别是正在物色的谍报人员，不能只看他的眼睛，而是要看他的心。""从他的眼睛里，我看到了他的心！在中国有一句话，一个男人看女人，他往上半身看是欣赏，他往下半身看就是流氓！这个人看我、看黄薇薇，关注的大多是下半身，他就是一个好色之徒。""你想亲自拿下他？""像这样的小色狼，黄薇薇出面就足够了。"

第十五章

　　三岛湖滨茶室。"古人说,饮茶思乡!"巩怀远给张妍倒茶,"我常想,有一天,当你从 D 国回来的时候,我第一件事做什么?想来想去,觉得最好还是约你一起出来,泡上一杯茶,闻着茶香,品着甘甜,好好地回忆往事,谈谈未来,将是多么美好的一件事呀!"张妍笑了下:"我今天答应来见你,不是为了来和你喝茶的。""当然了,在喝茶当中,我也有一些想法,想和你一起交流交流。""大白天的,你这么清闲自在,是不是设计搞完了?""设计?"巩怀远说,"谈潜艇设计,话题太敏感了!要不,我们还是谈谈个人的未来吧……""看来,你对我有戒心?"张妍打断巩怀远的话。巩怀远反问张妍:"难道,我不该对你有一点防备吗?"张妍:"你真的把我当间谍了?那我们还有必要坐下去吗?""我认为,很有必要!"巩怀远拿起壶再一次给张妍倒茶。"你莫非还想对我说点什么?""张妍,我相信,你骨子里还是一个中国人,回国吧!"

　　鹭岛市温泉浴场。艾尼莎、黄薇薇身着泳装,跳入泳池。曲广文在岸上追着她们的身影。"下来吧。"艾尼莎招呼曲广文。曲广文跳进水中。黄薇薇笑问曲广文:"来过这里吗?"曲广文:"第一次。""见过我们这么美的曲线吗?"黄薇薇踩水,摆了个动作。曲广文:"过去没有,现在见到了!"黄薇薇:"跟两个美女泡在一个池里,水又这么清洌,就没点想法?""你们的意思,我已经明白了。"曲广文一脸坏笑。"你明白什么了,我怎么不知道呀?"黄薇薇进一步挑逗。艾尼莎:"你是不是以为我们是色情间谍啊?曲广文,你的想象力也太丰富了,赶快往回收一收吧。""难道?你们接近我,又露得这么多,就没点目的?"黄薇薇:"你就放心吧,我们的水不深,完全不像你想的那样。"

　　湖滨茶室。巩怀远见张妍好长一段时间不说话,又打破沉默:"昨天,你去见过洪少秋了?""唉,刚回三岛,我妈就对我说,要当心后面有眼睛,原来那双眼睛就是你。""就你?我不用眼睛也知道!"巩怀远说,"洪少秋在你心里,永远排在我前面。""洪少秋是我哥,我去看看他,难道不应该吗?""他要真是你哥,我和你早成一家人了!可惜,他不是。"张妍问:"我听说,你跟商菲菲准备结婚了?""洪少秋告诉你的?""唉,你怎么老往洪少秋的身上联呀?这事跟他没关系,是我妈告诉我的。""你妈对我和商菲菲的事,也太关心了吧?""我对你的这个事,也很关心哦!""是吗?"巩怀远猜测张妍的意图。"你准备跟商菲菲结婚,是看中了她这个人呢,还是看中了她脑子里的秘密?""张妍，在你的眼里，我是那么坏的人吗？""既然你看中的是她这个人，那我祝福你们！""闹了半天，你套我呢？""我套你什么了？"张妍拉开包，拿出一对手机，"我把礼物都从D国给你们带回来了，收下吧，衷心祝愿你们恩爱、美满、幸福！""张妍，你……你这是最后向我摊牌吗？""巩主任，这不是摊牌，是祝福！"张妍递上手机。巩怀远接过手机："那好吧，我接受你的祝福！"

鹭岛市白天鹅宾馆9018房间。艾尼莎从电脑上抬起头来，对黄薇薇说："去吧，设备都准备好了，就差你和他演戏了。""艾尼莎，跟03、跟石刚，我都没动过真感情，就他，我哪能玩真的？"黄薇薇犹豫。艾尼莎："干我们这一行，有些事，是由不得你的！拉下脸来，一会儿的事。""问题是，跟他上床，我心里别扭！"艾尼莎："你经常说，人不要脸，天下无敌！怎么，到了真要你豁出脸皮来的时候，你怎么又打退堂鼓了？其实，跟谁上床不是上呀。""既然这样，我看还是你去吧，我怕到时候搞砸了！"艾尼莎："瞧你这点出息！一会儿，把像录好了。"照了下镜子出门。

鹭岛市白天鹅宾馆9020房间。曲广文打开门，看到是艾尼莎，吃了一惊："怎么是你？"艾尼莎："没想到吧？""我还真没敢想。"艾尼莎坐下："其实男女在一起，你情我愿就行了。"曲广文："越是表面装得单纯的女人，心里越是藏着不可告人的目的！我刚才想了,你们的来头很不简单！""想缩回去，还来得及！给我开门，滚出去。"艾尼莎眼皮一翻。"在一下子和一辈子的问题上，我还真得好好想想。""那你就自己在这里想吧。"艾尼莎起身准备出门。曲广文拦住艾尼莎："那、那我们上床吧。"艾尼莎："来呀！"一把拉过曲广文给他解衣。

张妍回到家里。张西洋对女儿说："张妍，爸爸、妈妈想和你谈谈。""爸、妈，谈就谈呗，干吗这么严肃？"张妍一屁股坐进沙发。"这次，你给爸爸带回潜艇资料来了吗？""呦，瞧我这脑子，当时就想着给你们买吃的用的了，还真把这事给忘了。"田云："在D国，吃的用的，是不是要比三岛好一点？"张妍："其实，只要有钱，在哪儿都一样。"田云："爸爸、妈妈的年纪大了，很想要你回到身边来。""有少秋哥、洪蓉在你们身边，我就是离得远一点，也没什么大不了的吧？""他们是他们，你是你，不一样。"张西洋："张妍，你难道还不明白你妈的心吗？她是不想让你在K集团再待下去了！""可我在K集团，才能学到和掌握更多的潜艇技术呀。"张西洋："我们送你出国留学，是要你回来报效祖国的！""像我这样，就是回来了，也进不了潜艇研究基地，别说报效祖国，就连学业都荒废了。"田云："你可以给你爸当助手嘛！""我给我爸当助手，谁给我开工资哪？"

商菲菲与巩怀远发生冲突之后，到医院看望洪蓉。"商总，感谢你来看我！"洪蓉想支撑着爬起来。"你好好躺着……"商菲菲按下洪蓉，"好好躺着。"洪蓉愧疚地说："商总，我这次被钱守成利用，太对不起你了。""我至今都没搞清楚，我们在一起议论的数据,是怎么被钱守成搞出去的？"商菲菲禁不住吐了口长气。

"我想来想去，觉得问题还是出在眼镜上。"商菲菲："眼镜呢？"洪蓉："已经交给专案组了。"

张妍进入卧室，反手关上门，打开电脑，点击鲨鱼图标。张西洋在客厅看了一眼女儿的房门，心里很不踏实，倒了杯水，敲门进屋："在上网呢？"把水放在女儿的电脑旁边。"爸。"张妍看了眼父亲，"玩个游戏。""什么游戏？"张西洋问。"《海底世界》。""可以教教我吗？""爸，你这么忙，哪有时间玩这个？""潜艇设计终于搞完了，想放松放松自己。""爸，你就不是这样的人！是不是对我不放心呀？""爸真的想玩，你就给我拷贝一个呗，我好好琢磨琢磨。""行，我一会拷，明天给你，你回屋休息吧。""你还有事？""这不，正玩游戏吗？"

张妍一早起床，就将游戏《海底世界》交给父亲。"你还真给我了拷贝出来了？"张西洋看了看U盘，"这么说，里面没藏着什么见不得人的东西？""爸，不管你对我放心不放心，我都希望你把游戏装进电脑里，好好地琢磨琢磨。"张西洋："我哪有这个时间？""你没有这个时间，那就让我妈练练手。"田云端上最后一道菜："上桌吧，吃饭了。"张妍端起碗："爸，妈，我想通了，离开K集团，回来给我爸当助手。""真想回来了？"张西洋眼前一亮。"是的。"张妍，"而且是越快越好！"张西洋："我会请组织考察你的，只要你自身没问题，基地是会录用你的。"张妍："那就太谢谢爸了！""问题是，你经得起组织的考察吗？""从K集团出来的人，档案都是干干净净的，你就放心吧。"田云："张妍，这刚过去一夜，你怎么突然就想通了？"张妍："我哪是突然想通的？这几年，你们没少做我的工作吧。特别是最近，高一天、洪少秋、叶焓，他们可没少轮番轰炸我呀！"

田云："原来他们在背地里，还真帮了我们不少忙。""妈，你真要有这份诚心，就和我爸一起，出面请他们吃顿饭，当面感谢他们。"田云："这顿饭，你是冲着少秋请的吧？"张妍："我是冲着高一天请的，我在K集团的工作，毕竟是他给我找的嘛！""张妍，你的跳跃也太大了，爸还真有点接受不了！"

在三岛市最好的饭店，张西洋、田云宴请03、洪少秋、叶焓。张妍起身讲话："我决定回国，除了想了结父母的心愿，也是给大家一个回应。"停顿了会儿，"当然，这里面还有一份更深的情结，千言万语，全在酒里，干！""唉，张妍，等等。"03伸出手，"我算是听出来了，今天这酒，其实你是为你那个更深的情结喝的！我很想知道，你那个更深的情结是什么？只有你把这一层说出来，这酒喝着才有意思。""这个秘密……"张妍望了下天花板，"到该公布的时候，我会告诉大家。""哦，要是这样的话，那我就明白了！"03晃了晃酒杯。张妍："为我回国，也为了这个秘密，干杯！"03："干！"洪少秋、叶焓互相看了一眼，又都把焦点集中到张妍的脸上。

洪少秋、叶焓参加完张妍的宴会出来，送走张西洋一家后，一起乘车返回专案组。"不想说点什么吗？"叶焓开着车问洪少秋。洪少秋："张妍突然决定回国，我想不是偶然的。""当然不是偶然的。""她的这个决定，很可能是K集团让她改变的。"叶焓："假如你的这个可能成立,那么,她留下来的目的是什么？"

张妍从出租车下来，走进03的办公室。03起身："昨天请客，今天又来找我，你很忙嘛。"张妍："我今天来，是来领受任务的。""领受任务？"03茫然，"你想完成什么任务？""当然是你交给我的任务了。""那我们就坐下来，一起分析一下，看谁是'鲨鱼一号'？"张妍坐下："你要真有这个意思，那就给我交个实底……""实底就是，我正在执行侦查'鲨鱼一号'的任务。""你在K集团这么多年，还不知道谁是'鲨鱼一号'，蒙谁呀？"03："实话告诉你，我只要追查出'鲨鱼一号',身份就可以公开了,那将是多么痛快的一件事啊！""那你认为，谁会是'鲨鱼一号'？""我离开K集团后，谁给布雷尔发去的情报最多？""这还用问，当然是'鲨鱼一号'了。"03问张妍："'鲨鱼一号',到底是谁？"张妍："我要知道，还来问你？"03："古人说，有茗吟千篇，无茶难下棋，我们到茶室慢慢碰吧。"

鹭岛市郊区半山别墅三楼。曲广文洗完澡，穿好睡衣下楼，走到艾尼莎的身边："你看我们……""吻吻我的手！"曲广文拉起艾尼莎的手，示意她上楼。艾尼莎："吻啊！"曲广文单腿跪下，亲吻艾尼莎的手。艾尼莎突然抽出手，推开曲广文："你猪呀！怎么拱起来没完了？一点情调都没有，滚一边去。"曲广文慌忙作揖："二位美人，你们到底要我做什么？说呀！你们今天就是要我去死，我也把脑袋交给你们了。"艾尼莎："要想和我上床，就去办一件事。"曲广文："别说一件，就是十件，我也依你。"艾尼莎拿出一个灯泡："把这个灯泡，换到你们生产线上照明的灯槽里去。""嗨——早说呀！拧下一个灯泡，装上这个灯泡，简单！"艾尼莎："简单？里面的玩意儿很厉害的！办砸了，当心脑袋！"曲广文："原、原来是这样呀？那、那我进不了车间的……"黄薇薇："想死是吧，那好，一会儿我们就让你永远闭上嘴巴！""二位美人，我、我把小命都豁出来了，你们总得给点报答吧？"黄薇薇："你呀，就是一个色鬼！""我们上楼吧？"曲广文央求。艾尼莎："你先去把大事办了，再来办小事。"

巩怀远通过林影找到叶焓，把张妍送给他的一对手机提供给专案组，说怕里面有暗鬼。叶焓拿起手机："这应该是送给两个人的吧？""对，其中一部，是送给商菲菲的。"叶焓："我明白了，这是她送给你们的结婚礼物。"巩怀远："她明明知道我跟商菲菲掰了，还送这个，这不是恶心我吗？""要是结婚礼物的话，你就拿回去，里面肯定没有窃听装置。""你们还是查查吧，万一，你们对张妍也好心里有个数嘛。"叶焓："你说，你是希望手机里有问题呢，还是希望手机里没问题？"巩怀远："我当然是希望没问题了，这样不但对张妍好，而且我和商菲菲还能各捞一部手机……白捡的，有什么不好？"叶焓拿起手机："那好吧，我就帮你这个忙。"巩怀远："其实，有个事，我还想请你帮忙。""什么忙？"叶焓问。"请你出个面,替我给商菲菲带句话。""想恢复关系？"巩怀远："张妍心里只有洪少秋……"叶焓的眉头跳了一下："好吧。"

洪少秋在专案组正忙着,突然接到张妍的电话,问他有没有时间,陪她去一趟广台。洪少秋琢磨张妍的意图,答应尽快给她一个回话。"张妍要你陪她去广台,目的何在？"林影盯着洪少秋。"游山玩水？谈情说爱？"洪少秋琢磨,"没这么简单吧？"米小冉："广台的军工企业,正在生产远程导弹,她会不会是奔着导弹去的？""假如她是奔着导弹去的,那就应该是秘密地去、秘密地回,为什么要拉上我？"洪少秋问。米小冉："让你充当保护伞啊。"叶焓："这个问题,好像没这么简单。"江源："洪处,我认为张妍带上你,有两个目的。第一,就是想把秘密转化为公开,通过你顺利到达广台,要不,她担心在我们的监控之下,她进入不了广台；第二,反过来,在公开中掩护秘密,表面看是和你叙旧,实际上完成指挥窃密的行动。"林影："分析到位！""我认为,江源的分析,只是一个可能。"叶焓说,"敌人这样做,极大可能是通过张妍转移我们的视线,其实他们在另外一个方向下手,打我们一个措手不及。""叶处,你太厉害了！我咋就没你看得这么深呢？"米小冉感叹。"叶处,你下决心吧。"洪少秋说。叶焓："江源,你带一台侦查车,从三组抽四个人,天黑出发,先一步赶到广台。"江源："是！"叶焓："米小冉,你带一台侦察车,从六组抽四个人,连夜赶到鹭岛 312 工厂布控,万一敌人在那儿下手,我们也好有个准备。"米小冉："是,保证完成任务。"

三岛机场。洪少秋、张妍前后通过安检口,进入候机大厅。石刚在候机室座椅上发现洪少秋、张妍走来,捅了下旁边的商菲菲："你看,谁来了？"商菲菲起身："洪处,你们？"看了张妍一眼,说不清是惊讶还是奇怪。"有几年没跟我哥出门了,我让他陪我上一趟广台。"张妍解释。"洪处。"石刚好奇地问,"这位真是你妹妹？""我们从小一起长大,你说是不是我妹妹？"张妍看了眼石刚,问商菲菲："商总,这位是？"商菲菲："哦,你别误会,基地的军代表。"石刚向张妍伸出手："幸会！"张妍握住石刚的手："上广台,是去出差的吧？"商菲菲："去检查产品质量。"张妍："那你们的责任太重大了。"洪少秋："开始登机了,我们进去吧。"

三岛市国家安全局技术处。吴声检测叶焓送去的手机,发现里面真的有窃听装置！周大路指示吴声,尽快到专案组向叶焓反馈情况。"什么！"叶焓听完吴声的汇报,惊得站了起来,"两部手机,都有窃听、发射装置？"吴声："结果就是这样。""既然这样,那你先把它放回到证据库去吧。"叶焓嘱咐。吴声："周局还说,要你打个电话,把这个情况通报给洪处。""知道了。"叶焓说,"等我琢磨清楚里面的奥秘,我会打这个电话的。"吴声愣了下,他不明白叶焓为什么不马上打这个电话？

广台市区的曲水公园。张妍对洪少秋说："这里的水曲曲弯弯的,很像我现在的心情。""一个人，只有心事藏的太深了，思绪才会这么复杂。"洪少秋话里有话。张妍："我想起小时候的事来了……那时候，我们多么天真啊！有一次，你偷偷下河游泳，妈妈和我把你的衣服、裤子抱走了，你光着身子上来，真丢人！""你还好意思说我呢，有一次，你尿床，那味道……就别提了！""是吗，我怎么不知道有这事呀？"张妍盯着洪少秋。"当时，你烧糊涂了。""敢情，是我发高烧的那一次呀，这跟你那比起来，不丢人。"洪少秋："你要我到广台来，不仅仅是要跟我回忆童年吧？"张妍："那当然不是。""那就说说你的意图吧？"张妍："修复感情！"

  721厂车间，石刚、商菲菲在技术人员陪同下，依次检查生产线上的部件。厂方总工："我们这次用的材料，全部是国内最好的……"721厂外的侦察车上，屏幕上传来生产线信息。江源的眼睛突然直了："叶处，车间有人向外发送信息！"叶焓的指令传来："马上带人赶往车间，以最快的速度截获发射装置！""大宋，留下值班；小沙，跟我走。"江源向同事下达任务后，拿起检测仪跳下车，赶往车间。721厂导弹生产车间。江源手持电子检测仪："各位，请马上离开生产线。"石刚、商菲菲和陪同人员转过身来。商菲菲问江源："怎么了，你怎么也来了？"江源："发现敌人正在从这里向外窃取机密，需要对大家进行安全检查！刚才，你们谁离生产线最近？"石刚："我。"江源指挥同事："小沙，对石代表进行检查。商总，还有你是不是也离得最近？"商菲菲："是。"江源："请你往边上站一下。"检测仪自上而下，"有反应！"仪器在商菲菲的第二个纽扣上报警。商菲菲："怎么会这样？"吓得不知所措。江源："商总，请跟我们出去一下！"

  721厂厂区，江源握着手机："洪处，说话方便吗？"宾馆张妍房间，洪少秋捂着手机，对张妍说："我出去接个电话。"走出房间后，"你说吧。"张妍想了想，跟到门口偷听。江源通过手机报告："在商菲菲的上衣纽扣里，发现微型摄像机和发射器。"洪少秋："接收装置找到了吗？"江源："没有，我怀疑在张妍身上。"洪少秋："从下飞机，我就一直在她身旁，没见她动过什么装置。"江源："也许她的装置藏得很隐蔽。"洪少秋："那好吧，我想办法把她调离房间，你抓紧对她的物品进行检查，只要发现接收装置，马上给我电话。"江源："明白。"

  三岛专案组，叶焓拿起电话："米小冉，你那边有情况吗？"米小冉在侦察车上回答："还没有。"叶焓通过屏幕通告："在广台方向，敌人已经把微型摄像机和发射器材带进车间去了！鹭岛方向，你们也要加强监测，一旦发现异常，好在第一时间进行处置。""明白。"米小冉，"一会儿我们再把车靠近一点。"

  312厂主板生产车间。曲广文在生产线旁巡视，终于看到灯槽里的一个灯泡坏了，慌忙向前后左右看了看，走过去开始往下拧灯泡，被烫了一下，匆忙缩回手……一名员工过来："曲工，怎么了？"曲广文吓了一跳："灯、灯泡坏了……""是吗？早不坏晚不坏，偏偏这个时候坏！要我帮忙吗？"曲广文："不用、不用，我自己就行……唉，这灯泡怎么这么烫……""曲工，那辛苦你了。"

员工走开。曲广文掏出艾尼莎交给他的灯泡型摄像发射器，看了看灯头，往上拧去……此时，艾尼莎来电话，要曲广文取消安装。曲广文装起手机，慌忙把还没有拧到位的灯泡拧了下来。员工走回来："曲工，怎么还没好？"曲广文："换了一个，没想到又是坏的！你去保管员那里领一个新的来吧。""遵命。"员工离去。

　　宾馆，江源进入张妍房间，使用仪器对她的物品进行检查。宾馆地下室游泳池，张妍突然上岸，披上浴巾，往房间走去。洪少秋跟上："张妍，怎么了？""我手机忘在房间了。""忘就忘了吧，再游一圈，我们就回去。"张妍："那不行，万一有电话找我？"洪少秋："那我替你跑一趟……稍等，我马上就回来……"张妍："你把我放在这里，能放心吗？我还是跟你一起回去吧。"江源还在对物品进行检查。张妍、洪少秋从宾馆电梯出来，走向房间。洪少秋招呼女服务员："服务员，开门。"张妍："不用，我带卡了。"话音刚落，已伸出磁卡，打开门，扑进屋里，见手机还在老地方，拿起后对跟进来的洪少秋说，"我以为再也找不到了。"洪少秋："为什么呀？"张妍："你说为什么？""一个手机，值不了多少钱，万一丢了，我给你买一个。""那好，你明天就给我买一个。"洪少秋："没问题。"

　　三岛，专案组询问室。叶焓向商菲菲亮出衣服上的纽扣："商总，不想说点什么吗？""笑话！远程导弹是我牵头设计的产品，我真要想窃密，还用得着通过这么个破玩意儿来做手脚吗？"商菲菲态度很强硬。江源："说来说去，这事你难道还有理了？""虽然没理，但我心里也没鬼！"叶焓："不管怎么说，这个纽扣是在你的衣服上发现的，你总得说清楚吧？"江源："说吧，这个问题不管到什么时候，你都回避不了！"商菲菲："这件衣服，是巩怀远送给我的。"

　　叶焓带着衣服找到巩怀远。巩怀远："我承认，衣服是我送给商菲菲的，但我根本就不知道上面会有那玩意儿？我要是知道，别说是为了巴结她，就是杀了我的头，我也不会送给她的！"江源："衣服是从哪儿买来的？""三岛'丽人'。"

　　米小冉赶到丽人服装店追查。售货员接过衣服看了看："咋啦，不合身？"米小冉："你看看纽扣，是原装的吗？"售货员仔细查看每一颗纽扣，挑出第二颗："这颗好像是换过的。""谢谢！"米小冉拿过衣服。

　　江源、米小冉再次去找巩怀远："这件衣服，你是什么时候送给商菲菲的？"巩怀远："我想，你们应该去找过售货员了吧？"米小冉点了下头。"既然去过了，还来问我干什么？""想印证一下，你和售货员说的一致不一致。"巩怀远："当时，商菲菲在那家店相中了这件衣服，我说送给她，她推托了一会儿，我去替她交了钱，她就把衣服带回去了。你们说，我就算是那个间谍，有没有机会给她更换那个什么微型摄像机？"

　　专案组询问室。江源问："商总，当时你和巩怀远进商场，是特意去买这件衣服的吗？"商菲菲摇了摇头。米小冉："进那个店，是巩怀远提议去的吧？"

商菲菲："是我要他进去的。""买了衣服以后,是你拿着还是他拿着?"米小冉问。商菲菲："在商场里是他拿着,到了我的宿舍门口,他就给我了。"

洪少秋、张妍从广台乘飞机返回三岛。田云看到张妍进家："你总算是回来了!"张妍对母亲的举动感到纳闷："妈,你怎么了?""你还不知道吧?商菲菲出事了!"张妍："她出什么事了?"张西洋阻止田云继续说下去,转换话题："少秋呢,怎么没跟你一起上来?"张妍："他说还要加班,送我到楼下就走了。"

洪少秋回到专案组,拿起衣服看了会儿,肯定地说："这个微型摄像发射器,应该是在商菲菲到达广台以后,才被敌人装上去的!"林影："会不会跟张妍有关?她约你到广台,广台果真出了事,这不是偶然吧?"洪少秋："在公开和秘密两条线,我都盯着她,没发现她到过商菲菲的房间。"米小冉："洪处,我坚持认为,售货员、巩怀远的嫌疑都不能排除,他们没准早就串通好了。"洪少秋："到那个店,是商菲菲提出来,买这件衣服,也是商菲菲自己相中的。敌人再神,也不可能事先料定商菲菲会进这个店,会相中这件衣服吧?"米小冉："这有什么难的?他们事先安排,有意引导的呗。"洪少秋："就算买衣服是敌人有意引导商菲菲,那么,这次商菲菲上广台,他们是如何安排商菲菲穿这件衣服去呢?"林影："莫非,问题还是出在商菲菲身上?"江源："商菲菲是导弹设计师,她要想窃密,用不着在扣子上做手脚。"叶焓："江源,米小冉,按照洪处的判断,抛开前一段,集中查商菲菲到达广台以后的情况。"

石刚在办公室回想自己和商菲菲到达广台以后的情况,听到敲门声,走过去打开门。江源、米小冉进屋。石刚："我真没想到,在商总的衣服上,会出现摄像发射装置!""你们到达广台后,住在什么地方?"江源问。石刚："白天鹅宾馆。""怎么住到那儿去了?""兵工厂说招待所条件不好,非要我们住到那儿去。"

"在宾馆,商总换过衣服吗?""吃饭、谈事的时候没有,在卧室和睡觉的时候,我就不知道了。"米小冉："你们出去过吗?比如游泳、捏脚什么的……""那些地方我能去吗?"石刚说,"厂方知道我是军人,特意安排了一个很健康的活动,带着我们游台江、看夜景去了。"米小冉："在游船上,商菲菲脱上衣了吗?""我想想……"石刚回忆了会儿,"在船上,商菲菲虽然脱了上衣,但她一直拿在手上。"江源："那问题一定是出在宾馆了?"石刚："要出,也是出在商菲菲不跟我在一起的时候。"米小冉："你们在广台期间,张妍去找过商菲菲吗?"石刚："不知道。但我觉得,商菲菲的衣服上出问题,多少应该跟张妍有点关系。要不,平白无故的,她约洪少秋上广台去干什么呀?"米小冉："那你认为,张妍和商菲菲之间,会是一个什么关系呢?"石刚："我的想法,仅供你们参考……"

专案组。叶焓对洪少秋说："洪处,从摄像发射器的功率看,要想把信号发送到卫星上,还需要中间有人和设备接力。"米小冉："石刚怀疑,张妍到广台,就是去起中转接力作用的。"洪少秋:"江源,你在张妍的物品里,找到接收、转发装置了吗?""没有,但我怀疑她的手机具有这个功能!要不,她怎么会在游泳的过程中,突然就回来找手机了呢?"米小冉:"就是,张妍这么精明的人,又是经过K集团训练过的,要没点意图,怎么会把手机落在房间里呢?没准那个时候,手机正在发挥它独到的作用呢!"洪少秋:"不过,有一点可以肯定,商菲菲衣服上的纽扣,不可能是张妍更换的。"林影:"洪处,有的事,你不能太武断了!你俩在一起的时候,她可能没问题,但是你睡下之后,你知道她干什么去了?"洪少秋:"我为了掌握她的动向,那天夜里压根就没敢睡。"米小冉:"我就说嘛,咱们洪处是什么人,哪会叫美色冲昏头脑呢?你说呢叶处?"叶焓:"你上次说,通过秘密战线监控张妍,我还感到挺纳闷的,原来你说的秘密战线就是不睡觉?""我一夜没睡,死盯张妍,够可以的吧?"叶焓:"江源、米小冉,你们以后都要好好学习洪处的这种精神。""江源、米小冉,偷乐什么?"洪少秋严肃起来,"别乐了!一会儿订票,明天一早上广台,继续追查给商菲菲的纽扣做手脚的人。"

广台,白天鹅宾馆。马保安操作监控系统,向江源、米小冉介绍情况:"这就是那天夜里的全部录像,没人进过商菲菲的房间。"米小冉:"你的眼神告诉我,这个录像肯定有问题?"马保安:"我们就是胆子再大,也绝对不敢随便毁灭证据!"江源:"你少跟我绝对!我告诉你,现在我们是在同隐蔽敌人做斗争,不是平时的一般性检查,你别想糊弄过去!""谁糊弄了?"马保安眼睛一瞪。米小冉:"打电话把你们领导找来,我们要提取你的硬盘。"马保安:"只要领导批准,别说是一块硬盘,就是你把这套系统全部拿走,我都没问题。"

张妍从家里出来,又一次去找03。03给张妍倒茶:"我知道,有人给你打电话,指挥你和洪少秋去了一趟广台。"张妍:"这个人是你吧?"03:"我觉得,应该是'鲨鱼一号'!""既然不是你,那你怎么会知道有人指挥我去了广台?"03:"你别忘了,我正在侦查'鲨鱼一号'!"张妍:"商菲菲的发射器,是你提供的吧?""你想查清这个问题,最好还是去找商菲菲。""商菲菲的事,跟我没关系!我只想知道,这一次,到底是谁在拿我当枪使?"03:"这么说,你被布雷尔怀疑了?"张妍:"我不明白,你们要我到广台去,但为什么又没有让我参加任何行动?""张妍,你别绕我!我告诉你,我从来就没有安排过你上广台。"

第十六章

专案组询问室。商菲菲对叶焓说:"叶处长,还有一件事,疑点挺多的!"叶焓:"多一个线索,对澄清你的问题,很有好处。""那天夜里,我和石刚从游船回到宾馆,石刚邀请我去喝点夜茶。我们到茶吧坐下后,石刚点了几个茶点,我喝了不大一会儿,就感到身上特别的热,所以我把衣服脱下来,石刚接过我的衣服挂到身后的衣架上。我又喝了一口茶,似睡非睡地靠在椅子上。石刚急忙挪过椅子,拉起我的手,摸着我的脉搏惊慌地问:'商总,你怎么了?'"洪少秋追问石刚:"当时商总晕过去以后,你都做了什么?""我以为她心脏出了问题,就没敢动她,急忙跑到服务台找医生去了。""你离开了大约多长时间?""也就三五分钟吧?等我和医生赶到,她就自己醒过来了。""问题就出在这三五分钟之内!"

专案组,叶焓拿起电话:"江源,广台的事有眉目了!你们还去找那个马保安。"江源通过电话说:"要是这样的话,我们想给他换个地方。""好吧。"叶焓叮嘱,"但要注意把握分寸。"

广台公安局看守所预审室。江源:"马保安,把你请到这儿来,该说实话了吧?"目光射向对方。"唉,你们给我戴上手铐的时候,我就知道已经晚了!"米小冉:"那就讲吧。""有一个叫布加达的外国人,他住在我们宾馆的9019房间。"马保安思考着说,"那天,他在茶吧动那个女人的上衣被我发现了,由于想占一点小便宜,我就把录像倒在电脑上,拿着去找他了……"米小冉:"后来呢?"

"没想到,他一把扯过我的头推到窗户外,问我想不想下九楼?逼着我把录像删除了!"米小冉:"你删除了吗?""删是删了,但我怕他再找我事,又偷偷拷贝了一份。""放哪儿了?"江源的目光咄咄逼人。"放、放我宿舍柜子里了。"

鹭岛市三迭瀑布。布加达与艾尼莎见面。艾尼莎问布加达:"你怎么又回鹭岛来了?""我在广台留下案底了,国安顺藤摸瓜就能找到我,没办法,只好跑到这儿来了。"艾尼莎:"你尝到中国国安的厉害了吧?"布加达:"你俘虏的那个人怎么样了?""已经完全归顺了。""这几天,我又想了一招,可以通过工厂的电脑,把他们的秘密搞出来。""不可能!军工厂的电脑和外线网络,是完全隔绝的。""只要它是电脑,就总得用电吧?""离了电,那它还叫什么电脑?""还记得吗,在好几年前,中国就已经有网络公司通过电源线来传输信息了。""布加达。"艾尼莎说,"你提醒得太好了!这几天,我脑汁都快熬干了,怎么就没想到这一层呢？""你要有我这脑子，机密早就到手了。"布加达得意地笑了。

专案组指挥中心。江源把布加达的录像投到大屏幕上："这个人就是布加达。"叶焓："很可能，他就是和张妍一起进来的。"洪少秋："我们利用这段录像，考验张妍一下，通过观察她的反应，确定下一步的侦查方向。"

专案组询问室，张妍不清楚为什么把她找到这里来？"看了录像，你会更加吃惊。"米小冉把布加达的录像调出来。叶焓："张妍，据这个人说，他是和你一起回来的。""二位。"张妍说，"你们说我是承认好呢，还是不承认？承认了吧，我不认识他；不承认吧，你们又说他有交代。"叶焓："他还说了其他的一些话。""不可能吧？从这段录像可以看出，你们根本就没有抓住他！"米小冉："我们没有足够的证据，是不会找你谈话的！"张妍："我到广台的活动，洪少秋一清二楚，这么现成的证据你们不用，难道还要相信这个人？"米小冉："要不是因为洪处，我们早就不这样跟你谈话了！"张妍："那我下一次出去，还要带上洪少秋，要不再碰上广台这样的事，又该说不清楚了。""你还准备到哪儿去？"叶焓问。张妍："等我想好了，我会通知洪少秋的，我说的是通知，而不是告诉！请你们把我的话转告洪少秋。他怎么没来审我，是不是害怕磨不开面子呀？"

专案组指挥室。洪少秋反问："张妍一连强调了两个通知，而不是告诉？"米小冉："她就是这样说的。"洪少秋："通知的潜台词是什么？是说给我听的，还是说给'K集团'的人听的？"叶焓："不管是什么，但有一点可以肯定，她还会找你和她一起出去！"洪少秋："江源、米小冉，密切关注张妍的手机、电脑。"叶焓："捕捉到的每一个信息，都要及时向洪处报告。"江源、米小冉："是。"

鹭岛皇家酒店，曲广文裹着毛巾从浴室出来。黄薇薇："你洗的时间也太长了，艾尼莎已经走了。"曲广文："长什么，这才多大一会儿？我又上你们的当了！认识你们这么长时间了，我就上过一次艾尼莎的床，真他妈的够傻的！""你傻什么？艾尼莎赏你一次，已经很够意思了！因为你就执行过一次任务，但还没有成功，现在还欠着她的账呢。"曲广文："那、那是她打电话要我停止的。"黄薇薇："她说了，你要是把这次任务完成好了，让你天天当新郎，夜夜入洞房。""还天天当新郎、夜夜入洞房呢？你要有诚心，现在就跟我到楼上去……"扑向黄薇薇。

黄薇薇反手把曲广文摔倒在地："我告诉你，要想近我的身子，先去练三年再说。"

张西洋家。张妍从电脑上接收到信息。变声："张妍，你上一次的任务完成得不错，从另一个方向策应了721厂的行动。这一次，你还要带上洪少秋，再去完成一个任务……""明白。"张妍关闭电脑，拿起手机，拨出电话。洪少秋在专案组接到张妍的电话:"什么!又出去?还明天就走!"看了眼叶焓等人,"唉,我说,刚从广台回来,又上广源……广源有什么可玩的,我就不去了吧……那就换个地方……必须去……好吧,就这样。"切断电话。叶焓:"她要你陪她到哪儿去?"

"潮石。""潮石!去干什么?那儿根本就没有兵工厂呀!"米小冉惊诧。"她上次约我出去,分散了我们的注意力!这次,她要我上潮石,又是布的什么局?"洪少秋在思考中问江源,"江源,有人给她的手机、电脑发过暗示性信息吗?""明的没有,暗的就不知道了。"江源回答。林影:"要是这样的话,她的问题就比较大了……"洪少秋:"现在时间已经很紧了!要想战胜他们,必须吃透一个问题,张妍为什么要我跟她上潮石?"叶焓:"会不会又是声东击西?"洪少秋:"东在潮石,西在哪里?"江源:"广台他们去过了,这一次,最大的可能是哪儿呢?"叶焓:"我们不是算命先生,不能把力量放在一两个点上。万一放偏了!"洪少秋:"怎么行动,你说吧。"叶焓:"第一,我带米小冉,到鹭岛312厂;第二,由江源带一组,再进广台721厂,防止敌人杀回马枪;第三,我协调周局,派出部分人员,进驻潜艇建造船坞,严防敌人在那下手。"洪少秋:"那指挥上的事,怎么办?"叶焓:"把网络连过去。"

三岛机场潮石方向候机室。播音传来:"飞往潮石的0139航班马上就要起飞了,请旅客们准备登机。"洪少秋起身。张妍跟着站起来,把一张纸条展示在洪少秋面前:不去潮石,改飞鹭岛!洪少秋愣了?张妍伸出两个手指头压在洪少秋的嘴唇上,面对他摇了摇头。洪少秋揣摩张妍的意思。张妍掏出手机,用另一只手指了指。洪少秋似乎明白了什么:"你?"张妍指了指鹭岛方向,用手和嘴比画,意思是:说呀!洪少秋:"张妍,我不想去潮石了。"张妍:"怎么,临了还变呀?飞机就要起飞了!"洪少秋:"潮石我去过,没玩头,你我好不容易出去一趟,总得去个有劲点的地方吧?"张妍:"票都买了!""你非要坚持,就自己去吧。"张妍:"那、那你说吧,上哪儿?"洪少秋:"鹭岛。""鹭岛有什么好玩的?还不如潮石呢。""你如果跟我去鹭岛,就去换票,要不去,我们马上回去。"张妍:"你为什么非要上鹭岛呢?""因为那里的景色、气候、空气,都比潮石要好!"张妍:"那你等我一会儿,我先去方便一下回来再说。"

鹭岛312厂保密数据库里,米小冉连接好电脑,向叶焓报告:"叶处,一切准备完毕。""这里就交给你了。"叶焓拍了拍米小冉的肩,掏出手机查看短信后说,"洪处到鹭岛来了!"米小冉:"他为什么突然改变方向?"叶焓:"洪处暗示我们,这次改飞鹭岛,是张妍的临时动意!""这个张妍,也太狡猾了!她以为假装蒙骗洪处去潮石,我们在鹭岛就毫无准备了?""张妍突然改飞鹭岛,等于给了我们一个信号,敌人进攻的重点很可能就在这里!"

鹭岛,乡下香蕉林里,洪少秋、张妍在散步。张妍:"原来你说的鹭岛美景,就是这片香蕉林呀。"洪少秋:"在室外陪你走走,我心里踏实多了!"张妍:"你呀,那都好,就是胆子太小了!""你要我在房间和你坐在一起,就算胆子大了?"
"你以为在房间里,我会把你吃了吗?""就你那点心思,我早就看出来了。""既然看出来了,那就拉着我的手吧。"洪少秋机敏地躲开手,顺势做起扩胸运动:"这样多好,又轻松,又自在,还能增加肺活量……""洪少秋,你用得着这样躲我吗?""叫我什么呢?你别忘了,我是你哥!""哥什么呀?我的心思,不是早就跟你说过了吗?""我的想法,不是曾经多次告诉过你了吗?""我知道,你的心,一直在叶焓身上,可人家答应你了吗?""她不答应,我就一直追呗!"张妍:"哥!"洪少秋:"对,就这样叫,我永远是你哥。"

曲广文看了下身后,走进保密数据库。米小冉迎上曲广文。曲广文愣了下,问米小冉:"你是谁,怎么会在这里?"米小冉:"我是基地新来的保密员,有事吗?"曲广文:"那个、那个我们厂的肖保密呢?""根据上级指示,为了确保潜艇机密的安全,各兵工厂的保密数据库,都由我们基地派出的保密员接管了。"曲广文:"原来是这样!那、那我领份图纸。"米小冉:"几号图?"曲广文:"5号。"米小冉往保险柜方向走了两步又返回来:"我……肚子……昨天也不知道吃什么了?你稍等一会儿……"曲广文见米小冉消失在门外,急忙掏出高速解码器连接到主机上,很快得到密码,拔下解码器。米小冉进来:"你领图纸的批条呢?"曲广文假装摸了摸衣兜:"瞧我这记性,忘办公室了,我马上去拿。"

鹭岛南方宾馆1105房间。洪少秋握着手机:"叶焓,我发的短信收到了吗?"叶焓的声音传来:"告诉你,敌人已经上钩了。"洪少秋:"几个人?""目前就一个。""厂内、厂外?""厂内。""外面一定还有人,千万不能大意!"叶焓:"你把张妍跟住就行了。"

鹭岛南方宾馆1108房间。张妍坐在电脑前:"老板,这次改飞鹭岛,是我请示你同意的,你怎么又责怪起我来了?"电脑传来变声:"我只是提醒你,在同洪少秋的接触中,务必保持足够的警惕!"张妍:"我正式告诉你,俘虏洪少秋,最好是跟他成为一家人,这是总裁要我留在国内的一个附加任务。"电脑变声:"有这事吗,我怎么不知道?"张妍:"我们现在的对话,总裁没准就听着呢?要是没这事,我还敢蒙你不成!"电脑变声:"我的意思是,你不管在任何时候,都不要忘了自己肩负的任务!"张妍:"不用你提醒,我这几天的任务,就是牵制好洪少秋。"变声:"知道就好!牵制是牵制,但有一条,你和他住在同一宾馆、同一层楼,千万不要陷得太深了!"张妍:"你就放心吧,我跟他的一切,都是在演戏。"变声:"假戏可以,但别真做!"张妍查看对方网址,除了一条鲨鱼游去,其他的什么也没有。

鹭岛,莲雾园内,果实累累,红黄相间,颇为抢眼。布加达、艾尼莎、黄薇薇、曲广文在莲雾树旁搓麻将。艾尼莎:"曲广文,你从保密数据库搞来的密码,是不是得到的太容易了?""容易什么?要是再晚3秒钟,我就被她当场抓住了。"布加达:"你说的那个保密员,她真的是上面派来的?"曲广文:"是,她说了，所有主要厂家的保密员都换成基地的了。"黄薇薇怀疑："这可能吗？里面一定有诈！"艾尼莎要曲广文给其他721厂打个电话探探虚实。曲广文通过114查到721厂保密数据库的电话，核实以后向艾尼莎报告："721厂的保密员也是基地去的。"布加达："我还是不放心。"艾尼莎："已经走到这一步，还迟疑什么？就放开手脚干吧！"布加达："闹不好，只要我们的网线一连通，就会把自己送到鬼门关里去！""我说个想法。"黄薇薇，"为了保险起见，我们分三个批次行动。"布加达："曲广文，你第一个上；黄薇薇，你第二个出击；艾尼莎，我们最后一个顶上去！在这次行动中，谁也不许当孬种！""那行吧，我、我先去连线了。"曲广文起身。黄薇薇："这哪儿有网线呀？"曲广文指了指水泵房："我早就看好了，水泵房边上就有电源线。"黄薇薇："电源线？"布加达："这次的进攻，就要看这一招灵不灵了。"艾尼莎："我去看看吧。"走到水泵房旁边问曲广文，"连上了吗？""嘿！第一个密码输进去，我还真进到厂里的网络里去了！"布加达不知道什么时候来到他们的身后："那好，一小时后，你再输入第二个密码。"招呼艾尼莎、黄薇薇，"我们撤。"曲广文望着他们奔向海边的背影，愤愤不平："呸！"布加达、艾尼莎、黄薇薇登上停靠在岸边的快艇，开足马力离去。

  鹭岛312厂保密数据库。米小冉向叶焓报告："叶处，敌人已经突破第一道防火墙！"叶焓："锁定目标，展开追踪。"米小冉操作电脑："在内网上，找不到对方的电脑。"叶焓："马上给第二道防火墙加密，设法拖延对方的时间……""是。"米小冉设置密码。叶焓掏出手机："二组，发现敌人的无线窃密信号了吗？"二组："还没有！"叶焓放下手机，着急地来回走了几步，眼睛停留在线路上："会不会是……对，电源线！米小冉，能不能反查过去，看敌人在哪里？"米小冉查了一会儿："对手的电脑不在网络里。"叶焓："难道他们可以攻进来，而我们就拿它没办法吗？"米小冉站起来想了想："对了叶处，找到那天来盗取密码的人，我们就知道他们在哪里了。"叶焓掏出手机："二组，马上追查曲广文的去向。"二组："明白。"

  莲雾园水泵房旁，曲广文满头是汗，一直在为攻不进电脑的第二道防火墙着急："妈的，第一道都进去了，第二道怎么还进不去？再进不去，老子踢了你！"

  鹭岛312厂保密数据库。二组的报告声出来："叶处，发现曲广文在东滩头莲雾园。"叶焓："米小冉，你在网上给敌人施放一点甜头，拖住他，我马上带人赶过去。"

  莲雾园，水泵房旁边，曲广文生气地："这个破电脑，怎么刚接到一点破信息又没有了呢？进啊！"叶焓带领行动队员包围水泵房。曲广文听到传来响声，切断电源，合上电脑，慌忙起身。叶焓的枪口指在曲广文的脑门上。曲广文扑通一声跪在地上："国安大姐，你别开枪，我交代！"叶焓："你的同伙呢？""他、他们跑了。""都有谁，磨蹭什么？说！"曲广文："布加达、艾尼莎、黄薇薇叶焰："往哪儿跑了？"曲广文："海上。"叶焰："使用什么交通工具？""快艇。""多少号？""海游301。"叶焰挥了下枪，对行动队员说："把他带到车上去。"掏出手机，"米小冉，你马上带人，赶到濒海旅行社，追查301艇的位置，看布加达、艾尼莎他们还在不在快艇上？"

　　街道。越野车里，黄薇薇开着车，看到两辆警车与他们先后相交过去。布加达："亏得我们把曲广文推到前面去了！"艾尼莎："你太多心了吧，过去两辆警车，就以为是去抓我们的？"布加达："看这架势，他们肯定是奔着301快艇去的！"艾尼莎："就算他们是去抓我们的，那也没什么了不起的！他们忙他们的，我们干我们的。黄薇薇，把车开到城北去，找一个网吧，我还要到网上去试一试，看他们能不能从电源线上发现我？"黄薇薇："我、我们还是抢在他们布控之前，尽快离开鹭岛吧！"艾尼莎："要是曲广文真的栽了，我们现在出城，那不等于是往他们的口袋里钻吗？"黄薇薇："那你说，我们到哪儿去？"艾尼莎："我说了，网吧。"布加达："网吧多没意思呀！还是上旋转餐厅，先把肚子吃饱了，等国安的卡撤了，我们再离开鹭岛。"

　　南方宾馆餐厅。洪少秋在接电话，张妍有意无意地听着洪少秋打哈欠。洪少秋终于放下手机："张妍，叶焰在电话上说了，他们打了一个漂亮仗，抓到一个人，这个人还没进看守所呢，就吓得尿裤子了，一再说要见见你。""见我？"张妍说，"我敢断定，在叶焰抓到的人当中，根本就没人会认识我。"洪少秋："这个人说了，他是跟你一起回来的。"张妍："跟我在一架飞机上的人多了，也许他认识我，但我不认识他。""认识不认识，你去见一面就知道了。""我觉得，没这个必要。"洪少秋："真的不去？"张妍："要抓我，我就去，不抓我，不会去！"

　　鹭岛看守所门口。叶焰、米小冉的车在看守所门口汇合。曲广文被推下车，看到高墙电网，跪下央求叶焰："叶处长，你可不能就这样把我放进去呀！""起来！"叶焰喝令，"你应该知道自己犯了什么罪吧，不想进这里，还想到哪儿去？"曲广文："我想戴罪立功。"米小冉："你知道艾尼莎他们在哪里？""只要你们信得过我，我就带你们去找。"叶焰："那你刚才为什么死抗，一而再，再而三地说不知道？""你总得允许我有一个斗争的过程嘛。"叶焰："抓紧说，他们有可能藏在哪里？"曲广文："在……那、那个地方我就去过一次，没记住。"米小冉："你是不是想打逃跑的主意？我告诉你，休想！"曲广文："我都这样了，还往哪里跑呀？我带你们去吧。"叶焰："上车。"

　　旋转餐厅。艾尼莎举起杯："二位，再碰一个。"黄薇薇无心喝酒："这里安全吗？"艾尼莎："有什么不安全的？喝一个，压压惊！""不行，我心里直敲小鼓。"布加达说，"还得走，而且还得快走！"

　　旋转餐厅门前广场。曲广文带领叶焰、米小冉和行动队员在车场转悠："他们经常到这一带来……"米小冉："你仔细看看，这里有没有他们的车？"曲广文发现艾尼莎一伙的车,但却若无其事地引导米小冉从旁边走了过去,嘴里还故意磨叨:"他们的车在哪里呢?"米小冉发现曲广文的细微变化:"你是不是发现什么了?"曲广文的眼睛本能地向旋转餐厅门口望去。旋转餐厅门里,黄薇薇走到门口警惕地向门外张望了一眼,发现曲广文正带着叶焓、米小冉等人向她走来,急忙缩回门内。旋转餐厅门前广场,曲广文突然大喊一声:"看,黄薇薇!"叶焓、米小冉等,似乎也看到黄薇薇的影子向后一闪。叶焓下令:"追!"曲广文见追捕人员的注意力被吸引过去,借势撒腿往相反方向逃去。叶焓向后看了一眼,发现曲广文逃跑,连忙分兵追捕:"米小冉,你带一组,追曲广文!另一组,跟我上。"

餐厅大厅,黄薇薇、艾尼莎、布加达进入电梯。叶焓带人冲进大厅。黄薇薇、艾尼莎、布加达在电梯内下行。叶焓等向楼上搜去。黄薇薇、艾尼莎、布加达在地下停车场闪出电梯,快速上车,驶向出口。叶焓预感到失误,对队员说:"快,向下,封锁各出口!特别是车库出口,快!"行动队员快速向下展开堵截。

街道上,曲广文戴着手铐,双手往护栏上一杵,跃过护栏。米小冉带领队员全力追捕。曲广文在车流中冒险穿行。有的车辆紧急刹车,有的车辆紧急躲避,有的车辆撞在一起。曲广文从一辆车的前挡玻璃上翻滚过去。米小冉拼死追击,几辆车把她夹在中间,她顾不上危险,踩着几辆车跃过障碍,紧咬着曲广文追去。曲广文从前门上了公共汽车。米小冉从正要关闭的后门挤了上去。曲广文从车窗跳出,落在一辆小货车上。米小冉急呼:"师傅,挡住小货!"公共汽车抢在小货车前面挡住去路。曲广文跳下小货车回逃。米小冉跳下公共汽车,在大小车流的缝隙中追击。曲广文冲进十字线,被一辆来不及躲避的越野车撞出三米多远。米小冉的枪指向曲广文。一名行动队员赶来,用手试了试曲广文的鼻孔,摇了摇头。

旋转餐厅门口,一名行动队员报告:"叶处,已对餐厅搜索完毕,没有发现目标。"叶焓掏出手机:"洪处,在旋转餐厅发现艾尼莎、黄薇薇、布加达,但差了一步,又让他们逃走了。"

"他们逃出了小范围,但还没有跑出大圈子……"洪少秋看了眼张妍,"你马上把鹭岛市安全、公安加强给我们的力量,全部布置到各个路口、各个码头和机场去,一定要把艾尼莎、布加达、黄薇薇封死在鹭岛!"张妍:"少秋,你当着我的面指挥战斗,不方便吧?"洪少秋:"该保密的时候,我会离开的。"

游泳馆,休闲室。黄薇薇给布加达、艾尼莎倒上茶:"喝口茶吧,他们一时半会儿找不到这里来了!"艾尼莎:"我们的行动设计得这样周密,为什么一下就失利了?"布加达:"我认为,问题就出在张妍身上。"艾尼莎:"不会吧,我们的这两次行动,她只负责外围策应,对实质性的内容,好像一点也不知道吧?"布加达:"她不可能不知道!我敢断定,她现在就在鹭岛,根本就没去潮石。"艾尼莎:"假如张妍要在鹭岛,那她就不可能是我们的人了!"布加达:"不管是不是，我们都要试她一试。"黄薇薇："我看，现在最重要的，是考虑我们怎样脱离危险，像考验张妍的事，以后再说。"艾尼莎："如果不把张妍的底细搞清楚，我们的下一次行动还会失利。"布加达："说说看，你们有什么高招，既可以把张妍的真实身份搞清楚，又能够帮助我们逃出鹭岛？"艾尼莎："我有一个办法，可以把两方面结合起来。"布加达："什么办法？"艾尼莎："绑架张妍！"黄薇薇："这合适吗，张妍万一要是我们的人？"布加达："合适不合适，请示总裁再说。"黄薇薇："跳过'鲨鱼一号'，他会满意吗？"布加达："现在还管他呢，活命要紧！只有总裁认可这个方案，他出面调动三岛的力量，我们才有希望逃出鹭岛，否则就完了！"艾尼莎："那好吧！"操作电脑。

狄诺向布雷尔报告："总裁，艾尼莎他们被中国国安围困在鹭岛，请求绑架张妍制造混乱，以便乘机杀出鹭岛。"布雷尔："亏他们想得出来，绑架张妍，能有多大用处？"狄诺："他们认为，被困的起因在张妍身上，解围的希望也在张妍身上。"布雷尔："你马上联系03，告诉他，一定要想办法把他们给我救出来！""总裁，动用03，万一行动失手，他可就暴露了。"布雷尔："要他想一个两全齐美的办法，既要救出他们三人，又要保存好自己。""就怕他拿不出这样的办法？"布雷尔："不要再说了，去执行吧！""好吧。"狄诺转身走出办公室。

南方宾馆餐厅。张妍："少秋，这一天，你接了多少电话呀，也实在是太忙了！我真不该带你出来。"洪少秋："好在现在的通信很发达，不管人在哪里，都一样指挥战斗。"张妍："我想回宿舍去了……"洪少秋："宿舍？""哦，口误，不是宿舍，是回房间。""我组织抓捕艾尼莎、布加达、黄薇薇，好像跟你没关系吧？你完全没有必要这么紧张。"张妍："我紧张了吗？"

三岛，03卧室。03打开《海底世界》，点击水妖，播发出去的是布雷尔的声音："艾尼莎，被困住了吧？"艾尼莎："总裁，只是偶然遇到一点小麻烦！"03笑了笑，继续变声，播发出布雷尔的声音："接到你们的报告后，我拟定了一个计划，现在就给你们发过去。"

鹭岛游泳馆。艾尼莎转过电脑屏幕："总裁不同意我们绑架张妍。"黄薇薇："那张妍一定是我们的人！"布加达："他要我们绑架谁？"艾尼莎："洪少秋！""洪少秋？"布加达感叹，"这真是一个大胆的计划，一下就把我的思路打开了！""好啊。"艾尼莎握紧拳头，"这一次，一定要打他们个出其不意。"

叶焙登上侦察车："米小冉，有情况吗？"米小冉："还是没有发现艾尼莎等人的动向。""张妍的方向呢？""她既没往外打过电话，也没有人给她打过电话。""按说不应该！我已经通过洪处两次惊动她了，她怎么就一点反应都没有呢？"

鹭岛游泳馆。黄薇薇："绑架洪少秋好是好，可是我们怎么知道他在哪里呀？""这有什么难的？张妍在哪里，他就在哪里！"布加达拉过电脑，点击游戏《海底世界》，一个红点出现在屏幕上，"他们在南方宾馆。"

南方宾馆张妍房间。电脑传来变声："明天上午，你带洪少秋返回三岛。"张妍坐在电脑前反问："你是谁？"电脑变声："'鲨鱼一号'！""洪少秋要是不回去呢？"电脑变声："他必须回来！"张妍："我想办法，试一试吧。""不是试一试，是你必须带他回来！路上机灵点。"张妍合上电脑，掏出手机放在桌上，走向门口，还是不放心，又返回衣柜，从里面拿出睡衣，换下身上的衣服……

南方宾馆洪少秋房间。洪少秋听到门铃响，打开房门，见张妍穿着睡衣站在门口，有些意外："有事吗？"张妍："你不要误会！""我是军人，半夜三更的，不方便让你穿着睡衣走进我的房间。""我来，是想告诉你，明天一起回三岛吧。""急什么？我陪你到几个景点转转。""你不想离开鹭岛，是因为任务还没有完成吧？""也可以这么说吧。"张妍："明天很可能出情况，你机灵点！"洪少秋："出什么情况，你能不能把话说得明白一点？""你要是还想让我活着回到三岛的话，这句话从现在起，就烂在你的肚子里，不管以后谁问起来，都不要提起。"洪少秋让开门："你快进来，有些事，我们敞开谈谈。"张妍："时间不短了！万一他们反过来找我，哪怕是我不接电话，你我都会面临意想不到的危险！"返回房间，到了门口，又往洪少秋的门口望了一眼。

洪少秋、叶焓互通电话。洪少秋："叶处，明天盯好我的追踪器。"叶焓："发现敌人的动向了？""对！做好合围艾尼莎、布加达、黄薇薇的准备。""那张妍呢？""张妍？"洪少秋思考了一会儿，"留着她，还要钓大鱼！"叶焓："少秋，你一定要注意安全！"洪少秋："有你们在，我会没事的。"

南方宾馆大门口。洪少秋、张妍双双拉着行李箱出门，向广场上的出租车招手。黄薇薇压低帽檐，把出租车开到洪少秋、张妍身旁。洪少秋拉开车门。布加达突然对洪少秋下手，将一块麻醉巾捂向洪少秋鼻子的同时，把他推进车里。张妍惊呼："来人……"艾尼莎没等张妍往下喊，枪已经顶在她的腰上，厉声警告说："配合组织，完成任务！"黄薇薇在车上松开刹车，踩下油门，冲上街道。洪少秋吃力地看了一眼布加达，但已无力反抗，很快昏迷过去。艾尼莎目送黄薇薇的车远去后，拍了拍张妍的肩膀："张妍，我们已经很长时间没有见面了，我很想念你呐！"张妍克制自己，保持镇静："任务，我已经配合你们完成了，闲下来没事，找个地方喝一杯吧？"艾尼莎："你只完成了任务的一半。"张妍："洪少秋都已经到手了，我还有什么任务？"艾尼莎："总裁不但要我们绑架洪少秋，而且还要你亲手杀了他！""总裁要我杀了洪少秋？不可能吧！"张妍暗暗叫苦。"这一回，你就信我的吧。"艾尼莎说。

第十七章

"当心,他身上有追踪器。"黄薇薇开着车叮嘱布加达。"我就是要用用他的追踪器,要不,我们绑架他有什么用?"布加达掏出检测仪,"还不是没法逃出他们的包围圈。"

国安侦察车的屏幕上,一个红点在移动。米小冉:"叶处,洪处的追踪器快速往火车站方向移动。"叶焓触摸了面前的两个键:"三组、四组,立即赶往火车站,增援二组。"

出租车上,布加达手上的检测仪停在洪少秋的腰带扣上报警。黄薇薇:"他还真有追踪器?""太好了!"布加达解下洪少秋的追踪器,掏出他的手机,对黄薇薇说,"把车开到西货场去。"黄薇薇调头、转向。

艾尼莎的车上。张妍掏出钢笔手枪顶在艾尼莎的后脑上:"艾尼莎,想看看我的手机吗?总裁刚才给我回复短信,说他根本就没有安排我去当枪手!杀洪少秋的指令,是你假冒总裁给我下达的吧?""张妍,你是坐飞机过来的吧?"艾尼莎问。"是又怎么样,不是又怎么样?""安检的时候,你手上那玩意儿要是真的,它能过得来吗?""是不是真的,你一会儿看!""张妍,你也太经不起考验了吧!把心里的秘密都暴露了!""我暴露什么了?""你是洪少秋的人!""我当然是他的人了。""你是他的什么人?""恋人!""什么恋人,是线人吧!"张妍:"你别管是线人还是恋人,只要我没有接到'鲨鱼一号'的指令,你们就休想杀了他!"艾尼莎:"到时候,你会看到指令的!"

国安侦察车上。米小冉:"叶处,洪处的追踪器突然改变方向,往西去了。""敌人有可能把他带到哪里去呢?"叶焓思考。米小冉的鼠标点在城市地图上移动了一会儿:"现在还不好说,叶处,你快把三组、四组调过去吧!"叶焓快速触摸通话按钮:"三组、四组,目标已上远大路,正在向西行驶,你们立即赶过去,一定要跟上他们。"麦克传来:"明白!"

西货场天桥,一趟运煤列车开始发车。布加达站在天桥上,把洪少秋的手机、腰带一起扔到下面行进的煤车里。煤车逐渐加速远去。布加达走下天桥,钻进出租车,对黄薇薇说:"改向,往南。""往南,对吗!再怎么的,我们也不应当跟着货车的方向走吧?"布加达:"要想脱险,必须这样!"出租车转而向南驶去。三组、四组的警车同黄薇薇的车对开而过。

国安侦察车上。米小冉:"叶处,洪处的追踪器离开远大路,移动速度加快！""查,在什么路上移动？"叶焓下令。米小冉放大地图："铁道线上！""铁道线上？马上追查洪处的手机位置。"屏幕上一个黄点叠加在红点上。米小冉："也在铁道线上！"叶焓："看张妍在哪里？"米小冉急速操作电脑："没有她的信号！""敌人企图利用货车逃出去！"叶焓点击通信按钮，"三组、四组，追踪从西货场往南行驶的列车！"麦克传回："明白！""叶处,从现在的速度看,三组、四组不一定能追上列车。"米小冉着急地说，"你必须把公路沿线堵截的人员调上去！"叶焓琢磨："这会不会是敌人又在调动我们？""就算是调动我们,为了洪处的安全,我们也必须这样做！"叶焓触摸通信按钮："十九组,马上赶往附近的铁道线,攀越货运列车,准备同敌人交战！"叮嘱，"要当心,里面有我们的同志！"十九组："明白！"

出租车、艾尼莎的车先后开到野鸭湖岛。洪少秋被反绑着手推下车。"少秋！"张妍扑上去。布加达拿枪指着张妍："往后退！"洪少秋："要杀要毙,你们冲我来,跟她没关系！"艾尼莎把洪少秋推到岛上茅草棚的门板前："我很高兴,你今天能够成为我们的靶子！"举枪瞄准洪少秋,慢慢压下扳机。张妍："艾尼莎,'鲨鱼一号'还没给我打电话呢！""啪"的一声枪响,子弹从洪少秋的头上飞过去,在门板上方留下一个枪眼。张妍惊叫一声："少秋！"艾尼莎再次举起枪，"啪"一声,又打出第二枪。子弹擦着洪少秋的左耳飞过去,在门板上又留下一个枪眼。

洪少秋："艾尼莎,你在这么近的距离内,连开两枪,都没打中我,是不是后面有名堂呀？""艾尼莎,你要是杀了洪少秋,就别想再逃出去了！"张妍注视着艾尼莎。"啪"的一声,子弹又在洪少秋右耳旁的门板上留下一个枪眼。艾尼莎把枪交给张妍："张妍,要是我打死了你的恋人,你会记恨我一辈子的！还是你自己来解决吧！"张妍接过枪,布加达、黄薇薇的两支枪抵近她。洪少秋："张妍,你就开枪吧,我不死在你的手上,有人也会向你开枪的。"张妍握着枪走近洪少秋。"张妍,手抖什么？"洪少秋大声说，"开枪！"

铁道线上,货运列车驰骋而来。行动队员飞身登车,跳进车厢,搜索到洪少秋的手机和腰带。组长掏出手机报告："叶处,在车上发现手机一个、腰带一条。"

国安侦察车上,叶焓紧张地按住胸口。米小冉："叶处,怎么了？"叶焓长舒了一口气："十九组,你们马上跳车,返回公路堵截敌人,绝不能让他们从你们的口子逃出去！"组长："明白。"

野鸭湖岛,张妍琢磨着怎么处理这一枪。洪少秋："张妍,你掂量掂量手里的枪,只要还有一颗子弹,就够送我上西天的了,打呀！"张妍对准洪少秋扣下扳机,但枪没有发出响声。艾尼莎从张妍手里夺下枪："你俩的暗号对得不错呀！"布加达："黄薇薇,到车上去拿一根绳子来,把张妍一起绑了。"黄薇薇走到车旁,一把拉开车门。03从车后起身,用枪顶着黄薇薇的后背："放下武器！""高总,你？"黄薇薇暗惊。03："我要你放下武器！"黄薇薇被迫将枪放在座位上。03一把抓过黄薇薇,推着她的衣领向艾尼莎、布加达走去:

"艾尼莎、布加达,我来了……"艾尼莎、布加达匆忙回头。张妍抓住机会把洪少秋扑进屋里。艾尼莎朝茅草屋里开枪。03向艾尼莎射击。双方展开枪战。张妍、洪少秋翻出茅草屋后窗。布加达向03开枪,03朝他的脚下开了一枪,布加达琢磨这一枪,盯了03好一会儿。艾尼莎寻找机会要向03射击,但几次都被黄薇薇挡住视线。茅草屋后,张妍拉过洪少秋,迅速给他解开绳子。03抵近艾尼莎,小声,但很有力:"傻瓜!还不快跑?"挥了下枪,把黄薇薇一把推开,又朝车的方向连开了两枪。洪少秋退下绳子,正要冲出去,被张妍一把拉住按在地上:"你没武器,出去找死呀?"布加达、艾尼莎、黄薇薇分别钻进两台车里。03佯装追击,继续朝他们开枪。两辆车冲出湖心岛。洪少秋推开张妍,冲出屋后,看到车辆远去:"张妍,你手机呢?""没电了。"张妍回答。"没电了,怎么这么巧呢?"03过来,掏出手机:"用我的吧。"洪少秋接过03手机,快速拨号:"叶焓,喂……高总,你这是手机吗,关键时刻,它怎么一点回音都没有?"03:"大概是这一带没有信号吧?"洪少秋:"你的车呢?""我怕开得太近暴露,停在公路边了。"洪少秋:"快,马上赶回车上,想法追击敌人!"

铁路线上天桥,又一列运煤货车从下面通过。布加达:"跳!"艾尼莎攀越栏杆跳下去。"我……我怕!"黄薇薇望着布加达。"要想活,就快跳!"布加达出手把黄薇薇托上栏杆。黄薇薇不敢看下面快速通过的列车,闭上眼睛,跳了下去。布加达紧跟着跳下去,落在车厢里。

03的车辆停在公路边上,一侧的轮胎已经被放了气。洪少秋:"高总,你怎么把车停得这么远?""我怕他们听到响声,一旦暴露,我还怎么救你们呀?"洪少秋质疑:"这气谁放的?"03:"还用说吗?""叶焓动用侦察车都找不到我,你是怎么找到我们的?""我救了你,反而遭到你的怀疑,太让我寒心了!"张妍:"03,你冲着洪少秋是不该来,但冲着我,这一趟来得还是很够意思的,我感谢你!"03:"洪少秋,我要不是自己人,真想一枪崩了你!"

专案组,洪少秋发言:"鹭岛一战,教训大于经验!本来我们已经把敌人包在口袋里了,但由于我低估了他们,又叫他们撕开一个口子,从铁路线上跑了!""不是你低估了他们,而是我中了他们的诡计。"叶焓愧疚。"洪处、叶处,我不这么看。"米小冉发表自己的看法,"我觉得这一次,我们还是很有成绩的,不但保住了机密,而且挖出了曲广文,消除了721厂的隐患。""是啊,有一点,让我感到很欣慰。"叶焓发自内心地说,"洪处逃过了一劫!"米小冉:"洪处,你是不知道啊!当时叶处接到十九组的报告,说在火车上只找到你的手机和追踪器,她的脸都绿了……"洪少秋深情地望着叶焓:"谢谢你!"米小冉:"有点意思!"洪少秋:"有什么意思?"米小冉:"你自己知道!"

张妍坐在03的车上。03:"张妍,这一次,你没有经受住对手的考验,轻易就暴露了你是我们的人。"张妍:"我本来就是你引荐到K集团去的,当然是你的人。""我是说,我们都是周局长安排进去的人。""周局长!你说的是哪儿的周局长，我怎么不认识他呀？"03："你就给我装吧！""我装什么？"

专案组指挥中心。江源说："这次03突然出现在野鸭湖，疑点太大了！"米小冉："事后我问过张妍，她说03之所以会突然出现在那里，是因为她头天夜里专门给他打了一个电话，叮嘱他务必赶到鹭岛去。""我倒觉得，张妍的嫌疑更大！"林影认为，"她不上潮石，突然改飞鹭岛，然后就发生了这一切……"洪少秋："她突然改飞鹭岛，实际上是给我们指明了一个方向。""我认为，她的这个变动，不是在暗中给我们指示方向，而是敌人整个阴谋活动当中的一个环节！"林影坚持认为。洪少秋："那天夜里，她特意敲开我的门，点拨了我一下……那一下，对于我们来说，太重要了！""要不是她的点拨，叶处还不至于陷入追踪器的歧途上去。"洪少秋："她在野鸭湖，很长时间没有向我开枪。"林影："她留下你，是为了要更好地利用你！现在想想，她为什么突然决定留在国内？留下来就得找靠山，这个靠山就是你！你不觉得，他们这次是给你演的一场苦肉计吗？"洪少秋："这次演苦肉计的，不是张妍，而是03！"米小冉："洪处，03冒死救你，我都被深深打动了！你还怀疑他，是不是太不够意思了？"洪少秋："叶处，你也这样认为吗？"叶焙："以前，我一直怀疑03……但这一次，不管怎么说，他在你最危险的时候，冲上去救了你，我还是很感激他的。"洪少秋："03不是去救我，而是去救艾尼莎、布加达、黄薇薇的！"叶焙要洪少秋说说理由？洪少秋说，理由就是艾尼莎、布加达、黄薇薇都逃脱了！要不，凭03的枪法，怎么说也会撂倒一两个吧？

新一轮侦查就要开始了，是把侦查重点放在03身上，还是放在张妍身上，专案组出现了截然不同的两种意见。洪少秋把叶焙找到询问室，说要跟她深谈一次。叶焙调侃道："洪处，看来这次谈话的密级够高的！"洪少秋："你为什么要坚持把侦查的重点放在张妍身上？"叶焙："有一件事，我不得不告诉你。""什么事？""几天前，我们在张妍送给巩怀远、商菲菲的手机里，检出了窃听发射装置！""是吗！那你为什么现在才告诉我？""我本以为你会对张妍保持足够的警惕，但没想到，你跟她出去两次后，警惕性竟然放松了！这几次分析会上，甚至还自觉不自觉地替她说话。""既然这样，那侦查张妍的事，就由你亲自负责吧。"叶焙："那你呢？""我想到海上看看。"叶焙："是想去盯03吧？""对，我就不信，抓不到他的狐狸尾巴！"

一号快艇冲击到03曾经去过的海域。洪少秋、米小冉从快艇上跳入海中。二号快艇上飞起浪花，在03驾艇去过最远的海域停下。林影、江源跳下快艇，潜入海底。海面下鱼儿游弋，珊瑚斑斓。

安然接到洪少秋怀疑03在新型潜艇必经海底设置窃听装置的报告后，连夜飞到三岛听取汇报。洪少秋说过他的想法后，安然说："这么大的工程量，只靠你们专案组，三个月也摸排不完。"洪少秋说："所以，我们希望动用海军水下侦察部队，用最短的时间，把这一带的海域彻底清查一遍。""这事我来办！"

安然问，"但是你们考虑过没有，万一水下的幽灵是移动的呢？"洪少秋恍然大悟："我就说嘛，怎么每次去摸查都找不到？"安然："要动动脑子，把水下水上巧妙地结合起来。"洪少秋："明白！"

叶焓按照跟洪少秋商量的计谋，约03到他常去的海域岸边见面。03望着满天晚霞感叹："夕阳无限好，只是近黄昏！"叶焓："明天，这里将出现海军的大批潜水和打捞部队。"洪少秋："海底的那个神秘装置,就要浮出水面了！"03听出弦外之音："二位，你们把我找到这里，是想敲打我吧？"洪少秋："我们想和你一起分析分析，海底下的那个东西，他的主人是谁？""有意思！"03笑得很自然，"洪处，假如你暗示的那个主人是我，那我们说好了，明天还一起到这里来，坐在太阳伞下，泡上一壶茶，瞅着海面好好看一看，到底有没有什么神秘装置出水！"洪少秋："好啊，那就这样说定了。""一言既出，驷马难追。再会！"03走到车旁，上车离去。

国安局侦察车上，大小屏幕都是03的头像。洪少秋上车坐到江源一侧问道："有把握吗？"江源："安装了世界上最先进的三个跟踪软件，只要敌人点击图标,应该能够捕捉到。""米小冉,你呢？"洪少秋侧头问道。"在03的头像后面，就是《突袭》《海底世界》，只要他进入这两款游戏，我就一定会把他的秘密找出来。"米小冉信心十足。

03回到公司，焦躁不安，他拉开窗帘又关上，拿出烟来点燃又捻灭，想了想，换了身衣服，叫上郭嘉，一起出门、上车。

侦察车上。叶焓触摸耳麦："二组、三组、四组，目标外出，秘密跟上。"

03握着方向盘，开着车问郭嘉："这么晚了，还要你陪我出来兜风，难为你了。"郭嘉："难为什么？高总，你是不是遇到烦心事了？""还是你了解我。""多大事呀,还能让高总这么烦？""原先跟我好的那人，眼看就要跟我分手了！""就这呀？高总，你愁什么？凭你这条件，找什么样的没有啊？""你是不知道啊！我们相处好几年了，眼看就要分手了，还真一下子接受不了。"郭嘉："我给你放个歌，调节调节情绪吧。""放歌？那多没劲呀！你要是真想给我解闷，就唱一个。""唱一个？好啊！你想听什么？""小二黑结婚。""我哪会唱那个呀？""那你会唱什么？"郭嘉含情脉脉地问："《牵起你的手》，合你意吗？""我没听过这歌，感受不了里面的意境……还是唱《就你明白我的心》吧。""有这首歌吗，我怎么没听说过？""你要是认为没有，那就自己编几句，把安慰我的意思表达出来就行了！""那我编了。"郭嘉清了清嗓子。03脸上露出了笑容。

国安局侦察车上。一个黄点在屏幕上移动，周边有七八个红点围着黄点移动。江源："洪处，03的这趟车出得很蹊跷！"米小冉："就是，既不像是要跑，也不像是出来接头的，晃晃悠悠，来回转圈，他到底要干什么？"洪少秋："接收到他往外发送的信息了吗？"江源："没有。"

03的车还在街道上转悠。03对郭嘉说："你刚才唱的那几句，词不错，充分表达了你的心声！但曲子还差点事，比如第二句，你要把它唱成'来咪来咪哆来咪'，那味道就出来了。"郭嘉："那我按你的这个曲拍再唱一遍？"03："好啊！"郭嘉："爱你爱你就爱你……"

D国K集团总裁办公室。狄诺走到布雷尔办公桌前："总裁，03启用紧急暗语，又一次向我们告急，'鲨鱼二号'面临危险！"布雷尔："把信息调出来，看哪一艘侦察船在那一带？"狄诺操作电脑："十三号。"布雷尔："要他们秘密靠上去，出动微型潜艇，把'鲨鱼二号'迅速转移出来。"狄诺："是！"操作电脑。

专案组指挥中心。洪少秋通报情况："03的车昨天夜里返回公司后，再也没有出来。"叶焓："当时车上还有什么人？"洪少秋："郭嘉在上面。""洪处，辛苦一趟，带米小冉，现在就去找郭嘉。"叶焓对洪少秋说。米小冉："我担心，郭嘉不敢说实话。"叶焓："就是谎话，也可以多少听出一点味道来。"

洪少秋、米小冉约郭嘉到街边公园见面。郭嘉："昨天夜里，高总突然要我跟他出去，我心里就像蹦进去一只小兔子，怦怦直跳！"洪少秋："为什么这么紧张？""猜不透他想干什么。""后来，他干了什么？""他说失恋了，要我给他唱一首歌。"洪少秋："什么歌？""我说唱《牵起你的手》，他说还是唱那首《就你明白我的心》。"米小冉："有这首歌吗？"郭嘉："我也这么问他，他说要是没有，那就让我自己编一首吧。"洪少秋："你给他编完以后，他说什么了？""他说、他说我唱的第二句曲子差点事。"洪少秋："他是怎么给你提示的？"郭嘉："你们问这干啥呀？其实那曲子挺没劲的。""我们就爱听这没劲的，你唱一下。"郭嘉唱了句："打的打的打的打，就是这意思吧。"米小冉："到底是不是这意思？你可把调拿准了！"郭嘉："来咪来咪哆来咪。"想了会儿，"就这，连节拍都没错。"

洪少秋回到专案组，在走动中哼唱着："来咪来咪哆来咪？"米小冉纠正："你唱的节拍不对！是来咪来咪哆来咪。"叶焓："就这一句曲子，已经足够把情报送出去了。"洪少秋："叶处，我们是不是去见一下安部长？"

安然住在三岛市国家安全局招待所里，他听完洪少秋、叶焓的汇报后说："03用曲子编码发送情报？这个发现太重要了！我一会儿就向海军首长汇报，请求出动舰艇，对三岛以外的公海进行严密监控。"洪少秋："那我们回去了？"安然："还有一个情况，我不知道周局告诉你们没有，现在敌人正在打造船厂的主意。""是打进来，还是拉出去？"洪少秋关切地问。安然："目前还处在拉的阶段。"洪少秋："目标是谁？"安然："对手正在物色。"洪少秋："要男要女？"安然："要没结过婚的大龄青年，最好是白领。"叶焓："这个情报太及时了！"洪少秋："我可以再问一句吗，向我们提供情报的人是谁？"安然："线人。"洪少秋："线人？"

三岛市区的一家餐厅，洪少秋请张妍吃饭。张妍坐下后说："少秋，接到你邀请我吃饭的电话，我受宠若惊。""我只是想兑现上一次的承诺。""什么承诺？"洪少秋把手机拿到桌子上："送你一个手机。""好啊！不过，我想问一句，里面会不会有暗鬼？""要有暗鬼，也是别人给你装进去的。"张妍："想吃点什么？"洪少秋："这话应该我问你？""那我可就宰你了？""一定不要给我省钱！"张妍招呼服务员："小姐，点菜……"

大海苍茫。我海军舰艇编队巡航。

D国十三号间谍船报告："总裁，我们遭到中国海军拦截。"

叶熔正在专案组指挥中心忙碌。吴声推开门进来："报告，侦查员吴声前来报到！""快坐。"叶熔招呼吴声坐下。洪少秋："吴声，叶处找周局把你要来，是要交给你一项特殊任务。""是要我打入虎穴吧？"叶熔："周局向你透露过了？"吴声："哪呀？他的保密观念，比你还强呢！我是凭你手上的这份档案，猜出来的。"叶熔："带上这份档案，到造船厂报到，姓名戴志，职务助理工程师，代号'空竹'。""是！"吴声起立，接过档案。

造船厂大门外餐厅。女老板卢姐把吴声带到黄薇薇的餐桌前："就这儿还有个空位，你坐吧。"暗中给黄薇薇递了个眼色。黄薇薇色迷迷地看向吴声："见了女人不笑，一看就是婚恋不顺。"吴声："我对女人，已经没什么兴趣了。""卢姐，"黄薇薇招呼卢姐，"上酒。一瓶，白的。""就一瓶呀，是你喝，还是我喝？"吴声问黄薇薇，"你还是少喝点吧，倒在这里，没人背你回去。""你还知道我喝多了不好受？行！我算是碰到疼我的人了。"黄薇薇："你看，咱俩才处多大一会儿，不就找到共同语言了吗？"

海军打捞船上。潜水中队指挥员向安然敬礼："部长同志，按照预定计划，潜水搜索工作已经完成三分之一，目前还没有发现海底有任何不明装置。中队长鲁一民。""同志们辛苦了！"安然说，"谢谢大家。但这项任务还很紧迫！它直接关系到新型潜艇的安全，大家还要再加一把劲，一定要用最快的速度，把敌人的水下窃听装置找出来！有没有决心？"全体潜水官兵："有！"

三岛市区的一家音乐茶座，少女的指尖在钢琴键上滑过。黄薇薇与艾尼莎、布加达碰面："鱼咬钩了。"艾尼莎："这么快，你是不是又碰上了一个色鬼？""这次碰上的，还真不是色鬼，是酒鬼。"布加达："酒鬼？那你可得注意了！开动脑子想想，一个人为了贪你那点小酒，就会把命豁出来吗？我不信！"黄薇薇："我倒觉得，他挺真实的。"布加达："真实？在天底下，一不好色，二不贪钱的男人，心里不是装着任务，就是有一个更大的目标！你要当心，不是你去钓他，而是他在钓你！""那怎么办？"黄薇薇问。"要是他在钓你，就说明我们的这次行动已经暴露了！"艾尼莎："'珊瑚花'，你去那个饭店的次数还真是多了点！也不想想，在那么重要的目标周围，他们会不放眼线吗？""你发现眼线了吗？"布加达问黄薇薇。黄薇薇："我在那儿碰到过张妍两次。"艾尼莎："那你为什么不报告？""张妍说，要配合我打进造船厂去。我想，还是把她的真实意图搞清楚了，再向你们报告。"布加达："要不，先停下来？""停什么？既然接上火了，那就不要轻易退下来了！"艾尼莎问黄薇薇，"说吧，那小子叫什么？""戴志。"艾尼莎："搞一次反跟踪，查清戴志是不是国安的人。"

　　渔船上，洪少秋问吴声："你来见我，发现后面有人跟踪吗？""黄薇薇跟了一阵，但很快就被我甩掉了！她一个人，哪是我的对手呀？""吴声，你错了！在这种情况下，你既不应该甩掉她，更不能到这里来和我接头。你一甩，她就明白你是什么人了……"吴声："还真是！洪处，我经验太少了……我当时就想，只要是和你定好的事，哪怕是天上下刀子，也得赶过来……要不，你又该着急了，没想到反而把事办砸了……"洪少秋："这次，他们是用色相勾引你，还是用金钱收买你？"吴声："黄薇薇想给我看手相，被我挡回去了。"洪少秋："你不是挡她，就是甩她，还有什么令他们俘虏你的理由呀？""我说我就贪酒，黄薇薇还就真的信了。"洪少秋："这次行动，你已经失败一半了！""洪处，你别吓我。""我吓你？隐蔽斗争历来十分残酷，不是他死，就是你死，两者之间没有平衡点！只要你的身份被对方怀疑了，再想实现自己的意图，几乎是不可能的了……""那我怎么办？""下次同黄薇薇见面，接着酒的话题，给她来个狮子大开口，要她出钱给你建一个酒厂，最少也要开一个酒吧。"吴声："我明白了！"

　　造船厂大门外饭店。吴声和黄薇薇见面就说："昨天，我发现有人跟踪我？""谁呀？"黄薇薇故作惊讶。"还有谁？你呗！我讨厌的就是女人盯梢。你长这么漂亮，跟我这样的人交往，还怕什么呀？""我怕你找不三不四的女人！""这是理由吗？骗你自己还行，蒙我只能得零分。"黄薇薇："既然这样，那我们就此分手吧。"吴声暗暗叫苦，但嘴上强撑着："行！你给我放下一瓶酒钱，马上走……门就在那儿，怎么还不走呀？"黄薇薇："你的酒瘾就真的这么大吗？""女人我可以不要，金钱我可以不要，但酒我不能不喝。"黄薇薇："你小心被扔在酒缸里淹死！""人生难得几回醉，喝倒一回是一回！要是能淹死在酒缸里，那是再舒服不过的了！你想想，在酒缸里泡着，飘飘欲仙，那种感觉是多么的好啊……""你既然不怕死，那我就陪你喝，一直到你走不出去这里为止。"吴声："上酒！"

　　歌舞厅包间。布加达问黄薇薇："这几天，你跟出那小子的秘密来了吗？"黄薇薇："第一次被他甩了！""甩了？你看看，他果然有问题吧！"艾尼莎："后来呢？""后来还行。"布加达："你终于发现，他是国安的人。""你们都太多心了！就他，什么国安的人？也就一个俗人！头一天还跟我装清高，说什么我就好这一口，其他的都见鬼去吧。这才几天呀，他就装不下去了，终于露出他的兔子尾巴来了……"布加达："他想占你的便宜？""他要我给他建一个酒厂。"艾尼莎："人上一百，形形色色。真是喜欢什么，就好什么、要什么呀！一个酒鬼，竟然想建酒厂？我都觉得好笑。""后来，我跟他讨价还价，他提出最低要帮他买一个酒吧。"布加达："我还是觉得，这小子不地道。"黄薇薇："他要是不可靠，国安早就跟到这里来了！"布加达："没准他们早就发现我们了，只不过是想放长线钓大鱼。"艾尼莎："总的感觉是,这小子可用!但有人不放心,那就先用这个试他一下吧。"从包里取出一个安全帽上的徽标,"黄薇薇,找个机会,把他安全帽上的徽标换下来。"黄薇薇接过徽标："明天,我就把这事办了。"

黄薇薇约吴声在酒吧见面,问他说："戴志,这几天看了不少酒吧,你对哪一家最满意?"吴声："你要是肯出钱的话,当然是这个了。"黄薇薇举杯："碰一下吧。""你答应了?""只要你把事办了,墙上挂的执照就是你的了。""这么好的事,我是想办啊!但潜艇里面的东西,我哪怕是一颗螺丝钉,也带不出来呐。"

黄薇薇取出徽标："我没要你拿东西,只是把这个换到你的安全帽上就行了。"吴声接过徽标："这里面有什么,能照相吗?""废什么话?要你换上就换上,其他的就不要管了。""这件事要是做不好,我是不是就死定了?"黄薇薇："做好了,也未必死!""哎呀,借着酒胆,我可以不怕死;清醒以后,未必不怕死!"黄薇薇："到了这步,你要是不做,休想活过今天晚上!"吴声："要我做可以,先签一份协议。""你以为这是做买卖呢?""这难道不是做买卖吗?""那你想签什么协议?""你答应我什么了?"黄薇薇："买下这个酒吧?"吴声："协议带来了吗?"黄薇薇："我给你打个条吧!"

专案组指挥中心。米小冉出示吴声提供的徽标："经检验,这个徽标与船厂安全帽上的徽标完全一致,里面什么也没有。""黄薇薇把徽标交给你,还提出其他要求了吗?"叶焓问吴声。"没有。"吴声摇了摇头。"吴声,下一步,敌人有两个可能。"洪少秋判断,"一是用一个同样的徽标做手脚,让你佩戴在安全帽上,往外给他们发送信息……再一个是利用这个徽标干扰我们的视线,而在背地里,却通过另外一条渠道窃取机密。"叶焓："有一个问题必须注意,敌人能够拿到安全帽上的徽标,说明他们在我们内部有人!""我想,这个给敌人提供徽标的人,即便不在造船厂,也是能够进入造船厂的人。"洪少秋说,"因此,我们既要同看得见的敌人作战,更要同还没有发现的敌人作战……"

D国K集团总裁办公室。布雷尔追问："狄诺,十三号侦察船靠上去了吗?""中国海军封锁得非常严!一直没有办法突破他们的防区。"布雷尔："03又一次密报,中国海军潜水部队正在扩大搜索范围,十三号侦察船再靠不上去,'鲨鱼二号'和03的命运就很难想象了!""总裁,03对我们来说太重要了!我们花费了这么大的工夫,才把他打进去!总不能在还有希望的情况下,就抛弃他不管吧?越是困难,越是危险,就越是要想办法把他救出来!"布雷尔："03重要,'鲨鱼二号'更重要!不论是哪一个,都不能落在中国人的手里!狄诺,你以我的名义,分别给艾尼莎、03发出指令。告诉艾尼莎,围绕洪少秋再演一出好戏,设法转移中国国安的注意力,为保护03和'鲨鱼二号'赢得时间;告诉03,要他利用艾尼莎给他创造的机会,设法保护好'鲨鱼二号'。"狄诺："总裁,这个指令太重要了,还要不要通过'鲨鱼一号'?"布雷尔："先避开他吧,要不,我们在三岛的人都快暴露光了。"

第十八章

专案组指挥中心。"耶！"米小冉欢呼起来,"洪处、叶处,《海底世界》游戏终于有反应了！""什么反应？"洪少秋追问。"水妖的眼睛动了一下！"洪少秋："快,点击她的眼睛。"米小冉坐下,点击水妖的眼睛。狄诺发给艾尼莎的秘密指令出现在屏幕上。洪少秋："拷贝以后,发送到大屏上。"大屏幕上出现字幕:总裁命令,围绕地浆,拼死一搏！"围绕地浆……"叶焓起身琢磨,"'地浆'是什么意思？拼死一搏,这很好理解,但他们要拼谁搏谁？"洪少秋："敌人的这个指令说明,他们在三岛,将同我们展开一场殊死搏斗！"叶焓："这场战斗,目标就是地浆。搞清地浆的含义,对于决定这场战斗的胜败,至关重要！""叶处,你认为地浆的含义是什么？""敌人正同我们争夺的,只有海底下的那个东西……"洪少秋："江源,说说你的看法？"江源："我认为,也是'鲨鱼二号'！"洪少秋："米小冉？"米小冉："我同意他们的分析。"洪少秋："江源,你立即赶往潜水中队,要他们加强对搜索海域的警戒,严防敌人狗急跳墙！""是！"江源起身出门。洪少秋："米小冉,你负责通知监控03的全体人员,绝不能让他金蝉脱壳。""明白！"米小冉拿起电话,"金组长……"洪少秋："叶处,我们去找张妍,请她帮助破译地浆的含义。"叶焓："她会说出这个秘密吗？""不管她说什么,总会有一定的参考作用吧？""好。"叶焓和洪少秋一起出门。

田云听到敲门声,走过去打开门。洪少秋、叶焓站在门口。田云："请,里面坐。"洪少秋进屋坐下："田姨,我张叔呢？""上船厂去了。"田云给洪少秋、叶焓倒水。"张妍呢,她怎么也不在？"洪少秋又问。田云放下水："她接了个电话,就急急忙忙出去了。"叶焓看了一眼洪少秋："田姨,你要是方便的话,麻烦给张妍打个电话,要她尽快回来。""什么事,这么急？"田云拿起手机。洪少秋："田姨,你在电话里,千万别说是我们找她。"田云："怎么,还没消停几天,又要查她了？"洪少秋："不是查她,是有个涉及K集团的小事,想问问她。"田云放下手机："要是这样的话,那你们还是等她回来再说吧。"

03在茶室里给坐在对面的张妍斟茶。"高总,这都过去一个多小时了,你有什么事,怎么还不说呀？"张妍问。03："这事吧,它不好说！""既然不想告诉我,那我走了。""不是不想告诉你,是还没到时候。"张妍："是你有指示,还是总裁有指示？"03："这茶还行吧？""已经喝到第四遍了,早没味了。""那就再沏一壶？"张妍无奈。03："喜欢喝什么？"张妍："一滴露。""行！就一滴露……你知道这茶产自哪里吗?"03 沏上茶。张妍:"趁等茶的工夫,总该切入正题了吧?""我这个人,管的闲事太多,结果把麻烦都管到自己头上来了。"张妍:"这一段,你没找我,我没找你,大家都相安无事,没听说你有什么麻烦事呀?""我把你引荐到 K 集团,你不但没感谢我,反而怀疑我,这不就是麻烦吗?""看你说的,那都是过去的事了……自从你冒死救出洪少秋后,我就不再怀疑你了。""要真是这样,那就太好了,我总算没白到鹭岛跑一趟。"张妍:"唉,我说,你大半夜把我找来,不会就说这么一个事吧?"03:"我是有一件难事,不过,真不知道该怎么向你开口?""要是不好说,那就算了,喝茶……""这件事吧,涉及你的母亲。""我母亲?高总,你的话跳跃太大!怎么又扯到我母亲头上了?""张妍,通过我侦查,终于发现了你母亲的秘密!""我母亲就是一个医生,她能有什么秘密?"03:"我说出来,别吓着你,她就是我一直在寻找的'鲨鱼一号'!""什么!你说什么?"张妍吃了一惊,"我妈是'鲨鱼一号'!""我就知道,把这个秘密说出来,肯定会吓你一跳。但是面对你,我又不能不说呀!""在我妈身上,哪有一点'鲨鱼一号'的影子?"03:"她要让你看出是'鲨鱼一号',那她就不是'鲨鱼一号'了。""你把'鲨鱼一号'的帽子扣在我妈头上,是不是有什么不可告人的目的?"03:"不信,你可以核实。"张妍:"我会的。""真想核实,明天就是一个机会。""什么机会?""'鲨鱼一号'要指挥一次行动!""你是怎么知道的?"张妍追问。03:"你妈在三小时前,已经通过秘密渠道,给艾尼莎他们下达指令了。""那、那我回去了。"张妍起身。03:"急什么?等天亮了,你才能走。"张妍:"你要把我留到天亮,难道这也是行动的一部分?"03:"确切地说,这也是完成你母亲指令的一部分!"

专案组。江源从电脑前抬起头来:"洪处,张妍的去向查清了,她就在 03 的公司里。""我给她打电话。"米小冉拿起手机。洪少秋:"打还是不打?再想一想。"米小冉:"为什么?""因为情况不明。"叶焓:"这么晚了,他们还在一起做什么?""做什么呢?"洪少秋突然意识到什么,"不好!高一天会不会借助张妍金蝉脱壳?"叶焓:"米小冉,快,通知蹲守人员,加大防范密度!"洪少秋:"马上走,赶往 03 公司。"米小冉掏出手机,跟随洪少秋、叶焓出门。

03 茶室,张妍昏倒在沙发上。03 穿上张妍的风衣,戴上假发套,拿起张妍的车钥匙,走到院内,发动张妍的车,开出门外。

指挥车上,洪少秋催促司机:"加速!"叶焓拨出电话:"六组乔组长吗?""我是。"叶焓:"张妍还在里面吗?""刚才,她开着车回去了。"洪少秋:"再问乔组长,车上的人是不是张妍?"叶焓:"乔组长,你们确认是张妍吗?""看清了,发型、衣服、体态,包括开车的动作,都是张妍。"叶焓放下手机:"张妍回去了,我们还去吗?"洪少秋想了会儿:"米小冉,你该给 03 打电话了。"米小冉掏出手机拨号:"没人接?"洪少秋:"给张妍拨,她要是接了,问她到家没有。"米小冉拨号后等了会儿:"也没人接!"洪少秋:"03 跑了!"

潜艇研究基地医院病房，张妍睁开眼睛。田云松了一口气："张妍，你终于醒了！""妈，你陪了我一夜？""不是一夜，是半夜。""妈，在这几个小时里，你哪儿都没去吧？""张妍，你怎么了，问话怪怪的？"张妍："是谁把我送到这里来的？""还有谁？少秋，叶焓。"张妍："他们呢？""回去了，好像遇到什么事，挺急的！昨天夜里，还到家去找过你呢……要不是他们急着找你，恐怕你这次就悬了！""妈，什么悬了？我知道，无非就是吃了一点安眠药而已。""张妍，你现在想见他们吗，我给他们打电话去？"张妍想了下："他们不找我，我找他们干吗？"田云："那你先歇着，我回去一趟。"张妍暗惊："妈，我和你一起去。""你躺着吧，我一会儿就回来。"张妍强撑着下地："妈，我还是和你一起去吧。""你这孩子，这是怎么啦？"田云把女儿按回床上。张妍："那你快去快回。""躺下吧。"田云匆匆出门。张妍起床走到窗户前，琢磨着母亲离去的意图。

　　专案组。"天都亮了，还没理出头绪，真让人着急！"米小冉有点烦躁。江源："情报里的地浆，我看还是指'鲨鱼二号'。03 出逃，肯定和'鲨鱼二号'有关！但地浆的含意，不一定是'鲨鱼二号'。"洪少秋说出自己的判断。叶焓："要是张妍醒来，从她那儿也许能问出准确的含义？"洪少秋拿起手机点击张妍。

　　张妍在病房里听到手机响，拿起看了看，又放在床头柜上，走到护士站，拿起座机拨号："哥，我醒过来了。"洪少秋放下手机："张妍醒了！叶处、米小冉，你们过去吧。"叶焓："你呢？"洪少秋："我和江源再理理情况。"

　　张妍在医院走廊的椅子上等待。叶焓、米小冉走向张妍。张妍起身："二位，就在这儿吧。"米小冉："为什么？"张妍："少走几步，省点时间。"叶焓："好吧。"三人先后坐下。张妍："听我妈说，你们昨天夜里找过我？"叶焓取出情报单子："想请你看看这个。"张妍接过情报单子，念出声来："总裁有令，围绕地浆，拼死一搏！"思考了一会儿，"你们来找我，是不是想知道地浆的含义？"叶焓："你判断得很准确！"张妍："告诉洪少秋，一定要注意保护自己！"

　　叶焓、米小冉走进专案组指挥中心。洪少秋："这么快呀？"叶焓："张妍暗示我们，地浆是敌人给你内定的代号。"洪少秋，"太好了！我正愁找不到他们呢，他们自己却要送上门来，何乐而不为？"叶焓："问题是，他们会在哪儿对你下手？"米小冉："洪处，为了确保安全，你这几天就不要出去了。"洪少秋："我不出去，怎么把敌人引出来？"叶焓："大家想一想，围绕洪处，敌人很可能会从哪儿下手？"

　　张妍见母亲一直没有回到医院，回想起 03 跟她说过的话，不知道母亲是不是真的在指挥什么行动？于是匆匆回到家里，换上运动服，坐到电脑前，点击《海底世界》中的"鲨鱼"，拉过麦克风："'鲨鱼一号'，你是不是正在指挥一个绝密行动？""鲨鱼一号"变声："我不明白你说的意思？"张妍："那我直接向总裁请示吧。""鲨鱼一号"变声："这次行动，如果总裁没有通知你，你就不要参与了!"张妍:"总裁通知你了吗?""鲨鱼一号"变声:"也没有!"张妍:"什么行动,这么神秘?不仅要背着我,而且还要背着你?""鲨鱼一号"变声:"不该知道的秘密,最好还是闭上嘴巴为好!"张妍:"关键时刻,我总得做点什么吧?""鲨鱼一号"变声:"你什么都不要做!关闭电脑,等待指示。"张妍:"是。"关闭电脑后,着急地站起来,在室内走了几个来回,走进客厅,拿起手机给母亲打电话,"妈,你在哪里呢?"田云的手机贴在耳边,接着电话走进办公室:"我在办公室。你到哪里去了?"张妍:"妈,我马上过去。""这孩子,怎么了?"田云纳闷地看了下手机,关闭后放在桌上。

海天一色景点,洪少秋约张妍见面。张妍打破沉默:"我听说,你很忙?"洪少秋:"是很忙。""那你约我到这里来干什么?""张妍,你相信我吗?"张妍:"相信!""你是要相信我,就把实底交给我。""什么实底?""你明白。""我的实底就是,这几年,我一直在K集团工作。""可现在,你已经决定回国了!""但直到现在,他们还没有批准我?""为什么?""大概是因为K集团还需要我吧!""既然这样,你为什么要向叶熔暗示地浆的含义?""因为,你是我哥!我怕你出事!""张妍,请你相信我!""我对你当然很信任!但你这样反复追问我,是信任我吗?""那我们换个话题?"张妍:"最好轻松一点!""叶熔对我说,你找过她了?""是找过了,我对她说,我决定放弃你!"洪少秋:"生我气了?"张妍:"没有。""那是因为什么,让你突然决定改变主意?"张妍:"我心里已经有人了!"洪少秋:"如果方便的话,我想知道他是谁?"张妍:"巩怀远。""巩怀远?""对,就是巩怀远!"

仙人跳,七彩池。巩怀远兴奋地对张妍说:"张妍,接到你约我到这里来的电话,我一夜都没睡好。"张妍:"到了你这个年纪,还会这么兴奋吗?""本想控制一下自己的情绪,但怎么也抑制不住呀!毕竟,我又能近距离地和你在一起了。""你还记得吗,上次在茶楼,你对我说过一句话?""什么话,我怎么想不起来了?""你说过,到时候,会让我后悔的。""就哪呀?一句气头话,你也当真?""这几年,我每当拒绝你的一次求爱,心里都不是个滋味。""我相信,只要真心爱你,总有一天会打动你的。""其实,我不敢靠近你,是因为我一直在执行一项特殊任务。"巩怀远:"什么特殊任务?"张妍:"配合一个人,完成一项秘密使命。""就因为这,你一直拒绝我?"张妍:"你就不想问一问,我配合的人是谁,完成的是什么任务?""对这样的事,我不该知道,你也没有必要告诉我。"张妍:"现在,我又接受了一项新任务……""这好啊!说明组织上是非常信任你的。张妍,我真没想到,你竟然肩负着这么神圣的使命!你知道吗,这几年,我在心里误解了你多少次,埋怨了你多少次,痛骂了你多少次呀!你既然是自己人,怎么不早一点告诉我呢?""我以为,你对我的身份,心里早就有数了?"巩怀远:"我这个人,脑子笨,还真没往这方面想过。"

原始森林树后,艾尼莎伸出狙击步枪,瞄准张妍。七彩池旁,巩怀远跳过小溪,回头伸手要拉张妍。原始森林树后,艾尼莎扣动扳机,随着枪响,子弹飞向张妍。张妍踩在小溪的石头上,脚下一滑。巩怀远就势把张妍拉进怀里,扯开嗓子喊道:"谁开的枪?快给我出来!"张妍一把将巩怀远拉到树后,往森林方向望去:"在那儿!你往东,我往西,围上去。"巩怀远:"没伤着吧?"张妍:"没事,快!""啪"!随着又一声枪响,子弹从张妍的耳边呼啸着飞过去。巩怀远利用树木和地形作掩护,向艾尼莎藏身的地方追去。艾尼莎在后撤中瞅准机会,不断向巩怀远、张妍开枪。张妍从树后闪出身子,大声喊道:"艾尼莎,你跑不了了!"又一颗子弹朝张妍飞来。巩怀远:"张妍,小心!"张妍大声喊道:"巩怀远,快,给110打电话!"艾尼莎闪到路边的车后,再一次向张妍瞄准。巩怀远:"张妍,当心!"急拨手机,"110吗?"艾尼莎扣下扳机。张妍随着枪声滚下土坡。艾尼莎跳上车,迅速离去。巩怀远握着手机冲下土坡,单腿跪下抱起张妍:"张妍,张妍!110打通了,他们马上就到!张妍,你没事吧?"见张妍睁开眼睛,"你吓死我了!"张妍:"我……"摇了摇头,"就是头有点晕,你扶我站起来吧。"巩怀远扶张妍站起来:"你还说没事呢?看看,你的腿都流血了!"蹲下给张妍挽起裤腿。张妍看了一眼:"没事,不是枪打的,可能是被树桩刮了一下。"巩怀远:"只要没被子弹伤着,我就放心了!"张妍:"你再给110打电话,要他们在前面堵截艾尼莎!"巩怀远:"我已经跟他们讲过了。"

洪少秋听说张妍受伤,急急忙忙赶到张西洋、田云家:"张妍,我看看,伤得重不重?""谁的嘴,这么快?"张妍埋怨。田云:"快什么呀,是我打电话要少秋来看你的。"洪少秋:"伤哪儿了?我看看……"张妍:"看什么看,你一个大男人?行了,放心吧,就是让树桩刮了一下。"巩怀远:"洪处长,我要张妍住院,但她说什么也不肯,你劝劝她吧,还是去住院,万一得了破伤风……"洪少秋:"田姨,张妍用不用去住院,你说说看?""刚才在医院,我已经给她处理过伤口了,以后我天天给她换药就行了。"洪少秋:"巩主任,田院长都说不用住院,那就听张妍的吧。"田云:"少秋,我把你找来,是要告诉你,今天张妍跟巩主任出去,差点就没命了!"洪少秋:"碰到什么事,还这么危险?"田云:"有人向她打黑枪!这事你得管,必须尽快把凶手查出来,要不,张妍肯定还会遇到危险。"洪少秋问张妍:"张妍,你当时看清了吗,是谁向你开的枪?"张妍:"艾尼莎。""艾尼莎?"洪少秋问巩怀远,"巩主任,是艾尼莎吗?"巩怀远:"就是她。"洪少秋:"就是她!你是怎么认识她的?"巩怀远:"别误会!无论是我到他们集团去,还是她到我们基地来,都有互相见面的机会。""哥,这次多亏巩主任了,要不是他拉我一把,艾尼莎的第一枪,就正打在我的额头上了!"洪少秋:"是吗?"对巩怀远,"那巩主任,太谢谢你了!"巩怀远:"谢我什么?这都是苍天有眼,才把张妍给我们留下了!你要谢,就谢张妍自己吧,要不是她的脚下突然打滑,猛地扑在我的身上,我也救不了她……"

艾尼莎藏身点。艾尼莎:"这次手气不好,只打了张妍一个半死。"黄薇薇:"只要你没事,就算是万幸了!""可总裁交给我的任务,我还没有完成。""以后再找机会吧。"布加达:"戴志那边,进行得怎么样了?"黄薇薇:"唉,现在是,既不让外面的人进去,也不让里面的人出来。"艾尼莎:"你的话,经不住推敲吧?他们不让外面的人进去,吃什么、喝什么,大量配件怎么送进去?"黄薇薇:"你别跟我急嘛!我这又不是自己编的,都是戴志在电话里跟我说的。"艾尼莎:"给他打电话,约他尽快见面。"黄薇薇:"好吧。"

在行进的车上,吴声对洪少秋说:"洪处,黄薇薇又约我见面了。"洪少秋:"这一次,应该是她们跟你摊牌的时候了。""洪处,我的想法是,把她们解决在见面之中。""怎么解决?""你们暗中跟上黄薇薇,把她和艾尼莎一起抓了。""实不相瞒,前几次黄薇薇约你见面,我们都跟过她,但始终没有发现艾尼莎,所以就一直没有下手。""就算是跟不出艾尼莎,抓了黄薇薇,直接向她要人不就行了?""万一她拒不交代呢?""洪处,你就不要再犹豫了!我怕他们一旦发现我们的意图,不再来接头,那我们就鸡飞蛋打了。"洪少秋:"我对你有信心!"吴声:"可是,我对自己信心不足!这段时间,我总觉得后面有人跟着我。""那是我们保护你的人。"吴声:"那酒,我实在是喝不下去了!闻到那味就想吐。""谁要你当初说自己是酒篓子的?""我要不说自己是酒篓子,总保持着清醒头脑,那什么时候才能给对手一个机会呀?""明白就好!今天晚上的这个机会,你一定要给他们留好了。"

田云追问女儿:"张妍,到七彩池去,是巩怀远约你去的,还是你约他去的?"张妍:"是我约他去的。""你、你约他到那儿去干什么?""妈,这还用向你汇报吗?""我跟你说,你要是想跟他搞对象,休想过我这一关。""那我找谁,你才能高抬贵手啊?""还有谁?当然是洪少秋,妈想亲上加亲!""妈,你怎么到现在才说这话呀?前些年,你不是一直反对我和他谈朋友吗?""当时,我和你爸那样做,是怕你影响少秋的前途。""我怎么影响他的前途了?""有人告诉我们,你是K集团的人!你想想,你要是K集团的人,我们还能让少秋找你吗?他找你,还想穿军装吗,还想在军队保卫部门干下去吗?""我是K集团的人,这是谁告诉你们的?""一个……一个自称是'鲨鱼一号'的人。""'鲨鱼一号'!妈,难道你……"田云:"我什么?""妈,谁自称是'鲨鱼一号',你见过这个人吗?"田云:"没见过。"张妍:"我爸爸见过吗?""也没有吧?""'鲨鱼一号'是通过什么渠道,告诉你们我是K集团的人的?"田云:"电话。""那你们就信了?""开始半信半疑,后来见你真到K集团上班去了,就不得不信了。""妈,那你也变得太快了!怎么会突然改变主意,又要我嫁给洪少秋了,你就不怕我再影响到他的前途?""现在不怕了!""为什么?""因为我知道你是什么人了!""我是什么人?""你是什么人,艾尼莎的黑枪已经告诉妈了。"

三岛,半壁山饭馆。黄薇薇面对吴声:"酒里乾坤大,杯中日月长。这次,我们一人一瓶,不醉不归。"吴声:"三天没出来,一顿管三天!一瓶哪够,再加一瓶！只要你不倒，我就陪你喝下去。""你吓唬谁？说好了，你两瓶，我两瓶，看谁先滚到下面去？"黄薇薇指了一下桌子下面。

田云从床上起来，穿着睡衣走进张妍的房间："张妍，妈还得跟你谈个事。""妈，我也正想跟你谈个事。"田云："那你先说。""妈，你刚才说了，'鲨鱼一号'给你打过电话？""他不光给我打过电话，而且还给你爸爸也打过。""妈，你别以为我是在开玩笑，前两天有人对我说过，你就是'鲨鱼一号'！""什么？我是'鲨鱼一号'！谁敢开这么大的玩笑？我要是'鲨鱼一号'，那就好了！当初就不会反对你和少秋搞对象了……你想想，找个当兵的罩着你，多保险呀，你说是不是？""妈，我从你的话里听出来了，你知道'鲨鱼一号'的底细！""别说是妈的脑子了，就是猪脑子也知道，他肯定不是好人。""妈，我还想问你……""行了，你就别跟妈斗心眼了！我知道你想问什么……你也不想想，我要是'鲨鱼一号'，在他给我和你爸打电话的时候，你爸就在我的身边……我又没有分身术，怎么会是'鲨鱼一号'呢？"

半壁山饭馆里。吴声醉醺醺地瘫倒在桌子上。黄薇薇推了推吴声："戴志，戴志……"吴声划拉了一下："别讨厌，拿酒来！"黄薇薇拧下吴声安全帽上的徽标，掏出另一个徽标换上去。

新型潜艇内部。石刚身着海军军服，带领安检人员，在于昭阳的陪同下，对潜艇电子反潜侦察系统进行复检。戴志跟在他们的身后，安全帽上的微型照相机对向一块块芯片。"发现问题了吗？"石刚问安检人员。安检人员："没有。"于昭阳："我早就说过了，这个系统是绝对不会有问题的。"

专案组。吴声向洪少秋报告："洪处，敌人要的东西，我已经准备好了。"洪少秋："给黄薇薇打电话了吗？""打了，但她没接。""没接？"米小冉，"是不是黄薇薇发现你的意图了。"吴声："不可能！"叶焓："黄薇薇的举动，属于正常反应！谁在决定生死命运的时候，不是谨慎了再谨慎？"洪少秋："江源，海军方面的备用力量准备好了吗？""准备完毕，如果敌人从海上逃窜，保证在第一时间进行堵截。"

艾尼莎在藏身处打开电脑，点击'珊瑚花'的图像："按照第四套方案，开始行动！"黄薇薇开着车回答："明白。"接着又拨出电话，"戴志，有时间吗，找个地方喝一杯？"吴声专案组指挥中心握着手机："你说个地吧……什么？你要我定地方，还是你定吧……说好了，是你请客还是我请客，你请客当然是由你定了……行，那就大红台，我一会儿打车过去。"洪少秋："吴声，不到火候，千万别把东西交给她。"吴声："我一定想法拖到艾尼莎出现的时候，再把东西拿出来！"叶焓："严防黄薇薇提前对你下手。"吴声："我会小心的！"

大红台餐饮区。黄薇薇把车停在一个隐蔽处，在车上观察周边的动静。吴声从出租车上下来，给司机付过钱后，走进大红台。黄薇薇又暗中向外观察了一会儿，发动车驶上街道。大红台内，灯火别致，环境优雅，餐馆连着餐馆。

吴声进入一家餐馆，选了个位置坐下。黄薇薇坐在车上，再次给吴声打电话："戴志，很不巧，我在赶往大红台的路上堵车了，没办法，还得换个地方。"吴声在餐馆接电话："你还有没有个准头呀？这酒喝得……真让人扫兴！""你别急嘛！我们换一家更好的。""要是这样，那行吧，说，到哪儿？"黄薇薇："海天一色酒家。"吴声："这次说定了，再换地方，我就回去了。"

海天一色酒家。黄薇薇把车停在僻静处，再次暗中观察周围动静。吴声推开出租车的门，下来走进海天一色酒家。黄薇薇发动车，在海天一色酒家广场外兜了一圈，没有发现跟踪车辆和人员，又将车开回酒家门口，掏出手机："戴志，你下来吧，我碰到一个朋友，他非要再换一个地方。"吴声握着手机："我刚才说了，再换地方，我就不去了！""我这个朋友，给你带来了你最想要的东西。""我现在对什么都不感兴趣，就想喝酒！"黄薇薇走到吴声身后，伸手挽起他的胳膊："戴工，走吧！今天，我们正式完成合同！"吴声："你亲自来请我，那我就再给你一次面子吧。"吴声上车后，黄薇薇开着车在酒家门前广场又兜了一圈。吴声："干什么，绕我玩呢？""看看后面还有没有你的酒友！"黄薇薇把车开上街道，注视了一会儿倒车镜后，才开始加速。

专案组指挥车上。洪少秋拉下耳麦："各组注意，目标向尖嘴崖方向驶去。"

尖嘴崖，黄薇薇停下车，伸出手，问吴声："东西呢？"吴声："这好像不是喝酒的地方吧？也没有签协议的台子……""我问你，东西呢？"黄薇薇加重语气。"我也问问你，我买酒吧的票子呢？"黄薇薇指了指空中："看到没有，她已经给你送来了。"吴声、黄薇薇分别从两侧下车。艾尼莎驾驶三角翼动力伞，降落在尖嘴崖上，走过来对吴声说："快把东西拿出来吧。"吴声："钱呢？"艾尼莎："你吃豹子胆了！也不看看我是谁？"飞起一脚，把吴声踢倒在地上。吴声弹跳而起，拉开架势，迎战对手。艾尼莎、黄薇薇互相配合，轮番出手，向吴声发起攻击。吴声一个扫堂腿，把黄薇薇扫倒在地。艾尼莎、黄薇薇双面夹击，把吴声掀到空中。吴声落地后再次弹起，同艾尼莎、黄薇薇展开了又一个回合。双方打得难解难分。

盘山公路上，三路警车闪着警灯，鸣着警报，冲向尖嘴崖。

尖嘴崖上。艾尼莎手脚并用，把吴声打倒在地，掏出手枪顶在他的头上。黄薇薇从吴声的衣兜里翻出徽标。艾尼莎夺过徽标，紧跑几步，跨上三角翼。吴声拼死冲过去，抓住正在起飞的动力伞支架。艾尼莎掉过枪把，向吴声的手不停地砸去。吴声的手在快速躲避中滑落，身子从刚起飞的三角翼上掉下。艾尼莎驾驶三角翼飞去。黄薇薇企图上车逃离。吴声一连几个急速滚，一把拉开车门，将黄薇薇拖下车来。黄薇薇掏出枪向吴声开枪，吴声一连躲过黄薇薇三枪。

洪少秋、叶焓的车爬上山来，直接朝黄薇薇冲过去。黄薇薇来回躲闪。米小冉、江源跳下车，用枪逼向黄薇薇。吴声一把夺下黄薇薇的枪。叶焓"咔咔"两声，麻利地给黄薇薇拷上手铐。洪少秋望着远去的三角翼动力伞，掏出手机拨出电话：

"海军基地指挥中心，我是洪少秋，现在一名间谍驾驶三角翼动力伞，正在由尖嘴崖往南飞行，请你们通过雷达站，协助跟踪她的去向。"

海军雷达站。雷达正在紧张进行搜索。操作员："报告指挥员，三角翼动力伞正在降低高度。"海面上空，艾尼莎降低高度，几乎贴着海平面飞行，最终避开雷达探测，降落在7号岛屿上。布加达走近艾尼莎。艾尼莎把徽标交到布加达的手上，布加达离去。海军快艇飞速前进，抵达7号岛屿。洪少秋、米小冉率行动队员跳下快艇，迅速向岛上搜去。

三岛市国安局预审室。叶焓、吴声对黄薇薇进行预审。黄薇薇坐在受审席上，一副不屑一顾的样子。叶焓："对于我们两人，双方都不算陌生了！先说说你的代号吧。""什么代号？你随便给我编一个吧。"吴声点了下鼠标，打印机里吐出珊瑚花的照片，他拿起出示给黄薇薇："请你先看看这个？""既然你们已经知道了，那我还有什么好说的？记下来吧，我就是'珊瑚花'。"叶焓："上次在渔船上，你和03、灵人，配合得不错。"黄薇薇："要不是高总坚持救你，你早就活不到现在了！"叶焓："说到03，我们就接着这个话头说，你知道他的代号吗？""高总就是高总呗，他还有什么代号？"叶焓："不想说是吧？不想说就换个话题，'海洋情人俱乐部'是谁投资的？"黄薇薇："灵人。"叶焓："据我们掌握，不是灵人。""那你们认为是谁，他就是谁吧。"叶焓："黄薇薇，你不要顽固不化！"

7号岛屿。行动队员进行拉网式搜查。三角翼动力伞停在沙滩上。"洪处，快看，在那儿！"米小冉发现动力伞。"快！"洪少秋踏着海浪，溅起水花，率先奔向动力伞。米小冉跟着洪少秋冲过去，她的身影在浪花里格外矫健。行动队员闻声从岛礁上面扑下来。动力伞下空无一人。米小冉："洪处，又叫艾尼莎跑掉了！"洪少秋遗憾地放下枪。

第十九章

预审室内,审讯还在进行。叶焓:"策反钱守成的事,是你干的吧?"黄薇薇:"钱守成是谁?"叶焓拿出洪蓉的两副眼镜:"对这两副眼镜,你不陌生吧?""有什么呀?不就是眼镜吗……""我们要是不知道里面的秘密,会轻易拿出来敲打你吗?"黄薇薇:"这是K集团的尖端产品。第一副,我们通过上面的注磁消磁技术,成功地窃取了你们的几个数据;第二副,我们通过微型纳米遥感装置,成功地启动了计算机里的病毒。"叶焓:"但你还不知道吧,你们获取的数据都是假的。""不可能!""你这个不可能,那个不可能,什么才可能?"吴声反问。"我没想到,谨慎来谨慎去,竟然会栽在你的手里,冒牌的酒鬼!""你不是栽在我的手里,是栽在国家安全的手里,栽在军队保卫部门的手里!"吴声出示徽标,"你以为你成功了?我告诉你吧,真的玩意儿在这儿呢!""我交代。"黄薇薇低下头。叶焓:"高一天的代号?"黄薇薇:"03。"叶焓:"还有另一个?""我、我真没听他说过。""跟他到海上潜水的事实,你总不会再否定了吧?"黄薇薇:"去过,一共四次。"叶焓:"水下有什么东西?""唉,我说叶焓,你也跟着去过,也下过海,你发现什么了吗?""我知道下面有一个东西,名字跟鲨鱼有关。"黄薇薇:"我知道,你指的是'鲨鱼二号',但'鲨鱼二号'是什么,我从来就没见过。"

快艇上,潜水中队中队长:"洪处长,从新型潜艇航线的起点到这里,我们已经全部查过了,还是没有发现异常装置。"洪少秋:"是严格按照两侧各500米的范围展开的吧?"中队长:"不但严格按照这个范围展开,而且在你们划为重点的这一带,我们还拓展到1000米了,但还是没有找到那个玩意儿……很多同志说,会不会是你们的判断不准确呀?"

专案组指挥中心。米小冉:"要说判断失误,绝对不可能!03一次次到那片海域去,下面一定暗藏着他们的重要设备!"叶焓:"根据'珊瑚花'的交代推断,水下的装置应该就是'鲨鱼二号'。"吴声:"都说有'鲨鱼二号',但它究竟在哪里?"江源:"迂回一下,通过03,一定能找到!""对!转变思路,以人找物,一定能把'鲨鱼二号'找出来。"米小冉附和。"叶处,假如你是03,你会躲藏到哪里去?"洪少秋设问。叶焓:"当然是藏到我要保护的目标附近了。"洪少秋:"那就出动侦察车,继续围绕那片海域,展开来回搜索。"

D国K集团总裁办公室。狄诺走到布雷尔桌前:"总裁,'鲨鱼一号'要亲自向你报告情况。"布雷尔："我从进办公室就开机，怎么一直没有接到他的信号。""你更改密码后，没有告诉他，他哪能进得来？"布雷尔："那你把密码告诉他。"狄诺拉过桌上键盘，替布雷尔输入密码，按下回车键。电脑传来"鲨鱼一号"的变声："报告总裁，电子反潜侦察系统的情报已经到手了。""真的到手了吗？"布雷尔呼地站起来，像被注入了兴奋剂。"鲨鱼一号"变声："这回是确实到手了！""不会还是艾尼莎、'珊瑚花'、布加达搞到的那个假玩意儿吧？""鲨鱼一号"变声："肯定不是！她们的那个行动，只是我让它们虚晃一枪，达到掩护我的目的而已！我这次搞到的，是真正的反潜侦察系统情报！""很好！"布雷尔说，"那你把情报发过来吧。""鲨鱼一号"变声："总裁，这套系统的价值太大了！你总得先给我一点奖励吧……要不，我的活动经费就快支撑不下去了。"布雷尔："你说个数吧。""我多了不要，只要1000万，你打到我在第三国的账户上。""你的胃口也太大了吧？1000万，你吞得下去吗？我怕噎着你！""你既然不着急要我手上的东西，那我就只好再等一等了。你什么时候不再心疼钱了，告诉我一声，我再给你发过去。"布雷尔想了下："好吧，明天你到账户查账。"关掉电脑。狄诺："总裁，你真的要给他打1000万？"布雷尔："打吧，反正就是个数字！钱到了第三国，他回不来就花不了，等拿到情报再说吧。"狄诺："我明白了！"

专案组。大家搜索了一天03，但还是没有找到他的踪影。林影、江源、吴声都主张换一个思路。洪少秋坚持认为，只要03在划定的范围内，他肯定还会有动作。叶熔要洪少秋和她一起，带上侦察车出去转转。

一所农家院的地下室里，03坐在电脑前，点了一个键。艾尼莎："又要干什么？没事的话，还是少联络的好！"03："'鲨鱼一号'提示，要我准备接收指令。"

国安局侦察车上。搜索系统接收到歌曲《深海进行曲》。洪少秋问叶熔："叶处，这个曲子你熟吗？""知道是外国歌曲，但没有仔细研究过。"洪少秋："曲谱里多了13个音符！""这是03惯用的联络手法。"江源补充。叶熔："音符的含义是什么？"洪少秋："一下琢磨不出来……"叶熔："信息的源头在哪里？"米小冉："时间太短，没有捕捉到。"叶熔："必须尽快破译这个密码。""叶处，自从上次03在车上通过郭嘉哼唱歌曲密码后，我们就一直想破他的密码，但直到现在也没有拿下来。"洪少秋对叶熔说："叶处，你能不能出个面，请张妍帮这个忙？""万一她拒绝呢？"叶熔担忧。洪少秋："去试试看吧。"叶熔："我一个人去，她未必给这个面子，还是你和我一起去吧。"

张西洋家。巩怀远又一次登门看望张妍："好点了吗？"张妍："早就下地了。""看你还一瘸一拐的，心里真不是个滋味。""这几天，可把我憋坏了。""那就出去透透气，想到哪儿去？说吧，我好提前安排。""我吧，还是想去一个有山有水的地方，不过，就是怕太危险了。"巩怀远："还怕艾尼莎打黑枪？"张妍："难道你就不怕吗？""我手上要有枪，根本就不会怕她！但没家伙儿，还真不敢吹牛。""那就改个地，到'海洋情人俱乐部'，我听说，那儿的环境可好了。""好什么呀，早就倒闭了。""前一阵，不是还挺红火的吗？""那个女老板被抓了！""被抓了？我看她人挺好的，为什么抓她呀？""表面看她是老板，实际上她是间谍！""逗我吧？"巩怀远："你看我像是逗你吗？"张妍："这么神秘的消息，你从哪儿听来的？"巩怀远看了看门外："你妈告诉我的。""我妈？她能知道女老板的事？""我听人说，你妈跟那个女老板挺熟的，还想请她帮忙撮合来着。""原来，你还打过黄薇薇的主意？""这不都是叫你逼的吗！眼看岁数一个劲地往上长，才不得不想个馊主意。""你俩见过面吗？""听说她是间谍，躲还来不及呢，谁还敢没事找事呀？"张妍："你觉悟这么高，就不怕被我俘虏了？""我怕什么？怕谁，我也不能怕国安的人吧！""咦，谁说我是国安的人？""你不是国安的人，艾尼莎会向你开枪吗？""下一次，万一艾尼莎再向我开枪，你会保护我吗？"巩怀远："那还用说？"

张西洋家楼外，洪少秋、叶焓走上楼梯，敲门。巩怀远打开门："二位处长，幸会！""张妍在家吗？"洪少秋问。"喏，沙发上。"巩怀远仍然挡着门。叶焓："我们找她有点事……""不巧，她正要和我一起出去。"叶焓："借用你们10分钟。""进吧。"巩怀远让开门。洪少秋："巩主任，我们想请你回避一下。"巩怀远："问题是，我跟张妍约好了，一会儿还要出去。"洪少秋："张妍，你说句话。""巩主任，那就委屈你一会儿，到我屋里等吧。"巩怀远不太情愿地走进张妍的房间。洪少秋："张妍，你在K集团的时候，接触过《深海进行曲》吗？"张妍摇了摇头。"叶处，把曲谱拿出来吧。"叶焓把整理好的曲谱递给张妍："这、这，还有这，打着红杠的都是，一共多了13个音符。"张妍琢磨了一会儿："这13个音符，不管从前往后看，还是从后往前排，都排列不出一个合理的路数来。"洪少秋："我提示你一下，主要看跟'鲨鱼二号'有没有关系？""'鲨鱼二号'？"张妍惊讶。洪少秋："没听说过？"张妍："还真不知道！"

农家院地下室。03推开曲谱："'鲨鱼一号'急告，'鲨鱼二号'已被国安发现！"艾尼莎："你不是一再吹嘘，说哪怕国安有10个脑袋，也休想找到它吗？""我是把它转移了！照理说，现在'鲨鱼二号'藏身的这个地方，他们就是放开脑子去想，起码够他们琢磨两三个月的。"艾尼莎："你到底把它藏在哪里了？""这个位置，你最好还是不知道的好，免得到时候承担风险。""既然'鲨鱼一号'有令了，你就再去转移一次吧。""难道国安真的知道了？不可能！凭我03的智慧，洪少秋他们根本就不可能知道'鲨鱼二号'在那里！"艾尼莎："那'鲨鱼一号'的指令，你就不执行了？"03："我执行什么？'鲨鱼一号'上了洪少秋的当，我也跟着他去上当？我敢断定，在相当一段时间内，国安都会在那一带等着我去给他们指示目标！"

专案组。叶焓拿着曲谱："洪处，张妍这一次的态度，值得打个问号？她是真不知道这里面的含义,还是在有意保护敌人?"洪少秋认为两种可能性都有。"手上拿着敌人的密码,但就是破译不出来,真让人着急!"叶焙问吴声,"江源呢?"吴声:"他说跟米小冉有点事,两人出去了。"叶焙:"你给他们打电话,要他们跑步回来!今晚就是推磨盘、熬通宵,也要把这13个音符推出来!""江源,叶处急了,要你和米小冉马上回来!"吴声捂着手机说。

　　半岛咖啡厅。巩怀远坐下:"这儿的环境还不错吧?"张妍:"有四面墙挡着,起码不用担心艾尼莎的黑枪了。""张妍,我的想法跟你的正相反。艾尼莎要是敢来,那就太好了!我起码也好在你的面前长长脸啊。"张妍:"行了,你就别自我表白了。""我这不是表白,是我的真心话!""你还真心话呢?跟一小时前比,你已经自相矛盾了!看什么看,在我家的时候,还说空手的怕拿枪的,现在才多大一会儿呀,就变成这样了?"巩怀远神秘地:"在你家,我怕一个人……在这里,你怕一个人!我的心态当然不一样了。"张妍:"在我家,你怕谁?"巩怀远:"有些话,我还是不说的好。""是不是又在暗示我,我母亲有问题?""这几天,她对我的态度变了吧?""是,她反对我们来往。"巩怀远:"你的态度呢?"张妍:"这不重要吧?""太重要了!""我妈没你说的那么可怕吧?""你回来的时间不短了,就没发现你妈哪儿不对劲?"张妍:"这么说,你发现我妈有不对劲的地方?"巩怀远:"具体的,我也说不上来,总觉得吧,她的心事太重。"

　　专案组。江源推门进来:"叶处,我回来了。"叶焙:"坐下,一起碰情况。""我带回来一个情况,而且是一个好消息!"江源说。吴声:"太好了!我们正苦于找不到线索呢。"江源坐下:"今天傍晚,米小冉说她不舒服,我陪她到医院去看病,发现田云正在听《深海进行曲》!"叶焙:"《深海进行曲》?""更巧的是,曲子里也多出13个音符,并和我们截获的一致。"吴声:"'鲨鱼一号'的证据,终于被我们抓到了!"叶焙:"米小冉呢?""还在医院外面暗中监视田云。"洪少秋起身思考。"洪处,快下决心吧!抓住田云,就什么都清楚了。"江源催促。"我总觉得,好像哪儿不太对劲?"洪少秋皱起眉头。江源:"洪处,战机稍纵即逝!"洪少秋:"情况是不是出得太巧了?为什么我们需要什么就能从田云的手上拿到什么?她要是'鲨鱼一号',难道会这么粗心吗?"吴声:"田云不是粗心,而是狡猾!她的目的就是,既要当着米小冉把情报发送出去,又要保证她不轻易被我们怀疑。"

　　咖啡厅。张妍还在和巩怀远斗心思:"巩主任,你那一块的工作量,完成得怎么样了?""我什么工作量?你最好说得明白一点,否则容易引起误会。"张妍:"你除了正常工作,还有什么工作量?""关于潜艇,话题敏感,环境不对,我们最好还是不谈。"张妍:"那好,换个话题。""我现在,最关心的就是咱俩之间的事了。"张妍:"巩主任……""怎么了张妍?刚才叫过我一次巩主任,现在又叫了我一次巩主任!生分了吧?再叫,我心里就该没底了!"

　　专案组。吴声:"洪处,时间不等人!要没有江源拿到的直接证据,我什么都不说！但在证据面前，你还这样？我要提醒你，不要丧失了一个共产党员、一个军人、一个保卫干部的原则！"洪少秋："叶处，你说，应该怎样接触田云？"叶焓："吴声、江源，你俩先说说想法。"吴声："施以高压，迅速突破。"江源："利用证据，逼其就范。""叶处。"洪少秋加重语气，"抓人容易放人难！很多案子就是因为情况不明决心大，结果不但没有把案子拿下来，反而还陷入了敌人的圈套！"叶焓："那这样吧，第一步，先谈话。"吴声："谈话？我从来没听说过，靠谈话还能把案子谈下来！"洪少秋："谈话也是一次火力侦察，通过谈话，先摸一摸她有没有问题？""好，我现在就带人过去。"叶焓招呼江源、吴声，"我们走。"

潜艇研究基地医院院长办公室。田云起身迎接叶焓一行："叶处长，都快半夜了，还来找我？""意外吗？""起码不是时候！"江源："此时此刻，你看到我们，心里没慌吧？""慌什么？"田云，"是不是少秋出事了？"吴声："刚才，我们既没叫你田姨，也没喊你院长，你就应该知道是谁出事了！"田云："我血压不高，心跳不快，腿脚利索，能出什么事？"江源："今天傍晚，你在错误的时间，通过不该通过的人，播放了一首不该播放的歌曲。""嗨！你吓我一跳，我还以为是什么呢？就那歌呀！你到潜艇基地问问，有几个人不会哼哼的？"叶焓："问题不在于你会不会哼哼，而在于你发送的音符跟别人的不一样。""我发送什么音符了？我就在办公室听歌来着……米小冉来看病，她可以替我作证！"叶焓："你的播放器，是从哪儿来的？""我女儿从国外带回来的。""里面的歌曲，也是她带回来的？""不是，是我从网上下载的。"叶焓："你什么时候下载的？"田云："中午啊，我回家吃饭的时候，下载完了，就带到办公室来了。"江源："既然中午就带过来了，为什么到了傍晚才播放？"田云："下午有手术，傍晚没病人，想放松一下……唉，你们怎么啦？怎么老查我这歌呀？"叶焓："你刚才说，歌曲是在家里下载的？"田云："是。""请跟我们回去一趟。"叶焓起身。田云："问题是，我还要值班呢。这么多病号，万一谁要抢救啊什么的，谁来拍这个板？""田院长，你是当事人，必须协助我们把歌曲的来路搞清楚……""这样吧，我给张妍打个电话，你们去找她。"田云拿起电话。

张西洋家。叶焓把播放机放在茶几上："张妍，听你母亲说，这是你从国外带回来的？"张妍："是，有问题吗？""今天傍晚，从这个播放机里，发送了不该发送的音符。""不可能！我给我妈这个播放机的时候，里面根本就没有《深海进行曲》，它怎么会往外发送多余的音符呢？"叶焓："你母亲说，是她从网上下载的这首歌曲。"张妍："那就简单了，打开电脑看看，只要是她下载了，总会留下痕迹吧？"叶焓："请你协助一下，帮我们打开她的电脑。"

专案组。洪少秋突然接到田云的电话。田云在电话里十分恼火："少秋，他们凭什么连夜查我，你必须给我一个说法！他们不但来医院找我，而且还跑到家里去查电脑……你马上给他们打电话，要他们带着该带的手续来，否则，我和他们没完，和你没完！"洪少秋握着手机说："田姨，你说这事吧，摊在你身上……"田云："不摊我身上，我找你？"洪少秋："我是说，假如你来搞这个案子……"田云打断："我要是当你这个组长，该查的查，不该查的绝对不查！我播了段音乐，你查什么查呀？吃饱了撑的，没事干了，是不是？"洪少秋："田姨，你说这事吧，你让我查吧不是，不查吧也不是，搁我手里吧更不是……"田云意识到让洪少秋很为难，于是改了口："少秋，你、你要真为难，那就查！其实，只要我心里没鬼，他们还能查出鬼来吗？""田姨，时间很紧，我们还是长话短说吧！那首《深海进行曲》,你下载以后听了吗？""下午有手术，没顾上。""那你别着急，我们一起等结果吧。"洪少秋放下手机，走到窗前，推开了窗户。

张西洋家。江源从电脑前抬起头来："查清了，田云的《深海进行曲》，是从 K 集团的网上下载的。"吴声："又是 K 集团，刚有点希望，又成无头案了！"

洪少秋在专案组指挥中心来回走动，心情相当烦躁。叶焙、江源、吴声进门。洪少秋迎上问："怎么样？"江源："源头又落到 K 集团了！没法往下进行。""虽然《深海进行曲》的源头在 K 集团，但从田云下载、播放的时间看，她还是有嫌疑的。"叶焙坐下。洪少秋："我刚才想了想，会不会是在她身边的人员当中，有一个人有问题。""你指的这个人是谁？"叶焙问。洪少秋："目前还不知道，但只要我们方法得当，应该能够找到他！"叶焙："你是不是又考虑成熟什么新的方案了？"洪少秋："还是老办法，穷追猛打'鲨鱼二号'，等查得敌人的屁股坐不住了，很可能这个人就冒出来了。"吴声："可是上次那一招，03 根本就没反应呀！""新招没用，回过头来，再用老招！明天一早，我们就到海上去。""还到海上去？"吴声叹了口气，"我认为，没用。"

海面上波涛汹涌。三条快艇驶向 03 多次到过的海域。江源在 1 号快艇上对洪少秋说："洪处，对 03 去过的海域，我们亲自下去查了七八回，潜水中队又下去摸了十来次，还有必要去吗？"洪少秋："正因为我们下去的次数太多了，03 在无计可施的情况下，才有可能把已经转移出去的'鲨鱼二号'再转移回来。""有道理！"叶焙兴奋起来。"叶处，我只是一个猜测，下面有没有，还两说呢。"

张西洋家。"张妍，昨天夜里，叶焙他们在网上查到什么了？"田云下班进屋就问。张妍："查到你和 K 集团有过联系。""什么！我什么时候和 K 集团联系了？""你下载的《深海进行曲》，就是从 K 集团的网上扒下来的。""不可能，我上的是一个国内的音乐网站，根本就没跟 K 集团的网络碰过面。实话告诉你，对 K 集团，我防着他们呢！""那就是有人利用你下载歌曲的机会，把他的神秘指令塞进来了。"田云："会、会有这样的事吗？"张妍："K 集团的人，经常这样干。""那你说, 这个人是谁？""依我看, 这个人, 是一直想利用你的人。"田云："谁、谁呀？他一直想利用我？他利用我什么？""如果没人利用你，那发生在你身上的反常现象,你怎么解释?"田云:"快,带我去找少秋,我要他帮我分析分析这个人是谁?""找他不合适。"田云:"为什么?"张妍:"因为他也怀疑你!"

海面上的快艇上。洪少秋、叶焓、江源身着潜水装具跳下快艇潜入海底。礁石、珊瑚色彩斑斓,大小游鱼来回穿梭。洪少秋发现水下窃听器,他加速游过去,抚摸着"鲨鱼二号",感慨地说:"'鲨鱼二号',我们终于找到你了!"叶焓、江源从两个方向游过来,都显得异常兴奋,在水下拥抱、捶打洪少秋。洪少秋做了个向上的手势,三人一起潜出水面。叶焓抹了把脸上的海水:"洪处,一会儿就打捞吧。"洪少秋:"这一发现,太重要了!我们还是先向上级报告吧。"

安然从北京赶来主持召开会议。周大路在会上兴奋地发言:"这次找到'鲨鱼二号',是一个了不起的成绩!安部长专门从北京赶来,就是要当面听一听大家的意见,看怎么利用'鲨鱼二号',进一步扩大发现敌人、打击敌人的效果。"

安然对洪少秋:"洪处,说说你们的想法。"洪少秋:"专案组的意见是,利用各种新闻媒体,把发现'鲨鱼二号'的声势做大,想办法把03、艾尼莎、布加达引出来。"叶焓:"如果有可能的话,我们还想挖出'鲨鱼一号'。"周大路:"想法非常好,我从人力、财力上大力支持你们。"安然:"洪少秋、叶焓,通过电台、电视台和网通公司,尽快发布公告,把我们准备打捞'鲨鱼二号'的消息炒起来。"

农家院地下室。艾尼莎:"03,这回,他们是真的发现'鲨鱼二号'了!"03:"艾尼莎,有个问题,我搞不明白?""什么问题?""发现'鲨鱼二号',该不该保密?""废话!""既然应该保密,那他们为什么反其道而行之?""意图很明显,就是想把我们逼出去。""那么,如果我们按兵不动,他们还有什么办法?"艾尼莎:"你如果不出去,'鲨鱼二号'很快就会被他们打捞上来。泄露了集团的窃密技术,总裁会放过你吗?他费了那么大的劲,安排你潜回中国来,主要任务就是负责使用、维护、保护'鲨鱼二号'的吧?""这样吧,你立即请示总裁,看我们下一步怎么办?"艾尼莎打开电脑。

布雷尔在D国K集团总裁办公室注视着屏幕:"艾尼莎,03在你身边吗?"屏幕上的艾尼莎图像:"在。"布雷尔:"要他直接听我命令。"艾尼莎:"是。"屏幕上,03的图像传到布雷尔面前:"总裁,我是03。"布雷尔:"03,你知不知道,深潜探测器,是国家、集团的一项核心技术,无论如何,也绝对不能让它落在中国人的手里!"03通过摄像头表忠心:"总裁,只要你下决心,我就是死,也要为国家、为集团保住秘密。"布雷尔:"'鲨鱼二号'就跟我的孩子一样,我不能让它就这么白白地被人俘虏了!你给我听好了,在中国方面打捞它的时候,你再启动自动摧毁装置。我要让中国的打捞人员为'鲨鱼二号'陪葬,这也算是我们送给'鲨鱼二号'的一份礼物吧!"03:"总裁,你就放心吧,我一定把事做好!"

专案组。洪少秋听到桌上手机振动，拿起打开查看信息，念道："注意，敌人要炸掉深潜探测器！""这么重要的信息,谁才会发给你？"叶焓感到奇怪。洪少秋："没有号码，无从查起。""会不会是张妍？""她已经不可能获得这样的情报了。"吴声："那会是谁？"江源的手机响了起来，他拿起电话接听。洪少秋："03 的可能性最大。""03，不可能！"米小冉说，"他要这样做，总得有他的目的吧？"江源放下电话："安部长通知，要我们全体人员到安全局开会。"

　　三岛市国家安全局秘密会见点。洪少秋发言："敌人把要炸掉'鲨鱼二号'的消息告诉我们，绝不是心血来潮，而是有他们不可告人的目的。"安然："我们出了一张牌，敌人也回了一张牌！这出戏，还真有点对抗性。"周大路："我同意洪处的分析。敌人不是简单地同我们叫板，而是埋藏着一个不小的阴谋。我们在没有弄清他们的目的之前，不能贸然打捞'鲨鱼二号'，严防出现不测。"米小冉："我认为，敌人故意把要炸掉'鲨鱼二号'的消息告诉我们，说白了，就是想阻止我们打捞，为他们转移争取时间。要依着我，现在就去打捞深潜器！否则夜长梦多。"叶焓："我的感觉是，敌人这样做，很可能是要借我们打捞深潜器的机会，制造一起人、机、船三亡的悲剧。"周大路："我认为，叶焓的这个分析很到位！我的意见是，为了确保人员、装备的安全，这几天只在海域周边秘密布控，不轻易下水打捞深潜器。"洪少秋："我们打捞深潜器，既可以获得证据，又可以破译敌人的窃密技术，还可以把 03、艾尼莎、布加达引出来，就是冒再大的风险，我认为也值！"周大路："万一在打捞中深潜器真的爆炸了，我们既拿不到证据，又破译不了敌人的窃密技术，还会危及一些同志的生命安全，得不偿失。"安然："周局不想让同志们去冒这个险，完全是一番好意……但是周局，如果我们不去触动敌人，03、艾尼莎、布加达，包括'鲨鱼一号'，就一时半会儿动不起来……打捞深潜器，迟早都要走这一步！迟走不如早走。""周局，你要考虑部队的同志下去不合适，那就由我带米小冉下去吧。"叶焓表态，"我俩的水性都很好。"洪少秋："不行！到了和敌人拼刺刀的时候，哪能都让你们地方的同志上呢？"米小冉："叶处，我提个建议，你就让洪处带我下去吧！"叶焓："还是我下吧！"洪少秋："不行，你不能下！""为什么？""你还要照看孩子！"叶焓："孩子的事，还有我妈呢！"洪少秋："我不能让烈士的后代连妈也没了！"周大路："那好吧，我同意米小冉、吴声下去！"安然："周局，你还是发扬一点风格吧，军队和地方，一家出一个，让洪少秋带米小冉下去。"洪少秋、米小冉起立："是！"

　　"叶处。"米小冉开着车，"洪处就要去执行排爆任务了……"故意引而不发。叶焓："我知道，这次任务很危险！""知道很危险，那就抓紧吧。""抓紧什么？""把心交给他！""小冉，我不是不想组建一个家庭，是不能接受洪少秋！""为什么？""因为……嗨，以后我再告诉你的。""叶处，我打心眼里感到，洪处这人不错，你跟他，不吃亏！""谁说找他吃亏了？""既然看准了，那你还等什么？""现在还不是时候，要等……"米小冉："当洪处就要去面对死亡的时候，你向他表达爱情，会给他一种多么强大的力量啊！"叶焓："我是一个有孩子的人……""叶处，推来推去，什么意思？""有的事，你不知道！""叶处，送你句话。""什么话？""你的成功，得于理性；你的失败，就因为太理性！""小冉，如果方便的话，你替我给洪处带句话……""想说我爱你，你自己找他去！""小冉，你婉转一点行不行？""这有什么呀？你呀，岁数比我大，胆子比我小！"

　　太阳从海面升起，照得海面金闪闪的。打捞舰开进预定海域。米小冉穿上潜水衣："洪处，不一会儿，咱俩就要去执行打捞'鲨鱼二号'的任务了，说不定这一次，我们就永远留在大海里了！能跟你死在一块儿，真幸福！"洪少秋："把握好了，没你说的那么可怕！"米小冉："我曾经对你说过，要单独告诉你一个秘密……现在，你想知道这个秘密吗？""是立功的事吧？""看来，你没吃透我的心思！""那你还有什么秘密？""我不想再立功了！""那你还有什么秘密？""我想把立功的指标让给肖卫华！"洪少秋："好啊！说明你成熟了。"米小冉："如果我死了，我希望你替我把肖卫华的军功章送到他家去，就说有一个女孩，托你代表肖卫华去看望他们！如果我还活着，就亲自带上军功章到他家去，喊他的老父亲一声爸，叫他的老母亲一声妈！""米小冉，我代表肖卫华，谢谢你！"

　　海底。03从远处潜来，游到"鲨鱼二号"附近。

　　打捞舰上，洪少秋、米小冉披挂潜水装具，精神抖擞地走上甲板。安然、周大路、叶焓先后同洪少秋、米小冉握手告别。叶焓："少秋，一定要格外小心！"洪少秋轻松地："你就放心吧。"与叶焓的手紧紧地握在一起。

　　海底。03隐藏在珊瑚后，手握起爆器不时向"鲨鱼二号"望去。洪少秋、米小冉相继下水，潜入海底，开始靠近"鲨鱼二号"。珊瑚礁后，03按下起爆器按钮。"鲨鱼二号"的定时装置计时器不停地闪烁。洪少秋通过有线向指挥员报告："报告，敌人启动爆炸定时装置！"安然在打捞舰上："明白！时间还剩多少？"洪少秋的声音传上来："十五分钟。"安然："沉着冷静，抓紧时间，排除炸弹。"洪少秋的声音："是。"海底"鲨鱼二号"旁，洪少秋打开水下焊枪，摧毁"鲨鱼二号"机罩上的铆钉。米小冉把机罩板取下来，望着眼前密密麻麻的线路板，不知该把笔记本解码器连接到哪里："洪处，找不到连接孔！"洪少秋："你从这个方向，我从另一个方向，一起往中间找。"

第二十章

打捞舰上。周大路关切地问叶焓："叶焓，03是从哪儿下海的？"叶焓："还没有接到报告。""你对我说，已经考虑得非常细了，但为什么还有漏洞？"叶焓："我也正在思考这个问题！"周大路："前方的海面，你们布控了吗？""布控了，一共有六条快艇在交叉巡逻。"周大路："一会儿，03最有可能从哪里返回？"叶焓："最大的可能就是，借助'海洋情人俱乐部'的游船上岸！""不仅要速查游船，而且还要进一步严密措施，绝不能给03留下任何一个逃跑的口子！""是。"叶焓拿起指挥送话器，"各组注意，按照二号预案，全面展开围捕行动！"

"海洋情人俱乐部"游船。全副武装的行动队员登上游船，迅速展开搜查。

海底"鲨鱼二号"旁。洪少秋终于连接上解码器："报告，我们已经接上解码器。"安然："立刻解码，随时报告进展情况。"洪少秋："明白。"米小冉操作电脑，紧张解码。电脑屏幕上提示："密码错误！"米小冉："洪处，无法解码，怎么办？"打捞舰上，江源、吴声操作电脑。屏幕上显示洪少秋、米小冉在水下紧张作业的图像。安然焦急地问："洪处，时间还剩多少？"洪少秋："6分钟！"安然："越是这个时候，越是要沉着、冷静！"洪少秋："明白！"

打捞舰下，03从水中冒出头来，掏出手机，按了个快捷键。打捞舰上，叶焓听到手机响，掏出接听。变声电话："叶焓，洪少秋、米小冉还没把密码解开吧？""03，你在哪里？"叶焓向海面搜索。变声电话："对！我就是03，你现在一定很着急吧，再有5分钟，水下就要爆炸了！要不要我给你一个密码，你马上传到海下去，也许还能救他们。""什么密码？"叶焓问。变声电话："你的生日！"周大路："03说什么？"叶焓捂着手机："他说，要想阻止'鲨鱼二号'爆炸，就把我的生日输到'鲨鱼二号'里面去！"安然："这个时候，他绝对不会有这样的好心肠。"周大路："叶焓，03的电话告诉我们，他就在附近海域，你马上通知各潜伏组、抓捕组、机动组，加大搜索力度！一定要找到03！""是！"叶焓拿起指挥送话器，"各潜伏组、抓捕组、机动组，按照三号预案，对海面、海岸展开拉网式搜查，绝不能放过任何一条船、一个人！"安然："洪少秋，报告剩余时间。"

海底"鲨鱼二号"旁，洪少秋报告："还有138秒！"打捞舰旁，行动队员乘快艇巡回检查。03潜入打捞舰下海底。行动队员搜索海面，没有发现03。

海底，洪少秋报告："时间还剩90秒，请求打捞舰撤离！"安然在打捞舰上下令："我命令，打捞舰撤离！"叶熔："安部长，是不是再等一等？"安然："为了舰上全体人员的安全，必须马上撤离！"舰艇快速驶出危险海域。叶熔的眼睛里含着泪花。江源、吴声扑向舰栏。

海底"鲨鱼二号"上的电子倒计时还有60秒。洪少秋："米小冉，我命令你，马上撤离！"米小冉："洪处你看，定时器的输出口上，一共有六根线……""我看到了！"洪少秋下令，"你马上撤离！"米小冉："我和你，各剪三条线，保险系数就会增大一倍！"洪少秋："还剩29秒！快走……"米小冉："已经来不及了，我就是死，也要和你死在一起！"打捞舰下海面，03从水里冒出来，掏出起爆器，看着屏幕上的倒计时，等待着那声爆炸。海底"鲨鱼二号"，起爆计时剩下11秒。洪少秋："米小冉，插入剪刀，准备……"米小冉把剪刀插进三条线内。洪少秋把剪刀伸进去："一、二、三，剪！""咔嗒"一声，两人同时剪断了六条线。定时器停在最后一秒。打捞舰下海面。03见最后一秒没有传来爆炸声，慌忙关掉起爆器，潜入水中撤离。打捞舰上。"周局，时间过去3秒，没有爆炸，他们成功了！"叶熔激动地对周大路说。江源、吴声紧紧地拥抱在一起，互相捶打着对方的肩膀。安然拿起指挥话筒："把打捞舰开过去，打捞深潜器！"

在游船上，巩怀远、张妍在远眺海景。巩怀远注意了张妍一会："张妍，你今天好像心神不宁？"张妍："一会儿上来一拨警察，一会又儿来一拨便衣，你能静下心来吗？"巩怀远："听说，今天是洪少秋他们打捞深潜器的日子，你是不是在为他担心啊？"张妍："你把我找到这里来，是不是也很想知道水下的结果呀？""哪呀？我就是想找一个有情调的地方，好好地跟你聊聊。""你真要是想聊的话，就在宿舍给我准备一个可以喝茶的杯子。""什么意思？"巩怀远似有所思，"我明白了！想到我宿舍看看？"张妍："欢迎吗？""我要是拒绝一位美丽的女士，怕是很不礼貌吧？"张妍："那好，你说个时间？""有空了，我通知你。"张妍："看，打捞船回来了。"巩怀远："这下，你总该放心了吧？""我是放心了，但有人是不是该着急了？"张妍注视着巩怀远。"张妍，你话里有话，但我不怕，因为我心里没鬼！"巩怀远说，"我奉劝你一句，千万别把我想得那么坏！"

D国K集团总裁办公室。狄诺进屋报告："总裁，'鲨鱼二号'被中国方面打捞上来了！""就这样的消息，你还敢来向我报告？"布雷尔气呼呼地瞪着狄诺。"我、我也怕来，但又不敢不报！"布雷尔："03呢？""他还算幸运，没有被抓到。"布雷尔："我真没想到，他还有脸活着！"狄诺："总裁，事情既然已经这样了，你就消消气吧。"布雷尔："你说，03要是有一点与'鲨鱼二号'共存亡的精神，我的那个宝贝，它能落在中国人的手里吗？"

三岛机场。升降车把"鲨鱼二号"送进机舱。安然对送行的周大路、洪少秋说："'鲨鱼二号'我带走了，捕捉到03、艾尼莎、布加达的消息，一定要在第一时间告诉我,好让我也跟着高兴高兴。"洪少秋:"部长,这次没抓到03,又让你失望了。"安然:"缴获'鲨鱼二号',没有出现任何伤亡,这已经是一个很了不起的成绩了!我回去就向军地领导汇报,给你们请功。"洪少秋:"部长,你只要给周局、叶处他们请功就行了,特别是要给肖卫华请一个高功……他牺牲得太壮烈了!至于我们军方的几个同志,你就没必要花费时间了。"周大路:"唉,洪处,要论功,第一个就是你洪少秋的!安部长,有时间,多跟少秋说说话,给他争取一个高功,这对鼓舞大家的士气很有好处!""周局,看到你们合作得这样好,我非常高兴!那咱俩就约一下,等拿下案子,双方再一起庆功!"安然跟周大路约定。周大路:"好啊!到时候,你不喝个痛快,咱俩没完。"安然:"少秋,听到没有?为了这一天,你们还要努力呀。"洪少秋:"部长,你放心,我一回去,就抓紧破译敌人的神秘音符,一定要用最快的速度,再一次找到03的踪迹!"

D国K集团总裁办公室。布雷尔不甘心失败,看向狄诺:"'鲨鱼一号'不是要给我发送情报吗?怎么还没过来?你催催他。"狄诺:"总裁,我催过他了,而且不止一次!"布雷尔:"他怎么说?""他说,我们不守信用。"布雷尔:"谁不守信用了?我不是让你把钱给他打过去了吗?"狄诺:"第一次,我给他打了500万定金,已经被他转走了。"布雷尔:"'鲨鱼一号'啊'鲨鱼一号',你竟敢算计到我头上来了!狄诺,把他立即给我要出来。"狄诺拉过布雷尔工作台上的电脑键盘,击打了几个键。

专案组。洪少秋进屋,摘下帽子。叶焓:"安部长走了?"洪少秋:"走了。"坐下,"临上飞机前,还惦着案子呢!那13个音符,排列得怎么样了?"叶焓:"还是没理出头绪来。"江源:"洪处,我排列来排列去,总感到一个音符代表一个字,不对;一个音符代表一个词组,也还是不对……"米小冉:"洪处,干脆点,翻篇吧!"洪少秋:"怎么翻?说说你的想法。"米小冉:"要想解开密码,就得抓到03!"洪少秋:"想法破解密码,就是为了抓到03。"米小冉:"我知道,你是想对03实施精确打击,但这几个音符,咱不是来来回回的琢磨了,直到现在还是吃不透里面的意思吗?"叶焓:"洪处,刚才江源的话,点拨了我一下。如果这13个音符,有的代表一个字,有的代表一个人,有的代表一个词组,这就很好把它的内容排列出来了!""详细说说。"洪少秋一下来了精神。叶焓:"比如1,代表的是K集团总裁,2呢,代表的是'鲨鱼二号',3则代表着执行人03……里面再有一个数字代表起爆,还有一个数字代表我们,就可以把这道密令搞清楚了。""叶处,你太厉害了!"洪少秋兴奋地站起来,"终于破解了这道难题。"看向大家,"各位还坐着干什么?快把侦察车开出去,争取早一点捕捉到敌人的下一道密令。""洪处。"叶焓起身,"那我和他们一块儿去了?""吴声,你留下值班……"洪少秋对叶焓,"你带一组,我带一组,分头行动!"

D国K集团总裁办公室。布雷尔生气地拍了下桌子,冲着电脑屏幕训斥:"'鲨鱼一号'，你胆子不小啊！竟敢玩起我来了？""鲨鱼一号"变音："总裁，你误会了！我哪敢玩你呀？"布雷尔："我把500万打给你，就算是定金，也足够高了吧？""鲨鱼一号"变音："好吧，这次，就先500万吧。"布雷尔："马上，把东西发过来！""鲨鱼一号"变音："总裁，据我所知，现在国安在网上死盯着呢！我再通过网络传送这么绝密的东西，你觉得保险吗？"布雷尔："那你说，怎么办？""鲨鱼一号"变音："我考虑，还是采用老办法，通过人工把情报带给你。""你？"布雷尔气愤地质问，"还想要我？""鲨鱼一号"变音："总裁，只有我，才会真心为你着想！你别误解了我的一片好意。"布雷尔想了会儿："好吧，就按你说的办！把东西放在6号点上，我派人去取。""鲨鱼一号"变音："什么时间？"布雷尔："北京时间，二十点整，够你周旋了吧？""鲨鱼一号"变音："二十点前，我一定把东西放到点上。"布雷尔关闭电脑。狄诺："总裁，我亲自跑一趟，替你把这份情报取回来吧。"布雷尔："不用了。"狄诺："那安排谁去？"布雷尔："03。他在中国已经潜伏不下去了，最后就再发挥他的一点作用吧，要他取上'鲨鱼一号'的情报，迅速返回。"狄诺："03要想返回来，怕没那么容易吧？"

布雷尔："实在不行，为了情报，就再下点血本，从日本起飞我们的私人飞机！"

国安局侦察车上。侦察系统再次捕捉到《深海进行曲》。米小冉抄出音符，递给洪少秋："洪处，这次一共多了19个音符。"洪少秋："通知叶处，马上返回专案组，一起碰情况。"

农家院地下室。艾尼莎把抄好的音符放在03面前："好了，这一次，你很快就解脱了。"03拿起音符："总裁要我到6号点去取情报，6号点在哪儿呀？"艾尼莎："我也不知道。"03："一个没有准确地点的命令，我怎么执行呀？"艾尼莎："问'鲨鱼一号'吧，他肯定知道。""那好，你打开电脑，同'鲨鱼一号'联系。"艾尼莎："你急什么？""我是怕耽误了总裁的大事！""我怎么觉得，你好像恨不得马上就离开三岛呀？""那是，难道你不想马上离开？"艾尼莎无奈地打开电脑。

专案组。叶焓在分析中说道："在这次截获的19个音符中，跟上次相同的有两个。第一个是1，这是总裁命令的意思，第二个是3，这说明该指令是应该发给03的，其余的，又不太明朗了……"洪少秋："米小冉，你把《深海进行曲》的英文歌词翻译出来，结合剩余的17个音符，全面进行一次比对，看能不能找出其中的奥妙来？""洪处，歌词我昨天就翻译出来了。"洪少秋："太好了！这一次，你又走在前面了，值得肯定！快把词曲一起投放到大屏上。"米小冉把词曲投到大屏幕上。洪少秋、叶焓、林影、江源、吴声注视着大屏幕，脑子随着词曲转动起来。

"海洋情人俱乐部"地下室。布加达给03、艾尼莎续茶。03显得很不耐烦：

"艾尼莎,眼看时间就要到了,6号点到底在哪里,'鲨鱼一号'怎么还不回话呀,真是急死人了!"茶几上的电脑屏幕发生变化,开始游来一群深水鱼。"他还真禁不住念叨。"艾尼莎看了下屏幕,"'鲨鱼一号'要你到9号点去。""变得真快!"03问,"9号点又是哪里?"艾尼莎快速打字。对方回复:月亮湾公园。03:"月亮湾公园,不就是潜艇研究基地家属院后面的公园吗?那个地方,万一我要是在那儿碰到张妍,那还跑得了吗?"布加达:"我想,事情不会这么巧吧?"03:"艾尼莎,你最好跟我一块儿去,在关键时刻掩护我一下。""我是想去,但总裁没令,'鲨鱼一号'也没这个安排,我总不能乱了规矩吧?你还是自己辛苦一趟吧。"

月亮湾公园。罗静搀扶着刘进散步。刘进:"有点累了,休息一会儿吧。""好吧。"罗静把包放在椅子上,扶着刘进坐下。

专案组。米小冉看着大屏幕,唱了四个音符:"6356……"用激光笔示意下面翻译过来的歌词,"在6356的下面,对应的是黑洞礁,敌人的意思,很可能指的是一个地名。"洪少秋:"在三岛,有没有跟黑洞礁相近的地名?"林影想了会儿:"好像没有。"洪少秋:"可以肯定吗?"林影:"绝对!"洪少秋:"莫非,我们的路子错了?""要相信自己!"叶焓说。

月亮湾公园。刘进对罗静说:"起来吧,再走走。"罗静提起包起身:"刘总,今天的运动量够大了,还是回去吧。"刘进:"那好,回去。"

专案组。洪少秋用激光笔点示大屏幕:"你们看,这里还有一个6356!下面对应的是燕鱼……燕鱼代表什么?"叶焓:"燕鱼的速度很快……速度快,就不应该是从海上走……对了,空中!是不是布雷尔给03下令,要他从空中逃跑?"江源:"联系前面的地名分析,布雷尔是不是在03逃跑前,要他到某个地点去……去干什么?""取情报!"米小冉判断,"一定是。""对,情报!"洪少秋下令,"立刻封锁机场、码头、火车站和各出城路口,严防03外逃。"叶焓:"江源,你负责码头;米小冉,你负责机场;吴声,你负责火车站,马上分头打电话;林影,你负责各高速路口。"众人齐声:"是!"

月亮湾公园。张西洋、田云散步,走到刚才刘进、罗静坐过的椅子旁。田云:"正好有个位置,坐一会儿吧。"张西洋坐下:"刚走多大一会儿,就想休息,你是不是哪里不舒服呀?"田云:"头,有点昏。"张西洋:"这么严重呀,怎么了?""这些天,老遇到怪事,挺窝火的,一直没睡好。""你呀,心事太重了!有些事,要想开一点。"田云正要说话,看见女儿和巩怀远走来,急忙碰了下丈夫:"你看、你看,我不让张妍跟巩怀远来往,她就是不听!现在,还公开出来逛公园了?""你为什么不让他们来往呀?"张西洋问。"难道,你想让巩怀远做你的女婿?""张妍已经老大不小了,她也该有个归属了。"田云:"她的归属,我替他找好了。"张西洋:"想让她嫁给洪少秋?"田云:"就是。现在少秋在我心里,比巩怀远的分量重多了!"张西洋:"孩子情感上的事,你我就不要再管了。"见张妍、巩怀远越来越近,"他们过来了,我们走吧。"田云:"拉我一把。"张西洋拉起田云,两人向公园深处走去。

月亮湾公园门口。03变了一个装束,走到河边的公用电话亭。刘进、罗静从门口出来,走向基地家属院。03拨出电话:"艾尼莎,公园这么大,九号点在哪里呀?"艾尼莎的声音:"你走后,'鲨鱼一号'的信息又过来了,他要你从大门进去,沿河边石板路一直往前走,到第九个椅子的时候,请你坐下去,然后把手伸到椅子下……""知道了。"03挂上电话,拉了下衣领,走进公园。

月亮湾公园。巩怀远碰了下张妍:"你爸你妈好像在前面……"张妍:"我看到了,要不,我的脚步怎么会慢下来?"巩怀远:"不如先坐一会儿,等他们走远了,我们再走?""行啊!你说,坐哪儿?""椅子好是好,就是没情调,我看……就到河边的石头上去吧?""好啊,为了你的情调,坐一回石头。"03默数着路边的椅子往前走:"七……"突然发现坐在河边石头上的张妍、巩怀远,急忙闪到一棵大树后。

专案组。叶焓:"洪处,各方向按照部署,已经全部到位。"洪少秋:"网是撒开了,但我这心里还是空落落的,真不知道03会在何时、何地、何方向,采用什么方式逃出去!"叶焓:"刚才,我们已经分析过了,走机场的可能性最大。"洪少秋:"这只是一个判断。对付国际间谍,判断往往是靠不住的!""其实,我心里也是七上八下的。"叶焓说出了自己的担忧。洪少秋:"江源,你刚才说,在K集团的秘密指令里,很可能要03在逃离前,去一个地方取情报。"江源:"我认为,因为这份情报很重要,所以布雷尔才会安排03返回去。""江源,你再回答我一个问题?"洪少秋问,"眼下,谁还能够向K集团提供这么重要的情报?"江源:"当然只有'鲨鱼一号'了!"叶焓:"洪处,你的想法是不是,从'鲨鱼一号'嫌疑人身上入手,找到03现在的位置?""这是一个捷径。"洪少秋说,"如果这样做,总比漫无目的地撒网强吧?"叶焓:"洪处,那就请你给田院长打个电话吧。"洪少秋:"没问题,这个电话我来打!可张妍的电话,谁来打?""我来打。"叶焓从桌上拿起手机。

月亮湾公园,天已经渐渐黑下来,文化灯打在河面、草坪和树上。巩怀远对张妍说:"坐到现在,灯光亮起来,刚有点味道。"张妍:"人活在灯光里,总比活在夜幕里好。""有你在我身边,我的心里一直很亮堂。"张妍听到手机响:"我接个电话……"掏出手机,"叶焓呀?我现在……你问这个干嘛呀……"捂紧手机,"他呀,当然跟我在一起了……"看了一眼巩怀远,"叶焓,你干什么呢?平白无故的,还查上我的岗了?"听了会儿,放下手机。巩怀远:"张妍,你说,是坐一会儿,还是回去?"张妍:"听你的。"巩怀远:"那就回去吧!要不,洪少秋、叶焓又对你不放心了。"

专案组。叶焓放下手机:"洪处,张妍和巩怀远,都在月亮湾公园。"洪少秋:"巧了,田云和张西洋,也在月亮湾公园。"米小冉:"那还等什么?赶快出发吧！""好，出发！"洪少秋迅速起身。

月亮湾公园。03隐藏在暗处目送巩怀远、张妍远去，假装活动身体，运动到9号椅子坐下，伸手从下面摸出一个用胶条贴着的U盘，起身向公园深处走去。

月亮湾公园正门。叶焓、江源、吴声推开车门，迅速下车。两辆警车紧跟到位，行动队员飞身下车。江源快速给各位行动队员发放03照片。叶焓面对行动队员下达任务："一组负责南侧，二组负责北侧，我们走中间，注意三个组之间的结合部，出发！"行动队员扑进公园。

月亮湾公园后门。洪少秋、米小冉跳下车。两辆警车随后赶到，行动队员成战斗队形散开，封住后门。米小冉把03的照片分发给行动队员。行动队员接过照片后，依次进入公园。

月亮湾公园。03发现行动队员正向自己搜索过来，隐蔽着退到河边，匆忙扯了一根芦苇秆，掏出折叠刀切去两头，衔在嘴中，潜进河里。

叶焓带领行动队员搜索，碰到张西洋、田云，上前问道："张总，见到高总了吗？""高一天？"张西洋摇了摇头，"没有。"

洪少秋在率队搜索途中，追上张妍、巩怀远："张妍，看到高一天了吗？""高一天？"张妍想了下，"没有。"巩怀远："高一天是谁？"

叶焓率队过来，对洪少秋摇了摇头。

张妍拉了下巩怀远："这里不宜久留，回吧。"

米小冉望着张妍、巩怀远离去的背影，若有所思。

洪少秋："叶焓，过来的河面上，你们注意看了吗？"叶焓："考虑03水性很好，我们专门安排一个组从大门一直查过来，但没有发现情况。""米小冉，我们这个方向呢？"洪少秋见无人回答，提高声音，"米小冉！""这呢。"米小冉拿着03截下的芦苇头跑过来，"洪处，在河边发现这个。"洪少秋接过看了看："叶处，马上！你带人上码头，我带人到机场，一定要把03堵截在境内。"叶焓："江源，招呼人，立刻出发。"洪少秋对行动队员："原班人马，跟上我，马上走！"

"海洋情人俱乐部"地下室。03哆嗦着手敲开门。艾尼莎打开门："怎么这样？像个落汤鸡似的！"03："能回来，就已经很不错了。"艾尼莎："快到你屋里，把衣服换了吧。"03走进自己的屋子。

三岛机场。洪少秋、米小冉隐蔽在旅客中，不动声色地观察着进出人员。

"海洋情人俱乐部"地下室。03从屋里出来。艾尼莎："换上这身衣服，还像个人。"03拿出U盘："快，把这个给总裁传过去。"艾尼莎："你傻呀？直接带回去交给总裁，那多有面子呀？"03："我傻？你才傻！我带在身上，一旦被抓，就是死证！还是传走的好，保险。"艾尼莎打开电脑，插上U盘，传输信息。电脑提示：请输入密码，如有错误，信息将会自动毁灭！艾尼莎摇了摇头。03："看来，以前我们低估'鲨鱼一号'了！拔下来吧，没办法，只得用我的脑袋把这玩意儿送回去了。"艾尼莎拔下U盘递给03："你什么时候走？"03："飞机到了吗？"艾尼莎："还没有。"03："那就睡一觉再说。"

三岛机场。米小冉："洪处，天都亮了，03还没有出现，他会不会是通过其他渠道逃出去了？"洪少秋："你看好了！我到调度室去了解一下情况。"

停机坪。日本入境的1202私人飞机加满油，滑行到跑道一侧。03化了装，乘奔驰车驶向私人飞机。

机场调度室。洪少秋问调度员："今天各有几个航班飞往D国、R国？"调度员："飞往D国三个架次，飞往R国两个架次，另外，还有一架是私人航班。""私人航班？"洪少秋打断调度员。调度员："是，预计再有10分钟就要起飞了。"洪少秋："机上坐的，都是什么人？"调度员："R国电子信息集团副总裁。"洪少秋："副总裁就能坐私人飞机，是不是太奢侈了？"调度员："他们有钱，经常这样。"洪少秋："请问，副总裁叫什么名字？"调度员："丛林。"

1202私人飞机停机位置。03从奔驰车上下来，登上舷梯，进入飞机。飞机舱门关闭。机长请示起飞："调度中心，我是1202，已准备完毕，请求起飞。"

机场调度室。洪少秋问调度员："他为什么要提前起飞？"调度员："人已经上去了。"洪少秋："为了国家军事机密的安全，命令他们，停止起飞！""这？"调度员犹豫。洪少秋："现在离正常起飞还有7分钟，你要是把间谍放出去，就是国家和人民的罪人！"调度员："1202，停止滑翔，接受检查。"1202私人飞机强行起飞。机场调度室，调度员对洪少秋："我已经下令了，但他不听，没有办法！"洪少秋拨出电话："安部长，1202私人飞机强行起飞，03携带重要情报已经逃向空中，我请求你，马上协调海军航空兵，进行空中拦截！"安然："我马上请示海军首长，绝不能让03把秘密带出去！"

海航机场。两架海军航空兵歼击机高速起飞。白云上空。1202私人飞机飞行员发现战机，紧张地报告："基地，基地，我们遭到中国海军航空兵的拦截！"歼击机飞行员快速压向1202私人飞机。1202飞行员："基地，中国海军航空兵的两架战机正在向我压来！"歼击机飞行员向1202喊话："1202，你现在还在中国领空，根据国际有关法律规定，请你马上返回三岛机场，接受我国家安全部门的检查……"1202飞行员："基地，中国方面要求我们返回三岛机场。再不返航，我怕他们就要跟我们玩命了！""总裁命令，想法突围，想法突围！"1202飞行员寻找机会，企图突破我空中防线。两架歼击机高速度、近距离地压过去。1202飞行员吓了一跳，飞机在空中翻了几个跟斗。歼击机飞行员："1202，你必须返航！再不返航，我们就要采取打击措施了！"1202飞行员："你们千万不要开火，我们同意返航。"1202机舱内，03打开笔记本电脑，插上U盘，粉碎了里面的内容。

机场跑道尽头。1202飞机降落。多路警车扑向1202飞机。特警纷纷出击，对飞机形成包围态势。登机车舷梯靠上飞机舱门。洪少秋、叶焓、江源、米小冉等冲进机舱。03提着笔记本电脑走过来："各位，多大个事呀，值当你们这么兴师动众？"叶焓一把夺下03的笔记本电脑。江源、米小冉给03戴上手铐，押着他走下舷梯，推进车里。

三岛市国家安全局预审室。叶焓："03,过去我们都是面对面的交谈，这一次，你不太适应吧？"03："请问，你们为什么要把我带到这里来？"叶焓："从天上落下来，你还问这个问题，不感到很幼稚吗？"03："我警告你们，抓人是要有证据的！""琢磨一下。"江源说，"我们要是没有证据，能这样审人吗？"

03："你们口口声声说有证据，那就拿出一个来给我看看？要是没有，我轻饶不了你们！"

专案组。米小冉放下缴获的电脑："洪处，跑到天上的间谍，还叫你抓回来了，真了不起！"洪少秋："这次空中擒敌成功，依靠的是国家的力量，是海军航空兵反应迅速，我们只是做了应该做的一点工作。"吴声："这哪是一点工作？要没你的准确判断和决策，03早就跑到国外去了。"洪少秋："抓紧破解电脑和U盘内容，叶处还等着你们的证据审人呢！"吴声："洪处，都抓了03的现行了，他在事实面前，难道还想抵赖不成？"洪少秋："对03这个人，我太了解了！没有证据，他是绝对不会低头的！"

国安局预审室，审讯在艰难地进行。叶焓："03,你闭上眼睛干什么？"03："休息！""睁开！"江源怒问，"还是男人吗？"03："吼什么？有证据，拿出来！没证据，马上放人，少跟我在这儿扯。有这工夫，我还眯一会儿呢！""那就请你闭着眼睛想想！"叶焓停顿了一会儿，"在你定期去潜水的海域，我们打捞的'鲨鱼二号'，是不是证据？"03不得不睁开眼睛："'鲨鱼二号'？他是谁，在哪里，你拿出来给我看看？"叶焓："你每半月，就要到那片海域去一次，是去操纵、维护、转移'鲨鱼二号'的吧？""叶焓，你几次跟我出海，看到我操纵、维护、转移什么'鲨鱼二号'了吗？""03,你还接受布雷尔的指令，企图在炸掉'鲨鱼二号'的同时，把我们的打捞人员一起炸掉。"03："刚才你讲的，是现实生活当中的故事，还是天上的谎言？"叶焓拿出《深海进行曲》音符："看好了，这就是布雷尔给你下发的指令！""我以为是什么呢？原来是个歌单！请问，这是你从哪里搞来的？我敢断定，这既不是从我身上找到的，也不是从我的电脑里打印出来的。那么请问，它凭什么就成了指控我的证据呢？"

第二十一章

专案组指挥中心。"洪处，很可惜。"米小冉推开电脑，"U盘的内容被粉碎了！""有没有办法恢复？"洪少秋询问。"03使用的是美国国防部的粉碎技术，目前，我们国内还没有人能够恢复。"洪少秋："这样吧，去找张妍。""怕就怕，她不会真心帮我们。""她在K集团干过，恢复这种数据，应该比我们有办法。""好吧！"米小冉拿起U盘离去。"洪处。"吴声从电脑前抬起头来，"03的电脑很干净，没有任何涉密内容。"洪少秋："03在飞机上，完全有时间把里面的内容清除掉。""洪处，你的意思，是不是让我想办法恢复里面的内容？""对，而且必须尽快恢复！""洪处，我也想恢复……"吴声感到为难，"可、可我这两下子，实在不行，我也去找张妍吧？""这事张妍，那事张妍，那要等到什么时候？"洪少秋想了下说，"换个思路，连接总部技术中心，通过他们的高速计算机，想法把被删除的数据跑出来。""是！"吴声从桌上的线路孔抽出一根线，插在电脑上，拿起旁边的电话，"总部技术中心，我这里有一台电脑……"

"叶处，03不好对付吧？"洪少秋的目光从吴声的屏幕离开，拿起手机给叶熔打电话询问预审情况。"刚才，他正跟我们在这儿摆好呢，说他不但救过我，而且还救过你，特别是为了新型潜艇的研究，做过不少好事，提供了许多数据……"叶熔在国安局预审室走廊握着手机。洪少秋通过手机向叶熔通报："刚才，我通过国家有关部门的内网查了一下，1202飞机是K集团购买的飞机，你可以利用这个点，想办法突破03！"叶熔合上手机，走进屋里，看了下03。03有点发毛。"刚才，我出去接了个电话，想知道内容吗？"叶熔问。03："你的电话，跟我有什么关系？"叶熔："这个电话，还真跟你有关系！刚才，有人给我提供了一份对你很不利的证据！""笑话，我就没做过什么违法的事，怎么会有证据呢？"叶熔："你是坐1202飞机出逃的吧？"03迟疑了会儿："1202是我朋友的飞机，赶上了，搭一程，怎么能说是逃呢？"叶熔："据我们调查，1202是K集团的间谍飞机！"03暗吃一惊："那是你们调查的结果……我搭这趟飞机，完全是图一个方便、顺路、省心……"

专案组询问室。米小冉找张妍到这里帮助他恢复被03删除的内容。张妍摆弄了很长时间电脑，无奈地说："我把恢复删除程序的所有招数都用上了，还是不行。"米小冉："刚才，你在操作电脑当中，已经给了我一些启发。""启发？我启发你什么了？"张妍似乎感到很意外。米小冉："03使用美国的粉碎技术时,一共擦写了11次,我们要想恢复他删除的信息,是不是也应该想办法恢复11遍?"张妍:"这倒是一个思路,你可以试试。"米小冉操作电脑。

专案组。笔记本电脑里的内容开始被恢复。"洪处,成了!"吴声兴奋地拍了下桌子,"被03删除的信息恢复了,耶!""以后遇到难题,多动动脑子!实在不行,就请上级帮忙。"吴声:"是!"米小冉急匆匆地扑进门来:"洪处,U盘里的信息太可怕了!"洪少秋:"什么内容?看把你吓成这样!""这个情报要叫03搞出去,那我们的损失就太大了!"米小冉插上U盘,给洪少秋点击照片。洪少秋的眉头紧锁起来:"吴声,这是不是你在潜艇上拍的照片?""这、这确实是潜艇电子反潜侦察系统的照片,但不是我拍的!我的那个徽标照相机,早就被你们替换下来了,我哪还能拍到这么完整、这么清晰的照片哪?"洪少秋:"这下,终于印证我们当初的判断了!敌人在利用你的时候,还上了另外一条暗线,他们太狡猾了!""那洪处,你快说吧,怎么办?"米小冉着急地追问。"把证据拷贝下来,跟我上看守所。"米小冉、吴声坐回电脑前,分别拷贝电脑和U盘里的内容。洪少秋问米小冉:"唉,张妍呢?"米小冉:"在外面走廊上,她说了,不方便进来。"

专案组门外走廊。张妍来回走动,几次看向指挥中心门口。洪少秋出来:"张妍,太谢谢你了!""谢什么?其实我等你出来,就是要告诉你,U盘是米小冉解开的。""不管怎么说,你总算是过来帮忙了。""以后……"张妍犹豫了一会,终于还是鼓起勇气说,"以后,你们再遇到这样的事,最好还是别再找我了。""为什么?"洪少秋追问。"因为……"张妍见米小冉、吴声出来,"你们忙吧。"转身走向大门口,匆匆离去。吴声纳闷:"洪处,她怎么了?""没什么……"洪少秋的目光从张妍的身上收回来,问米小冉、吴声,"带上证据了吗?"米小冉:"带上了。"洪少秋:"走,上看守所。"

国家安全局预审室。洪少秋问03:"高一天,饿了吧?"03:"谢谢你呀,还想着我的肚子。""要饿了,那就抓紧交代。"洪少秋说,"讲完了,我们一起吃饭。"03:"洪处,你是知道的,我人虽然在K集团,但心是向着祖国的!这些年,表面看是为K集团服务,实际上都是在为自己人窃取情报。"洪少秋:"你指的自己人是谁?"03:"当然是国家安全部门了。"洪少秋拿起电脑:"这个电脑是你的吧?"03看了会儿:"是。""里面有多少首带有秘密指令的歌曲,还用我告诉你吗?"03想从洪少秋的眼睛里看出真伪。洪少秋拿起U盘:"我想,你恐怕也不知道里面是什么内容吧?你要是知道的话,早就从网上把它传给布雷尔了!在飞机上,尽管你把里面的内容粉碎了,但你使用的是什么粉碎技术,总还是应该知道的吧?"03:"你说吧,我用的什么技术?只要说对了,我就全撂。"洪少秋:"你使用的是,美国国防部的31号粉碎技术。"03叹了口气:"问吧,我说。"洪少秋看向叶焓:"叶处,你看,还有什么要问的?"叶焓:"高一天,你是不见棺材不掉泪啊!"03:"叶处,洪处把证据拿来,我、我不是就认了吗？"

张妍回到家里。巩怀远从沙发上起身："张妍，我听伯母说，你被专案组的人找去了，有事吗？""有啊！"张妍故意留了个悬念。巩怀远："什么事？""他们抓到03了！"张妍观察对方。"是吗？"巩怀远的眼睛里滑过一丝紧张，"就是那个高总？"张妍："他被抓了，你着急什么？""我着什么急啦？"巩怀远调整状态，"唉，专案组为什么要抓高总？难道，他是个特务？""他是……"张妍又一次敲打巩怀远，"我听说，他是'鲨鱼一号'的手下。""张妍，你就别跟我一会儿03，一会儿鲨鱼什么的了。反正，他们是人是鬼，都跟我们没关系，是吧？"巩怀远转移话题，"咱俩还是单独找个地方，要么喝点咖啡，要么品品茶，说说各自的心里话，那多好啊！省得替别人去操那份闲心。"张妍："巩主任，你不觉得自己的话太多了吗？""行、行，我打住！走吧，找个地方，喝咖啡去。""这都几点了？"张妍看了下表，"喝咖啡就免了吧，实在要去，就上你宿舍。"巩怀远："又想上我宿舍？"张妍："上一次，我不是已经向你预告过了吗！怎么，还不方便？""方便是方便！就是没来得及收拾，有点乱。""我去帮你收拾收拾，怎么，怕我干的不好？""哪呀？你要能光临我的寒舍，那是再好不过的事了！走吧。""张妍，你吃饭了吗？"田云从卧室出来，"没吃上厨房，妈给你温着呢……吃完了，妈找你还有事。"张妍："妈，什么事？""这会儿必须说的事！"田云看向巩怀远。巩怀远望了下田云，对张妍说："那要是伯母找你有事，你改天再到我宿舍去吧。""你要是有诚意，现在就带我去！"张妍坚持。"伯母不高兴，多不好呀？我走了，伯母，再见。"巩怀远出门。张妍："妈，你是成心的吧？""知道就好，以后离他远点！"田云关上卧室的门。

国家安全局预审室。叶焙还在审问03："你的代号？"03："前一个是03，后一个是'鲨鱼一号'。""'鲨鱼一号'？"米小冉惊讶得险些站起来。03："听到这个代号，你们都很吃惊吧？"洪少秋："03，是你的你就认，不是你的，少给我们搅和！"叶焙："你的任务？"03："一共两项。第一项，负责从你们进口的计算机后门里接收信息；第二项，负责控制、维护、转移'鲨鱼二号'。"米小冉快速打字记录。叶焙："你每次下潜，都去干了什么？"03："有时候更换电池，有时候更换硬盘。"叶焙："你的电池、硬盘是通过什么渠道带下去的？"03："我们在快艇下面做了一个夹层。"叶焙："你的钓鱼竿，也不会是普通材料做成的吧？"03："这个……"叶焙："说！"03："那是一个信号接收器，通过暗藏在钓鱼线里的光纤，可以把'鲨鱼二号'获取的信息，完整无缺地传到鱼竿尾部的微型硬盘里。"

张西洋家。田云对女儿说："张妍，洗洗睡吧！不就是巩怀远吗，走就走了，有什么呀？他比洪少秋差远了。""妈，其实，你坏我的事了！""谁坏你的事了？我坏的是巩怀远的事！""你要是不拦我，我很可能就把他的底细摸清楚了。""你摸他什么底？看看人家家具全不全，电器好不好，存款多不多，还有就是……

你有这个闲心,还是给我想想怎么甩掉他吧!"张妍:"妈,你怎么总是把我想得那么没劲呢?"田云:"我知道你有劲,但这劲不能使在巩怀远的身上!"

预审室里。洪少秋笑对03:"你还有一个代号,该说说了吧?""我还有代号?"03反问,"告诉你们,我是'鲨鱼一号',你们又不信!现在,又问我代号,我问谁去?"洪少秋:"不是你的,哪怕你再揽在头上,我们也不会当真;你没有交代的,哪怕一而再再而三地狡猾抵赖,我们也不会放过你!""你们、你们是不是认为我是'比目鱼'啊?"叶焓:"心虚了吧?""谁心虚了?实话告诉你们,直到现在,我根本就不知道'比目鱼'是怎么回事,你说你们,怎么老往我身上安呀,居心何在?"洪少秋:"高一天,是因为'比目鱼'手上有命案,你害怕承担责任吧?""有命案算什么呀?我03好歹也是一条汉子!只要是做过的事,就算是掉脑袋,又怎么啦?""这个U盘,你从哪儿取的?"洪少秋拿起U盘。"九号点上。""这个点在哪里?""月亮湾公园,一张椅子下面。"洪少秋:"谁通知你去拿的?""关于这个问题,你们不是破译密码了吗,还用问我?"洪少秋:"只有通过你的交代,才能印证事实的真相!是不是'鲨鱼一号'要你去的?"03:"是布雷尔。""拍照人是谁?"洪少秋的目光咄咄逼人。03摇头:"不知道。"叶焓:"高一天,你的态度又成问题了!""不是我的态度有问题。"03狡辩,"是因为,我只认事实!"

D国K集团总裁办公室。布雷尔:"03眼看就要出境了,怎么又被抓回去了?"狄诺:"事后,我当即查问艾尼莎,她说密码很可能被对手掌握了。""可信吗?""有这个可能!""通知密码部门,立即更换所有密码。""是。""还有事?"布雷尔见狄诺还没走,又追问道。"这次03被抓,坏就坏在'鲨鱼一号'身上!他要是把情报发过来,哪会发生这种事?"狄诺说,"总裁,你该杀杀'鲨鱼一号'的威风了。要不,他就真的不知道自己是谁了!"布雷尔:"你把新的密码告诉他,要他把情报迅速发过来。""就怕这一次,他照样还会把你的指示当耳旁风!""你告诉他,再不执行我的指令,我就要艾尼莎、布加达杀了他!问他是要命还是要钱?""你早就该这样做了!"狄诺的脸上露出了笑容。

凌晨四点,洪少秋、叶焓、米小冉、吴声回到专案组指挥中心。"洪处,问你点事?"米小冉好奇地问。洪少秋:"说吧。""刚才正和03较着劲,你为什么要把审讯停下来?我感到,在他的身上,还能榨出油来。""既然03一再封口,我不停不行啊!"洪少秋拿出U盘,"这里面的信息,给我们的压力太大了!敌人可以把它拷贝在这个U盘里,也可以把它拷贝在其他U盘里;可以安排03往外带,也可以安排其他人带出去;可以通过人工传递,也可以通过其他渠道传递!甚至只要他们的手指头在键盘上一点,这份绝密资料就会落到K集团的手上……如果那样,对国家、对军队的危害就太大了!""现在,我们是在同敌人赛跑!"叶焓强调:"谁的速度快,谁就是胜利者!大家一定要想尽办法,努力跑在敌人的前头!"洪少秋:"昨天傍晚,我们在月亮湾公园搜查03

时，先后碰到过张西洋、田云、张妍、巩怀远四个人，在他们当中，很可能有一人就是'鲨鱼一号'！""你让我，就是这个人，利用外出散步的时候，把U盘放到了九号点上。"叶焓问洪少秋。"综合各方面的因素，这个可能性最大。"江源："张西洋是潜艇的总工程师，他完全可以信任。"米小冉："张妍帮我们恢复了U盘里的内容，为突破03赢得了时间，她可以排除。"洪少秋："米小冉，张妍亲口对我说，U盘是你自己恢复的？""不管怎么说，她总是参与了吧？"叶焓："在田云和巩怀远之间，谁的嫌疑更大？"洪少秋："找张西洋，查田云；找张妍，查巩怀远，看他们当中有谁在九号椅子上坐过。"吴声："这个点，他们睡得正香呢。"洪少秋："案情紧急！打电话，把他们找到现场。"

月亮湾公园九号椅子旁。张西洋向专案组提供情况："我和田云在这里坐过。"叶焓："多长时间？"张西洋："大约十分钟。""你看到田院长往椅子下面放东西了吗？"张西洋："没有。""没有？"米小冉质疑。"看起来，你们不信。"江源："张总，你再想想！这关系到一个很重大的问题！"张西洋："我就问一句，田云是不是真有问题？如果没有，你们就不要再围着她转了！搞得不仅她睡不好，我也跟着紧张。"叶焓："张总，我跟你交个底吧！我们要你提供的情况，对确定谁是'鲨鱼一号'，非常重要。""'鲨鱼一号'！"张西洋顿时紧张起来，"你们怀疑田云是间谍？""张总，这是考验你的时候！"江源说了句。"那、那我想想，当时……"张西洋回想着说，"我问过她是不是不舒服？然后我们就看景了……没见她弯过腰……哎，你们说的东西有多大？"江源："不大。"

月亮湾公园石山下。张妍向米小冉陈述："昨天晚上，我和巩怀远进公园后，曾经在这里坐过。""你再想想，巩怀远去没去过椅子那边？"米小冉指了指椅子。"没有。"张妍肯定地说。"你见他往椅子下放过东西吗？"张妍："没有。"

专案组指挥中心，两路人马返回后，连夜汇总情况。米小冉："张妍证明，巩怀远没有接触过椅子。"洪少秋："叶处，自从你回来后，就没见你说过话，是不是田云曾经在九号点上坐过。""说心里话，我真不希望这是真的。"叶焓心事很重。洪少秋："米小冉，巩怀远、张妍坐过的地方，距离九号点有多远。""二十多米，他们能看到椅子，但无法把U盘放到椅子下面去。"洪少秋："我要是'鲨鱼一号'，不会在人来人往的时候，再去放U盘。""怎么？"叶焓面对洪少秋，"你还想把田云择出来？""这样吧。"洪少秋说，"再给张西洋打电话，问在他和田云之前，有没有看见谁坐过那张椅子？""这个电话一旦打出去，万一让田云产生了侥幸心理，怕是会给破案增加新的难度。"米小冉迟疑。"那就再换条路！"洪少秋对米小冉、吴声说，"返回公园，把监控录像调出来，查昨天巩怀远、田云有没有单独过过公园？""还是我带他们去吧。"叶焓起身，招呼米小冉、吴声一起离去。

月亮湾公园监控室。叶焓、米小冉、吴声紧盯监控录像，生怕漏掉某一帧。保安："就这些了。""怪了！田云、巩怀远，谁也没有单独进过公园。"吴声不解。

米小冉："但我发现了一个情况。"叶焓："刘进、罗静在 03 取 U 盘之前，也去过公园！""而且罗静还挎着一个包。"米小冉补充。叶焓："按照洪处的思路，再去找张西洋。"

张西洋家。田云打开门，见是叶焓等人："这么早，又被你们堵在屋里了！"叶焓："我们想找张总一下。"田云："他已经上班去了。"叶焓："这么早，他就走了？""被你们折腾得一夜没睡，天刚亮就走了。"叶焓："田院长，有个事，那我们就问你吧。""信得过我就问，信不过你们还去找他。"叶焓："昨天晚上，你和张总到月亮湾公园时，见没见过有谁在九号椅上休息过？""九号椅？我不知道你指的是哪一张。""就是你和张总坐过的……"米小冉观察田云的面部表情。田云："嘻，我差点被你们绕进去了！你们去找刘进吧，他和罗静在那儿坐过。"

叶焓带领米小冉、江源匆匆找到刘进。刘进显得很紧张："叶处，说实在的，我只要看到你们，心里就发怵！"叶焓："昨天晚上，你和一个女孩出过门？""对啊，我和她，经常到公园去散步。"叶焓："进公园后，你们一直都在散步？"刘进："昨天走累了，好像在椅子上坐了一会儿。""你们俩，是谁把一个东西放到了椅子下面？""唉，叶处，你别吓我！"刘进吓得不轻，"可不可以告诉我，你说的东西，到底是什么？"叶焓："你没放，罗静放没放？""她放没放？我想想……好像没放吧。"叶焓："当时罗静和你出去，她带包了吗？""带了，挎了个肩包。但声明一点，她的这个包，无论走到哪儿，都一直带在身上。"

"速网"公司总经理办公室，肩包挂在衣架上。罗静质问叶焓："叶处长，你说想看我的包，说白了不就是要搜查吗，凭什么呀？""我们不是搜查，只是想让你把里面的东西拿出来。"罗静："这不是搜查，那是什么？"米小冉："再不打开包，我们换个地方？""怎么了？"罗静耍赖，"你们越是想要我打开包，我还就不打了，你们有本事，把我铐走呀！"叶焓："罗静，按照《国家安全法》，你有义务配合我们调查！""配合可以，但看包不行！按照国家有关法律规定，我也有维护自身正当权益的权利！你们要看包，去办法律手续来。"叶焓："那好吧，我们换个话题。""问吧。"罗静的语气缓和了下来。叶焓："在月亮湾公园，是刘总要你在椅子上坐下的，还是你让他坐下的？""他说累了，歇一会儿，我们就坐下了。""你坐下后，曾经从包里掏出一个东西……""有这事吗？我怎么不知道！"吴声："心虚的人，才会急于抵赖。""谁心虚了？不就是从包里拿出一个东西吗，就这点事，我怕什么呀，要是做了，我有什么不敢承认的？"

调查的进展相当缓慢！安然、周大路先后打电话询问，要求想尽一切办法尽快找到嫌疑人。洪少秋、叶焓带领米小冉等人又一次来到月亮湾九号椅旁，一边分析一边进行现场试验。最后，洪少秋断定："张西洋、田云、刘进、罗静都不是放 U 盘的人。""洪处，对这么重要的线索，不要轻易就否定了。"米小冉很不甘心这样的调查结果。"刚才，大家都看了，U 盘是通过胶条贴到椅子下面的，他们中的任何一个人，要完成这么大的动作，都会被另外一人发现。

作为一个间谍，他会冒这么大的风险吗？"洪少秋一边做示范，一边问道。米小冉："那、那其他人我是没什么怀疑的了，但罗静还真不能排除！洪处，你是不知道，她在接受调查的时候，那个嚣张样，差点没把人气死。"洪少秋："态度是态度，事实是事实。""我认为，事实也可以是这样的……"米小冉讲述道：罗静和刘进共同在椅子上坐下。刘进对罗静说，这些天你和肖妮受累了！罗静说刘总，你看那是不是张总他们？刘进伸头张望。罗静悄悄从包里拿出事先贴好胶条的U盘，弯下腰贴在椅子下面。"你说的这个可能性，我也考虑过。"洪少秋对米小冉说，"但最终还是觉得站不住脚。""洪处，这个不是，那也不像，那在你的心里，谁才是真正的焦点？"林影追问洪少秋。洪少秋："说到焦点，好像又模糊了？好了！回到源头，我们分析一下，看谁能够有机会拍到U盘里的照片，谁就是焦点！"江源："在涉嫌的几个人里，刘进早就退出技术部门了，田云、罗静没有机会进入潜艇，那就只有巩怀远了……""按照这个路子，逐人追查。"洪少秋说完后，问叶焓，"叶处，你看行不行？"叶焓："我觉得，这个路子，有点意思。"

　　林影给巩怀远打电话，要他到专案组询问室去一趟。巩怀远心里敲着小鼓，但不敢不去专案组报到。洪少秋见巩怀远进来，指了下对面的椅子。巩怀远："洪处长，原来是你找我？"洪少秋："坐吧。""洪处长。"巩怀远试探，"在这里找我谈话，不合适吧？""回去看一下门，这是询问室，不是审讯室，有什么不合适的？""那我们总该平等交谈吧？"洪少秋："还没谈，你怎么就知道不是平等交谈了？"巩怀远："我看你们一个个的眼里……""那是你的心态……"叶焓对米小冉，"给巩主任倒一杯水。"米小冉给巩怀远倒了一杯水。巩怀远接过："谢谢。"洪少秋："最近，你去过潜艇吗？"巩怀远："干的就是这一行，要是不去，那不就失业了？"洪少秋："说说你在艇上的活动情况。""每次上艇，我只到核动力控制室去，其他的无关舱室，我从来没去过。"巩怀远着急地问，"怎么，是不是我负责的这一块儿出什么问题了？"洪少秋："到底是哪一块儿出问题，你心里应该有数！"巩怀远："洪处长，无论怀疑谁，你总该拿出点事实来吧？我有没有问题，自己心里清楚，你们也可以去查。"

　　造船厂。叶焓、吴声找到于昭阳调查。于昭阳："搞了半天，你们是要调查巩怀远！我还以为是自己的耳朵出问题了呢？你们就是怀疑我，也不能怀疑他！巩怀远对保密制度，那执行得可严了！谁出问题，他也不会出问题。"叶焓："我问的是，他进没进过你负责的舱室？"于昭阳："四个字，绝对没有！"

　　军代表主任办公室。石刚面对洪少秋、米小冉："经过反复回想，从电子反潜侦察系统安装试验以来，巩怀远的确一次也没有去过这个现场。"

　　商菲菲办公室。商菲菲思考了好一会儿，才对等待答案的叶焓、吴声说："在我的印象里，巩怀远从来没有问过电子反潜侦察系统的情况。"叶焓："我只要一句话，他去没去过安装现场？"商菲菲："我在现场的时候，他一次也没去过。"

专案组。吴声汇报:"这几天,叶处带我,走访了负责安装电子反潜侦察系统的31人,都证实巩怀远始终没有到过现场。"米小冉:"我们走访了16人,也全部证明巩怀远没有涉足过电子反潜侦察系统的任何场所。"叶焓:"调查结果,令我们不得不推翻对巩怀远的怀疑。"洪少秋:"看来,直通车是通不了。那就采用笨办法,对所有能够进出潜艇的人员,再全面进行一次安检!"

造船厂大门口。林影、江源、米小冉、吴声手持安检器材,对进入潜艇人员逐一进行安全检查。石刚身着军装,走到叶焓面前:"我就不用检查了吧?"叶焓:"你对自己很有把握,我还对你不放心呢。""那就查吧。"米小冉刚把安检仪器放在石刚的帽徽上,当即传出刺耳的报警声。"怎么回事?"石刚蒙了,一把摘下帽子。叶焓:"石刚,我们换个地方说话。"石刚:"请你们相信我,这不是我干的!"叶焓:"走吧,一起把情况搞清楚。"

专案组询问室里,洪少秋拿起帽徽:"石刚,你反复申辩,说这个帽徽照相机不是你安装的,那它是怎么上去的,你总得有个说法吧?""白天,我戴着帽子上班,晚上,我戴着帽子下班,除了挂在办公室,就是挂在宿舍里。"洪少秋:"在潜艇安装现场,你都把帽子放在什么地方了?""还能放哪儿?"石刚说,"一直戴在头上呗。"洪少秋:"有人找你借过帽子吗?比如说,照相什么的。""没有。"石刚摇了摇头,"真的没有!"洪少秋:"有没有你不在意的时候失控了,比如,你出去喝酒的时候……""我从来不穿军装、不戴军帽出去吃饭。""在基地内部,你喝多过吗?""自从潜艇建造以来,我就一直忙着赶进度,哪有时间喝酒啊?""那好。"洪少秋说,"就这样,你先回去吧。"石刚站起来,看了看叶焓,出门。米小冉:"洪处,他还没把问题讲清楚,你干吗让他走呀?"洪少秋:"放心吧,他只要能够想起什么来,肯定会在第一时间告诉我们的。"米小冉:"你就这么有把握?"洪少秋:"我相信他。"叶焓:"洪处,我代表石刚,谢谢你!"洪少秋:"叶处,这样吧,你带一个组,我带一个组,分别审讯03和'珊瑚花',追查帽徽照相机的来源。"

一号预审室。黄薇薇被带上来。叶焓拿起安全帽上的徽标:"'珊瑚花',类似的微型照相机,你还见过什么形状的?""类似的徽标,我、我就接触过两个,其中一个没有照相系统。"叶焓:"这个徽标,是谁给你的?""我已经交代过了,是艾尼莎。""假如你要是没有忘记的话,应该记得跟石刚有过来往吧?"黄薇薇:"是,我跟他处过一阵。"叶焓:"你是真的想跟他处对象吗?"黄薇薇摇了摇头。叶焓:"你接近他,目的是什么?""通过他,想办法获取潜艇情报。"叶焓:"你在什么地方,给他动过什么手脚?""我……我曾经想勾引他上床,但他没有就范。"叶焓:"我指的不是这个。"黄薇薇:"还有什么,你……你给我提示一下?"叶焓:"徽标。"黄薇薇:"我跟石刚来往的时候,恐怕就连艾尼莎,也还没有接到K集团送来的徽标吧?"

二号预审室。洪少秋拿起U盘问03:"高一天,见过这个吗?"03:"我已经交代清楚了,你为什么还要追问呢?"洪少秋拿起帽徽照相机:"这个呢?""这是什么?我没见过。""U盘里的照片,就是通过它拍摄的。"03:"祝贺你们找到源头。"洪少秋:"我想知道,这个帽徽,是谁给'鲨鱼一号'的?"03:"我说过,我就是'鲨鱼一号',没有人给过我这个东西。""高一天,事情到了这一步,你还想死保'鲨鱼一号',对你有什么好处?"03:"你要是还不信我的话,我也没有办法。"洪少秋突然发问:"你跟田云熟吗?"03:"听说过。"洪少秋:"听谁说的?"03:"黄薇薇。"洪少秋:"你认识巩怀远吗?"03:"巩怀远是谁?"看不出他是在说谎。

专案组。叶焓:"通过紧张忙碌,尽管我们还不能确定'鲨鱼一号'是谁,但嫌疑人已经逐渐明朗了。"洪少秋:"叶处,能不能说说,在你的心目中,嫌疑人都是谁?"叶焓:"一号田云,二号石刚,三号巩怀远。""为什么要把巩怀远放在最后?""在这几个人里,他的疑点最少,甚至可以说没有疑点。"洪少秋:"那石刚呢,我说了,他是可以信任的!"叶焓:"我也很想信任他!但直到现在,他还没有说清帽徽照相机的来源。面对这么大的一个疑点,我们不能不给他打一个问号!"米小冉:"叶处,我觉得,你虽然划定了三个人,但范围还是小了,还应该再加上刘进、罗静。"吴声:"罗静才多大岁数?她不可能是'鲨鱼一号'。"

江源:"我觉得,她是那个给'鲨鱼一号'跑腿的人!"米小冉:"洪处,你认为,我和江源的分析有没有道理?"洪少秋:"我的感觉是,你们考虑的嫌疑人,重点不够突出,理由不够充分……眼下要排出个一二三来,还不是时候……"米小冉:"那怎么办?大家总不能就这样傻等着吧!"洪少秋拿起U盘:"围绕这个U盘,还有三个突破点!第一个,石刚的帽徽是谁换的;第二个,在田云下载的歌曲里,多余的音符是谁加进去的;第三个,这个U盘是谁放的!这三条线索,只要突破一个,就能找到那个幕后的真正黑手!"叶焓:"那你说,怎么查?"洪少秋:"你带江源,去找石刚,我带米小冉,去找巩怀远。"

第二十二章

　　洪少秋带着米小冉走进巩怀远的办公室,向他说明来意。巩怀远:"这次把交谈地点改在我的办公室,我心里舒服多了。"示意洪少秋、米小冉坐下。洪少秋坐下:"据我们掌握,这段时间,一直有人在围着你转?""你说的这个人,是不是指张妍?"洪少秋:"你对张妍了解吗?"巩怀远:"总的还行吧。"洪少秋:"她是K集团的人。"巩怀远:"明摆着的。""她接近你,肯定有她的目的?""至于她有什么目的,我心里有数,你们也应该很清楚。"米小冉在一旁记录。

　　叶焓、江源进入石刚的办公室。石刚火急火燎地问:"叶处、江干事,又是为帽徽照相机的事来的吧?"叶焓:"洪处曾经对我们说过,你只要想起什么来,肯定是会主动向我们反映的。""谢谢他还这么信任我!说实在的,这些天,我吃不好、睡不好,几乎都在想着那个神秘的影子……可直到现在,我还是什么也想不起来,真不知道问题究竟出在哪儿?"叶焓:"那个帽徽照相机,总不会自己跑到你的帽子上去吧?"石刚:"可不是?我这些天最着急的事,就是想弄清帽徽照相机是怎么跑到我帽子上去的?你们来了,思路开阔,帮我好好分析分析。"

　　洪少秋瞅了一会儿巩怀远才说:"巩主任,你手里掌握着国家的核心机密,对每一个接近你的人,都应该保持足够的警惕!"巩怀远:"我一直都是这么做的!你们也调查好几个来回了,应该知道,敌人要想从我这里拿到秘密,那只能是痴心妄想!""但有一条,你在张妍的进攻面前,还缺乏必要的警惕性!""洪处长,你难道不知道?张妍表面是K集团的人,实际上是我们的人!""米小冉,张妍是我们的人吗?"洪少秋扭头问。米小冉:"我希望她是我们的人!"洪少秋:"巩主任,听你说张妍是我们的人,我感到挺意外的!可否透个口风,这个消息是谁告诉你的?"巩怀远:"这不明摆着吗!还用谁告诉我?"洪少秋:"难道是张妍告诉你的?""是艾尼莎的枪声告诉我的!""原来是这样!"洪少秋说,"现在,我以专案组负责人的身份正式告诉你,对张妍,一定要保持足够的警惕,防止她从你的身上窃取机密!"

　　石刚办公室。叶焓:"石刚,要想找到在你帽徽上动手脚的人,还得靠你自己。"石刚犹豫了一会儿:"有个事吧,我想说,但没有太大的把握?""不管有没有把握,你说出来,我们一起分析分析。""我怕说错了,干扰你们的侦查方向。""会不会干扰侦查方向,我们要听了才能判断。""上一次,田院长到我这里巡诊,动过我的帽子。"江源："这么重要的情况，你为什么到现在才说出来？""我这不是怕冤枉了田院长吗！"叶焓："冤不冤枉，关键在于细节。""田院长给我输上液后，顺便拿起我的帽子，说现在的军帽比他们那个年代的好看多了，还问了问我帽徽的含义……"江源："输液的时间不短，在这期间，她换过你的帽徽吗？"

"没有……你们别这么看着我呀！她要是换了，我还不向你们报告吗？之所以到现在才说出来，不就是觉得它构不成什么证据吗！"江源："万一她眼疾手快，给你变了一个魔术呢？"石刚："不可能！"

巩怀远约张妍到高档餐厅吃饭。张妍坐下："这么急找我出来，不仅仅是想请我吃饭吧？""今天，洪少秋找我挑事去了。""他那么忙，哪有时间找你挑事？他这个人我清楚，无论做什么事情，都是先想好，后行动的！浪费时间的事，他从来不干。"巩怀远："他、他……"张妍："他什么？""他提醒我，在同你的来往中，一定要多一个心眼！""多什么心眼？哦！他的话吧，你得反过来听。我看，他是怀疑你了！""怀疑我，凭什么呀？""还凭什么？当然是凭我们频繁地在一起啦。"巩怀远："我们之间，你来我往，怎么了？难道洪少秋到现在，还认为你是K集团的人？"张妍："截至目前，我的档案、关系依然在K集团，我不是K集团的人，还能是谁的人？""唉，张妍，你既然是K集团的人，布雷尔怎么会派艾尼莎追杀我呢？她一枪又一枪的，总不会是打给我看的吧？""你怎么知道，艾尼莎追杀我，是布雷尔下的命令？"巩怀远："……这不是明摆着的吗？""既然这样，你我各属其主，今后还是拉开一点距离的好。""各属其主？我没听明白！想多问一句，你属何主，我属何主？"张妍："按照你话里的逻辑，我属中国国安，你属D国K集团！"巩怀远："想绕我是吧？告诉你，我还没喝酒、没糊涂！""你要是真没糊涂，那就最后赌一把，挣上一大笔钱以后，带我到第三国去。"

"我赌什么？我到哪里去大挣一笔？你怎么越说越离谱了？张妍，你还是我心目中的那个张妍吗？""你少给我打这么多的问号！"张妍改换话题，"点菜！""点菜？你自己点吧。从现在起，我们桥归桥、路归路，不是一路人！"巩怀远起身甩手而去。

叶焓、江源走到潜艇研究基地医院院长办公室门口，田云刚好从门里出来："你们早不来，晚不来，偏偏我要去查房才来。"叶焓："田院长，你先忙，我们等你回来。""那我还是先接受调查吧！要不，这房查起来心里也不踏实。"田云拿出两瓶矿泉水，放在叶焓、江源的面前。叶焓："田院长，问你三个问题。""三个问题？够多的！但愿我能帮上你们的忙。"叶焓："第一个……"观察田云，"你注意过石刚的帽徽吗？"田云："看过！他总是戴着上班，路上经常碰到。"叶焓："动过吗？"田云："摸过。"叶焓："在哪儿摸的？"田云："他的宿舍。看见石刚的帽徽，我就忍不住想起我当兵时的情结……我们那时候是红帽徽、红领章……扯远了，还有什么，接着问吧。"江源："后来，你是不是用一个其他帽徽，换下了这个帽徽？"田云："年轻人，我手上只有红五星，就是想给石刚换上去，他也没法往外戴吧？"叶焓："第二个问题，你上次听的歌曲，是从哪个网站扒下来的？"田云："海风之歌。"叶焓："你身边的人，还有谁上这个网站？""据我所知，我们基地的人，只要是喜欢歌曲的，大多上这个网。"叶焓："我们希望你，尽量缩小范围！请问，有谁知道你上这个网？""那还能有谁？无非就是K集团的人呗。要不，他们怎么会把多余的音符压进我下载的歌曲里来？"叶焓："你那天和张总去月亮湾散步，先后见到刘进、罗静、巩怀远、张妍，你认为，在他们和你当中，谁会把一个U盘放在椅子下面？"田云："这个问题？说别人吧，害了别人……说自己吧，我又没放！对不起，你们让我感到很为难！"叶焓："那好，你查房去吧。"

专案组。洪少秋："查一天了，大伙说说，都有些什么疑点？"叶焓："刘进、罗静、巩怀远身上，只有一个疑点，就是都去过月亮湾公园；张妍两个疑点，她不仅去过月亮湾公园，而且能够在家里接触到网站；田云三个疑点，不仅接触过石刚的帽徽，下载播放过敌人的指令，而且还去过月亮湾公园。"洪少秋："石刚是否证实，田云换过他的帽徽？"江源："不但没有，反而咬定，田云没有换过他的帽徽。"洪少秋："那敌人的帽徽照相机是怎么跑到他的帽子上去的？"江源："他依然说不清楚。"洪少秋："大家议一议，只有出现哪几种情况，石刚才会说不清楚？"江源："第一种情况，帽徽本身就是他换的？"洪少秋："排除！他要是拥有帽徽照相机的间谍，不会等到我们拿着仪器去查，他还戴着帽子进入船厂。"江源："第二种情况，石刚被人灌醉？"洪少秋："已经查过了，他从来不穿军装、不戴军帽出去喝酒。"江源："那就只有最后一种情况了，田云在给他注射的针水里，添加了致幻物质。"洪少秋："假如出现这种情况，石刚早就应该把情况反映上来了。"江源："这么说，还有其他情况？""有人在石刚入睡后，潜入他的房间，换下了他的帽徽，这是不是一种情况？"洪少秋设问。米小冉："就算有这么个人，但他要进去，不是动门，也得翻窗，哪怕石刚睡得再死，也不会听不到一点动静吧？"洪少秋："不要忘了，进去的这个人，他是一个间谍！他想让石刚睡而不醒，太容易了。"叶焓："你认为，这个进去的人有可能是谁？"洪少秋："有接收设备的人！"

石刚办公室。商菲菲询问石刚："我听说，专案组又找你了？"石刚："还是帽徽的事，我怎么就说不清楚呢？""不管怎么说，我都相信你！""叶焓跟我说，现在敌人的手里，肯定还有通过我帽子上的那玩意儿弄到手的资料，它万一要是跑到K集团去，那我的罪过可就大了！"商菲菲："你别着急。"石刚："我是不想急，可脑子它控制不了啊！""有急的工夫，你还是想想，敌人有可能在什么情况下对你下手？""醒着的时候，肯定没有！""那你睡了以后呢？"石刚："我考虑过这个问题，但把门窗都看了，没见有一点损伤过的痕迹！"商菲菲："你再想想，还有什么？""我觉得吧，那几天田院长来给我打过针后，夜里我睡得特别沉。""又是田院长！难道你就没有怀疑过其他人？""除了田院长，没人关注过我的帽徽。""真正要想通过你的帽徽做手脚的人，是不会当着你的面去动帽徽的。"

专案组。洪少秋问吴声："上次基地研究对电子反潜侦察系统进行复检的会，你参加了吗？"吴声："我职务太低，没让参加，但是听说了。""于昭阳什么意见？""强烈反对。""巩怀远什么意见？""坚决支持。""商菲菲呢？""表示同意。"洪少秋："复查的时候，商菲菲去了吗？"吴声："从头至尾，一直参加。"叶焓："本次失密，跟商菲菲没有关系！"洪少秋："能不能彻底否定？"叶焓："借用小冉的话说，可以大胆翻篇！"洪少秋："那好，源头又回到巩怀远身上了！对复检电子反潜侦察系统的问题。他态度最坚决，有两种可能：一方面可以说，他是最渴望保护好潜艇机密的人；而另一方面，是不是也可以认为，他是最想获得这次复检机会的人？"林影："你的意思是不是，把他列为一号侦查对象？"洪少秋："现在我的想法是，再给他加上一个点。"

巩怀远回到宿舍，掏出手机琢磨了下，给叶焓打电话："叶焓吗……对，我是巩怀远，很想同你见个面……不是吃饭，你这么忙，我不敢浪费你过多的时间，你给我个把小时就成……"叶焓按照约定，走进音乐茶座，在巩怀远的对面坐下："巩主任，你有这个时间，是不是应该去陪张妍？找我出来，好像不是时候？"巩怀远："我跟张妍，又分手了。""怎么了？她昨天还对我说，你们好得就跟一个人似的。"巩怀远："真要是那样的话，还能两条心吗？"叶焓："两条心？""她有窃密意图！我要是再跟她交往下去，太可怕了！""你找我，就是要向我反映这一问题？""我想问问，上次我要你帮我检查的两部手机，有结果了吗？""有了。""什么结果？"叶焓："里面有不该有的东西！""太好了！只要有了这个证据，那我正式向你报案，要求彻底查清张妍的间谍罪行！""我也很想搞清张妍是不是间谍？但手机是你交到我手上的，万一张妍反咬一口，说里面的窃听器是你植入的，我们该信谁？""叶处长，你不该袒护张妍！""我有必要袒护她吗？"巩怀远："我希望你们，该跟踪的要跟踪，该抓人的要抓人！"叶焓："只要证据确凿，我们是绝对不会手软的！"

洪少秋听完叶焓说的情况，笑了下，说："巩怀远正式报案，要求彻底查清张妍的间谍罪行，他还真敢给我们出牌！"叶焓："巩怀远的意图很明显，是在试探我们对张妍的态度。"洪少秋："明天通知巩怀远过来，正式填写报案登记表！"林影："你真的要动张妍？"洪少秋："填完表后，告诉巩怀远，我们已经对张妍采取秘密侦查措施了。"米小冉："洪处，抓了张妍，也许可以走出一步好棋。"洪少秋："好在哪里？""可以麻痹敌人。""敌人是我们麻痹得了的吗？假如巩怀远真要是'鲨鱼一号'，他要我们这么做，一定有他的目的！我们抓了张妍，正好中了他的下怀。"米小冉："案子搞到这个程度，真是越来越难了！"洪少秋："山穷水复疑无路，柳暗花明又一村！咬紧牙关，打开思路，走出这一步，我们肯定能够进入一个新天地。"

几天过去，案子仍然没有新的进展！安然催促，说总部要求新型潜艇必须提前十天再一次出海试验，责令专案组务必在此之前想法挖出"鲨鱼一号"，以便清除隐患。洪少秋、叶焓又一次组织大家寻找突破口。米小冉："洪处、叶处，我觉得，要想找到'鲨鱼一号'，还必须从03身上打开缺口！""我有同感！03承上启下。"江源说，"在取U盘前，是谁给他发的指令，他心里最清楚！"叶焓："关于这个问题，前几次提审03的时候，都已经涉及了！但他一口咬定，给他发指令的是布雷尔。"洪少秋："我想，要是能够查清03是不是'比目鱼'，对于彻底摧毁他的精神防线，一定很有好处。"林影："这个主意好是好，但前期工作太难！过去查了那么多年，都没有搞清谁是'比目鱼'。""这次查'比目鱼'，不是要另起炉灶，而是要依据前几年的侦查基础。"洪少秋转对叶焓，"叶处，你能不能通过周局，把当年侦查林影父亲、你爱人被害案的卷宗调出来，我们尽快理出一个切实可行的方案来。""这套资料的副本就在我们处，我现在就回去拿过来。"叶焓起身离开指挥中心。

国家安全局预审室。周大路按照与专案组研究的方案，面对面跟03较量："高一天，没想到我今天会来吧？"03感叹："我想，你大概是想我这个老朋友了吧？""是的，这几年，我一直惦记着你！""我知道，你从来就没有真正信任过我。""这几年，你认为自己在杀害林品山、佟勇的问题上，就真的一点蛛丝马迹都没有留下吗？""事不是我做的，人不是我杀的，你说，哪儿来的蛛丝马迹？""真的没有？""周局，当年是你亲自把我送上飞机。你完全可以给我证明，我没有作案时间！"叶焓："小冉，把高一天三次出入境的票据底单调出来。"电脑屏幕上出现第一张票据底单。03开始挺紧张，但看了一会儿，又松了口气："这张底单证实，我确实出境了。"洪少秋："我们不否认，你的确上了飞机。但你飞到D国的当天，并没有出机场，而是又拿着K集团为你准备好的返程机票，杀了一个回马枪，于第二天傍晚秘密回到了三岛。"叶焓："那天夜里，三岛下着大雨，你经过伪装，潜入了潜艇研究基地科研大楼！"洪少秋："后来，你杀害了参加围捕你的林品山、佟勇。"03："叶焓，洪处，你们编的这个故事，虽然来源于现场，但虚构的成分太大，因为作案的人根本就不是我！"叶焓："小冉，把第二张底单给他调出来。"03看了看屏幕上的票据："肖一骐？周局，洪处，叶焓，我请你们睁开眼睛看看，机票底单上是我的名字吗？我叫高一天，不叫肖一骐！"洪少秋："我们已经查清楚了，肖一骐是K集团给你伪造的又一个隐蔽身份！"03："有证明人吗？""那好，请你听一听灵人是怎么说的！"屏幕上，灵人交代："六年前的一天，布雷尔要我去办一套假证件，持证人叫肖一骐。这套证件做好后，他又要我预定了肖一骐返回三岛的机票，把它送到机场，交给来自中国的'比目鱼'。我到机场一看，肖一骐就是现在的03,代号'比目鱼'。"03的额头上渗出汗珠："我交代……"洪少秋拿起U盘："这个U盘，是谁让你去拿的？"03："布雷尔。"

叶焓："还想抵赖？"03："的确是布雷尔！"洪少秋："他是怎么通知你去拿的？""通过《深海进行曲》，给我们下达了指令……""你们都包含谁？"03："除了我，还有艾尼莎、布加达。"洪少秋："这个指令，真的是布雷尔给你们下达的？""将来，你们抓住艾尼莎、布加达，可以向他们核实。"洪少秋又拿起帽徽照相机："这，是不是通过你的手给'鲨鱼一号'的？"03："我回来的目的，就是为了取得你们的信任，请你们想想，布雷尔会让我带这样的东西吗？"洪少秋："那是不是艾尼莎给他的？"03："据我了解，K集团渗透到三岛的几个人，就没有谁见过'鲨鱼一号'，其中包括艾尼莎。"洪少秋："据我们了解，你曾经向张妍暗示过，她的母亲就是'鲨鱼一号'！""嗨，我当时无非是想吓唬张妍，从她嘴里印证自己的判断。"

专案组。洪少秋："今天这个会，大家给'鲨鱼一号'画画像。""江源，根据高一天交代，他们入境的几个人，谁都没有见过'鲨鱼一号'。你说，'鲨鱼一号'为什么要藏得这么深？"林影提问。江源："只要是间谍，都不会轻易暴露自己。"洪少秋："田云一再被动用，她是这颗棋子吗？"江源："难说。"叶焓："布雷尔每次下达指令，都免不了要过'鲨鱼一号'这道程序。在田云身上发现的问题，大多都跟敌人的上情下达有关。这些迹象表明，她很可能就是这颗棋子！"

洪少秋："米小冉，你说说看。""我认为，'鲨鱼一号'应该是一个网络高手，要不然，他指挥不了用高科技武装起来的手下。"洪少秋："这一点，是'鲨鱼一号'最主要的特征！"叶焓："这段时间表明，田云在网络上的功夫也不差。""吴声。"洪少秋点名，"也谈谈你的看法。""我感到，'鲨鱼一号'还应该有一定的层次，否则，布雷尔不会把03、艾尼莎、布加达这样的高手，都交给他来指挥。"叶焓："田云是院长，巩怀远是设计室主任，都有一定的层次。""分析来分析去，疑点还是集中在田云、巩怀远身上。"洪少秋说，"既然这样，那就采用人机结合的办法，通过明暗两条线，再拉一次网。争取通过这一步，促使'鲨鱼一号'尽快浮出水面！"

这一网拉了三天。田云早上到医院上班、晚上下班回家，没有任何异常动向。巩怀远既不外出，也没有上网，就连电话也很少打。在专案组，不光林影、米小冉、江源、吴声急了，就连叶焓、洪少秋也着实有点坐不住了。米小冉又一次催洪少秋拿出高招来！洪少秋把叶焓找到天台，要她去找周局，无论如何，也要帮他们捅一下"鲨鱼一号"的屁股！周大路听完叶焓的汇报，对她说："那我就给你们出个点子，你们去试试看吧。""就一个点子呀？"叶焓有点遗憾。周大路："别看这个点子小，但能管大用！"叶焓："但愿局长点石成金。"周大路："跟死张妍！"叶焓："是跟人还是跟网？""双管齐下！""难道，张妍她不是？""我想在她的身上，迟早是会出情况的。"

巩怀远在宿舍听到门铃响，走过去打开门，见是张妍，愣了一下。"巩主任，很意外吧？"张妍调侃，"我要你准备的杯子，你准备好了吗？""张妍，你有什么事，最好还是出去说。"巩怀远挡在门口。"难道，你屋里有什么见不得人的秘密？""就我这屋，一没潜艇机密，二没藏着女人，能有什么秘密？""我发现，在你的宿舍里，还真藏着一个神秘的影子！"巩怀远："我是科技工作者，从来不信迷信！""这个影子，最近一直关机，总裁已经十分着急了！"巩怀远："你胡说什么？""如果还想要我把话说得更明白一点，那就让我进去。"巩怀远："你想说的话，在这里说不合适，进屋去说不合适，只有到专案组去说，那才最合适！""总裁要我告诉你，尽快恢复同他的联系！"张妍退后一步，转身上楼。"唉……"巩怀远追出门，望着张妍上楼的背影，"你给我说清楚，什么总裁？"

张妍走到商菲菲宿舍门口按下门铃。商菲菲打开门，颇感意外："张妍，你怎么到我这里来了？""怎么，不欢迎？""你走错门了！巩怀远住在下面。"张妍："我是来找你的。""有事吗？""想和你一起，探讨一下，看看到底是谁暗中进入石刚的宿舍，更换了他的帽徽！"商菲菲犹豫了一会儿："那、那好，进来说吧。"

专案组。洪少秋问江源："掌握张妍目前的位置吗？"江源："最近，她一直很神秘！"洪少秋："叶处，我们出去一趟。"叶焓起身，跟随洪少秋出门、上车。

商菲菲把张妍让进宿舍后，给她倒了一杯水："张妍，有人进石刚宿舍的事，你是怎么知道的？""这么大的动静，我怎么会不知道呢？""哪有什么动静？据我所知，专案组对消息封锁得很严密，知情范围不会超过10个人！""不要说10人，就是控制在一两个人手里的秘密，我也照样能够知道！""这么说，你真是K集团的人？"张妍："我就是从K集团来的！""你来找我，有什么图谋？""打开你的电脑，我会告诉你的！"商菲菲："张妍，你别逼我报警。"张妍："我没有恶意，只是想帮石刚找到那个神秘的影子！"

张西洋家。洪少秋、叶焓进门。田云显得很烦躁！洪少秋笑着问："田姨，张妍到哪儿去了？""她说,出去找一个人。""找谁？"田云："我追到门口问她，但她没有回话。"洪少秋："叶处，我们是不是应该给张妍打一个电话？"叶焓："田姨，这个电话还是你来打吧，要不，我怕吓着她！"田云："吓着她？"在疑惑中拿起电话。

商菲菲打开电脑，问张妍："说吧，要我把电脑连接到哪儿？""巩怀远的QQ。""巩怀远呀！我不想跟他聊天！""不是聊天，我只是想让你进去看一看，他眼下正在干什么。""你想通过我，达到自己的目的？""我是想让你从他的电脑里，发现……我接个电话……"张妍掏出从K集团带回的手机，"妈，是你呀！我在、我在商总这儿呢……"商菲菲打开巩怀远的QQ："他在线上呢！"张妍捂住手机："你先看看，他正在跟谁联系？"商菲菲："巴比娃娃！"田云的声音传来："张妍，这么晚了，你还在商总那儿，有什么事吗？"张妍握着手机："妈，我听说，商总设计的远程导弹就要进行发射试验了，我来找她，是想跟她探讨怎样对抗D国电子干扰的问题。"商菲菲原本沉浸在网络上，但突然被张妍的话惊呆了："张妍，你说什么？谁说要和你探讨导弹抗干扰的问题了？我们在这方面，一点问题都没有！别说是D国，就是其他国家，也不在话下……"张妍："商总，你要是信得过我的话，就听我一句话，肯定对你的设计有好处！""算了吧！你是不是来给我下套的？""商总，我手里有这方面的技术……""张妍，你不要再说了！对抗干扰的问题,我们已经做好充分的准备了！"张妍关上手机："那我们还是来看看巩怀远在网上干什么吧。""张妍，你给我滚！"

布雷尔办公室。布雷尔喜形于色："狄诺，把刚才'鲨鱼一号'发来的情报再放一遍。"狄诺回放录音。张妍："妈，我听说，商总设计的远程导弹就要进行发射试验了……"布雷尔："狄诺，刚才无论是张妍的话，还是商菲菲的话，都证实中国很快就要进行新型潜艇的远程导弹试验了，这是一个很重要的情报！'鲨鱼一号'巧妙地利用一个电话，就把这个信息传递过来了，干得漂亮！你一会儿给'鲨鱼一号'下达指令，要他动用神风系统，通过卫星放大频率，适时干扰中国远程导弹试验。"

洪少秋、叶焓回到专案组。洪少秋走到江源身后："刚才，我们在张西洋家，通过田云给张妍打了一个电话，你们追踪到信号了吗？""全部追踪到了！"江源很兴奋。洪少秋："在接收张妍信息的过程中，捕捉到'鲨鱼一号'的动向没有？"米小冉："当时，相继出现了三个信息源。一个出现在田云家，一个出现在巩怀远宿舍，再一个是出现在商菲菲宿舍。"叶焓："把重点放在K集团回复的信息上，争取在这个环节抓住'鲨鱼一号'！""是！"米小冉坐下操作电脑。

三岛市国家安全局会议室。安然在做动员讲话："同志们，我们最新型的潜射导弹，就要上艇进行试验了！保卫新型潜射导弹的成功试验，是当前我们军地联合专案组的第一任务！"

张妍看了眼手机，装进兜里，走进书房，对正在上网的母亲说："妈，刚才，是你给我发的微信吧？"田云："谁给你发微信了？妈一直在上网。""我的微信就是通过网上转过来的。""要发也是别人给你发的，反正我没发。""那我出去一趟。"张西洋进入书房："这么晚了，你还要到哪里去？"张妍："国外有个朋友，给我带来一个小东西。""哪个朋友？""说了你也不知道。""他给你带的什么东西？""去了才知道。"田云："多长时间，你能回来？"张妍："快了，两三个小时；慢了，明天早上吧。"张西洋："要去可以，找少秋和你一起去。""爸，这种事找洪少秋，不合适的！""有什么不合适的？""爸，我就在附近，又不远，就不麻烦他了。"匆匆出门。

导弹库外围秘密观察点。洪少秋放下红外望远镜："来了，前面是肖妮，后面是张妍！"叶焓："肖妮？她可是第一次出现在我们的视线里！"洪少秋：

"说明我们以前的分析还不够全面！"米小冉："洪处，难道张妍她真的要破坏试验？"叶焓："洪处，我们是不是给对手留下一个机会？""我也有这个想法！"洪少秋对江源说，"去，给警卫连张连长打个电话，要他出去查一次岗。"江源："明白！"

　　艾尼莎在秘密藏身点打开电脑，向布雷尔报告："总裁，已经接收到干扰器发送的信息了！"屏幕上传来布雷尔的图像："关闭信号源，等他们正式发射的时候，再给他们打这个意外的惊叹号！"

　　国家安全局侦察车上。米小冉激动地拿起保密电话："洪处，我监测到敌人的发射信息了！源头就在'速网公司'！"洪少秋在专案组指挥中心握着电话："好！小冉，继续咬住敌人！我马上派人赶过去。"米小冉发现屏幕变化："洪处，敌人的信号又消失了！""固定证据，锁定地址！"洪少秋要求。"是。"米小冉操作电脑。洪少秋拿起指挥话筒："叶处，带二组、三组、十一组，迅速赶往'速网公司'，对刚才同K集团联系的设备进行突击检查！"叶焓在指挥车上回答："明白！"

　　"速网公司"门口，叶焓、吴声跳下车，指挥行动队员冲进公司。"唉，你们干什么？"罗静阻拦，"怎么还往里闯？"叶焓迎上罗静："肖妮呢？""她今天休息。""我们发现，刚才有人通过你们的设备同间谍组织联系，请你配合我们，迅速查明是何人、何电脑、何时间同敌人进行过勾连。"罗静："那、那我要请示一下刘总。"拨出电话，"没人接……好，通了！刘奶奶，刘总呢？"刘母在家握着送话器："他和肖妮出去了。罗静，有事吗？"听了会儿，"什么！有人利用公司的设备同敌人联系？刘进啊，你这个孽种！你怎么对得起我给你绣的那面国旗呀？"刘母手中的话筒滑落，身子倒在沙发里。叶焓拨出电话："洪处，刘进、肖妮不知去向，刘母在家可能晕倒……"洪少秋在专案组放下手机，对江源说："立即查找刘进、肖妮的位置！"江源："明白。"洪少秋拿起手机拨出电话："120吗？我是潜艇研究基地病人家属，请速派一辆救护车……"

　　120救护中心。医生把刘母推进手术室。洪少秋在把刘母送进手术室后，快速拨出电话："江源，找到刘进和肖妮的下落了吗？"江源回答："还没有。"洪少秋："请示周局，请他们按照预案，在更大的范围内，搜捕肖妮！""是。"江源拿起电话。

第二十三章

温泉休息室，刘进躺在沙发上打着鼾。洪少秋带领行动队员风风火火地走到刘进身边："刘总，醒醒。"刘进睁开眼睛，定了会儿神："洪处长，怎么是你？"想坐起来，但又倒了下去。"肖妮呢？"洪少秋把刘进扶起来。"她……"刘进向四下看了会儿，"她刚才还在？这一会儿，跑哪儿去了？""她究竟是什么时候离开你的？"洪少秋追问。刘进看了看表："哟，我怎么一下睡了六小时？""刘总，抓紧想想，肖妮带你来的时候，身上都带什么了？""带了个笔记本电脑，我还说，去洗温泉，你带电脑干什么？她说泡完温泉休息的时候，没事上上网……"

K集团布雷尔办公室。布雷尔对狄诺说："我把你找来，是想碰一个情况。""总裁，有什么指示？""'鲨鱼一号'在跟我联络的过程中，突然说他的信号被人跟踪，当即中断通话，是不是他想跟我要什么花招？""上一个联络方式，又使用一段时间了。"布雷尔："我就不信，中国国安的破译水平就那么高？""我认为，还是换一个的好。""那好，我的原则是，明暗结合，示假隐真！具体的，你来办。"狄诺略微思考："总裁，按照你的意图，我准备分三步走。第一步，把《太平洋之歌》发到网上，诱导全球感兴趣的人下载或者收听；第二步，发出《太平洋之波》，把虚假信息糅合进去；第三步，在《太平洋之夜》里，把真实意图搅在大量的垃圾信息里，让中国办案人员根本分不清哪是无用信息，那才是我们真正的指令！""很好！"布雷尔说，"去办吧。"

艾尼莎秘密藏身点。肖妮背着旅行包，警觉地向后看了看，使用暗号敲门。艾尼莎打开门，把肖妮拉了进去。肖妮惊魂未定："我总算是脱险了！""有你来陪我，我就不再感到孤单了！"艾尼莎说，"这段时间，太压抑了，几乎连气都喘不过来！"肖妮从包里拿出食品："先吃点吧，够你对付两三天了。"艾尼莎："回到D国，我请你吃大餐！""现在要是就在D国，那该多好啊！""别做梦了！手上没有情报，即使到了D国，你也吃不上大餐。"

监护病房，刘母躺在病床上。洪少秋、刘进推门进去。医生说："病人很危险，不要多说话。"刘进拉起母亲的手："妈！"刘母睁开眼睛："儿子，你没事吧？""妈，我没事！"刘母："公司的设备呢，查……查出问题来了吗？""也没发现什么问题。""你、你过来。"刘母招呼洪少秋，"我问、问你，你、你们还在查我儿子吗？"洪少秋："我们相信刘总！"刘母："那我孙子的公司呢，还、还查吗？""大妈，我们的人已经回去了。""这我就放心了！刘进，妈、妈有句话想留给你！不管……不管到什么时候，心都要和国家联在一起！国家就是我们的娘亲啊！要、要是公司的设备……有问题，要主动查，不要……不要等着人家查！人家要是查出问题来，我们就、就成了国家的罪人了！""妈，你就放心吧！"刘母："记住，当什么人都可以，就是不能当国家的罪人！""妈，我一定按你说的做！"刘母的手从儿子的手里滑落下去。"妈！"刘进扑进母亲怀里失声痛哭。

  国家安全局侦察车上。米小冉捕捉到异常信号，快速抓起保密电话："叶处、洪处，再次发现异常信号！"专案组，叶焓握着话筒："明白！"洪少秋对江源："马上进入环球歌曲排行榜，点击《太平洋之歌》！"叶焓起身走到江源身后。江源："已经进入网页，正在打开歌曲。"洪少秋："歌曲是从哪儿发布的？""K集团！""查三岛的IP地址，看何人正在下载或者收听这首歌曲。"江源点击另一个图标。"有人上线！"叶焓用手指了一下屏幕。"目标出现，位置……"江源又看了一眼，"在潜艇研究基地家属院！""叶处，你看？"洪少秋问叶焓。叶焓下令："六组、八组，马上出发！"

  防暴车、侦察车、指挥车，相继驶进潜艇研究基地家属院大门，紧急停在专家楼下。洪少秋、叶焓跳下车，指挥行动队员成战斗队形散开。米小冉从侦察车上下来："洪处，目标在张总家，怎么办？"洪少秋："能否确定？"米小冉："绝不会错！"叶焓："洪处，要进张总家，是不是讲究一点方法？"洪少秋："眼下，是认定谁是'鲨鱼一号'的最好时机！""越是这个时候，越要慎重！"叶焓强调。洪少秋："六组，随时准备对楼上进行支援。"组长："是！"指挥队员，"进入楼道，准备行动！"洪少秋："叶处、米小冉，我们走。"叶焓："洪处，我的意见是，你就不要上去了！""快！抓到证据，比什么都重要！"洪少秋带头冲上楼去。

  张西洋家书房。田云坐在电脑前，右手伴随着歌曲的旋律，轻轻地打着拍子。张妍坐在卧室的书桌前，正在上网。张西洋在客厅听到敲门声，快步走过去打开门。洪少秋闪身进屋。张西洋吃了一惊："少秋，你这是？"洪少秋打断："张叔，请配合！"叶焓、米小冉冲进书房。"你们？"田云看见叶焓、米小冉冲进来，吃惊不小。叶焓追问田云："刚才，你听的什么歌？"田云："这是又怎么了？""你一会儿就知道了！"米小冉检查屏幕，"叶处，不对！"叶焓："什么不对？"米小冉："网页、歌曲都不对！"叶焓："田院长，其他屋，还有谁在上网？""是不是张妍？"洪少秋闯入张妍房间："张妍，你正在接收什么信号？"张妍："怎么啦？"站起来。洪少秋："说，正在接收什么信号？"张妍："听歌呢。""什么歌？""《太平洋之歌》。"米小冉冲进屋，看了眼屏幕："洪处，就是她！"洪少秋："固定证据！"米小冉固定证据后，收拾张妍的电脑。张妍："你们凭什么动我的电脑？"米小冉："因为，这是证据！"

K集团布雷尔办公室。布雷尔、狄诺监听到专案组抓捕张妍的信息。"狄诺，这一次，你考虑得真周到！"布雷尔关掉窃听。狄诺："谢谢总裁夸奖！"布雷尔："明天，发出第二首歌曲！"狄诺："是。"

专案组询问室。张妍质问洪少秋："别看你没给我戴手铐，但我还是要问你，为什么在没有证据的情况下，就把我带到这里来？"洪少秋："请你配合调查！""配合可以，但是不是应该有证据？""难道，这里面的证据还不够吗？"米小冉把张妍的电脑放到桌上。张妍："里面是有窃听器，还是有其他见不得人的东西？"米小冉："只要有你正在听的歌曲，这就足够了！"张妍："米小冉，难道你没看到屏幕上的广告吗？这首歌，全世界的任何人都可以听！"叶焓："但在三岛市，除了你，没有第二个人听。"张妍："就算我一个人听，违法吗？""违不违法，你心里应该很清楚。""你们可以检查我的电脑，如果里面有见不得人的东西，我可以在这里奉陪你们说话，如果没有，请你们立即放人！"洪少秋的目光从张妍身上移到电脑上："米小冉，把电脑送到局里，连夜进行鉴定！还有她的手机，也一并拿去检查。""是。"米小冉带上电脑、拿起手机出屋。

张西洋家，老两口犹如热锅上的蚂蚁。田云："张西洋，你说，张妍到底犯什么事了？""还能犯什么事？上一次她夜里出去，我就知道她准没干好事！""是不是少秋他们搞错了？""你在上网，张妍也在上网，他们为什么不抓你，而是抓她？""我说，你是不是去找找少秋，看张妍犯的事大不大。""要去你去，我没脸去！"田云："好，我去！今后女儿回来，我看你怎么面对她？"

专案组询问室。洪少秋对张妍说："现在，你的笔记本电脑、手机都被拿走了，我们可以开诚布公地谈一谈了吧？"张妍："谈可以，但我要求你必须回避！""在我走之前，我想知道，你为什么要接收K集团发送的歌曲？""爱好！""不会这么巧吧？""它还就巧了！你说，怎么办吧？"叶焓："张妍，不要太张狂了！我告诉你，我们现在是给你留着面子呢！""留什么面子？没必要！有证据，就拿出来。"叶焓："张妍，你不要执迷不悟！"张妍："是我执迷不悟，还是你们不清醒？"米小冉推门进来："洪处，有人找。"洪少秋起身走出询问室。

专案组会议室里，田云在焦急地等待。洪少秋进屋。田云起身拉住洪少秋："少秋，看在你吃过老张家、用过老张家的分上，你给我句实话，张妍的事大不大？""田姨。"洪少秋说，"我们正在查。""他到底犯的什么错？""田姨，你先回去吧，张妍有什么情况，我会及时告诉你的。""现在，你就告诉我，我要你给我一个明明白白的答复！""田姨，这涉及侦查秘密。"田云："我问你，张妍是不是你妹妹？""是！""在她落难的时候，你该不该帮她？""该！"田云："那你怎么帮她？"洪少秋："等把问题查清了，我们再商量怎么办。也许，她的问题比较大；也许，她什么问题都没有。"田云："少秋，你既然没有掌握张妍的任何证据，为什么要抓她？""我说了，她有没有问题、有多大问题，我们正在查。"

专案组询问室。叶焓语重心长地对张妍说："张妍,我们敞开谈一谈吧。"张妍:"还是你理解我的心!"叶焓:"我隐约感到,你最近又帮了我们两次忙。""看来,这次我收听歌曲,已经超出帮忙的范围了？要不,你们是绝对不会把我请到这里来的？""周局对我说过,要我们盯住你,就能盯出情况来!他的话里有话吧？""他说得对!这一次,你们不就盯出情况来了？但是,我真不知道你们是怎么盯的,把不是问题的问题,也盯成问题了!"叶焓:"我刚才说了,这里就我们俩,你告诉我一句实话,你是不是我们的人？只要是,我想办法放你回去……""叶处,你不用套我!我学过法律,你们在没有证据的情况下,最迟明天就得放我!""你的电脑、手机里,难道就真的没有问题吗？""有没有问题,我心里清楚。"米小冉进屋:"叶处,洪处找你。""米小冉,你陪张妍一会儿,我去去就来。"叶焓起身出门。

　　专案组指挥中心。洪少秋问叶焓:"我出来后,你单独跟她谈了吗？""谈了。""她承认自己的真实身份了吗？""没有。""我们这次行动,是不是太猛了一点？""她要是敌人,那我们对她算是客气的了!但她要是自己人,我们还真做得有点。当时,怎么就光想到发现'鲨鱼一号'了,而没往深处想想呢？""张妍是敌是友,现在还难以断定。"洪少秋对叶焓说,"天一亮,你再去找周局,听听他怎么说。"叶焓:"那今天晚上？""你和米小冉就陪着她吧。""好吧,那我过去了？"

　　三岛市国家安全局局长办公室。叶焓对周大路说:"周局,有件事,我们做得可能不够妥当。""没有出现大的失误吧？"周大路问。"昨天夜里,我们把张妍抓了。""掌握她什么证据了吗？""本来,我们是追踪'鲨鱼一号',但她闯进我们的口袋里来了。""这么说,她跟'鲨鱼一号'有关？""她不可能是'鲨鱼一号'。""那你们为什么抓她？""她正在接收K集团发送的歌曲。根据以往的情况判断,这首歌曲里可能有布雷尔给'鲨鱼一号'下达的最新指令。""隐藏在歌曲里的指令,张妍交代了吗？""她一口咬定,自己只是在听歌曲。""你来找我,与其说是来汇报情况,还不如说是来探口风的吧。"叶焓:"我只要你一句真心话,这事我们就知道该怎么办了。"周大路:"有证据,你写报告,我给你们签批有关法律手续;没证据,或者是证据不足,那没办法,只好放人。"

　　专案组询问室。叶焓对张妍说:"按照市局领导的意图,我们决定放你回去。"洪少秋:"张妍,这次我们为什么放你回去,你心里应该很清楚!""请相信,昨天我收听的歌曲里,真的没有布雷尔的什么指令。""你的意思,我们听出来了。"叶焓说,"张妍,你可以走了。""那我的电脑、手机呢？"洪少秋:"到会议室取吧,米小冉在哪儿等你。""那我走了!"叶焓:"再见。"张妍开始依依不舍,但最后还是坚毅地走出门去。

　　K集团布雷尔办公室。狄诺向布雷尔报告:"总裁,第二个烟幕弹放出去了。"布雷尔:"国安有动静吗？""我坚信,他们还会掉入这个圈套!"布雷尔:"一有动静,马上告诉我。""是。"狄诺退出。

专案组。江源向洪少秋报告,又发现一个情况!K集团在网上发布了第二首歌曲,名字叫《太平洋之波》。"有没有人下载或者点击?"洪少秋关切地问。江源查了会儿:"有,在'天人网吧'。""洪处。"叶焓说,"我给米小冉打个电话,要她和我一起赶过去?"洪少秋:"好!要一查到底,绝不放过任何疑点。"叶焓:"放心吧!"

天人网吧。罗静坐在电脑前,正在摇来晃去地听歌。叶焓、米小冉走到罗静身后。罗静依然沉浸在歌曲里。叶焓拍了下罗静的肩膀:"罗静,跟我们走吧!""我怎么了?"罗静摘下耳机,"凭什么要我跟你们走?"米小冉出示传唤证:"看清楚了,这是法律手续!走吧。"

专案组。洪少秋:"江源,敌人为什么这么密集地发布系列歌曲?""一定隐藏着什么目的?"江源判断。"他们到底要干什么?""秘密很可能还在歌曲里?"

专案组询问室。米小冉两眼逼向罗静:"说吧,你是按谁的指令,到天人网吧去听《太平洋之波》的?"罗静:"天人网吧是我的下属公司,我去听首歌,难道又犯法啦?""你为什么要听这首歌?""感觉不错!""仅此而已吗?""当然,我还想中一个大奖。"叶焓:"什么大奖?""有奖竞猜,万元大奖!"叶焓:"这个竞猜,是哪儿发起的?"罗静:"不知道!""不知道?"叶焓发问,"那你在参加谁的竞猜,又想去拿谁的大奖?"

专案组指挥中心。江源惊奇地发现:"洪处,张妍又上网了!"洪少秋:"跟上她,看她在干什么?"江源击打几个键后:"她正在下载歌曲。""什么歌曲?"

《太平洋之波》!"张妍播放《太平洋之波》,站起来琢磨歌曲中的内容。田云又在书房上网。张妍走出卧室,推开书房的门。田云吓了一跳:"你、你怎么还没睡?""妈,这么晚了,你还在忙什么呢?"张妍走到母亲身后,"妈,你为什么要下载《太平洋之波》?"田云:"我想参加竞猜,争取拿个大奖。""真的这么简单吗?"田云:"你真想知道?""你要是不方便告诉我,那就算了。"田云:"很长时间,都是K集团在给我下套,现在,我想主动发现他们!"张妍琢磨不透田云的用意,对自己的母亲感到很陌生。

新的一天到来了。张妍从出租车下来,走进公用电话亭,拨过号码后说:"洪少秋,暗中跟上我,出去一趟!"洪少秋在专案组握着手机:"到哪儿?"张妍:"冷山。""什么时间?""下午三点十分,101次动车!记住,带上叶焓,严防暴露!"洪少秋放下手机:"叶处,回去换身衣服,跟我出去一趟。"米小冉:"洪处,是不是想借这个机会,要叶处给你当恋人啊?""不是我要叶处扮我的恋人,而是张妍要我们这样做的。""张妍?"米小冉感到很好奇。"米小冉,对张妍感兴趣吗?要是感兴趣,就带上六组,作为第二梯队,秘密跟在我们的后面。"洪少秋对米小冉说。"看来这次行动,一定有好戏看了!"米小冉朝江源挤了下眼睛。

动车飞奔在铁道线上。张妍坐在动车车厢里，等待着前来接头的人。洪少秋、叶焓装扮成一对恋人，坐在距离张妍不远的位置上。列车员走近张妍："要水吗？"张妍递上杯子，列车员给她倒上水后离去。布雷尔走进狄诺办公室："目前，张妍在什么位置？"狄诺："在三岛开往鹭岛的动车上。""把我的指令加密后，通过备用通道发给艾尼莎，要她采用中国办案人员意想不到的方式，设法转告'鲨鱼一号'，要他把中国潜艇的出发时间、途经海域、到达位置、导弹落点等情况搞清楚，尽快给我报过来。""那我准备的第三首歌曲还发不发？""照常发！让他们摸不到实底，对隐藏我们的真实意图有好处。"

动车上，叶焓看了下张妍："说好的人怎么还没到，会不会误点？"洪少秋："很快就要到站了，下车再说。"张妍自然地往后看了一眼。

艾尼莎秘密藏身点。艾尼莎关闭电脑："肖妮，总裁要我采用中国办案人员意想不到的办法，把他的指令转达给'鲨鱼一号'。他出的这道题，还真把我难住了？"肖妮："交给我吧，我就是那个意想不到！""别逗了！就你？""艾尼莎，你还别把我不当回事儿！上次'鲨鱼一号'要03带出去的U盘，就是我放在九号点上的！""是吗？这么说，你见过'鲨鱼一号'？"肖妮："岂止是见过！"艾尼莎："他是谁？""按照内部纪律，该告诉你的时候，我会告诉你的。"艾尼莎从电脑上拔下U盘："那好吧，请你把它给'鲨鱼一号'送去。"肖妮接过U盘："一小时我要回不来，你就转移。"艾尼莎："为什么？""我怕你我一起完蛋！"

专案组指挥中心。江源拿起手机："洪处，对方的第三首歌曲上网了！"鹭岛火车站，洪少秋握着手机问："什么名字？"江源："《太平洋之夜》。"洪少秋："知道了。"张妍拦了辆出租车离去。叶焓问洪少秋："还跟不跟？"洪少秋："购买返程票，回去。"叶焓："万一张妍这边出情况？""不管出不出情况，都让她来找我们。"叶焓："为什么？"洪少秋："我有一种上当的感觉！"叶焓："上谁的当？"洪少秋："敌人的！"

三岛市公用电话亭。肖妮拿着送话器："老家带来的东西，我已经给你放在老地方了！""鲨鱼一号"变声："刚才，我已经拿到了。回去后，向家里人问好。""我会的。"肖妮挂上电话。

三岛市水上人家，水上水下，灯火交相辉映。洪少秋、叶焓进入包间，坐下。服务员："二位，吃点什么？""小张，等我的朋友到了再点。"叶焓拉过服务员，耳语了几句。服务员："知道了！"张妍进来坐下："小姐，点菜。"服务员递上菜单。张妍翻开："麻辣螃蟹，香草烤鱼，土锅炖鸭，地皮炒蛋，还有这、这……"服务员："这位女士，你一个人，点的菜够多的了！需要我重复菜名吗？""不用，帮我看一下包！我上个洗手间。"张妍掏出手机装进电脑包里，交给服务员。服务员点了个头，提上电脑包出门。张妍进入包间，走到洪少秋、叶焓身旁："二位，让你们白受累了，对不起！我请客。""你的这次行动，是按照第二首歌曲的指令办的吧？"洪少秋问。张妍："没想到会是这样！"叶焓："我们已经接收到K集团的第三首歌曲了。"张妍："从这次教训看，再围绕歌曲转，没什么实际意义了。"洪少秋："怎样做，才有意义？"张妍："我想给布雷尔发一个信息，直接请示下一步的行动。"洪少秋："你认为，他会把真实的意图告诉你吗？"张妍："那我走了。"叶焓："你要到哪里去？还没吃饭呢！""对不起，你们自己结账吧，我得去拿电脑、手机了。"张妍走出包间。服务员上菜："慢用。"退下。洪少秋："叶处，你怎么看待张妍的这次行动？""她正式和我们一起战斗了！""当年，我错怪她了！""洪处，我祝福你们！""叶处，你什么意思？"叶焓："我希望你叫我叶焓！在我心里，我真的很爱你，真的！但我知道，张妍比我更爱你！她的这份爱，已经压抑很多年了。我不能因为自己的这份感情，就夺了她的爱……"洪少秋："叶焓，现在不是考虑这个问题的时候，快吃饭，回去好研究案子。"叶焓："你叫我叶焓？"洪少秋："是，按你的要求，今后就叫你叶焓。"叶焓给洪少秋夹了一口菜："那我什么时候可以叫你洪少秋？""现在就可以。"叶焓想了下："不行！我不能对不起张妍……她太不容易了！"

　　张西洋家书房。张妍问田云："妈，你电脑里怎么会有《太平洋之夜》？""我下载的……你的眼神不对！"田云问，"是不是又误会我了？"张妍："里面的秘密，你琢磨出来了吗？""我不琢磨歌曲，就看谁还往我下载的歌曲里添加音符！""你的网址，商菲菲知道吗？""不知道。""巩怀远知道吗？""我没告诉过他，他也没问过我。"张妍："石刚呢？"田云："他知道。""他是怎么知道的？""我给他发过黄薇薇的照片。""妈，我想把你下载的这三首歌曲，发给一个人！"

　　"是石刚吗？""不，是巩怀远！""咋啦？难道给他发几首歌曲，你就把心意告诉他了？"张妍："不是！我们明天一起去看看他的反应。""带上我，去看他的反应？"田云感到疑惑，"你什么意思？"

　　巩怀远回到宿舍，看了下电脑，打开窗户，长舒了一口气。田云跟随女儿行走在前往巩怀远宿舍的楼梯上："张妍，我还是不去了吧？""妈，你要不去，这戏就没法演了。""我这张老脸，还跟你去演什么戏？你别拿妈当猴耍！""妈，你昨天给巩怀远发去三首歌曲，怎么也该去问问他的感受吧？""歌曲是你发的，少往我头上安。""只要是经过你电脑出去的，就是你发的。""好吧，去就去，我倒要看看，你给我搞的什么名堂？"巩怀远听到敲门声，想了会儿走到门口打开门："哟！二位贵客，里面请。""没想到吧，我们会一起来？"张妍对巩怀远说。"有点……"巩怀远沉着应对。张妍："你不请我坐，总得请我妈坐吧。""田院长，坐吧。"巩怀远看向张妍，"张妍，你也坐。"走到饮水机前接水，暗中揣摩对方的意图。张妍坐下："我妈昨天夜里找了一个理由，说要到你这里来看看。""来就来呗，还找什么理由？"巩怀远把水给田云、张妍放上。"你就不问问，她找了个什么理由？"张妍问。"田院长，什么事，搞得这么神秘？""张妍对我说，这个理由不用我告诉你，你肯定已经知道了。"巩怀远一笑：

"我知道什么呀？你们母女俩，还真把我给绕迷糊了！""我妈昨天夜里给你发了三首歌曲……""田院长，我这人吧，对歌不感兴趣。""我妈给你发的是《太平洋之歌》《太平洋之波》《太平洋之夜》，对这几首歌，你应该有点特殊的感觉吧？"巩怀远："是不是看我就要跟随潜艇到太平洋去了，你们特意来给我送行？"张妍："是不是给你送行，你打开看看就知道了。"巩怀远："我正在收拾行李，很快就要上艇了……"张妍："那你把电脑给我，我替你打开……""我知道了，你们以为我的电脑里有秘密？那好，我把电脑拿出来，你们自己看吧。"巩怀远走进书房，拿出电脑，放在张妍面前的茶几上。张妍打开电脑，快速查看："巩怀远，你电脑里怎么这么干净呀，是不是还有其他电脑？""我就这一个电脑。"巩怀远提着包从卧室出来。张妍："那我妈给你发送的歌曲呢，到哪儿去了？"巩怀远："田院长，你知道我的网址吗？是不是把歌曲发给别人了？张妍，走吧，到码头上，去送送你父亲吧？"张妍："我没证件，去不了。"巩怀远："知道自己的身份了吧？要想取得党和国家的信任，就抓紧回国！把电脑给我吧。"张妍拿起电脑："这个，你也要带到潜艇上去？"巩怀远："凡是带上潜艇的电脑，都必须全部格式化，再装上国产操作软件！今天一早，我就完成了这一操作。你少用质疑的眼光看着我！一会儿登艇前，还要把它交给安检人员进行检测，哪怕有一点问题，都是带不上去的！明白了吧，就算田院长真的给我发了那三首歌曲，也早就被格式化了。"

潜艇码头。张西洋、商菲菲、巩怀远等接受安检，准备登艇。安然向洪少秋、叶焓交代："一会儿，我就要跟随潜艇出发了。这次试验任务十分重要！敌人不可能不关注、不可能不想尽一切办法窃取情报。你们的任务，就是要千方百计把敌人的动向搞清楚，为试验部队提供准确、及时、有效的情报，保证这次任务圆满、顺利地完成！""请部长放心，我们一定完成任务！"洪少秋立正、敬礼。

专案组指挥中心。洪少秋来回走动着思考对策。米小冉："洪处，实在不行，就再冒一次险！""冒什么险？""动用张妍！"洪少秋："我也想过，但……""但什么？我去找她！"洪少秋："这一次，就要看周局下不下这个决心了？"米小冉："那还等什么？你快给周局打电话呀！"洪少秋想了想，拿出手机点了个快捷键，"周局，有个事，我想跟你商量一下……"

水上人家包间。洪少秋在等待。张妍进门："为什么要把我找到这儿来？""因为，这次行动密级很高！""什么任务？"张妍问。洪少秋拿出一张纸："都在上面了。"张妍拿起看了一会儿："行！我想法办好。"洪少秋："等你的好消息！"张妍："要真实现了这个意图，我们老地方见。""什么老地方？""你不会忘得这么快吧？""哦！好，一言为定！"张妍出门。米小冉进屋："张妍为什么不在这里同对方联络？"洪少秋："可能她还有其他意图吧。"

张妍把车停在海边，打开笔记本电脑，给布雷尔发出一个信息："总裁，我有紧急情况报告！"布雷尔在办公室接到张妍的报告，追问狄诺："张妍为什么还用老通道？""因为你对她不放心，所以我一直没把新的通道告诉她。"布雷尔说："问她，要报告什么？"张妍在车上操作电脑："请你转告总裁，中国导弹射击的目标是北冰洋9号区域。""你是怎么知道的？"狄诺追问。"我父亲无意间透露的。""那你为什么到现在才报告？""我觉得，现在报告，正是时候！"布雷尔追问："张妍，到底是你的情报准，还是'鲨鱼一号'的情报准？""总裁，你可以在实战当中进行检验！"

叶焓、江源在"速网公司"机房检查。江源兴奋地告诉叶焓："叶处，我们终于找到他们暗藏的机关了！""太好了！"叶焓兴奋地与江源击了下掌。

专案组指挥中心。洪少秋拿起保密电话："安部长，我们刚刚把干扰信息发给布雷尔了！从布雷尔的追问中，可以清楚地知道，'鲨鱼一号'已经把这次行动的一些情况密报给敌人了……"潜艇舱室，安然握着红机报告："首长，根据专案组从K集团获取的情报，建议将1号方案调整为5号方案，确定导弹反向往罗布泊地区试射。"首长声音："我马上向总部首长报告，建议采纳你们的意见。"

海下，新型潜艇发射导弹。海面，导弹出水，飞向空中。罗布泊靶场，弹头准确击中目标。

海天一色景区。洪少秋伫立峰顶等待张妍。张妍走上天礁。洪少秋迎上，一把握住张妍的手："张妍，在关键时刻，多亏了你的帮助，太谢谢你了！""谢什么？这是我的职责！""张妍，你知道吗？当确认你是我们的人后，我有多高兴、多激动吗？""少秋！你知道吗？有好多次，我是多么地想告诉你，我是自己人！""张妍，你尽情地对着大海喊吧！把你心里的声音，告诉祖国，告诉人民，告诉正在远行的潜艇！"张妍扑向大海的方向："大海，我回来了！潜艇，我正在看着你远行！我要告诉你们，我是中国人，我的心一直和祖国一起跳动！""张妍，欢迎你胜利归队！""少秋，你还是把我当成妹妹吧。"洪少秋："这些年，你太不容易了！"张妍："最让我受不了的，不是人非人、鬼非鬼，而是必须违心地离开你，是遭到了你的误解。""好在，这一切都过去了。""不，还没有过去！""是因为还没有完成任务？""对，因为'鲨鱼一号'还没有浮出水面！"

第二十四章

田云在厨房里忙活。张妍进门闻到香味走进厨房:"妈,这么香啊!"田云:"好好庆祝一下!"张妍纳闷:"庆祝什么?""你爸他们的导弹发射成功!""哟妈,你的消息比网上还快,有什么特殊的渠道吗?""是刘进给我们传达的。""是这样啊!"张妍接过母亲炒出的菜,"妈,我没想到,导弹发射成功,你会这么高兴?""你爸他们不容易啊!熬了多少夜,花了多少心血,终于成功了!你说,我能不高兴吗?""那好,为了胜利,我们喝点酒,红的白的?""少秋来,喝白的;少秋不来,就喝点红的吧。""妈,他还有事,我们吃我们的。"张妍打开红酒,给母亲倒酒。"我好不容易找到个理由,想请少秋回来吃顿饭,你还扫我的兴。"

专案组天台。叶焓问洪少秋:"见到张妍了?"洪少秋:"见到了。""她很激动吧?""太激动了!把这么多年想说的话,一下子全都喊出来了!""我太理解她了!"叶焓,"我……也替你们感到高兴!""替我们感到高兴,你什么意思?"叶焓:"我希望,你和张妍走到一起。""这怎么可能?"洪少秋说,"这些年,我央求了你一百次,你一百〇一次拒绝了我,但不要紧,我还会第一百〇二次地向你求婚!"叶焓:"洪处,难道你不知道?同情不是感情!哦,你以为佟勇牺牲时说了一句话,把照顾我和孩子的事托付给你,你就要一辈子背负上我和佟亮的感情债啊?""叶焓,我不是因为想背感情债才追求你,是因为我从心里爱你!从心里爱你,你懂吗?""我懂,我懂爱是两个人的事。我现在只能再一次告诉你,我不能爱你,不会爱你。"洪少秋:"为什么?""因为、因为佟勇活着的时候,我们是生死搭档;现在,我们依然还是生死搭档!""这是理由吗?这是什么理由?""这个理由就是,我们可以一起生、一起死,但不能在一起做夫妻。"

潜艇胜利返航!刘进在庆功会上动情地建议,组织有突出贡献的专家,带上夫人孩子,到外地去换换空气,好好地疗养疗养!巩怀远拿着酒杯笑问刘进:"刘总,像商总和我这样没有另一半的,可不可以去呀?""不是可不可以的问题,而是必须优先安排!"商菲菲:"那刘总,你打算安排我们到哪里去呀?"刘进:"南云岛,怎么样?"商菲菲:"好啊!我早就想去南云岛了。"

狄诺拿着一份文件,匆匆走进布雷尔的办公室:"总裁,'鲨鱼一号'从备用通道发来密电。"布雷尔:"说吧,但愿是一个好消息。"狄诺:"三岛方面,准备组织潜艇专家到南云岛疗养,请求我们出动武装人员,采用突然袭击方式,秘密把张西洋绑架到 D 国,强制他说出中国新型潜艇的全部机密。""这个情报,还算有点分量!搞到张西洋,就是搞到中国新型潜艇的全部秘密。你考虑一个方案,尽快报给我。""是!"狄诺准备转身。布雷尔:"还有,通知艾尼莎、布加达,要他们飞往 E 国,准备指挥这次行动!"

专案组指挥中心。林影进屋后对洪少秋、叶焓说:"基地这次安排到南云岛疗养的人员当中,包括田云、巩怀远。"米小冉:"两个嫌疑人都出去,会不会出问题?"洪少秋问林影:"组织专家到南云岛疗养的建议,是谁最先提出来的?"林影:"刘进。"洪少秋:"巩怀远什么态度?""不热不冷,看似正常。"洪少秋:"米小冉,速网公司的'暗鬼'有异常吗?""还是没有!"洪少秋:"这边是专家要动,那边是敌人不动,大家说说,我们应该怎么办?""最重要的一条,就是要做好南云岛出事的准备。"叶焓认为。洪少秋:"江源,你制订一个快速支援南云岛的作战方案!把舰艇、飞机、海军陆战队等要素考虑进去。""是!"江源,"我马上就做。"

南云岛的海水格外清冽,一浪接一浪地冲到沙滩上。张西洋、田云坐在太阳伞下。商菲菲、巩怀远游了一会儿,开始踩水。巩怀远:"商总,石刚这次要来,就太好了!""你提石刚干什么?"商菲菲过了会儿又问,"我听说,张妍带着她妈妈找你去了?"巩怀远:"你说我跟张妍,还有可能吗?""怎么?"商菲菲说,"不是她回来,你投向她,我才退出来的吗?""我找她,你放心,我自己都不放心啊!""怎么了?""你难道没发现,她想通过你的笔记本电脑,搞你的秘密?""她是动过我的笔记本电脑,可你是怎么知道的?"巩怀远:"那天,我见有你的 QQ,还以为是你想找我聊天……"

专案组。江源放下保密电话,向洪少秋报告:"洪处,我们的作战计划,总部已经批准了!"洪少秋:"带上武器,火速赶往南云岛。"叶焓、米小冉、江源依次从枪柜取出 M 式步枪。

南云岛的夜静悄悄的。D 国两艘微型潜艇秘密靠岸。艾尼莎、布加达带领武装人员出艇登上滩头。艾尼莎下令:"一组留在海滩警戒;二组向纵深发展;三组负责两侧掩护,由布加达指挥;四组跟我上……"

洪少秋在海军旗舰上拿着望远镜瞭望。一名海军大校军官站在洪少秋的旁边。洪少秋放下望远镜,对身旁的海军军官说:"赵舰长,前面发现敌人两艘微型潜艇。"赵舰长拿起指挥话筒:"一号舰、二号舰,三号、四号快艇,向敌方目标发起攻击,直升机作好登陆准备。"

南云岛假日宾馆。艾尼莎带领手下冲到楼上张西洋、田云的卧室。张西洋拉开灯:"艾尼莎,怎么是你,你想干什么?""张总,我是按照布雷尔总裁的命令,专门来请你的!"田云:"请什么?我告诉你们,这是中国的领海!"艾尼莎:"绑了!"武装人员架住张西洋、田云,掏出胶条封在他们的嘴上。艾尼莎:"带走。"田云被带出门后,一脚踢倒了楼道里的花盆。响声惊动了另外一个房间的商菲菲，她穿着睡衣打开门……两名埋伏在两侧的武装分子突然架起商菲菲，往楼下拖去。商菲菲大喊："快来人呐！有人打劫了。"巩怀远听到喊声，从床上翻身下床，走到窗口撩开一角窗帘，看到商菲菲被人拖向海岸方向，匆忙穿衣。

海面。我军舰艇追击D国K集团微型潜艇。敌方微型潜艇驶进深水区后，潜入海下逃窜。

K集团武装人员将张西洋夫妇劫持到海边。艾尼莎望着空旷的海面，着急地追问："微型潜艇呢？我们的微型潜艇到哪里去了？"布加达惊呼："不好了，中国的舰艇开过来了！"艾尼莎掏出手机："总裁，我们遭到中国海军舰艇拦截！微型潜艇不知去向……"

D国K集团。布雷尔在大屏幕前指挥："艾尼莎，沉住气！马上给张西洋施压，逼他说出中国新型潜艇的秘密！我一会儿就下令，要微型潜艇靠上去接应你们！"

南云岛海岸。艾尼莎一把扯掉张西洋嘴上的胶条："张西洋，要想活命，就马上把新型潜艇的秘密讲出来！"拿出录音笔。张西洋："休想！"

南云岛假日宾馆大厅。疗养人员、宾馆服务人员乱成一团。巩怀远："大家不要慌！听我指挥。"于昭阳："你还咋呼什么？赶紧想法救张总、商总吧！"巩怀远掏出手机："洪处长，听到没有？我要报告一个情况……"

海军旗舰直升机旁，洪少秋握着手机："巩主任，我知道了，我们正在登机，很快就可以上岛！"合上手机，紧跟米小冉登上直升机。

南云岛海岸。艾尼莎："张西洋，你到底说不说？""我就是死，你们也休想从我嘴里掏出潜艇的一个秘密！"布加达扯掉田云嘴上的胶条："你告诉他，配合我们！否则，我要你的命！"田云："张西洋，你刚才的表现，是条汉子！"艾尼莎："把他们推到海里去！"武装分子推着张西洋、田云下海，水很快没到田云的胸部。艾尼莎问张西洋："说还是不说？"田云："张西洋，骨头再硬一点，就是死，我也和你死在一起！"艾尼莎："把她的头按进水里去！"布加达把田云的头按进水里。艾尼莎："张总，你不会就这样看着自己的老伴离开你吧？"张西洋："我告诉你，你最好把我也按下去！"布加达揪起田云："刚才好受吗？再下去，你可就真的没命了！"田云将一口水喷在布加达的脸上："呸！我就是死，你也休想得到一个字！"艾尼莎："按下去！"布加达又将田云的头按入水里。

海军第一架直升机降落在海岸上。洪少秋、叶焓等跳出机舱。第二架直升机降落在海岸上，海军陆战队队员跳出机舱。洪少秋、叶焓率领办案人员和海军陆战队员，对敌人实施围剿。

海面上。布加达将田云的头揪起来，又按下去，问张西洋："你说不说？"张西洋："你睁开眼睛看一看，我们的人已经上来了！"洪少秋、叶焓等向敌人发起冲击。艾尼莎、布加达等慌忙向洪少秋、叶焓等人射击。叶焓用身体掩护洪少秋，向艾尼莎等射击。洪少秋："叶焓，看枪！"一把将叶焓推到一旁，朝布加达射击。张西洋发现敌人向田云开枪，一把抱住她沉进水里。艾尼莎握着枪回头扫视，没有找到张西洋、田云，迅速回身举枪瞄准江源。米小冉眼疾手快，扑过去一把推开江源。艾尼莎的子弹从米小冉耳旁穿过，米小冉倒进海里。江源："米小冉，米小冉！"米小冉从水里跃出来："快，从左侧包围艾尼莎。"洪少秋靠近布加达，布加达向洪少秋射击，洪少秋击毙布加达！两名负隅顽抗的武装分子，把商菲菲当作人质，拽入海中。巩怀远冒着对方的弹雨，冲进海里同对手搏斗。海军陆战队员将两名对手击毙。巩怀远从水中抱起已经筋疲力尽的商菲菲。艾尼莎企图夺路逃走。洪少秋、叶焓联手制服艾尼莎。江源、米小冉救起张西洋和田云。田云着急地问："少秋，你、你没事吧？"洪少秋："田姨、张叔，让你们受惊了！"张西洋："少秋，这次你田姨在敌人的淫威面前，表现得可坚强了！"

临时审讯室。洪少秋拿起艾尼莎的手机："一小时前，你给谁打过电话？"艾尼莎："布雷尔。""他来救你了吗？""没有。"洪少秋："到了这个时候，你只有自己救自己了。"艾尼莎："我知道。"叶焓："既然知道，那就开始交代吧！"艾尼莎欲言又止，犹豫不决。洪少秋："水妖！""到！"艾尼莎当即起立、磕跟、肃立，意识到对方并非自己的上司，又很不自然地坐下，防线开始崩溃，"我交代。"洪少秋："你在三岛同布雷尔联系，使用的是什么渠道？"艾尼莎："神风系统。"洪少秋："系统特点？"艾尼莎："自动接收，自动转发，自动删除，自动覆盖。""这套系统安装在哪里？"艾尼莎："不知道。"洪少秋："你最近同'鲨鱼一号'联系过吗？""以前比较多,最近少了,这几天一直没联系。"洪少秋："你见过'鲨鱼一号'吗？""没见过。"叶焓："他是男的还是女的？"艾尼莎："不知道。"洪少秋："真不知道，还是假不知道？""我听肖妮说过，她是'鲨鱼一号'的交通员。"

洪少秋、米小冉又一次找到巩怀远。巩怀远："洪处长，其实你们不来找我，我也正想要去找你们呢！"洪少秋："有什么事吗？""对张妍，你放心吗？""你想说什么，直接说好了。""你们不是抓住艾尼莎了吗？"米小冉："是啊。"巩怀远："我想，张妍跟艾尼莎来自同一集团，又同在三岛从事窃密活动，按理说，她应该知道对方的联络方式和住址吧，但张妍为什么这么长时间没有报告呢？""米小冉，把艾尼莎交代的有关问题，给巩主任说说吧。"米小冉拉了下笔记本电脑："巩主任，艾尼莎交代的问题中，有几个涉及你……""不会吧？"巩怀远的眼睛滑过了一丝紧张。米小冉："第一个，肖妮对艾尼莎说过，她是'鲨鱼一号'的交通员！"洪少秋紧紧盯着巩怀远的眼神。巩怀远沉着冷静："肖妮？我不认识她！至于'鲨鱼一号'，一定是你们正在查的人吧？"洪少秋："我们来找你，就是想核实这个问题！""我可以负责任地告诉你们，如果你们把我当成'鲨鱼一号'，那就大错特错了！"

商菲菲被救后，心里一直很感激巩怀远，特意找了三岛市最好的海景餐厅宴请巩怀远，感谢他的救命之恩！张妍突然出现在巩怀远、商菲菲面前。巩怀远看到张妍，急忙起身："呦，张妍，巧呀！"张妍坐下："巩主任，嗓子干了吧？喝点水吧！"服务员给张妍加了套餐具。商菲菲："张妍，我正在给你牵线搭桥呢？""但巩主任对我怀有敌意！""说敌意，还谈不上，顶多就是有点戒心而已。""你的戒心，是防K集团呢，还是防中国国安？"巩怀远："我谁也不防，就防你！""对我，你没必要防！但对肖妮，你还真得防着点，她迟早会站在被告席上，把你供出来的。"商菲菲："巩主任，原来肖妮她？"巩怀远抢话："肖妮何人，我怎么就不知道呢？""张妍，你是不是误会巩主任了？"商菲菲拿起杯，"来，喝酒！"张妍："商总，你的眼睛有时候很明亮。但有的时候，却不怎么透彻，只知其面，不知其心！"巩怀远："张妍，不要自以为是。我们走着瞧，看谁才是洪少秋、叶焓要抓的间谍！"

张妍突然接到狄诺要她返回D国的指令。她本想违抗这个命令，但想到身上被布加达植入的芯片，心里禁不住打了个寒颤！因为对方一旦发现她有异常，就会遥控启动这块芯片，令里面的剧毒渗出结束她的生命。

洪少秋接到张妍的电话，赶到三岛市国家安全局秘密会见点。张妍对洪少秋说："狄诺给我发来急令，要我明天务必返回D国。""缘由？"洪少秋问。"要我跟随布雷尔出访。""这是一个借口！"张妍："也是一次机会。"

三岛机场。张西洋、田云送张妍登机。张妍："爸，妈，你们回去吧。"田云："张妍，飞机只要落地，你就给我来电话！"张妍："我会的！"洪少秋、叶焓、江源走向张妍。田云疑惑："少秋，你来送张妍，那他们……"叶焓："张妍，跟我们走吧！"田云紧张起来："你们这是？"叶焓："有人举报，说她是K集团的间谍！"叶焓，"你说什么？"张西洋经受不住打击，险些晕厥过去。

巩怀远在办公室里得意地哼起小曲。田云一把推开门进来："巩怀远，你为什么要陷害张妍？"巩怀远："田院长，你不要中了别人的离间之计。""巩怀远，没有任何人离间我！张妍被抓，肯定就是你捣的鬼！""田院长，要说捣鬼，也是洪少秋捣的。当然，这事要追根溯源，还怪张妍自己，是她做了对不起国家、对不起人民，也对不起你们的事情。"

三岛市国家安全局秘密会见点。张妍和江源、米小冉一起，一直在想法进入K集团的机要数据库。米小冉在张妍的指导下，终于突破K集团的三道防火墙，查到了涉及"鲨鱼一号"的档案。江源念出声来："关于迅速撤回'鲨鱼一号'的报告……总裁，鲨鱼一号'，真实姓名，田云，女……"张妍简直不敢相信自己的眼睛："怎么会是这样！"又仔细看了一下，精神近乎崩溃，"妈，我原来只是怀疑你，没想到真的是你！"米小冉："张妍，你别着急，这也许是敌人的又一个阴谋！"张妍："快往下看，还有没有更具体的内容？"米小冉快速击打键盘。屏幕上出现布雷尔同田云握手、跳舞、碰杯、在海滩太阳伞下的照片……张妍："米小冉,向洪处、叶处报告吧。"

K集团机要室的电脑屏幕上。那张布雷尔和田云一起坐在太阳伞下的照片定格在屏幕上。布雷尔得意地说:"想不到这些老照片,竟然还能发挥它们的作用。""是啊!"狄诺感叹,"'鲨鱼一号'的这一招,还真够绝的!"

上级明确,新型潜艇即将编入航母编队,正式担负战备值班任务!安然、周大路到专案组动员,要求在潜艇出发前,一定要拿下"鲨鱼一号",确保潜艇的绝对安全!"洪少秋代表专案组表态,一定要挖出'鲨鱼一号',坚决做捍卫国家安全的忠诚卫士!"安然问都采取了什么措施?叶焓说:"我们在'鲨鱼一号'的嫌疑人后面,已经布上了神秘的眼睛。"张妍:"我已经做好了截获敌人秘密勾连信息的准备。"江源:"各种武器装备已经集结到位。"洪少秋:"唯一的困难,就是还没有发现敌人的第二套神风网络系统。"安然:"不管有多大困难,你们在潜艇出发前,必须挖出这套系统,把主动权牢牢地掌握在我们手上!""是,坚决完成任务!"洪少秋代表专案组表态。

"海洋情人"俱乐部的游船行驶在海面上。导游小姐的声音娇滴滴的:"各位游客……"巩怀远登上"海洋情人俱乐部"游船,走到顶层。肖妮打扮时尚,戴着墨镜,坐到巩怀远的对面。吴声混杂在游客中,将隐藏在眼镜框的微型摄像机对准巩怀远。巩怀远坐了一会儿,突然起身离去。肖妮目送着巩怀远离开后,方起身走向护栏。

专案组案情分析会紧张地进行。吴声:"通过侦察,没有发现巩怀远和肖妮在船上交换情报。"米小冉认为,巩怀远和肖妮不可能不交换情报。江源也有同感,质问如果他们不交换情报,干什么去了?"是啊,我自己也有疑问?"吴声委屈地说,"但在巩怀远和肖妮之间,的确没有任何接触,的确没有交换过任何物品,的确谁也没有在现场留下过暗号!"叶焓:"吴声,不管怎么说,在巩怀远和肖妮之间,一定已经完成情报交接了。""哎呦,叶处,你说我冤不冤?当初,是你说巩怀远、肖妮都没有见过我,派我去执行这次任务的,现在怎么又信不过我了?"洪少秋:"吴声,把你拍到的录像投到大屏上。"吴声操作电脑。屏幕上出现巩怀远坐下、离开的镜头。"录像是不是证实了?巩怀远确实没有和肖妮有过任何接触!""把镜头回放到肖妮落座之后。"洪少秋发现一个重要细节。屏幕上,巩怀远面向肖妮,快速地眨动了几次眼睛。洪少秋问张妍:"巩怀远以前这样眨过眼睛吗?"张妍:"没有见过。""秘密就在他的几次眨眼里!张妍、米小冉、吴声,把巩怀远眨眼的次数、频率记录下来,依据K集团歌曲密码的规律,把他藏在眼睛里的秘密破译出来。"

"洪处、叶处,巩怀远眨眼的秘密,破解出来了!"张妍记录、破解完毕,长舒了一口气,"她给肖妮发出的电文是:到61号位置,把情报摆渡出去。"叶焓:"61号位置?"张妍:"对!""这个位置在哪儿?""分析不出来。"江源:"是不是某一个网吧的61号微机？"米小冉："如果是网吧，最大的可能就是天人网吧，敌人曾经在哪儿的99号机里搞过名堂。""巩怀远这样做，到底出于什么目的？因为他自己，就完全可以通过秘密渠道把情报发送出去……"洪少秋寻思。叶熔："他是不是意识到，自己的动向已经被我们控制了？"张妍："把高科技和传统方法结合起来，是我在K集团的时候，'鲨鱼一号'就经常使用的手法。"洪少秋："怕就怕没这么简单！搞不好，肖妮只是巩怀远抛出的一个棋子。在肖妮的后面，会不会还隐藏着一个不为人知的秘密！""米小冉，马上问六组，肖妮在什么位置？"叶熔下令。米小冉拿起电话："六组，报告肖妮的位置……"听了会儿，放下电话，"肖妮在星空歌舞厅。""星空歌舞厅？"叶熔说，"反常！大战在即，她是不是太逍遥了？"

田云这几天"疯了"，一直在网上查找K集团的信息！张西洋进入书房："我说田云，就你那两下子，还能在网上发现特务？"田云："你看你看，你这一喊，还真把情况喊出来了！""什么情况？"张西洋看向电脑。田云念："要想知道张妍有没有罪，22点赶到回头崖！"张西洋："这个情况太重要了，我给少秋他们报过去。"田云："等等……对方还有话！"张西洋凑近电脑："胆敢报告，必然没命！"催促田云，"快，查对方在哪里！"田云连翻几个网页，遗憾地说："没有网址，没有邮箱……"张西洋："你盯好他们，我马上去给少秋打电话。"

"张叔，你报告的情况很重要！告诉我田姨，千万别去回头崖！"洪少秋放下手机，"敌人在网上约田院长22点到回头崖见面。"张妍："真有人会在那里同我妈妈见面吗？"吴声："这个人会不会就是'鲨鱼一号'？"叶熔："他不会这么轻易就暴露自己！"张妍："一定是有人给我妈设了一个局，要置我妈于死地。"

张西洋握着手机，挡住非要出门的田云："少秋，你妈非要上回头崖去，你快跟她说句话吧！"洪少秋在专案组握着手机："妈，你不能去！""你叫我什么？少秋。"田云握着手机，眼泪流了出来。洪少秋："妈，为了你的安全，你听我爸的，千万不要离家！""少秋，这么说，你不怀疑妈了，是不是张妍没事了？"洪少秋："妈，有的事，我以后再跟你说，我现在还要处理事……""洪处，谢谢你这么关心妈！"张妍激动地抹了把泪。米小冉："洪处，你怎么突然就认妈了？""我、我怎么是突然认妈？田姨在我心里，早就是我妈了！"

晚上9点，专案组的分析会还在紧张进行。洪少秋拉过键盘，击打了几个键："六组，现在肖妮在哪里？""还在星空歌舞厅。"六组跟踪人员报告。洪少秋："查一下，看是不是替代品？"对方说："看过了，不会错。"洪少秋的鼠标箭头停在屏幕的时间上："现在是21点10分，时间已经很紧了！大家再往深里推一层，敌人要田院长到回头崖去，究竟是为了什么？""莫非敌人的第二套神风系统，就隐藏在田院长家的微机里？"叶熔琢磨，"敌人表面看是要调开她，实际上是要启用这套系统?"米小冉:"极有可能!""就算敌人想把我妈调开,那他们也应该考虑,还有我爸呢!"洪少秋:"米小冉,我记得,你们前一段跟踪罗静时,见她去过田院长的办公室?""对呀!敌人的第二套神风系统,会不会就在田院长的办公室?""江源、米小冉。"叶焓起身,"走,去田院长办公室。""是!"江源、米小冉跟随叶焓迅速出门。

肖妮身穿病号服,轻轻推开潜艇研究基地医院院长办公室的门,闪进后返身关紧门,坐到电脑前,拉出键盘。叶焓、江源、米小冉快步走到门口。肖妮在屋里插入U盘,屏幕上数字快速闪动。叶焓通过手势,示意江源、米小冉闪到门两旁,做好战斗准备。江源、米小冉掏出枪。叶焓一脚踢开门:"举起手来!"肖妮企图摧毁电脑里的数据。江源、米小冉抄起肖妮的胳膊,给她戴上手铐。叶焓坐下,保存数据,关闭电脑,拔下U盘。

审讯室里。肖妮被按在嫌疑人座位上。叶焓直接要情况:"肖妮,你刚才还在歌舞厅,怎么一会儿就跑到这里来了?""因为我不是肖妮!"米小冉:"胡说!我刚才查过你手机了,你就是肖妮!"肖妮:"那另外一个,就是冒牌货。"叶焓:"她为什么那么像你?""只要舍得砸钱,就没有办不成的事。"叶焓:"前一阵,你和艾尼莎在一起?""没想到,出卖我的,竟然是她?"叶焓拿起U盘:"这个U盘,是谁给你的?""我在月亮湾公园6号点上取的。"米小冉:"谁通知你去取的?"肖妮:"没人!""现在封口,早了点吧?""那、那就是冒牌货。"米小冉:"可能吗?""有什么不可能的?我在她身上花了上百万,她再不为我做点事,那也太说不过去了吧?"叶焓:"她是怎么通知你的?"肖妮:"歌声。"叶焓:"哪儿的歌声?"肖妮:"她通过在歌舞厅唱歌,把指令传达给我。"叶焓:"她是你的上线,还是你的下线?"肖妮:"上线。""你花钱给她整容,要她做你的替身,她怎么反而成你上线了?"叶焓见对方卡壳,提高声音,"你的这次行动,是不是受'鲨鱼一号'的指挥?"肖妮惊了一下。叶焓:"说!'鲨鱼一号'是谁?"肖妮:"我、我没见过他。"叶焓:"艾尼莎交代说,你是他的交通员!""我、我只是按照'鲨鱼一号'的指令,到固定的地点,替他来回传递情报。"叶焓:"U盘的内容?"肖妮:"不知道。"叶焓:"密码?"肖妮:"7点21,天人三号,0501。"叶焓拿起U盘:"里面的内容,你发出去了吗?"肖妮:"我刚启动神风系统,你们就闯进来了。"

叶焓回到专案组,拿出U盘对洪少秋说:"洪处,根据肖妮交代,这个U盘里,是'鲨鱼一号'发给布雷尔的情报。"洪少秋:"具体内容?"叶焓:"无法打开!"洪少秋:"张妍,你有办法吗?""我试试看吧!"张妍从叶焓手中接过U盘,插入电脑,"密码?"米小冉:"7点21,天人三号,0516。"张妍的额头渗出豆大的汗珠……洪少秋:"张妍,你怎么啦?""没、没事。"张妍按压着芯片所在的位置,"继、继续解密。"险些一头栽倒……叶焓:"张妍,到底怎么回事?""没事,真的没事,解密!"张妍问米小冉,"密、密码?"米小冉:

"7点21，天人三号，0516。""这、这就是内容！"张妍气喘吁吁。"具体内容是什么？"张妍："这、这份情报说的是，7月21日，在、在太平洋三号海域，中国新型潜艇……准备在、在那里加入航母编队系列。"晕倒过去。叶焓："快，送医院！"洪少秋、江源、吴声、米小冉把张妍抬到车上。张妍要叶焓跟她一起上医院。汽车快速驶去。"米小冉，把情报改动一个字，通过神风系统，尽快发给布雷尔。"洪少秋向米小冉交代任务。米小冉："改什么字？""把天人三号的三，改为六！我们要在那里，给敌人布下一个战场！"洪少秋说完，登上另外一辆车，发动后朝医院开去。

在医院急救室，张妍对叶焓说："芯、芯片的毒素已经渗透出来了，我、我现在只有一件事，还、还要拜托你……""什么事？你说吧。"叶焓捂着张妍的手。"替、替我照顾好我、我哥。"张妍用尽了毕生的力气。洪少秋扑进急救室："张妍！"医生摇了摇头。"怎么会这样？怎么会这样？！"洪少秋使劲摇晃着张妍……

狄诺接到神风系统传来的信息，坚信不疑，迅速向布雷尔报告："总裁，'鲨鱼一号'发来一份重要情报！""给我吧。"布雷尔接过情报，"这是一个千载难逢的机会！"狄诺："他们这么大的行动，防范措施一定会很严密的！""一招不行，再来一招！我就不信，每一招都会败在中国人的手里？"布雷尔对狄诺说，"通知两艘侦察船，携带四艘微型潜艇，配备远洋特战分队，准备随我出发。""总裁，你亲自出马，太危险了吧？""危险是危险，但我不去不行啊！上面已经给我打招呼了，说要是再做不出一点成绩来，就要我卷铺盖滚蛋……""总裁，我还是希望你考虑后果！""后果？不是鱼死，就是网破！这就是后果。"

我军新型潜艇指挥室。雷达操作手："报告一号，前方左右两侧，发现敌干扰器！"一号指挥员下令："导弹准备，5、4、3、2、1，发射！"导弹喷薄而出，两部干扰器被摧毁。海面上，我军舰艇乘风破浪，对敌间谍船实施包围。双方展开枪战。安然："洪少秋，带领突击分队，登机出发！"洪少秋、叶焓等办案人员快速登上直升机。海军陆战队员登上直升机。两架直升机起飞，扑向间谍船。

K集团间谍船企图逃窜，布雷尔挥着枪指挥手下："顶住！都给我顶住！快向直升机射击，一定要把他们消灭在登船之前！"武装人员疯狂向直升机扫射。我军直升机驾驶员压下导弹发射按钮，火箭弹射向敌人。洪少秋、叶焓、江源、米小冉等在直升机上，轮番对间谍船上的敌人进行射击。第一架直升机在弹雨中降落在间谍船上。第二架直升机上的陆战队员抛下绳索，从空依次降落在甲板上，并马上投入战斗。洪少秋、叶焓、江源、米小冉先后跳下直升机，向敌人发起冲击。海军陆战员交替掩护，对敌人展开攻击。布雷尔退进指挥室："快，打开微型潜艇舱门……"洪少秋、叶焓等冲进指挥室，喝令："放下武器！"布雷尔向洪少秋射击，洪少秋闪过子弹。米小冉向布雷尔射击，布雷尔躲过弹头。

叶焓、江源扑上去，用枪顶住了布雷尔的脑袋。洪少秋一把夺下布雷尔的枪。

一艘大型游轮上，巩怀远暗暗庆幸自己即将逃到公海。直升机降落在甲板上，洪少秋跳下直升机。巩怀远发现洪少秋、叶焓等人向他走来，企图跳下大海。洪少秋、叶焓同时出手，一把将巩怀远拉下舷栏。米小冉给巩怀远戴上手铐。吴声从巩怀远身上搜出备份的又一个U盘。洪少秋："'鲨鱼一号'，没想到你的间谍生涯会这样结束吧？""洪少秋，我当初真该把这个U盘交给布雷尔！"

太平洋三号海域，我新型潜艇进入预定海域，与航母完成编队。舰队的五星红旗、八一军旗迎风飘扬，显得那么鲜红、庄严、神圣，仿佛在向世界宣告，我们的军队是永远不可战胜的！